JN083817

例外状態の道化師（ジョーカー）

ポスト3・11文化論

笠井潔
Kiyoshi Kasai

南雲堂

例外状態の道化師（ジョーカー）

ポスト3・11文化論

例外状態の道化師（ジョーカー）　ポスト3・11文化論

目次

［ブックデザイン］奥定泰之

［写真］Losev Artyom/Shutterstock.com
1981 Rustic Studio kan/Shutterstock.com
Risylia/Shutterstock.com

I 例外状態の道化師(ジョーカー)

一九世紀から二〇世紀にかけて、時代性や社会性と対峙する中心的な表現ジャンルは小説、補足的には演劇だった。しかし、二一世紀に入って事態は大きく変化している。福祉国家の終焉と「中流」の没落、格差化と新たな貧困、テロと無動機殺人、右傾化と排外主義の勃興、例外状態の到来と純粋暴力の露出、そして二〇一一年の「アラブの春」やウォール街占拠運動にはじまる大規模蜂起の国際的連鎖などなど。こうした諸問題と正面から格闘している表現ジャンルは、いまや映画をはじめとした映像作品である。

たとえばカンヌ国際映画祭では、二〇一六年にケン・ローチの『わたしは、ダニエル・ブレイク』、一八年に是枝裕和の『万引き家族』、一九年にポン・ジュノの『パラサイト 半地下の家族』（以下、『パラサイト』。韓国タイトルは『기생충（寄生虫）』）が最高賞パルムドールを獲得している。また世評の高い三作に続いて、二〇一九年にはトッド・フィリップス『ジョーカー』、ジョーダン・ピール『アス』、ラジ・リ『レ・ミゼラブル』などの話題作が次々に公開された。これらは今日的な社会的主題と物語的興味を高度に接合した点で共通し、商業的にも成功を収めた。バルザックやディケンズやドストエフスキイの小説が、高い文学性と娯楽性を兼備したものとして、同時代の多数の読者から支持されたように。

本稿で注目するのは、今日的な貧困と暴力、そこから不可避に生じる諸問題を主題化した映画作品だ。この点では『ウォーキング・デッド』や『ゲーム・オブ・スローンズ』などのTVドラマやネット配信ドラマも注目に値するが、ここでは例外状態／純粋暴力／大衆蜂起を焦点化した先行作品としてクリストファー・ノーランの『ダークナイト ライジング』（二〇一二年）を参照しつつ、二〇一九年の映画作品『パラサイト』、『ジョーカー』、『レ・ミゼラブル』の三作を中心的に検討したい。

革命と反革命が対峙した一九三〇年代の危機を再現するかのように、絶対自由（フリーダム）や自治／自律／自己権力を求める蜂起（アプライジング）と、ファシズムを典型とする権威主義的暴動（ライオット）との衝突が世界各地で生じている。本稿は映画作品を通じて試みられる、二一世紀の革命と反革命をめぐる考察でもある。

*

本論に入る前に、本稿で用いる騒乱、暴動、蜂起などの用語について触れておこう。英語の uprising と riot はいずれも暴動、反乱、騒乱、蜂起などの意味を持ち、それぞれ文脈によって訳し分けられるのが普通だ。しかし今日のアメリカでは、自然発生的な街頭行動の無秩序で破壊的な側面に riot の、その抗議や抵抗の側面に uprising の語を当てることが多い。

一九九二年の「ロサンジェルス暴動」、二〇〇五年の「パリ郊外暴動」、二〇一一年の「イギリス暴動」などの社会的事件には、いうまでもなく riot と uprising の両面がある。二〇二〇年五月二五日にミネアポリスで起きた、警官によるジョージ・フロイド殺害に端を発する、アメリカの「黒人の命は大切だ（ブラック・ライブズ・マター）」運動の新展開にしても同様だ。

これらは大衆的な抗議や抵抗が、自然発生的な暴動として闘われた社会的事件といえる。しかし「法と秩序」を振りかざす政府と警察、それに追随するマスコミやリベラル派の合法主義者は、これらの闘争を riot と一方的に規定し治安問題に解消しようとする。こうした作為に批判的な論者は、uprising の語を用いることが多い。

こうした用例を念頭に置きながら、本稿では自然発生的でアモルファスな大衆の街頭行動を、ニュートラルには「騒乱」とし、ファシズム革命に吸引されるような大衆暴力を「暴動（ライオット）」、民衆の自己権力的（コミューン）な実力行動を「蜂起（アプライジング）」とする。たとえばネオナチやオルト・ライト、ブーガルーやプラウド・ボーイズなど暴力化したトランプ派の街頭行動は「暴動（ライオット）」、二〇一一年に世界同時的に闘われた大規模デモや街路占拠闘争に連なる運動は「蜂起（アプライジング）」だ。

法秩序からの逸脱、その破壊である点は「暴動（ライオット）」も「蜂起（アプライジング）」も同じような街頭の「騒乱」として見える。とはいえ一八四八年六月のパリで、労働者街にバリケードを築いて闘った民衆の騒乱は蜂起（アプライジング）だが、正規軍の別働隊として蜂起者を無秩序に虐殺した政府側群衆のそれは暴動（ライオット）で、両者は全面的に敵対していた。

こうした事態についてマルクスは、前者を労働者階級の革命的闘争、後者をルンペン・プロレタリアの反革命的暴力として機械的に振り分けた。しかし、これは経済主義者マルクスの錯誤にすぎない。近年の社会史研究が明らかにしたように、両者はいずれも階級脱落化（デクラセ）した貧民プロレタリアであり、その階級的性格に違いはない。

自由で平等な社会的共和制を求めた前者と、ルイ・ナポレオンの突撃隊に組織されていくだろう後者は、政治的要求という点で正反対だ。しかし政治主張のみで両者を区別するのは皮相である。その根本的な相違点は帰属階級でも政治的要求でもなく、暴力性をはらみながら形成されるそれぞれの集団の質にある。

1 〈寄生者（パラサイト）〉と階級脱落

『パラサイト』では韓国社会の富裕層と貧困層の典型として、半地下アパートを住居とするキム一家と、豪邸に住むパク一家が描かれる。パク家が住む緑豊かな高台の豪邸と、薄汚れた町中にあるキム家の半地下アパートは、ほとんど図式的なまでに対照的だ。富裕層と貧困層の圧倒的な格差が、日当たりのよい坂の上（地上）とじめじめした坂の下（半地下）として可視化される。

韓国に多い半地下式住宅は、窓が地面の高さにあるため日当たりが悪く湿っぽい。結露や黴（かび）や害虫が発生しやすい不衛生かつ不健康な環境に加え、路上から室内が丸見えのためプライバシーの点でも問題がある。ただし家賃が格安だから、貧困層は半地下アパートに住むことが多い。ソウル市民の五パーセントから一〇パーセントが、半地下式住宅の住人だという。

キム一家の住居の対極にあるのが、緑と陽光に溢れる高台の広々とした豪邸だ。ＩＴ企業のパク社長一家が住んでいるのは、もともとは高名な建築家が自分のために設計した邸宅で、住み込みの家政婦ムングァンも建築家に雇われていたのだが、いまは新しい主人一家のパク家に仕えている。

キム家では父のギテクをはじめ、大学受験に失敗し続けている息子のギウ、美術大学の試験に落ちた娘のギジョン、さらに母のチュンスクにいたるまで一人も定職に就いていない。就職難が続いている韓国では、一家全員が失業中という極端な設定も非現実的とはいえないようだ。映画の冒頭では、キム家の貧しい日常がコミカルに描かれていく。

一家総出でピザの箱を山ほど組み立てても、不良品が多いため手間賃を値切られてしまう。上階住民のＷｉ－Ｆｉに便乗するため電波が拾えそうな場所を、家中必死で探しまわらなければならない。街路に散布される消毒薬で殺菌しようと窓を開いたら、室内に濛々とした白い霧が立ちこめてしまう。たまの贅沢は、一家で格安の運転手食堂に出かけることくらいだ。

幸運と富をもたらすという縁起物の山水景石を届けるため、キム家を訪れた友人のミニョクから、ニートのギウは割のよさそうなアルバイトを紹介される。名門大学の学生でアメリカ留学が決まったばかりのミニョクは、自分の代わりにパク家の高校生の娘に英語を教えないかと友人を誘う。画像編集ソフトを駆使して妹ギジョンが偽造した身分証明の書類を手に、ギウは長い坂道を上ってパク家の門を叩く。

山水景石に導かれて貧しい家族と豊かな家族が交差するところから、物語は進行しはじめる。高台の豪邸と町中の半地下アパート、ようするに〝地上／半地下〟が、富裕層と貧困層の社会的分断を寓意していることはいうまでもない。

パルムドール受賞作の『わたしは、ダニエル・ブレイク』や『万引き家族』を意識しながら『パラサイト』を撮ったと監督のポン・ジュノは語っている。また高台の豪邸と坂の下の貧しい街の対照は、黒澤明の『天国と地獄』を参照しているとも。

韓国と日本では格差や貧困の程度に違いがあることは前提として、『万引き家族』の柴田一家を、『パラサイト』のキム一家と比較してみよう。貧しいながらも笑いの絶えない家族として描かれる点は共通しているが、両者の貧困の程度を同等と見ることはできそうにない。

柴田家は表向き「父」の治と「母」の信代、「祖母」の初枝、信代の「妹」亜紀、「子」の祥太からなる五人家族で、さらに児童虐待の被害者とおぼしい幼女がそこに加わる。表向きというのは、物語の結末近くで柴田一家はなりすまし家族、疑似家族だったことが判明するからだ。

かつて治は場末のホステス信代の常連客だった。ＤＶに耐えきれなくなった信代は、愛人の治と謀って夫を殺害する。罪を被った治が釈放されてのち、二人は「夫婦」として暮らすようになる。二〇年以上も前に離婚して一人暮らしをしていた初枝が、他人の治と信代を「息子夫婦」として家に招き入れることで、柴田家という疑似家族が成立したようだ。

初枝と別れた夫は再婚し、後妻とのあいだに二人の娘をもうけていた。どんな理由からか家を出た長女の亜紀も、父の前妻である初枝に誘われて、表向きは信代の「妹」として柴田家に同居するようになる。祥太は、もともと車内に取り残された子供だった。親はパチンコでもしていたのだろう。常習的な車上荒らしの治が、車中に閉じこめられた幼児を保護し、子供のいない信代と二人で実の子のように育ててきた。

虐待されていた幼女は柴田家の人々になじんでしまい、「りん」という新しい名前で祥太の「妹」として迎え入れられる。りんが柴田一家の一員になるところから、『万引き家族』の物語は開幕する。

手内職で糊口をしのいでいるキム一家とは違って、柴田家の大人たちは三人とも外に働きに出ている。治は建設現場の日雇い労働者、妻の信代はクリーニング店のパート従業員、若い亜紀は性風俗店のアルバイト。初枝の年金や離婚した夫の家族からの「慰謝料」や治夫婦の給料では暮らしていけないため、治と祥太は食品や日用品を連日のように地元のスーパーなどから万引きしていた。『万引き家族』の柴田一家が、二一世紀日本社会の最底辺、アンダークラスに位置することは疑いない。

物語が進行するにつれ柴田家は収入の道を絶たれていく。作業現場で負傷しても非正規雇用の治に労災は下りることなく、信代も人員整理でパートの職を奪われてしまう。仕事に戻れない治は車上荒らしを再開する。あるいは病死した「祖母」を庭に埋めて、まだ生存しているように見せかけ、初枝の年金を詐取しようと企む。

このように柴田家では失業が犯罪に直結する。富裕層の家に雇われようとして、キム一家も経歴詐称などの小悪に手を染める。しかし柴田一家とは違って、窃盗や死体遺棄や年金詐取など歴然とした犯罪には手を染めることなく、かろうじて一家は暮らしを立ててきた。

柴田一家が暮らしているのは、いまにも崩れそうに老朽化した、東京の下町にある小さな戸建て住居だ。古畳は擦り切れ障子には穴が開いて、卓袱台や仏壇の他はたいした家具もない。家族六人が折り重なって暮らす陋屋では、勉強好きの祥太も押し入れのなかで本を読むしかない。柴田家の住居と比較すれば、キム家の半地下アパートは広い。部屋数も多く家財道具も一通り揃っている。住環境の点でキム一家は、柴田一家より貧困度は相対的に低い。

職業にかんしても同じことがいえそうだ。就職難の韓国であろうと、柴田家の人々と同じような非正規で低賃金のサーヴィス職やマニュアル職に、キム家の四人が誰一人として就労できないわけはない。父ギテクや息子ギウは、治のように建設現場の資材運びや清掃など底辺的なマニュアル労働には就こうとしないし、娘のギジョンも亜紀とは違って風俗業のアルバイトをする気はなさそうだ。建設現場の日雇い労働や性サーヴィス労働を回避できるキム一家には、柴田一家と比較して経済資本に多少の余裕はありそうだ。後述のように文化資本の点でも同じことがいえる。

同じ貧困層でも、キム家と柴田家に貧困度の相違があるのはなぜか。ＯＥＣＤの統計では、二〇一八年に韓国の一人当たりＧＤＰは日本を超えた。とはいえ僅差で、いまのところ日韓の一人当たりＧＤＰは同程度といえる。

世帯としても社会全体としても、二〇世紀後半に貯めこんだ「貯金」が多いぶん、いまのところ生活水準の平均値は韓国より日本のほうが少しは高そうだ。格差化が日本よりも深刻な韓国では、経済成長の果実を富裕層が独占してしまうため、「中流」や貧困層の平均所得は日本と比較して多いとはいえない。それでも日本の柴田一家よりも、韓国のキム一家のほうが相対的に「豊か」に見えるのはなぜなのか。

『パラサイト』の作品世界でキム一家の対極にあるパク一家は、父ドンイク、母ヨンギョ、高校生の娘ダへ、幼い息子ダソンの四人だ。名門大学の学生だと身分を偽ったキム・ギウは、ヨンギョの面接に合格し、ダへの家庭教師として採用される。またヨンギョは、ダソンの絵の教師も捜している。それを知ったギウは、他人を装って妹ギジョンを紹介する。

アメリカ留学の経験があると嘘をついたギジョンも、お人好しのヨンギョを欺(だま)してダソンの家庭教師の職にありつく。キム兄妹は巧みな嘘や偽の証拠でパク夫婦を欺瞞し、二人の使用人を邸から追い出すことにも成功して、父のギテクは運転手、母のチュンスクは家政婦としてパク家に入りこむ。

四人が別々に雇われるには、自分たちが家族である事実を主人一家に知られてはならない。しかし幼いダソンは、新しい使用人の四人から饐(す)えたような同じ臭いがすることに気づく。半地下生活で衣服や躰に染みついた臭気は、物語のクライマックスで決定的な意味を持つことになる。

こうしてキム家の人々は、富裕なパク家に寄生(パラサイト)しはじめる。キム一家がパラサイトに成功したのは、富裕層の家庭教師や運転手、家政婦になるため必要な知識や技能、言葉遣いから行動様式にいたる、もろもろの文化資本をあらかじめ取得していたからだ。

母親の自慢は若い頃にハンマー投げで銀メダルを獲得したことだし、息子が兵役を挟んで四度も大学受験に失敗したのは、高水準の予備校には通えない経済状態のためらしい。日本でも同じ傾向はあるが、韓国で名門大学に入るには莫大な教育投資が不可欠で、美大に合格できないギジョンの場合も兄と同じ境遇だろう。

似たような年齢の柴田家の亜紀だが、ギジョンのような経歴詐称が可能とは思われない。子供には万引きくらいしか教えることができないと、尋問する刑事に卑屈な照れ笑いを浮かべて語るような柴田治が、グローバルＩＴ企業の社長専用車を背広姿で運転する光景も想像できない。

キム家の父や息子はパク家の面接にスーツを着て出かける。半地下の家ではくたびれた普段着姿でも、衣装箱には外出着を仕舞いこんでいたわけだ。定職がない点はギテクも同じだが、ネクタイも満足に締められそうにない治とは文化資本に無視できない差がある。

戸籍も住民票もない祥太は学校に通えない。保護者である治も信代も、「息子」が無教育のまま育ってしまうことを、さして気に病んでいる様子はない。息子や娘に高学歴を期待し、ソウルの名門大学や美大を受験させたキム家との落差は大きい。

物語の後半、万引きが発覚して逃げようとした祥太は、高い場所から道路に飛び降りて怪我をし、運ばれた病院で警察に保護される。万引きや車上荒らしに疑問を感じ、学校に行けないことを不満に思いはじめた祥太は、これまでの生活を変えようとした。そのため自分の意志で怪我をしたのだと、二度と会うことがないだろう治に内心を語る。養護施設から通いはじめた学校でも、祥太の成績は優秀らしい。

祥太が警察に保護されたことで死体遺棄と年金詐取が発覚し、治と信代は逮捕される。祥太が抱きはじめた窃盗への罪の意識や向学心をきっかけに、柴田一家という疑似家族は崩壊した。ある程度以上の文化資本を所有するキム一家はパラサイトに成功し、教育などの文化資本に憧れた少年の行動のため柴田一家は消滅する。同じ貧困層でも、両者の相違には無視できないところがある。

教養の程度やハビトゥスから想定して、治や信代はワーキングクラスの下層出身だろう。しかしキム夫婦は、一九九七年のＩＭＦ危機でギテクが失業するまで、富裕層ではないが貧困層でもない「中流」だった。失業した「中流」が台湾カステラやチキン店の個人事業主になるのは、韓国では珍しいことではない。いずれの事業にも失敗して半地下アパート生活まで追いこまれたとしても、ごく最近まで「中流」だったキム家は、ワーキングクラス下層出身の治たちとは階級的立場が違う。

韓国の高度経済成長「漢江の奇跡」による「ゆたかな社会」を、ＩＭＦ危機が直撃した。韓国社会を揺るがした経済危機を克服するため、左派政権にもかかわらず金大中大統領は、新自由主義政策を積極的に推進していく。経済は持ち直したが、その副作用で「中流」層の解体と社会の格差化が急激に進行し、デクラセ化する人々は増加した。

ブランキが注目した一九世紀的なデクラセは、ブルジョワ階級からの脱落者である革命的知識人、あるいは支配秩序を疑うことのない民衆から意識的に離脱した革命的労働者だった。しかしキム一家のような二一世紀的なデクラセは、一九世紀のそれとは質的に異なる。

多少とも類似している例は、二〇世紀前半に急進的な社会運動に流れこんだ新ミドゥルクラスの失業者、困窮者たちだろう。たとえば一九三〇年前後のドイツでは、この層をナチ党と共産党が政治的に争奪した。争奪戦に勝利したのはナチスの側で、そのアモルファスな暴力性は突撃隊に組織されていく。共産党は突撃隊との街頭戦に敗れて粉砕され、国会放火事件を口実とする戒厳体制と暴力的弾圧によって一掃された。

過去二〇年のあいだに「中流」から脱落し、貧困層に転落した韓国の無数の家族を、『パラサイト』のキム一家は象徴している。日本でも一九九〇年代から労働環境が構造的に変質し、非正規／不安定労働者が急増して、最下層の貧困階級が新たに形成されはじめた。

その起点は一九九五年に日経連が公表した「新時代の『日本的経営』──挑戦すべき方向とその具体策」にある。そこでは第二次大戦後に形成された新卒一括採用・年功序列・終身雇用制を再編し、第一に「長期蓄積能力活用型」、第二に「高度専門能力活用型」、第三に「雇用柔軟型」の三者に労働者を振り分ける方向性が提起されていた。

第一は正規の長期雇用、第二、第三は非正規の短期雇用で、製造業の派遣労働が解禁された二〇〇四年以降には第三の非正規・不安定労働者が一挙に増加した。今日では労働人口の約四割（二〇一九年の総務省統計では三八・二パーセント）が非正規雇用で、その少なくない部分が二一世紀的な貧困層であるアンダークラスに属する。

現代日本のアンダークラスは「九二九万人で、旧中間階級の八〇六万人を上回り、就業人口の一四・九パーセントを占めて、いまや資本主義社会の主要な要素のひとつとなった」[*1]と橋本健二は指摘する。「激増を続けている」アンダークラスの「平均個人年収は、一八六万円と極端に低い」。その職種は「販売店員と非正規の事務職に加えて、ビジネスや人々の生活を下支えする、さまざまなサーヴィス職とマニュアル職が含まれている」。

柴田家の大人三人はサーヴィス職、マニュアル職の非正規・不安定労働者で、いずれも年収一八六万円の線には達していないようだ。橋本は続ける。

これまでの労働者階級は、資本主義社会の底辺に位置する階級だったとはいえ、正社員としての安定した地位をもち、製造業を中心に比較的安定した雇用を確保してきた。これに対して激増している非正規労働者は、雇用が不安定で、賃金も正規労働者には遠く及ばない。（略）結婚して家族を形成することが難しいなど、従来ある労働者階級とも異質な、ひとつの下層階級を構成しはじめているようである。労働者階級が資本主義社会の最下層の階級だったとするなら、非正規労働者は「階級以下」の存在、つまり「アンダークラス」と呼ぶのがふさわしいだろう。

・

第二次大戦後に先進諸国で形成された、ジョン・K・ガルブレイスのいわゆる「ゆたかな社会」では、二〇世紀前半に形成された事務職や管理職などの新ミドゥルクラス（ノンマニュアル職／ホワイトカラー層）を中心に、自営農民や中小の商工事業者など旧ミドゥルクラスと、ワーキングクラス（マニュアル職／ブルーカラー層）のうち「正社員としての安定した地位をもち、製造業を中心に比較的安定した雇用を確保してきた」層からなる「中流」が社会の量的主流を占めた。

一時期までの日本の〝総「中流」〟社会が示したように、「中流」は新旧のミドゥルクラスやワーキングクラスなどの一九世紀的な階級概念ではない。第二次大戦後の高度経済成長は先進諸国に、生活様式や社会意識の点で均質的な社会集団を形成した。「アメリカン・ウェイ・オブ・ライフ」に憧れて大量消費を謳歌する人々の社会意識として、「中流」は分厚い層をなして存在してきた。

しかし二一世紀になると、ホワイトカラー層もブルーカラー層も、失業と非正規化によって「中流」から大量に脱落しはじめる。『万引き家族』の柴田一家では、非正規労働者でワーキングクラス下層の「父」治は「中流」でないとしても、離婚する前の「祖母」初枝は「中流」家庭の主婦だったようだ。外聞をはばかって、家出娘の亜紀を外国で暮らしていると語る実の母親や、その夫の住居は明らかに「中流」の家屋だし、作中の描写などからして祥太やりんの生家も底辺的な貧困層ではなさそうだ。

若者の貧困が社会問題化している日本だが、韓国では失業や非正規雇用の状態にある若者を恋愛、結婚、出産を諦めた三放世代と称する。加えて就職やマイホームを諦めた五放世代、さらに夢と希望まで断念した七放世代という言葉もある。

失業しデクラセ化するまで、キム家が新ミドゥルクラス（ホワイトカラー層）とワーキングクラス（ブルーカラー）上層のいずれに属していたのか、映画から正確なところは判然としない。いずれにしてもキム家の両親は、「中流」だった時期のことを忘れてはいない。しかし三放世代の息子や娘は、「結婚して家族を形成することが難しいなど、従来ある労働者階級とも異質な」新しい貧困階級、アンダークラスに転落する可能性がある。

他方、柴田家の人々はすでにアンダークラス化している。それは各人が貧困、離婚、犯罪、家出、育児放棄や虐待などによって家族を奪われた、あるいは自分から家族を棄てた結果ともいえる。それぞれの理由で家族から排除され孤立した男女と子供が、生き延びるために形成した疑似家族が柴田一家だ。

柴田家の人々がホームレスやネットカフェ難民になる寸前で踏みとどまっているのは、「祖母」の初枝が家屋を所有しているからだろう。その居住空間を前提に柴田家という虚構のもと、老若男女の六人が肩を寄せあって暮らしている。

家族は最後のセイフティネットともいわれる。同じようにデクラセ化していても、この点でキム家と柴田家は条件が大きく異なる。キム家は普通の意味で「家族」だが、不安定な条件のもと、かろうじて存続している「疑似家族」が柴田家なのだ。物語の結末で柴田家は、警察権力と社会秩序の圧力に押し潰され解体されてしまう。しかし娘の死という犠牲を出しながらも、キム家の場合には家族の絆が最後まで残される。

ソウル江南区の九龍村や蘆原区のタルトンネには、住居としてキム一家の半地下アパートにも劣るバラックがひしめいている。こうした貧困層の集住地域であれば、『万引き家族』の柴田一家と同じ社会階層の人々も多いだろう。

しかし『パラサイト』では韓国版の柴田一家ではなく、いまだデクラセ化の途上、アンダークラス未満である「元中流」一家が主役として設定された。その意図についてポン・ジュノは、インタヴューで次のように述べている。

韓国では半地下というのは、ありふれた住居スタイルですが、この映画においては、リアルで象徴的なものになっています。そして半地下とは、別の言葉で言い換えると、半地上でもある。半地上ですから、一日のうち何分か、あるいは何時間かは日が差し、〝自分たちは地上で暮らしているんだ〟、つまり〝私たちは忘れ去られていない、大丈夫だ〟とも思えるのです。でももし一歩間違えば、地下に落ちてしまうという恐怖にさいなまれるのです。半地下というのは、あいまいな境界線にいるようなものです。[*2]

今日の典型的な貧困を描いているという、しばしば見られる『パラサイト』評が一面的である点は、以上の監督発言からも明白だろう。韓国社会の底辺めがけて転落しつつあるキム一家は、一方で「私たちは忘れ去られていない、大丈夫だ」と自分に言い聞かせながら、他方では「一歩間違えば、地下に落ちてしまうという恐怖にさいなまれ」てもいる。ようするに「半地下というのは、あいまいな境界線にいるようなもの」なのだ。

いまのところ最底辺の貧困層、アンダークラスとはいえないが、そうなる可能性を否定できない「元中流」あるいは「没落中流」の運命が、『パラサイト』では中心的に描かれている。

この作品がヨーロッパやアメリカで高い評価を得たのも偶然ではない。たとえばブレグジットのイギリス、トランプ旋風のアメリカ、ジレ・ジョーヌ運動のフランスなど欧米の政治的変動と大衆の流動化、あるいは左右中道政党による相互補完体制の裂け目から溢れ出た排外主義ポピュリズムの主役は、キム一家と同じ「没落中流」層だからだ。

次節で検討するトッド・フィリップス『ジョーカー』の主人公、下積みの道化師アーサー・フレックは『パラサイト』のキム一家と同じ没落階層に属し、物語の後半で同じように暴力化していく。フィリップス作品の「道化師（ジョーカー）」とは、左右のポピュリズム的「反乱」の主役である、デクラセ化し秩序破壊に向かう「没落中流」にほかならない。

「中流」への復帰とアンダークラスへの転落という対立的な二つの可能性に、キム一家は引き裂かれている。この対立から生じるダイナミズムが、一家をあげてのパラサイトに帰結した。

キム家の両親と子供二人がパク家で職を得られたのは、「中流」時代の遺産である文化資本が効果を発揮したからだ。以前からの使用人たちを引きずり下ろし、邸から追い出してまで後釜に坐ろうという執念は、

「一歩間違えば、地下に落ちてしまうという恐怖」に由来している。
このように映画の前半では、社会的上昇の希望と下降の恐怖に分裂した「元中流」一家の、必死なぶん滑稽でもあるサバイバルのあれこれがコミカルに描かれる。物語前半の頂点は、雇い主一家がキャンプに出かけた留守を狙って、キム家の親子四人が豪邸のリヴィングで開く宴会の場面だろう。

パク家から流れてくる少なくない額の金銭で、一家が半地下生活から脱出することも夢ではなさそうだ。「こんな家で暮らしたい」という家族に、ギテクは主家の酒や料理を好き勝手に飲み喰いしながら、「たったいま、ここがわれわれの家ではないか」と満足そうに応じる。半地下アパートに運ばれてきた山水景石は、伝承に違わずキム家に幸運を運んできたようだ。

パラサイト生活をはじめた頃、「パク家の人々は金持ちだが善人だ」と感想を洩らしたギテクに、妻のチュンスクは「金持ちだから善人でいられる、自分たちも金持ちなら善人になれる」と言葉を返していた。

この時点でギテクは、元の使用人たちを讒言で追い出して後釜に坐ったことに忸怩たる思いを抱きながらも、他人を蹴落とすための小悪はやむをえない、貧乏人は善人になれないと居直っていた。しかし、宴会の夜になるとサバイバル戦の勝者としての余裕から、自分たちが追い出した運転手はどうしているのかと、敗者の身の上を案じるようにさえなる。「金持ちなら善人になれる」というチュンスクの言葉を証明するかのように。

息子のギウは酔った勢いで、パク家の娘と恋仲になったと告白する。なんとしても名門大学に入学し、ダへと正式に交際したいというギウの言葉にキム一家の夢は膨らみ、酒宴はさらに盛りあがる。

そのときだ、インタフォンのチャイムが鳴りはじめるのは。豪雨でずぶ濡れになりながらインタフォンのボタンを押したのは、キム家の不当な工作で邸から追い出された元家政婦のムングァンだった。執拗に鳴りわたる不吉なチャイム音を境として、物語は一転する。パラサイト計画が成功するまでをコメディタッチで描いた前半から、それが思わぬかたちで破局するまでを描く陰惨で暴力的な後半へと。

忘れ物を取りにきた、玄関を開けてもらえないかとムングァンは必死で訴える。前任者の懇願をむげにできないチュンスクは、宴会中の家族を見られないようにして訪問者を邸内に入れる。地下の物置に下りたムングァンは、パク家の人々も存在を知らない秘密の扉を開く。それは戦争に備えて極秘裏に造られていた、地下シェルターの入り口だった。

地下シェルターにはムングァンの夫オ・グンセが隠れ住んでいた。ヤミ金融に巨額の借金がある夫を暴力的な取り立てから守るため、まだ邸の主人が建築家だった四年前から、妻は秘密の地下室に匿っていたのだ。グンセを見つけたギテクは、これからどうするのか「おまえには計画がないだろう」と見下すように問いつめる。もしも借金取りに捕まれば報復で殺されかねないグンセは、不自由な地下生活にも馴染みきっていて、「ここで生まれ、ここで結婚したような気がする、これからも隠れ住んでいたい」と本音を語る。逃亡者の自分に食物や住居を提供してくれる主人として、パク社長を「リスペクト」しているとも。

ギテクたち四人が家族であることや、ムングァンを陥れて邸から追い出した事実が発覚し、キム一家とグンセ夫婦の力関係は一瞬のうちに逆転する。どうしても秘密を守りたいキム一家とグンセ夫婦のあいだで乱闘がはじまり、そこにパク一家が帰宅してくる。かろうじてグンセ夫婦を地下シェルターに閉じこめ、住みこみ家政婦チュンスク以外の三人はソファの下などに身を隠す。

地下シェルターの住人グンセの登場で物語は一変するのだが、この点にかんしてポン・ジュノは次のように語っている。「最初、観客はキム一家を貧しい家族と思っていますが、実は、もっと貧しい家族がいたんだと気がつくんです。悲しいことに、富裕層の家族とではなく、その貧しい家族同士が闘いを始めるのです」。真のドラマはここからはじまる。

第三の家族の男性の存在は、ソン・ガンホ演じるキム家の父親にとって恐怖でしかありません。未来は自分もああなるかもしれないという可能性を孕んでいるからです。彼は、半地下ではなく、〝完地下〟にいます。実際に、完地下に住んでいる男と比べると、ソン・ガンホは恐怖も感じるけれど、まるで自分は中産階級にいるような錯覚に陥ったんですね。第三の家族の男は、「地下に住んでいるのは、僕だけじゃないよ。半地下までみんな合わせたら、相当な数だよ」と言いますが、父親は〝一緒にしてくれるな〟と思うわけです。恐怖を覚えたと思います。

グンセの登場によって〝地上／半地下〟の二層関係の背後から、〝地上／半地下／完地下〟と三層をなした新たな対立関係が浮かんでくる。〝地上〟に寄生している点は〝半地下〟も〝完地下〟も同じだが、〝半地下〟は〝完地下〟との自己区別に拘泥し、パラサイトの優先権を争奪して暴力的な抗争が開始される。〝半地下〟は地上に戻ることを夢想するが、〝完地下〟は自分の境遇に満足し〝地上〟に感謝さえしている。〝地上〟にとって〝半地下〟と〝完地下〟は、鼻をつまみたくなる貧困の悪臭がする点で少しの相違もない。〝完地下〟に潜んだアンダークラスの男が、自分たちアッパーミドゥルの一家を脅かす怪物であることを、パク家の幼い息子ダソンだけは知っている。食物を探しに地下シェルターからキッチンに出てきたグンセを、幽霊だと信じこんだダソンは引きつけを起こしたことがある。そのときのトラウマを反復するかのように、大人たちには意味不明の怖ろしい人物の絵を描き続けている。

映画後半のプロットを外に洩らさないよう、ポン・ジュノはスタッフやキャストに厳重な箝口令を敷いたという。クライマックスの衝撃的な暴力シーンを、観客には伏せておきたいと思ったからか。

むしろ物語前半で押し出される〝地上／半地下〟が、〝地上／半地下／完地下〟に劇的に変貌する瞬間の驚きを、予備知識を与えることなく観客に突きつけようとしたのではないか。物語後半に溢れる暴力は、〝地上／半地下／完地下〟の錯綜する対立関係が引き寄せたものにほかならない。

定職を持ち生活が安定したパク家の運転手や家政婦は、現代韓国の「中流」に属していた。この二人を「元中流」、「没落中流」のキム一家が追放して富裕層のパラサイトに成功する。このように物語前半では「中流」の椅子の争奪が必死に、また滑稽に演じられた。

しかし〝完地下〟のグンセが登場することで、それまで見えていた光景は一変する。虚偽と中傷で家政婦を追い出したキム一家は、自分たちよりも社会的に上のムングァンを引きずり落としたように見える。しかし本当は、より下に位置するグンセを排除し抑圧していた。

しかもキム一家の誰一人として、おのれの加害性を突きつけられても反省することがない。「地下に住んでいるのは、僕だけじゃないよ。半地下までみんな合わせたら、相当な数だよ」というグンセの言葉に、キム一家は戦慄する。わずかながらも〝地上〟に戻る希望が残されている〝半地下〟から、絶望的な〝完地下〟に転落することを恐怖して、一家はグンセ夫婦を殴打し拘束し地下シェルターに閉じこめてしまう。

〝半地下〟も〝完地下〟も変わらない、デクラセ化しつつある「元中流」は二一世紀的な新しい貧困層、アンダークラスまで転落するのが運命だという、グンセの言葉には根拠がある。先にも述べたように、キム家の人々の躰には貧困の臭気が染みついていた。この臭いに最初に気づくのは幼いダソンだが、しだいに父親のドンイクも、ベンツの車内に漂う異臭に眉を顰(ひそ)めるようになる。

ちなみにパク家の女たち、母のヨンギョと娘のダヘは、雇い入れたキム家の四人に距離感や警戒心をさほど抱かないが、父のドンイクは使用人への距離感がある。「インディアンごっこ」が好きなダソンは、はじめて訪れてきたギウに玩具の矢を射かけるし、キム家のパラサイトが露見し破局を迎えてしまうのもダソンの誕生日にからんだキャンプやガーデンパーティーの結果なのだ。〝完地下〟のグンセの存在に気づいている点も含めて、父母や姉が端的に〝地上〟の人であるのにたいし、ダソンは無自覚のうちに〝地上／半地下／完地下〟を横断している。

幼いダソンはグンセやキム一家の正体を、曖昧ながら察知している。寄生者（パラサイト）を無意識に警戒し、あるいは怖れている息子とは違って、大人のドンイクは主人として適切な距離を置こうとする。ドンイクにとっての適切な距離とは主人と使用人の距離だが、キム・ギテクにはそれが富裕層と貧困層の社会的な距離であるようにも感じられる。

車を運転しながら世間話を装って「奥さまを愛していますよね」と、ギテクは後部席に凭（もた）れたドンイクに問いかける。富裕層のドンイクはデクラセ化した「元中流」のキム一家を見捨てることなく、同じ市民として遇する気があるのかどうか。それを確認したいという思いに駆られて。

ギテクが妻チュンスクを愛するように、ドンイクもヨンギョを愛しているなら、いつか二つの家族の心は通じるかもしれない。同じ仲間ではないかという〝完地下〟からの呼びかけを拒否しなければならないギテクは、〝地上〟のドンイクから承認されることを切望している。しかし運転手の切実な問いかけにもドンイクはうわの空で、曖昧にしか応えようとしない。

またキム家の息子ギウは、熱心な家庭教師を装ってパク家の娘の手を握る。家政婦のムングァンに問題があったことを、夫には内密にしてくれと頼まれたギテクは、満足そうに女主人の手を取る。

いずれも富裕層から対等に扱われ承認されたい、なんとしても〝地上〟に戻りたいという〝半地下〟人の欲望が、身体的な親密化として表現された結果に違いない。使用人の無遠慮ともいえる唐突な身体的接触に、パク家の女たちはとまどいながらも、不快や嫌悪を感じて振り払うことはない。

嵐で帰宅してきた主人たちの目を逃れようとソファの下に潜んだギテクは、主人夫婦が自分について語るのを盗み聴いてしまう。ドンイクは新しい運転手のことを妻に、ときとして使用人の分を超えそうになるが決して一線を越えることはない、そこが「いい」と評する。ただし、このところベンツの車内に漂っている「地下鉄に乗る人たちのような悪臭」への嫌悪を隠そうとはしない。

キム一家に染みついた臭気への侮辱的な言葉を耳にして、ギテクの表情は驚きと怒り、自己嫌悪と反感のために強張る。富裕層のパク家と貧困層のキム家のあいだには、貧困の「臭い」をめぐる越えられない溝が口を開けている。「中流」を装ってパク家に入りこんでいても、躰に染みついた〝半地下〟の臭気のために身元が露見し、快適なパラサイト生活は破綻しかねない。

グンセ夫婦に秘密を摑まれ、パク家の仕事を奪われる可能性に直面したギテクは、ドンイクの「臭い」をめぐる言葉を盗み聴いて顔から笑いが消える。物語の前半ではよく笑う明るい性格だったが、後半のギテクの表情は鬱屈や失意や絶望に塗り潰されている。

なんとかムングァンとグンセを地下シェルターに閉じこめ、家政婦のチュンスクを邸に残してキム家の三人は坂道を下る。快晴の日中にギウが上った坂道を、豪雨の夜にキム家の父子は激しい雨に打たれながら下っていく。坂の上りと下り、晴天の昼と嵐の夜。この対照にキム一家の運命の変転が込められている。

帰宅する途中、これからどうするのかと息子に問われた父親は、「計画がある」と応じる。数時間前のギテクは「おまえには計画がない」と〝完地下〟のグンセを見下していた。経済的には貧困状態に陥りながらも、生活が安定していた過去の記憶から逃れられないギテクは、「中流」に復帰し階級上昇をとげるという困難な、おそらく不可能である夢を棄てることができない。富裕層にパラサイトするという姑息な計画に成功し、ギテクは有頂天になる。夢の実現が近づいたと思いこんで。

人生計画の有無こそ、〝完地下〟と〝半地下〟を分かつ最大の相違なのだ。〝地上〟に這いあがるための「計画がある」自分は、まだ〝完地下〟まで転落しきってはいない。こう自分を励ましての言葉だったが、洪水で天井まで浸水した半地下アパートから命からがら脱出し、避難所の体育館に逃げこんだ直後に態度を一変させる。

悟りとも諦めとも居直りともつかない沈鬱な表情で「計画などない」、流れにまかせるしかないと、ギテクは自嘲的に語る。〝半地下〟のギテクも〝完地下〟のグンセも、〝地上〟のパク家にパラサイトして暮らしている点は変わらないし、同じように人生計画など立てることのできない立場なのだ。それまで否認していた事実が、意図的には逃れがたいものとしてギテクの前に立ちはだかる。

寄生（パラサイト）と盗みや強奪は、似ているようで微妙に違う。盗みや強奪の被害は一回的だが、寄生されることで蒙（こうむ）る被害は持続的だ。この点で寄生は反復的な恐喝に似ているが、寄生される宿主に被害の自覚がない点では異なる。

寄生者は養分を豊富に持つ宿主の存在を否定しない。宿主の否定は、寄生することでしか生存できない自身の否定に通じるからだ。富と貧困が極限的に対立するとき、それを可能とする条件があれば貧者による富者からの盗みや強奪が、さらには貧困層の暴動や蜂起、「収奪者が収奪される」ような事態さえも生じかねない。しかし、寄生者は強奪とも暴動とも無縁だ。貧富の格差が必然的であるシステムを疑うことなく、富裕な宿主に寄生して生き延びようとする。

寄生者にとって宿主は、打倒し消滅させるべき敵ではない。むしろ寄生者は宿主に親しみを感じ、宿主を愛しはじめさえする。宿主から対等の存在として承認され、さらには愛されることをさえ望むようになる。これがパラサイトとしてのキム・ギテクの裡に生じる、パク家の人々を前にしたときの奇妙な心理だ。しかし宿主に承認されたいという寄生者の倒錯的な欲望は、最終的には惨めに挫折せざるをえない。この必然性を『パラサイト』で暗示しているのが、キム一家に染みこんだ〝半地下〟の臭気、貧困の産物としての悪臭だ。

〝半地下〟のギテクと比較して、〝完地下〟のグンセの存在性格はどうか。商売に失敗して巨額の借金を背負い、身の危険から〝地上〟に出ることが不可能であるグンセは、パラサイト的とはいえ〝地上〟の片隅に職を得られたギテクよりも、社会階層的に下に位置する。監督のポン・ジュノが語るように〝半地下〟には象徴的な意味があるが、その点は〝完地下〟の場合も変わらない。

グンセが四年も隠れ潜んでいた地下シェルターには、娯楽本ではない分厚い専門書が並んでいる。読書や教養という点でグンセは、「元中流」の〝半地下〟として〝完地下〟の住人を見下すギテクより上かもしれない。ギテクにとってパク邸は建築費のかさんだ豪邸にすぎないが、それをグンセは、才能ある建築家の作品として鑑賞する知性と能力がある。

ようするにグンセは、ギテクよりも先に没落し、地底の深みまで下降をとげた「元中流」なのだ。この点で〝半地下〟のギテクと〝完地下〟のグンセに、存在性格の根本的な相違は認められない。

豪雨の翌日、パク家の広々とした芝生の庭で、ダソンの誕生パーティーが開かれる。水浸しの半地下アパートとは対照的な、高台の邸宅で開かれる華やかなガーデンパーティーは、パラサイトによる「中流」復帰の夢も絶たれようとしているギテクに、あらためて絶望的なまでの格差を突きつける。

鬱屈を深めるギテクに、幼いダソンを喜ばせるためネイティヴ・アメリカンの扮装をしろと、主人のドンイクが命じる。儚い可能性にすがるように、またしてもギテクは妻への愛情について主人に問いかけてしまう。

執拗に繰り返される使用人の問いかけの隠された意味を察したのか、勤務時間中は雇用者の指示に従うべきだろうとドンイクは不機嫌に突き放す。こうしてギテクは鬱屈した感情に追われるように、使用人として越えてはならない一線をついに越えてしまった。

パク家にパラサイトするという無謀な計画に、家族を巻きこんだという自責から、グンセ夫婦を抹殺して問題を解決しようとギウは決意する。凶器として選んだのは、キム一家にパラサイト生活という幸運、あるいは不運をもたらした山水景石だ。鈍器になる石塊を抱えてギウは地下シェルターの階段を下りるが、待ちかまえていたグンセの逆襲にあう。

前夜、階段を蹴落とされたムングァンは、頭部の打撲で重傷を負っていた。復讐心に燃えたグンセは、奪った山水景石をギウの頭に繰り返し叩きつけたあと、着飾った招待客の溢れる中庭にあらわれて、キム家の娘に襲いかかる。胸を刺されたギジョンは血まみれになるが、力自慢のチュンスクが死闘の末、バーベキューの肉串でグンセを倒すことに成功する。

前夜からキム一家とグンセ夫婦は、パク家にパラサイトする優先権を争奪して凄惨な抗争に突入していた。翌日の午後、パク家のガーデンパーティーを襲った惨劇は、ここまでのところキム一家とグンセ夫婦による抗争にすぎない。

芝生の上では、貧しい者同士が生き延びるため必死に争い、たがいに蹴落としあう惨劇が演じられる。血みどろの外見こそ衝撃的でも、身近な者や同等の者たちの殺しあいはさほど珍しくない出来事だ。この凡庸といえば凡庸である光景は、しかし次の瞬間に劇的な変貌をとげる。

騒動のショックで失神した妻ヨンギョを、邸の主人が病院に連れて行こうとする。芝生に落ちた車のキイを拾うため屈んだドンイクは、鉄串を刺され痙攣しているグンセの躰から漂う悪臭に、思わず鼻をつまんでしまう。その光景を目撃したギテクは、娘を殺害した凶器の包丁を拾って発作的にドンイクの躰に突き立てる。

〝完地下〟のオ・グンセ、〝半地下〟のキム・ギジョン、〝地上〟のパク・ドンイクと、三つの階層からそれぞれに犠牲者を出した惨劇だが、のちに地下シェルターで息を引き取ったムングァンを加えれば、事件の死者数は正確には四人になる。これをマスコミは、豪邸に迷いこんだホームレスによる無差別殺傷事件として報道した。

ギジョンとグンセの死は、パラサイトをめぐるキム一家とグンセ夫婦の争いから生じている。しかし、三人目の犠牲者ドンイクの場合は事情が根本的に異なる。どうしてドンイクは、殺害されなければならなかったのか。

ギテクに使用人としての節度を守るよう求めたことが、殺される理由になるとは思えない。以前からギテクの体臭に眉を顰めていた様子ではあるが、しかし惨劇の場でドンイクが顔を背けた相手はギテクでなくグンセなのだ。ギテクはドンイクに侮辱されたわけではない。それなのに、どうして突発的な殺意に駆られたのか。

『パラサイト』のアカデミー作品賞受賞を報じた東京新聞の記事に、「映画評論家の渡辺祥子さんは『パラサイト』が票を集めた理由を『コミック原作のヒーローものなどワンパターンな米国作品への批判が湧く中、貧困や格差という身近なテーマを描いたことが共感を呼んだ』と分析[*3]」とある。あるいは同日の同紙社説には、「ポン・ジュノ監督が紡ぎ出した底知れぬ奥行きは、財閥による富の寡占など韓国特有の問題だけでなく、世界が抱える格差が放つ『腐臭』を残酷なまでに抽出している」とも。

この種のリベラルで常識的な『パラサイト』評では、ギテクによるドンイクへの暴力が貧者による富者への攻撃として単純化されかねない。こうした観点からは、ギテクの暴力は格差化と貧困化の悲劇的な結末にしか見えない。

しかしポン・ジュノ自身が語っているように、この映画の主題は富裕層と貧困層の格差や対立にあるわけではない。作品全体を支配する構図は〝地上／半地下／完地下〟の三層構造であって、主人公は中間項の〝半地下〟をキャラクター的に体現するキム・ギテクなのだ。貧富の格差や対立それ自体ではなく、デクラセ化した「元中流」、「没落中流」が演じる悲喜劇を描いた作品として『パラサイト』はある。こうした観点から、クライマックスでの主人公の暴力を捉えなければならない。

ギテクは前夜、ベンツ車内に漂う悪臭が気になるというドンイクの言葉を盗み聴いて、困惑と疑念の表情を浮かべながら、自分の体臭を確かめるように服や躰を嗅いでいた。同じドンイクが翌日、〝完地下〟のグンセの悪臭に鼻をつまんで後ずさりする。〝地上〟の住人ドンイクからすれば、貧困の臭気が染みついている点で〝半地下〟のギテクも〝完地下〟のグンセも、同じ社会的カテゴリーに分類される存在なのだ。

グンセの体臭に思わず顔を背けたドンイクは、デクラセ化した「元中流」もアンダークラスも同じ貧困層だという真実を、逃れようもなくギテクに突きつけた。それが意識しない自然な動作だったとしても、〝半地下〟の住人は少しも救われない。

距離感はあるが丁寧だった使用人へのドンイクの態度は、意識的に演じられていたにすぎない。無意識的な言動にこそ真意が露出するのであれば、それは意図された侮辱以上の絶対的な拒絶としてギテクに突きつけられたろう。

グンセがギテクに語ったように、つまるところ〝半地下〟と〝完地下〟は同じなのかもしれない。この怖ろしい疑惑を、ギテクは豪雨の一夜、避難所で眠れぬまま必死に噛み潰そうと努めた。しかし、グンセの悪臭に鼻をつまんだドンイクによって、ギテクの努力は完膚なきまでに覆された。

寄生者でも宿主から対等の存在として認められたい、できることなら愛されたいという〝半地下〟人の屈折した期待、すがりつくような願いは、もっとも残酷な仕方で裏切られた。前夜からの鬱屈は心的な器から一瞬にして溢れ出し、憑かれたように寄生者は宿主を刺し殺してしまう。こうして寄生者は自己否定をとげ、パラサイトする立場から離脱した、あるいは自己解放した。

自分でも理由はよくわからないまま、ギテクは主人のドンイクを刺し殺す。貧者による富者への非政治的なテロ行為とも、通り魔的な無動機殺人とも一義的には結論できない曖昧性が、この暴力にはある。テロとしては意識性や計画性が希薄だし、通り魔殺人としては対象が固定化されすぎている。ギテクによる暴力の曖昧な性格には、寄生者として生き延びようとした「元中流」の階級的な曖昧性が反映している。

ギテクは鬱積した感情を暴力的に爆発させるが、しかしパラサイトからの離脱は〝半地下〟から〝完地下〟への転落に帰結した。逮捕をまぬがれるためギテクは、グンセに代わって地下シェルターに隠れ住むしかないからだ。もしも地上に出れば、グンセはヤミ金の借金取りに制裁のため処刑されたろう。ギテクの場合は逮捕され、殺人者として処罰される運命を避けることができない。

殺人や文書偽造、家宅侵入などの罪に問われたが、執行猶予の判決を得た母チュンスクと息子のギウは、二人で半地下アパートの暮らしに戻る。ギウは父親が地下シェルターに自己幽閉している事実を偶然に知って、どんなことがあろうと階級上昇を達成し、パク一家が住んでいた邸宅を買い取ろうと厳粛に誓う。父親が暗くて湿っぽい地下室から緑溢れる庭園に出て、明るい陽光を存分に浴びられるように。

この結末には苦いアイロニーが込められている。富裕層にパラサイトする以外に、〝半地下〟から脱出する可能性を持ちえなかったギウのことだ。たとえ心に誓ったところで、豪邸の主になるほどの社会的成功が得られる可能性はゼロに近い。しかし空しい決意を重ねる以外、ギウにできることはなにもない。

『パラサイト』の背景には、格差と貧困に苦悩する韓国社会がある。としても、中心的に描かれるのはデクラセ化し階級下降した「元中流」たちの悲喜劇であって、世評のように格差問題を批判した作品と解するのは見当違いだ。

豪雨の夜を境として〝地上／半地下〟のシンプルな対立が、〝地上／半地下／完地下〟の重層的な対立関係に変貌する。とはいえ富裕層にパラサイトするしかない「元中流」、「没落中流」という点で〝半地下〟と〝完地下〟に本質的な相違はない。

権力の横暴もシニカルに見過ごすのが美徳である日本とは違って、韓国では李承晩政権を打倒した一九六〇年の学生革命、八〇年の光州抗争、軍事政権を終わらせた八七年民主抗争、そして朴槿恵政権を打倒した二〇一六年の大規模ろうそくデモと、大衆的な抗議や抵抗のスタイルが社会に深々と根づいている。たとえば『パラサイト』と同じソン・ガンホが主演した、チャン・フン『タクシー運転手　約束は海を越えて』、あるいはチャン・ジュナン『１９８７、ある闘いの真実』などの映画作品は、韓国民衆に蓄積された叛乱の記憶と切り離せない。

しかしポン・ジュノが『パラサイト』で描こうとしたのは大衆蜂起や民衆叛乱それ自体ではなく、「没落中流」が過激化し暴力化していく時代的必然性だった。支配的システムを疑うことのない寄生者が、テロや無動機殺人に追いやられていく必然性。注目すべき二一世紀社会のリアリティは、そこにあると直観したからに相違ない。

2 〈道化師（ジョーカー）〉と純粋暴力

『パラサイト』とアカデミー作品賞を争ったトッド・フィリップス『ジョーカー』でも、同じような「没落中流」の悲劇が描かれる。『パラサイト』の〈寄生者（パラサイト）〉が『ジョーカー』では〈道化師（ジョーカー）〉に置き換えられるが、過激化し暴力化する「元中流」である点は共通する。

ただし『パラサイト』の主人公キム・ギテクの暴力が、テロとも無動機殺人ともつかない曖昧な性格だったのにたいし、『ジョーカー』では貧しいピエロが純粋暴力の体現者ジョーカーに変身して都市騒乱を扇動し、ゴッサム・シティを例外状態に突き落とす。このように同じ「没落中流」の過激化でも、『パラサイト』の個的暴力が『ジョーカー』では集合的暴力に移行している。

「中流」は、生産手段との関係から定義された一九世紀的な経済階級とは質的に異なる社会集団だ。急速に過激化、暴力化する「没落中流」の正体を摑むためにも、二〇世紀後半に形成された新しい意味での階級（クラス）、「中流」のことを知る必要がある。

「中流」の歴史は、二〇世紀の歴史と重なる。ドイツをはじめ列強諸国は第一次大戦に勝利するため、国家が経済領域をコントロールする総力戦体制を構築していく。生産面に加え消費の面でも、生活必需品の配給制など国家による統制と管理が推進された。

第一次大戦後には大量生産と大量消費のフォードシステムが一般化し、資本主義諸国の経済構造を二〇世紀的に変革した。フォード工場の労働者にはT型フォードがローンで購入できる給与が保証され、賃金の向上は他業種、他産業に波及していく。

第一次大戦中の総力戦体制はケインズ＝フォード主義体制として大戦後も平和的形態で継続された。国家財政による社会政策や福祉政策が体系的に展開され、ワーキングクラスを中心とした民衆の生活水準はしだいに向上していく。

第二次大戦で覇を競ったボリシェヴィズム、ファシズム、アメリカニズムの三者はいずれも産業労働者階級（ワーキングクラス）の支持獲得に努めた。一九世紀社会では最下層に沈んでいたワーキングクラスが社会の主役の座に押しあげられ、新たに形成される「中流」社会の支柱となる。

第二次大戦に勝利したアメリカとソ連は、第三の世界戦争としての冷戦に突入する。冷戦下の二〇世紀後半に西側先進諸国では福祉国家が確立され、「中流」社会は完成期を迎えた。

それを可能にした条件は三つある。ソ連社会主義に対抗し冷戦に勝利するため、西側諸国には国民所得の増加と社会保障の整備、大衆的な生活水準の持続的な向上が求められた。これを第一とすれば第二は、賃上げや時短などで資本に対抗しうる巨大労働組合が組織され、賃金や労働条件を持続的に向上させる圧力として有効に機能したこと。

その政治的な反映として第三に、ボリシェヴィズムと袂を分かった社会民主主義政党や労働者政党が存在し、資本の利害を反映する保守政党と拮抗したこと。結果として西側先進諸国の多くではアメリカの民主党と共和党、イギリスの労働党と保守党、西ドイツの社会民主党とキリスト教民主同盟など左右中道政党が交代で政権を担当する、議会制民主主義の安定的な政治システムが形成された。

こうした諸条件のもと二〇世紀後半には、ワーキングクラスを中心として農家や商店や町工場など小規模自営業者、あるいは企業のホワイトカラー層など新旧ミドゥルクラスも含め、国民の大多数が「中流」意識を共有する「ゆたかな社会」が実現された。

以上の諸点からして、「中流」は所有や生産との関係で定義された一九世紀的な階級ではない。消費様式を共有する二〇世紀後半に固有の社会集団、大衆消費社会の主役でもある新しい意味での階級として「中流」は存在した。

二次にわたる世界戦争を通過した西側先進諸国では「国民国家／民主主義／資本主義」の近代的な三位一体が、福祉国家として成熟の域に達する。「資本」と繁栄を共有する「中流」層は、国民国家の「国民」として議会制「民主主義」の受益者となる。一九八九年の社会主義の崩壊は資本主義の勝利であり、同時に「中流」の勝利でもあった。しかし一九六〇年代に西側諸国で繁栄の頂点に達した「中流」は、その直後から不可逆的な空洞化を開始する。

一九九〇年前後まで繁栄を持続した日本を例外として、もともと資本主義の本場だった欧米諸国は一九七三年のオイルショックを画期として、長期にわたるインフレと構造不況に見舞われる。アメリカの製造業は急速に競争力を失い、アメリカ市場には日本製の家電や自動車が氾濫した。

資本主義先発国が限界に達したとき、日本資本主義は低賃金若年労働力の存在など後発国の利点をジャンプ台として経済的に飛躍し、繁栄を謳歌しえた。その反面、世界資本主義の中軸国アメリカにとって七、八〇年代の構造不況は、産みの苦しみの時期だった。アメリカ資本主義は工業的生産から知的サーヴィス生産へのシフトに成功し、九〇年代に入って日米の競争力は再逆転する。これ以降、日本社会は長期にわたる停滞と没落に喘ぎながら今日にいたる。

二〇世紀最後の一〇年の過程で開始された資本主義の構造転換は、オイルショックと同年の一九七三年刊行のダニエル・ベル『脱工業社会の到来』ですでに予見されていた。アメリカはモノ中心の工業社会からサーヴィス中心の脱工業社会に移行しつつある。このようにベルが指摘した資本主義の新傾向は、経済のグローバル化が急速に進行した一九九〇年代に、量的にも質的にも全面化していく。

二一世紀的な新資本主義にいち早く注目し、研究や分析の対象としたのはアントニオ・ネグリなどイタリアのマルクス派と、ロバート・B・ライシュのようなアメリカのリベラル派経済学者だった。非物質化する二一世紀資本主義の職業階層として『勝者の代償』(二〇〇〇年)のライシュは、第一にシンボリック・アナリスト、第二に定型的生産労働者、第三に対人サーヴィス労働者をあげている。

一九六〇年代、アメリカ最大の企業はGMだった。しかし今日ではグーグル、アップル、アマゾンなどのビッグテクが上位を独占し、首位を争奪している。このように二一世紀資本主義の基軸は産業資本による物質的生産から知識産業、情報産業に移行し終えた。いまや価値の創造と利潤の源泉は「知識」であり、高い教育水準と高度技能を持つ知識労働者、シンボリック・アナリストこそが経済活動を先導し高所得を得ている。

資本主義の二一世紀的な構造変化は「中流」の多数を占めていたワーキングクラス、定型的生産労働者を直撃した。グローバル化の急進行でワーキングクラスは途上国の低賃金労働者との賃下げ競争にさらされ、工場の海外移転による大量離職を強いられた。

人々は工場のベルトコンベアの前から、マクドナルドなど大衆チェーン店の販売員や介護労働のような対人サーヴィス労働に押し出されるが、そこでも移民労働者との過酷な低賃金競争が待ちかまえている。移民労働者が過少である日本は特例的だが、こうした事態が欧米諸国では一九九〇年代以降、不可逆的なものとして進行した。

資本主義の構造転換が模索された過渡期に、サッチャリズムのイギリス、レーガノミックスのアメリカをはじめ先進諸国では、福祉国家の解体をめざした新自由主義的社会再編が進行していく。貿易自由化、公共部門の民営化、規制緩和などはワーキングクラスの経済的基盤を侵食した。また緊縮財政と福祉や社会政策の縮減によって、失業や疾病や高齢化が貧困に直結するようになる。

ケン・ローチ『わたしは、ダニエル・ブレイク』では、心臓病のため医者に仕事を禁じられた老大工の、公的機関に疾病給付を求めての苦闘が描かれる。申込書をパソコンで入力しなければならないのだが、老ダニエルには操作法がわからない。

老人が窓口から窓口にまわされ続ける光景は、ほとんどカフカ的といわざるをえない。貧困化した老人は家財道具や死んだ妻との思い出の品までを売り払い、なにも残っていない空虚な部屋で窮死する。

ダニエル・ブレイクの運命は、ワーキングクラスや二〇世紀後半の「中流」が追いこまれた窮状を示している。『パラサイト』の主人公キム・ギテクが、ダニエル・ブレイクと失業したワーキングクラス、デクラセ化し暴力化する「没落中流」の運命を共有することはいうまでもない。福祉事務所の壁にペンキで抗議の言葉を大書する程度の抗議行動さえ、市民社会は「暴力」と認定し、ダニエルは警察に連行される。

もう一点、ダニエルと貧しいシングルマザーのケイティが結んでいく相互扶助の関係性は、『万引き家族』の疑似家族、柴田一家に通じるところがある。二一世紀的な貧困化に抵抗する新たな相互扶助の集団性を、筆者は『例外社会』で「生存のためのサンディカ」と呼んだ。ただし『パラサイト』のキム一家は伝統的な家族共同体であり、「生存のためのサンディカ」ではない。失われた「中流」の記憶に呪縛されている限り、アンダークラスの人々による生存のための相互扶助に向かうことはない。

一九九〇年代にグローバリズムとニューエコノミーで劇的な復活をとげたアメリカ経済だが、その恩恵はごく少数の特権層に独占され、都市スラムに押しこめられた貧困層の境遇は悪化し続ける。

トマ・ピケティによれば、アメリカの納税者上位一パーセントの所得が国民所得に占める割合は、一九八〇年には一一パーセントで、二〇一八年には二〇パーセントを超えている。また下から半分の所得は一九八〇年には二〇パーセント、今日では一二パーセントにすぎない。資産格差はさらに激しく、上位一パーセントの資産は下位九〇パーセントの資産よりも多い。アメリカの貧富の格差はこのように急拡大してきた。

二〇世紀後半に「ゆたかな社会」を享受した「中流」のデクラセ化と貧困化は急激に進んでいる。レーガノミックス以来の福祉国家の解体がそれを加速してきた。トランプ支持派のペンシルベニア州共和党員による発言を、金成隆一が次のように紹介している。

私が子どもの頃、ここは何もない人でも、良い給料の仕事を見つけることができる街だった。スキル不要、学歴不要。（略）だが、その後にこの一帯では、主要産業の衰退、廃業、海外移転、合併など、起きて欲しくないことは何でも起きた。それ（アメリカン・ドリーム）を実現する機会はもうない。若者にはきつい。[*4]

病院勤務の中年女性は「もうデトロイトにはミドルクラスはほとんど残っていないと思います。（略）かつてのミドルクラスは、ごく一部だけが上に這い上がり、残りの大半は下に落ちました。私は間違いなく下に落ちた大勢の中の1人」だと語る。ここで用いられている「ミドルクラス」とは、一九世紀的な資本家階級と労働者階級の「中間」を意味する経済階級ではなく、二〇世紀後半の富裕層と貧困層の「中間」的な社会層、二〇世紀的な新しい階級としての「中流」を指している。

二一世紀のアメリカ社会で癒されない鬱屈を抱えこんだ人々に向けて、「私はリストラされた工場労働者や、最悪で不公平な自由貿易で破壊された街々を訪問してきた。彼らはみな『忘れられた人々』です。必死に働いているのに、その声は誰にも聞いてもらえない人々です。私はあなたたちの声です」とトランプは語りかけた。

「中流」の没落とデクラセ化の原因は、不法移民や不当に厚遇されるマイノリティにあるとし、さらに民主党の票田でもある東部や西海岸のＩＴ産業やニューエコノミーの成功者、ウォール街の金融貴族、豊かなアッパーミドゥルとエスタブリッシュメントなどへの憎悪を掻きたてることで、トランプは大統領選に勝利する。アメリカ社会の荒廃と分裂がトランプ大統領を誕生させたともいえる。

トッド・フィリップス『ジョーカー』の時代設定は一九八〇年代の初頭で、自動車や家電などアメリカの工業製品が西ドイツや日本に市場を奪われ、アメリカ中西部の工業地帯がラストベルト化しはじめた最初の時期にあたる。観客は『ジョーカー』で描かれる一九八〇年代のゴッサム・シティを、失業と貧困、麻薬と犯罪が蔓延する荒廃した二〇一〇年代のアメリカに否応なく重ねあわせる。もちろん、それがトッド・フィリップスの狙いだろう。

『ジョーカー』の主人公のアーサー・フレックは、「カーニヴァル」という芸名の下積み道化師だ。ピエロの扮装での街頭宣伝や、病院で子供に芸を見せる半端仕事で日々の糧を得ているが、夢はスタンダップコメディアンとして成功すること。そのために金釘流の文字で綴りを間違えながらも、ノートにアイディアを書き溜めている。

かつて精神を病んで入院していたアーサーは、カウンセラーに病院暮らしのほうがよかったと自嘲的に語る。カウンセラーから付けるよう指示されていた日記には、「こんな人生より価値ある死を希望する」と誤字まじりで走り書きされていた。

退院してからもアーサーは慢性的な抑鬱症状や、緊張すると大笑いが止まらなくなるチック症状に悩まされていて、向精神薬なしでは暮らせない。しかも病身の老母を自宅で、誰の助けもなく一人で介護しなければならない。物語前半のアーサーは自覚していないが、フレック家の母子関係にはどこかしら歪んだところがある。

どう見ても笑いの才能はなさそうなアーサーが、それでもコメディアンに憧れる。子供の頃から母のペニーに、笑いを絶やすことなく人々に感謝されるような大人になれと、繰り返し言い聞かせられてきたからだ。いまでもペニーは一人息子を「ハッピー」という愛称で呼ぶ。

大笑いの発作が止められないのは、笑いをめぐる母親の命令に幼児期から抑圧されてきたからだ。コントロールできない馬鹿笑いこそ、母親に象徴される抑圧的な世界を拒絶するための、アーサーに許された唯一の手段だった。物語の後半で明らかになるのは、抑圧され無意識化されていた幼少期の外傷体験が、この人物を苦しめているチック症状の原因だったという事実だ。

『パラサイト』のキム・ギテクと同じように、アーサー・フレックもアンダークラスではなく、階級的にはデクラセ化した「元中流」である。キム家の人々にとって家族共同体が、たとえ失業中でもかろうじて暮らしていけるセイフティネットとして機能していた。娘が死亡し殺人犯の父親は失踪しても、残された母子と不在の父とのあいだに親密な家族の絆は保持されていく。

『万引き家族』に登場するアンダークラスの柴田一家は、ばらばらであれば生存さえ危うい人々が身を寄せあう相互扶助集団、「生存のためのサンディカ」だった。ペニーは親子関係というセイフティネットに依存しているが、アーサーには精神的な承認と物質的生活の両面で最後の拠りどころになる親しい他者が、家族を含め一人としていない。それでも承認を与えてくれるかもしれない理想の他者、架空の父は存在する。

『ジョーカー』には先行する映画作品の夥しい参照や引用がある。参照先としてしばしば指摘されるのが、マーティン・スコセッシの『タクシードライバー』と『キング・オブ・コメディ』だろう。『タクシードライバー』に主演したロバート・デ・ニーロは『キング・オブ・コメディ』では、TVトークショー司会者のジェリー・ラングフォードに憧れ、コメディアンとしての成功を夢想する男ルパート・パプキンを演じた。しかも三七年後のデ・ニーロは『ジョーカー』で、ジェリー・ルイスが演じたラングフォードと同じTV司会者マレー・フランクリン役で登場する。

『キング・オブ・コメディ』のルパートに当たるのが、『ジョーカー』ではアーサーだ。ようやく立つことのできたコメディクラブの小さな舞台で、アーサーは「タバコを買いに行った父親は、そのまま姿を消した」というギャグを飛ばすが、これはTV出演を果たしたときのルパートの台詞の引用である。

自分の芸を評価しないラングフォードを、ルパートは誘拐し脅迫する。アーサーもまた理想の他者だったフランクリンから残酷に裏切られ笑いものにされ、最後にはTVカメラの前で射殺してしまう。また映画のクライマックスで拳銃を発砲するアーサーは、『タクシードライバー』の主人公トラヴィス・ビックルを下敷きにしたキャラクターでもある。

ルパートもトラヴィスも他人とのあいだに適切な距離をとれない、しばしば妄想に耽るなど、精神的な問題を抱えている孤独な青年だ。常識的な社会生活にうまく適応できないため、他人から評価され承認されることを渇望するが、幾度となく裏切られて犯罪や暴力に走ってしまう。家族という避難所さえ持ちえない、生活苦と他者からの承認の不足に苦悩する孤独なアーサーが、ルパートやトラヴィスと同じタイプであることは疑いない。

『ジョーカー』の時代設定は一九八〇年代はじめだから、アーサーはルパートやトラヴィスの同時代人でもある。この三人が若者として生きたのは、一九六〇年代の「ゆたかな社会」が失速しはじめた七〇年代ということになる。そして半世紀が経過し「ゆたかな社会」は過去の夢物語として忘れられ、アメリカ社会の格差と貧困は二〇一一年にウォール街占拠運動を、一六年には大統領選でのトランプへの熱狂をもたらした。『ジョーカー』のゴッサム・シティには例外状態が到来しようとしている。不況と失業と貧困に喘ぎ、治安の悪化で犯罪が激増した巨大都市では、富裕な特権層への大衆的な不満と怒りが渦巻いている。労働争議が頻発し、衛生局のストライキのため街にはゴミが溢れ、獰猛なスーパーラットの大量発生が市民を恐怖に陥れている。市長は非常事態の宣言を検討しはじめた。疫病をまき散らすスーパーラットの駆除を目的として、州兵の出動を要請するために。

　財政悪化と福祉削減のため、アーサーが通っていた福祉センターの無料カウンセリングは廃止され、それなしでは精神的安定が保てない薬も入手の道が絶たれてしまう。しだいにアーサーの精神状態は悪化し、現実と妄想が混濁しはじめる。

　度重なる失策から道化師としての半端仕事さえ失ったアーサーは、心理的と社会的の両面で追いつめられていく。しだいに秩序を逸脱して殺人を重ね、ついには純粋暴力の化身ジョーカーに変貌する。映画のタイトルの「ジョーカー」とは、貧しい道化師に取り憑いた純粋暴力であり、ゴッサム騒乱という例外状態を生じさせる「没落中流」たちのシンボルでもある。

　この映画が公開された直後のことだが、結末で描かれるゴッサム・シティの騒乱をめぐって論争が生じた。騒乱の主体はトランプ派なのか、あるいはオキュパイ派なのか。オキュパイ派とは二〇一一年のウォール街占拠（オキュパイ）運動に連なる勢力で、その一部は二〇一六年大統領選挙の民主党予備選でサンダース支持派としても活動した。

　中道右派＝共和党主流派より「右」のトランプ派を右派ポピュリズムとすれば、二〇一六年にヒラリー・

クリントンが代表した中道左派＝民主党主流派よりも「左」の左派ポピュリズム潮流ともいえる。

二〇一〇年代のアメリカでトランプ派、オキュパイ派として登場した対立的な街頭勢力は、ファシズムに代表される権威主義的暴動と、それに対立する自己権力(コミューン)的な蜂起に歴史的な起源がある。国家権力を容認し、それを前提として相対的自由(リバティ)の領域を確保するリベラリズムにたいし、絶対自由(フリーダム)を求める民衆の自己権力運動は、フランスではコミューン、ロシアではソヴィエト、ドイツではレーテと呼ばれてきた。

評議会(カウンサル)とも称される一九世紀、二〇世紀の自己権力(コミューン)的な運動にたいし、その二一世紀的な継承形態には無視できない固有性が認められる。オキュパイ派という暫定的な名称には、こうした固有性への意識が含まれているに違いない。

『革命について』のハンナ・アレントは、評議会の起源を古代アテネの民会に遡る一方、その最大の成功例としてアメリカ独立革命を評価している。アレントは独立革命の細胞形態としてニューイングランド植民地の村落自治組織に注目し、それこそ理想の評議会運動だったと称讃する。またジュディス・バトラーは『アセンブリ』で、アレントの議論を参照しながらオキュパイ派の理論化を試みた。

「ニューヨーク・タイムズ」の映画評でローレンス・ウェアは、『ジョーカー』の結末に登場する暴徒はトランプ派だと指摘している。どちらとも決めかねるというのが「ニューズウィーク」のサム・アダムズだが、トランプ支持のオルト・ライトが『ジョーカー』を極右暴力の正当化に利用した事実には読者の注意を促している。

オルト・ライトのレイシズムや白人優位主義と、無差別銃撃事件を惹き起こしている非モテ(インセル)（Involuntary celibate／非自発的禁欲者）や反フェミニズム過激派は親和性が高い。公開前には『ジョーカー』に刺激されたインセルが、無差別殺傷事件を惹き起こす可能性も危惧されていた。インセルによる大量殺人は二〇一八年カナダのトロントで一〇人の犠牲者を出した事件をはじめ、このところ北米では珍しくない。リチャード・ブロディは『ジョーカー』の映画レヴューで、「アーサーが連続殺人に目覚めるなか、ひとりの有名人（大富豪のトーマス・ウェイン――引用者註）がアーサーのような殺人者たちを『ピエロ』と呼[*5]」んだ点に着目する。

この発言をきっかけに、活動家たちによる大規模な運動が突如として起こる。彼らはピエロに扮し、富裕層や権力者たちを標的にする。これはヒラリー・クリントンがドナルド・トランプの支持者の大多数を「哀れな人々」と呼んだ〝事件〟に類似している。一部の人々は、この「哀れな人々」という言葉を名誉の証として使うようになったからだ。『ジョーカー』において「ピエロ」という形容は、脅威として迫りくる左翼の急進派に向けられている。

アーサーはインセルでレイシストだが、映画の結末で起きる「ピエロ」たちの騒乱は「左翼の急進派」、オキュパイ派の蜂起であるとブロディは解釈する。オキュパイ派はアメリカ社会が、グローバル経済とウォール街から莫大な利益を掻き集める超富裕層の「1パーセント」と、貧困化する市民「99パーセント」とに分裂したと批判し、強欲な「1パーセント」を弾劾した。

しかしトランプ現象は、「99パーセント」が社会的にも政治的にも一体ではない事実を明るみに出した。トランプ勝利の鍵はラストベルトの労働者票を民主党から奪い、オハイオなど中西部五州を獲得したところにある。大統領選挙戦では中西部の「没落中流」票が、まさに万能の切り札ジョーカーとして働いて、トランプに勝利をもたらしたといえる。

アメリカ社会は一パーセントの人口で富の半分を独占するアッパークラスと年収一〇万ドル以上のアッパーミドゥルからなる富裕層、解体され貧困化した「元中流」のロウアーミドゥル、マイノリティや移民労働者が多いアンダークラスに三分裂している。

二〇世紀後半にアメリカの産業的繁栄を支えたところの、ワーキングクラスと新旧ミドゥルクラスから構成された「中流」は、『ルポ　トランプ王国』にもあるように、いまやロウアーミドゥルやアンダークラスなどの貧困層に転落した。「没落中流（ジョーカー）」たちの絶望が一方ではトランプ現象を、他方ではサンダース現象を巻き起こした。

サンダースの支持基盤もロウアーミドゥルにある。また親世代のような生活水準を期待できないニート青年や学費ローンの重圧に喘ぐ学生にもサンダース支持者は少なくない。しかし、アメリカ社会の底辺で貧困に押し潰されたアンダークラスの組織化は不充分だった。

民主的社会主義を標榜するアレクサンドリア・オカシオ＝コルテスは、史上最年少の二九歳で下院に議席を得た。ヒスパニックで女性で若者という三重のマイノリティ性を身に帯びたオカシオ＝コルテスのような民主党左派、あるいは中道左派の「左」に位置する政治家が今後、アンダークラスの支持を獲得しうるのかどうか。

民主党の予備選挙で黒人票の多くは、サンダースではなくヒラリー・クリントンに流れたといわれる。一九六〇年代までのように黒人のほとんどが貧困とはいえないが、しかし階級上昇に成功したのは特権的な少数派にすぎず、大多数は二一世紀の今日も都市スラムに滞留している。

たとえば映画『アス』に登場する同じ顔をした二つの家族は、二一世紀アメリカ社会に顕著な貧富の格差、とりわけ黒人層の階級的分裂という新たな事態を寓意している。主人公のウィルソン一家はたまたま階級上昇に成功し、地上で暮らしているにすぎない。地下に閉じこめられた別のウィルソン一家が平行して存在し、地上の分身たちと入れ替わろうとする。

地上と地下に二重化したウィルソン一家は、『パラサイト』のキム一家とグンセ夫婦を連想させる。実際、『パラサイト』の完成後に『アス』を観たポン・ジュノは、両作の発想の共通性に驚いたと語っている。

『ジョーカー』の主人公アーサーは、深刻な問題を二重に抱えて苦しんでいる。第一は病身の母親の介護や失業をめぐる社会的な問題だ。自分は何者なのかわからないとカウンセラーに告白するように、第二にはアイデンティティの混乱や空虚という精神的な問題がある。

ナンシー・フレイザーが『中断された正義』で論じたように、経済的貧困とアイデンティティの喪失は現代アメリカ社会が解決を迫られている、深刻きわまりない二大問題だろう。社会の底辺に押しこめられて鬱屈した中年男アーサーは、病んだアメリカの社会的、精神的難問を凝縮した人物として観客の前に登場してくる。

作中人物のほとんど全員が、なんらかの点でアーサーより恵まれていて、社会的ステイタスは上位にある。白人のアーサーはアフリカ系やヒスパニックと違って人種的、文化的なマジョリティに属するが、それでも社会の最底辺にいるという自己認識に変わりはない。

道化師の扮装で楽器店の閉店セールの客寄せをしているアーサーから、宣伝のプラカードを奪って袋叩きにするのはヒスパニックの少年たちだ。アンダークラスのマイノリティ少年たちでさえ、自分たちの優位性を見せつけるようにアーサーを散々にいたぶる。

アメリカ社会の代表的な人種的マイノリティはアフリカ系だが、経済的貧困とアイデンティティの空虚に打ちのめされたアーサーの前に登場する黒人は、正規の職についている病院職員や、階級上昇に成功したカウンセラーや女医など立場の安定した職業人ばかりだ。同じ階に住んでいる黒人女性の経済状態は、フレック親子とさして変わらないにしても、若く魅力的なシングルマザーのソフィーには愛らしい子供がいる。殺風景なフレック家の部屋とは違って、室内の様子を見ても質素ながら落ち着いた暮らしをしているらしい。

ナチズムに代表される二〇世紀の人種差別主義は、自身の優位性を疑うことなくユダヤ人を蔑視し、差別し、迫害した。しかし二一世紀のレイシズムは、これとは異なる。

貧困層に転落した、あるいは転落の不安に怯える「没落中流」の少なくない部分が、われわれ貧しい白人こそ差別され迫害されている、本当の被害者は自分たちだと信じこんで、民主党の反差別政策から「不当な」利益を得ているマイノリティや移民に敵意を向ける。「在日特権」を攻撃する日本の新排外主義にしても同じことだ。

白人男性のアーサーを黒人女性より社会的に劣位なキャラクターとして描いた『ジョーカー』を、被害者意識に苛まれるトランプ支持派やオルト・ライトやインセルが歓迎しても不思議ではない。政治無関心派のアーサーはオルト・ライトやレイシストとはいえないが、同じような境遇に置かれた層が、アメリカ社会の右傾化を推進していることは事実だ。

たまたまエレベータで言葉を交わしたソフィーに恋情を抱いて、アーサーはストーカーまがいの行動に出る。たんなる隣人にすぎない現実と、二人が恋人になるという空想の区別が曖昧化した果てに、現実のソフィーに手厳しく拒否され、貧しい道化師は妄想という逃げ場さえ奪われてしまう。直接的には描かれていないが、絶望した男がソフィー母子を殺害した可能性もある。

アーサーは愛されているという妄想に耽るストーカーだが、かならずしも人種差別主義者ではない。若い黒人女性をストーキングすること自体が女性差別的、人種差別的で、リチャード・ブロディが指摘するようにアーサーは無意識的なレイシストかもしれない。としてもトランプ支持派のオルト・ライトや白人優越主義者のように、移民やマイノリティに痙攣的な敵意や憎悪を集中するわけではない。

映画の後半で、暴力化したアーサーは地下鉄の若い会社員三人、意地の悪い元同僚、TV司会者と白人の男五人を射殺する。それらのシーンはリアルに描かれるが、隣室に住むソフィー母娘やエピローグ的なシーンでアーサーを問診する精神科の女医など黒人女性にかんしては、殺害が暗示されるにすぎない。こうした演出からも、アーサーのレイシズムが無意識的であることは窺える。

A・R・ホックシールドは、大統領選でトランプを支持したろうルイジアナ州のロウアーミドゥル、デクラセ化した「元中流」の聞き取り調査を『壁の向こうの住人たち』で報告している。ホックシールドが調査対象とした貧困化する白人層は、異物排除の心理からだけ排外主義化するのではない。移民労働者に職を奪われるという不安からだけでもない。最大の問題は「繁栄と安全というアメリカン・ドリーム」[*6]の「ディープストーリー」、「〝あたかもそのように感じられる〟物語」にある。

誰でも努力すれば成功できるというアメリカンドリームを信じて、人々は長い行列に並んできた。丘の上には輝かしい成功が遠く小さく見えるが、「日差しは熱く、列は動かない」。動かないどころか、じりじりと後ろに下がっているようにさえ思われる。

どうしてなのか、「前方で列に割りこもうとしている人たちがいる!」。「いったい誰だ? 黒人もまじっている。連邦政府が推し進める差別撤廃措置を通じて、あの人たちには、大学やカレッジでも、職業訓練や雇用でも、福祉給付金の支給、無料の昼食サービスでも優先枠があたえられてい」る。「女性、移民、難民、公共セクターの職員たち——まったく、きりがない」。

それを心から信じ、そのために誠実に努力してきたアメリカンドリームであるのに、マイノリティや大きな政府に寄生する公務員たちの「割りこみ」によって損なわれ壊されている。こうした「ディープストーリー」が、トランプ支持派のような右派ポピュリズムに多大の政治的エネルギーを供給している。

しがない道化師アーサーは、スタンダップコメディアンとして成功することを夢見ている。アーサーが行列に割りこまれたと感じ、割りこんできた移民労働者やマイノリティをアメリカンドリームの破壊者と見なすなら、トランプを支持するかもしれない。

しかし人を笑わせるのが仕事の芸人は、大国アメリカの屋台骨を背負ってきた、社会の王道を歩んできたと自負する「元中流」の産業労働者たちとは階級的立場が異なる。芸人たろうとするなら、王道ならぬ脇道にあえて迷いこむことは不可欠だろう。トランプ派のような「ディープストーリー」を、コメディアン志望の男が共有するとは思えない。

ポリティカル・コレクトネス（PC）派のエスタブリッシュメントを憎悪するトランプ派はもちろん、ウォール街を敵として名指したオキュパイ派とも縁遠いコメディアン志願の男にも、暴力性の片鱗が認められないわけではない。耐えがたい鬱屈と絶望を抱えこんだアーサーは、怒りにかられて路地のゴミ缶を蹴飛ばし、芸能事務所のタイムレコーダーを壊れるまで拳で殴りつける。

しかし心底に鬱積した憤怒も、イデオロギー的な排外主義や差別主義に向かうことはない。殺しても飽き足らないほどの怒りを覚えるのは、息子かもしれない自分を冷たく拒絶した富豪トーマス・ウェイン、公衆の面前で嘲笑するためにTVカメラの前に引き出したマレー・フランクリン、いつも職場で自分を見下していた先輩の道化師ランドルなど、程度の差はあれアーサーより上位にいる白人男性だ。

「元中流」として過去の記憶に呪縛されているのは、息子ではなく母親ペニーのほうだろう。ウェイン邸にメイドとして勤めていた若い頃、主人トーマスと秘密の愛人関係にあった。アーサーの父親はトーマスだとペニーは信じている。

それは妄想かもしれないが、少なくとも富豪の邸で働いていたのは事実で、職業的にも生活的にも安定していた若い日の記憶をアーサーの母親は忘れることができない。そして金銭的な援助を求め、トーマス・ウェインに手紙を送り続けている。

ゴッサム社会の底辺に沈んで救いのない男の耳に、フランク・シナトラの「ザッツ・ライフ」が聞こえてくる。「ザッツ・ライフ」はマレー・フランクリンの決め台詞でもある。ときとして痙攣的な怒りの発作に見舞われるとしても、日常的には不遇と不幸を「これが人生だ（ザッツ・ライフ）」と諦めて受け入れているアーサーには、政治意識や政治的立場のようなものは皆無だ。

TV出演のため局に道化師の扮装であらわれたアーサーに、司会者フランクリンは「きみも抗議行動に参加するのかね」とからかう。その日は市庁舎への大規模デモが呼びかけられていて、ゴッサム・シティの電車や街路には道化師の面を付けた群衆が溢れていた。司会者に質問されて「抗議など信じない、政治に関心はない、僕は人を笑わせたいだけだ」とアーサーは応じる。

道化師もコメディアンも「笑い」の専門家だが、アーサーには笑いの才能が乏しい。自分で笑うことも、他人を笑わせることも。鏡の前で大口を開けて笑い顔の練習をする映画の冒頭シーンは、この人物が笑いの意味を体感できない性格であることを示している。

コメディクラブでスタンダップコメディアンのライブを観るアーサーは、いつも他の観客から少しずれたところで大爆笑する。本当におかしくて笑っているのか、なにも感じないまま笑いを演じているのか。福祉センターで笑いが止まらなくなるのは、カウンセリングという生権力の行使への無意識的な抵抗だとしても。少入院中の子供たちに道化師の芸を見せている最中に、アーサーはポケットから拳銃を落としてしまう。少年グループに楽器店の看板を奪われ殴られたあと、不良どもなど撃ち殺してしまえと同僚のランドルが、無責任にそそのかしながら手渡してきた拳銃だ。そんな度胸など小心者のアーサーにはないだろうと、いかにも小馬鹿にした態度で。

小児科病棟での失敗に落ちこんだアーサーが力なく地下鉄の席に凭(もた)れていると、サラリーマンらしい男三人が若い女性客に絡みはじめる。その光景を目にして爆笑してしまうのは、ハラスメントに目を瞑るしかない自分の弱さを容認できないからだ。病的な発作を意図的な嘲笑と誤解して、道化師の扮装をしたアーサーを三人の若い男たちが取り囲む。

ようやく新人コメディアンとして実演の機会を与えられた際も、舞台上で笑いの発作に襲われて、満足に芸を演じることができない。いずれの場合も本人は、ここで笑えば困った事態になる、笑ってはならないと自分に言い聞かせ、笑うまいと必死で努めている。しかし意識の底から噴出する破壊的な馬鹿笑いは、どうしても抑えられない。

きわどいジョークの笑いには反社会的なところがある。しかしアーサーの笑いの発作は、場所柄をわきまえないブラックジョーク以上に、社会人としての立場を損ないかねない。

世界の無意味性が露骨に反社会的な、理由のない大笑いを爆発させる。客を笑わせる才能に乏しい道化師だが、心底には反社会的で反秩序的なジョーカーの哄笑が潜んでいるかのようだ。この不吉な笑いがアーサーの全人格を呑みこむとき、純粋暴力の体現者ジョーカーへの変身は完了するだろう。

コミック、映画、TVドラマなどに共通する、「バットマン」世界の中心的な舞台はゴッサム・シティだ。ニューヨークをモデルにしていても架空の都市である以上、ゴッサムにウォール街が存在するのは不自然だが、こうした齟齬は不注意や偶然の産物ではない。

トッド・フィリップスは不自然を承知で、「ウォール街」という象徴的な地名を『ジョーカー』の世界に持ちこんでいる。とはいえ、これをオキュパイ派へのエールと解釈するのは早計だろう。ニューヨークやカリフォルニアの新富裕層や移民労働者や人種的マイノリティやフェミニストなど、トランプ派の種々雑多な攻撃対象リストには、ウォール街も含まれているからだ。

馬鹿笑いのため地下鉄で殴る蹴るの暴行を受けたアーサーは、懐中にしていた拳銃で男二人を偶然のように、最後の一人はホームまで追いかけて意図的に射殺する。夢中で公衆トイレに逃げこみ、不思議な高揚感のなかで恍惚としてステップを踏みはじめる。殺人を重ねジョーカーとしての自覚を深めていく都度で、優美だが異様でもあるダンスをアーサーは反復するようになる。

子供たちの前で拳銃を落とした事件のため、芸能事務所の社長から馘首（クビ）を宣告されたアーサーは経済的に追いつめられていく。しかし、犯人であることを悟られないため遠まわしな言葉ながら、地下鉄の事件については満足そうに語る。

自分はひどいことをした、それにもっと悩むかと思っていたがむしろ爽快だった、存在感の希薄さに悩んでいた自分に世間はようやく気づきはじめたと。再分配の点では窮地に陥った男だが、承認の点では手応えさえ感じはじめたようだ。

地下鉄で射殺されたのは、トーマス・ウェインのコンツェルンに属する証券会社の若手社員だった。事件は貧困層による富裕層への復讐として解釈され、センセーショナルに報道される。

部下を殺されたウェインはインタヴューで、殺人者を「ピエロ」と罵る。自分よりも恵まれた者への妬みから、素顔を隠して犯行におよんだ卑怯者だと。映画評でリチャード・ブロディも触れていたように、ゴッサムを支配する富裕な特権層の代表人物による「ピエロ」という非難の言葉が、貧困に悩み格差に憤る市民たちを憤激させる。金融貴族やエスタブリッシュメントに反感と不満を募らせていた貧しい市民は、道化師の格好をした謎の男による殺人に共感し、傲慢なエリートへの正義の鉄槌として賞讃する。

マスコミは正体不明の犯人を、自警団員や私刑人を意味する「ヴィジランテ」と報道した。「バットマン」世界の中心的なヴィジランテは、いうまでもなくバットマンだ。しかし『ジョーカー』では、結末でバットマンの最大の敵ジョーカーに変身するだろうアーサーを、市民がヴィジランテとして讃える皮肉な光景が描かれる。

地下鉄の殺人者は英雄視され、男の化粧を真似て道化面を付けた人々が街には溢れはじめる。インターネット上の反体制集団アノニマスの活動家がガイ・フォークスの仮面を付けるように。ちなみにガイ・フォークスの仮面の場合も、活動家は『Vフォー・ヴェンデッタ』などコミックや映画に影響されて使いはじめたらしい。ゴッサム・シティで貧困に抗議する群衆が、道化面で顔を隠すという設定は、この事実を踏襲しているのだろう。

地下鉄での射殺事件の直後から、道化面の貧しい市民が自然発生的に集会やデモをはじめ、劇場などウェインの立ちまわり先でもプラカードを掲げた群衆の抗議行動が見られるようになる。

スーパーラットの大量発生によるゴッサム・シティの非常事態は、こうして新たな水準に移行する。このステージで主役を演じるのはスーパーラットではなく、いまや「われわれはピエロだ、金持ちを殺せ、ウェインを殺せ」と口々に叫ぶゴッサム市民の群れだ。

格差と貧困に喘いで政治的に流動化し活性化し、街頭に溢れ出した群衆の正体は、いうまでもなく「没落中流（ジョーカー）」だろう。ほとんどが仮面を付けているため確定的なことはいえないが、地下鉄の車内でも騒乱状態になった街頭でも、デモの参加者の多くには白人男性らしい印象がある。アンダークラスが主体であれば、アフリカ系やヒスパニックがもっと目立つに違いない。ゴッサム騒乱の主役が「没落中流」であることを、『ジョーカー』の映像は暗示しているようだ。

政治には無関心な道化師アーサーの行動が、騒乱に雪崩れこんでいく群衆と偶然のように交錯する。とはいえ、貧しい市民に英雄視されている事実も遠い世界の出来事のようで、アーサーが政治的関心に目覚めることはない。再分配をめぐる社会問題ではなく、この人物は承認をめぐる精神的な問題に拘泥し続ける。その中心にあるのは性的な問題だ。そもそも地下鉄の事件そのものが、若い女へのハラスメントを前にしての馬鹿笑いをきっかけとしていた。

病身の母ペニーに、アーサーは愛情をもって接しようと努めてきた。しかし失業や精神疾患のため心理的に追いつめられ、依存してくる母を厭わしく感じることもある。投函する前にトーマス・ウェイン宛の手紙を盗み読んだアーサーは、自分の父親が富豪のトーマスかもしれないことを知る。

アーサーはウェイン邸を訪れ、いつかバットマンになるだろう少年に鉄門越しに、ちょっとした手品を見せる。しかし、未来のジョーカーとバットマンの接触は一瞬で終わる。警戒する執事のアルフレッドに、アーサーは邪険に追い払われてしまうからだ。

道化面のデモ隊を掻き分けるようにして、アーサーはエスタブリッシュメントやセレブリティが集う劇場に忍びこむ。特権層のために上映されているのは、チャップリンの『モダン・タイムス』だ。ゴッサムの紳士淑女が正装して、テーラーシステムに翻弄される工場労働者の悲惨を笑いながら楽しむという場面で、ここにもトッド・フィリップスの批評的な視線がある。

劇場の化粧室でアーサーは父かもしれない男を問いつめるが、ペニーの手紙は妄想の産物だとトーマスは一蹴する。さらにアーサーはペニーの実子でなく養子だとも。事実を確かめるためにアーサーは、州立アーカム病院に出向く。

アーカム精神病院（アーカム・アサイラム）の正式名称はエリザベス・アーカム触法精神障害者病棟で、ゴッサム市警やウェイン産業と同様「バットマン」世界に共通する架空の組織あるいは団体だ。規則違反だからと渋る資料保管庫の職員から、アーサーはペニーの診断書を奪い取る。

トーマスの言葉を裏付けるように、診断書にはペニーの病名が妄想性精神障害、自己愛性人格障害と記されていた。しかもペニーは養育放棄と虐待の罪で告発され、触法障害者としてアーカム精神病院に拘禁されていたらしい。

養子としてペニーに引き取られたのは、実の親がわからない遺棄児だった。その子に愛人が虐待と暴行を繰り返しても、養母は黙認していた。子供は脳に障害を負わされ、成人後も精神疾患に苦しむようになる。しかも診断書には、虐待をとめなかったのは「あの子は泣かない、笑っているから」だというペニーの自己正当化の言葉もある。自分でもコントロールできない笑いの発作は、生き延びるために虐待という現実を否認し、それを楽しい遊戯であるかのように思いこもうとした、幼少期の残酷な体験が原因だった。

息子を「ハッピー」という愛称で呼び、いつも周囲に笑いを絶やさないようにしてほしいという母親の願いも、それに応えてコメディアンに憧れていた自分も、すべては欺瞞の産物だった。無意識に抑圧され忘却されていた、悪意と暴力の外傷体験をめぐる真実を突きつけられた男は、絶望的な心境に追いこまれる。

そして病室で「僕の人生は悲劇だと思っていたけれど、本当はコメディだった」と呟きながら、脳卒中で入院中のペニーを枕で窒息死させる。地下鉄での殺人は半ば偶然の出来事だったが、病院での母殺しは意志的に実行されている。

慰めを求めてソフィーの部屋を訪れるが、そこでも絶望が待ち構えていた。挨拶したことがある程度の他人による不意の侵入に怯えながら、ソフィーは部屋から出ていくように頼む。隣室の女との恋愛が妄想の産物だった事実を突きつけられ、茫然として廊下を歩く男の姿が描かれる。描写は省かれているが、あるいはソフィーを殺してしまったのかもしれない。こうしてアーサーは、ジョーカーへの道を確実に踏み出した。

コメディクラブでのライブに失敗したときの映像が、TVの人気トーク番組「マレー・フランクリン・ショー」で紹介される。観客を笑わせるのではなく、本人一人が馬鹿笑いするだけの「コメディアン」は視聴者の評判になり、アーサーはTV出演を依頼される。もちろん司会者フランクリンの思惑は、ライブ番組の座興として無能なコメディアンをさらしものにすることだ。

経済的に窮迫し、地下鉄の事件で警察にも疑われはじめたアーサーは、もう自殺するしかないところまで追いつめられている。番組の悪意ある意図を察しながらも、出演依頼に応じることにしたのは、スタジオで拳銃自殺するというアイディアが浮かんだからだ。生中継される無能なコメディアンの自殺は、無数の観客を驚愕させるだろう。それこそコメディだった人生の幕切れにふさわしい。

「マレー・フランクリン・ショー」に出演する当日、もう母親のいない家に芸能事務所の元同僚たちが訪れてくる。常日頃からアーサーを小馬鹿にしてきたランドルと優しい性格のゲイリーだ。ゲイリーは本気でアーサーを慰めようとして訪れてきた。しかし傲慢なランドルは、失業し母を失って打ちのめされている男を面白がって見物しに来たに相違ない。

そもそも拳銃をめぐるランドルの興味本位で無責任な行動が、アーサーの失敗を誘って失業に追いこみ、さらには地下鉄での殺人を惹き起こしたともいえる。厭みな薄笑いで無遠慮に話しかけるランドルを、アーサーは平然と鋏で刺し殺す。しかし「きみだけがぼくに優しかった」と語って、ゲイリーの命は奪おうとしない。

この映画に登場する人物のほとんど全員が、なんらかの意味でアーサーより上位に位置し、この人物を優位性の高みから見下ろしている。唯一の例外がゲイリーなのだ。低身長の外見と弱気な性格から人々に軽んじられ、小突きまわされながら生きるしかないゲイリー一人が、主人公と同格あるいは格下である。この事実が、男の絶望的なまでの社会的劣位性を印象づける。

アーサーによる最後の、ジョーカーとしては最初の殺人の犠牲者はマレー・フランクリンだ。先にも述べたようにフランクリンを演じているのは、『キング・オブ・コメディ』でコメディアン志願の青年ルパート・パプキン役を務めたロバート・デ・ニーロ。

フランクリンは『キング・オブ・コメディ』の「ジェリー・ラングフォード・ショー」を下敷きにしたTV番組「マレー・フランクリン・ショー」の人気司会者で、アーサーの夢は子供の頃から憧れていたフランクリンにゲストとして招かれ、ショー番組で才能あるコメディアンとして賞賛されることだった。こうした設定も『キング・オブ・コメディ』を踏襲している。

アーサーにとってフランクリンは、父を象徴的に代理する存在だ。そのフランクリンが残酷な下心を隠して、無能な無名コメディアンにショー番組へのTV出演を依頼してくる。偉大な父のように崇めてきた人物が、カメラの前に下手な芸人を引っぱり出し、何百万人という視聴者の前で笑いものにしようというのだ。

テレビ局での事前の打ち合わせに、緑の髪と赤いフロックコートという「道化師（ジョーカー）」の扮装であらわれた男は、自分を「ジョーカー」と紹介するようプロデューサーに依頼する。面白がったフランクリンがそれに応じる。

生放送で新人コメディアン「ジョーカー」として紹介されたアーサーは、番組の途中で地下鉄の殺人者は自分だと冗談のように打ち明け、自分に無慈悲な仕打ちを続ける社会と他人たち、その代表者としての富豪トーマス・ウェインを愚弄し弾劾する。
「ウェインみたいな奴らが僕の気持ちを考えるか」、「社会に見捨てられ、ゴミみたいに扱われた男だ」と。「みんな最低ってわけじゃない」と高みから諭そうとする司会者に「あんたは最低だ、僕を笑いものにするために番組に呼んだ」、「心を病んだ孤独な男を欺くとどうなるか、報いを受けろ」と叫んで拳銃を発砲する。

衝撃的な射殺の光景を見たスタジオの人々は、恐怖に襲われて逃げまどう。アーサーは放送中のカメラの前で得意そうに、コメディアンらしい滑稽な仕草で踊りはじめる。ウェインの会社の傲慢な社員に鉄槌を下し、貧しい市民から英雄視されていた地下鉄の私刑人（ヴィジランテ）が、ウェインを非難して有名な司会者に報復した。緑髪、赤服の道化師（ジョーカー）による司会者殺害を実況中継で見た視聴者は、この事件に刺激され大挙して街に溢れ出していく。

市庁舎デモのために集結していた人々は街路を占拠する。ゴッサム・シティの中心部で群衆による放火と略奪がはじまる。燃えあがる車で夜の街路は赤々と照らされ、TVでは「ゴッサムは燃えている」というニュースが流れる。大規模な騒乱によって、ゴッサムには例外状態がついに到来する。

家族で観劇中だったトーマス・ウェインは身の危険を感じて席を立つが、劇場横の暗い路地で道化面の男に襲われる。男は「ウェイン、報いを受けろ」と叫んで発砲し、まだ子供の息子ブルースの前でウェイン夫妻は射殺される。

このシーンは「バットマン」世界の基本設定に由来するが、トッド・フィリップスの『ジョーカー』で特異なのは、犯人が道化面を付けているところだ。ウェインを抹殺したのはアーサーの分身とも、貪欲な富者を憎悪する貧者の一人とも解釈できる。「道化師（ジョーカー）」アーサーの分身にしても、暴力化した「没落中流（ジョーカー）」の一人にしても、犯人が「ジョーカー」である点に変わりはない。

ちなみに一九八九年公開のティム・バートン『バットマン』では、基本設定が大きく変更され、ジャック・ニコルソン演じるジョーカー本人がウェイン夫妻の殺害犯とされていた。

スーパーラットの大量発生を第一ステージとし、地下鉄の殺人を第二ステージとするゴッサム・シティの混乱と暴力化は、こうして第三の最終ステージに突入する。道化面の群衆は警官隊と衝突し自動車に放火して、ゴッサム・シティは無政府状態に陥る。

テレビ局で逮捕されたアーサーは護送される途中、警察車を襲った暴徒によって解放される。事故の衝撃で気を失っていたアーサーは、意識を取り戻して車の屋根に立ちあがる。群衆の歓呼の声に手を振って応え、道化師の化粧で白く塗られた顔に自分の血で大きく裂けた口を描く。裂けた口はいうまでもなくジョーカーのトレードマークだ。騒乱で燃えあがるゴッサム・シティに、こうして破壊と純粋暴力の化身ジョーカーが誕生する。

車の屋根で優美に踊る道化師(ジョーカー)は、ゴッサム・シティに溢れる暴力と破壊と混沌のシンボルそのものだ。とはいえ、大規模な騒乱を惹き起こしてゴッサムを例外状態に突き落とすために、それ以前からアーサーが扇動者として計画的に行動していたとはいえない。

出馬を表明したトーマス・ウェインが市長選に勝利すれば、政財界の双方を支配するゴッサムの帝王になる。もしもアーサーが社会的不平等に抗議するテロリストだったら、浅からぬ因縁の大富豪トーマス・ウェインを標的にしたろう。しかし狙ったのはTVトークショーの司会者マレー・フランクリンだった。

スタジオでフランクリンを射殺し逮捕されたあと、警察車の窓越しに燃えあがる街路の光景を目にしてとまどったアーサーだが、まもなく満足そうに大声で笑いはじめる。「笑うな、燃えてるのはお前のせいだ」という警官に、陶然として「そうさ、美しいだろ」と応じる。この人物の第一義的な関心は平等や社会正義の実現ではなく、あくまでも美的な陶酔に浸るところにある。

　貧しく孤独な道化師が純粋暴力の化身ジョーカーに変貌する過程は、本人には必然的である論理に衝き動かされた結果だった。その背景に貧困と失業、福祉の削減や治安の悪化など再分配をめぐる社会問題があったことは事実だろう。向精神薬の処方が打ち切られなければ、精神状態の悪化は喰いとめられたかもしれない。

　アーサーはしだいに追いつめられていくが、それでも社会批判の意識は希薄といわざるをえない。ゴッサムに君臨する貪欲な富裕層の象徴人格として、道化師の面を付けた群衆に憎悪され、「殺せ」という禍々しい罵声さえ浴びているトーマス・ウェインにたいしても、アーサーの関心は本当の父親かどうかというアイデンティティ問題、承認をめぐる問題にしか向かわない。

　地下鉄のエリート社員三人、ペニー、そしてフランクリン殺しはアイデンティティの動揺や空虚に由来している。自分を失業に追いこんだ男として、アーサーはランドルに復讐したのか。であればランドル殺しの背景に、社会的な平等や再分配問題が潜在しているといえないこともない。しかし、自分を侮蔑し尊厳を損なった男への復讐という意味が、ランドル殺害の動機としては優位であるように思われる。

　アーサーが無政府状態、例外状態に陥ったゴッサム・シティのシンボルとしてのジョーカーに変貌するのは、承認をめぐる精神的困難を引金としている。再配分と承認のどちらかといえば、『ジョーカー』で重点が置かれているのは明らかに後者だ。精神的困難の中心には性的な問題が潜在している。地下鉄の事件は若い女へのハラスメントがきっかけだし、母の偽者と父の代理の殺害は親殺しにほかならない。

　地下鉄で若い女にハラスメントを加えていた男たち、アーサーの自由を一方的に拘束していた偽の母ペニー、尊大な元同僚ランドル、才能のない道化師をさらしものにしようとした司会者フランクリン。アーサーに殺害された者たちはいずれも、通り魔殺人や無差別テロの被害者のような罪のない第三者ではない。殺人が正当化されるかどうかは別としても、殺害された理由はそれぞれにある。

虐げられ鬱屈した平凡な男が、感情の爆発で暴力行為や殺人に走ることは珍しくない。しかしジョーカーは、「バットマン」世界で最凶の超悪役（スーパーヴィラン）、暴力のための暴力としての純粋暴力の化身なのだ。この点を基準として判断するなら、映画『ジョーカー』がジョーカー誕生の論理と必然性を充分に描いているとはかならずしもいえない。

炎上する車の焔に照らされた道化師（ジョーカー）が警察車の上で優美に踊るシーンでは、ジョーカーの誕生が劇的に演出されているが、実のところアーサーは象徴的な父殺しをようやく果たしたところなのだ。

『ジョーカー』のトッド・フィリップスは、クリストファー・ノーランのバットマン映画『ダークナイト』を参照している。次節で述べるように、この作品でノーランはジョーカーをキャラクターとして社会化し、侵入してきた純粋暴力によってゴッサム社会が恐慌状態に陥る光景を執拗に描いた。

これにたいしトッド・フィリップスは、ジョーカーを旧来の心理的キャラクターに引き戻したようにも見える。『ジョーカー』の主人公が、コミックや映像の先行作品に登場する複数のジョーカーと同じようなサイコパスとして造形されているわけでもない。アーサーの殺人はやむにやまれぬ報復、復讐としても理解できそうだからだ。

たとえばアーサーによるペニーの殺害は、母が非在であることを確認し、偽の母を現実的にも消去する行為だった。他の殺人も同じことで、存在しないものを無に還しても不均衡が再均衡化されることはない。アーサーの殺人は復讐ではないし、危機に瀕した社会に安定を回復させるための行為でもない。

共同体を内側から破壊しかねない不均衡を再均衡化するために要請される暴力、いわば社会の保全と維持のために必要な暴力が復讐だ。殺人という暴力から生じた不均衡は、被害者側の復讐という暴力によって再均衡化され、共同体の内的危機は解消される。

この場合に重要なのは「目には目を」の法で、被害者側に許されるのは加えられた暴力とちょうど等しい量の暴力にすぎない。それ以上の暴力は復讐の連鎖を生じさせ、報復合戦のエスカレートによって共同体は崩壊の危機に陥りかねない。アーサーの殺人を明確に復讐と、しかも相互にエスカレートしていく復讐合戦の出発点として描いたなら、ゴッサムに到来した例外状態の意味や、アーサーがジョーカーに変身する論理も明らかにしえたろう。しかし『ジョーカー』の主人公の殺人は復讐ではない。

社会の最小単位は家族や恋人同士という性的な共同性だ。ソフィーの殺害は暗示されているにすぎない。しかし殺していない場合でも、アーサーが妄想の恋人を心中から消去したことは確実だ。偽の母ペニーと代理の父フランクリンは事実として物理的に抹殺される。

心的世界に存在した性的な他者は、このようにして一人残らず消え失せた。もともと希薄な社会関係しか持ちえない孤独な男にも、家族や恋人など最小限の親密な他者は存在していた。しかし、その親密性が虚偽や妄想にすぎなかったことを突きつけられ、アーサーは三人を象徴的に、あるいは事実として殺害し抹殺する。

こうして完全に孤立した裸の個人、砂粒のような個人が誕生した。社会的あるいは性的な対人関係をすべて奪われた主体とは、主体を固有の主体たらしめる規定性を喪失した空虚な存在だろう。役柄の体系としての共同体から離れて浮遊する〈われ〉は、同じように中身のない他の〈われ〉と区別がつかない。

白人男性というマジョリティに属するアーサーだが、生活圏に登場する他者たちは例外なく、マイノリティの典型である黒人女性を含めてアーサーよりも恵まれ、なんらかの点で優位にある。同格あるいは格下の人物といえば、低身長症のゲイリー一人しか見当たらない。

　強者で加害者だといわれる自分たちこそが、弱者で被害者なのだという「ディープストーリー」を信奉する人々と、『ジョーカー』の主人公の立場は重なる。心地よい恋愛妄想に逃避していた道化師は、自身のインセル性に否応なく直面し自覚的な殺人者に変貌した。この点からすればアーサーは、オルト・ライトやインセルと同型的な動機で暴力化したといえなくもない。

　存在すると信じていた性的な関係、家族関係や恋愛関係の空無性を確認していく儀式として、アーサーによる連続的な殺人行為を捉えることができる。こうして物質的にも精神的にも貧困きわまりない道化師は、他者との一切の関係を失った自身に直面する。もともと社会的規定性が脆弱だったアーサーは、家族など性的な規定性さえ最終的に喪失し、こうして道化師（ジョーカー）の誕生にいたる。この点で『ジョーカー』は、心理的なサイコパスとは異なる社会的なジョーカー、ラディカルな脱社会性として逆説的に社会的なジョーカーの誕生の秘密に迫ろうとする。

　スタジオからライブで放映されたジョーカーの犯罪は、膨大な視聴者を刺激し、街路ではついに騒乱がはじまる。非政治的な「道化師（ジョーカー）」と暴力化した「没落中流（ジョーカー）」たちが偶然のように交錯して火花を散らし、可燃物が山積していた巨大都市は盛大に炎上する。こうしてゴッサム・シティの混乱と暴力化は第三ステージに突入し、ついに例外状態が到来する。

　アーサーがトランプ支持層と社会的立場や精神性を共有するとしても、その一点からゴッサム騒乱の性格を決定するわけにはいかない。「ブームを起こしてシンボルになろうとしているのか」と問う司会のフランクリンに、アーサーは「僕がブームの火付け役だって、勘弁してくれよ」とうそぶく。「どいつもこいつも最低で、狂いたくもなる」、地下鉄の三人は貧富とも善悪とも関係なく「音痴だから死んでもらった」にすぎないと。

承認の不全と存在感の希薄さ、アイデンティティの不安に悩んだ男が地下鉄の無動機殺人や司会者殺しに追いこまれる。その意味するところを都合よく解釈した市民たちが、アーサーを社会批判の象徴、「没落中流」や貧困層のヒーロー、傲慢な特権者を罰する私刑人（ヴィジランテ）に仕立てあげた。

とすれば、たとえアーサーが無意識的なレイシストであろうと、アーサーの行動に触発された騒乱はウォール街に敵対する左翼急進派、オキュパイ派によるというブロディ説は一応のところ可能だろう。

『ジョーカー』の結末で描かれるゴッサム騒乱の主役はトランプ派なのか、あるいはオキュパイ派なのか。さらにいえば、ナチスの突撃隊や熱狂的支持者がユダヤ人街を襲った水晶の夜（クリスタル・ナハト）と同じようなファシストの暴動（ライオット）なのか。フランス大革命のバスチーユ蜂起とハイチの奴隷蜂起から、ミネアポリスを発火点とした二〇二〇年の世界同時的なBLM運動の高揚にいたる、民衆的な蜂起（アプライジング）に連なるものなのか。

この問題にかんして論争が明確な結論を見出しがたいのは、論者が権威主義的で排外主義的な暴動（ライオット）と、絶対自由（フリーダム）を要求する自己権力（コミューン）的な蜂起（アプライジング）との原理的な相違について無自覚だからだ。たとえば『叛乱論』の長崎浩は「ファシズムに指導された『群衆の蜂起』は、この集団がもともと属していた社会集団の相違という点をのぞくと、近代への叛乱の性格に類似している」[*7]と指摘している。ファシズムに指導された『群衆の蜂起』は権威主義的暴動（ライオット）に、「近代への叛乱」は自己権力（コミューン）的な蜂起（アプライジング）に対応する。

一九六九年に刊行された『叛乱論』は「ファシズムはデクラセ群衆にたいして顕著な指導の役割をはたした」としながらも、「もともと属していた社会集団の相違」にも注意を促している。ようするに革命的な労働者階級とファシズムに動員された中間階級の相違だ。しかし二一世紀の今日では、トランプ派もオキュパイ派も同じ「没落中流」の運動である以上、両者の本質的な相違は捉えがたいものになる。暴動（ライオット）も蜂起（アプライジング）も、都市騒乱という点では外見的に変わらないからだ。

二〇一七年八月一二日に、バージニア州シャーロッツビルで起きた極右と反対派の衝突では、どちら側の暴力も同じように見える。二〇一三年に新大久保を舞台として闘われた、在特会とカウンターの攻防にしても同じことだ。この場合は言葉による暴力の次元だったとしても。

左右の街頭過激派であるブラックブロックとブーガルーは、理性的な討議や妥協の拒否、暴力や破壊の容認という点で危険な同類にすぎないと、リベラル派は非難する。両派を同一のものとして否定するリベラルな秩序派や合法主義者の発想は、もちろん錯誤にすぎない。

蜂起（アプライジング）と暴動（ライオット）の本質的な見分け方はある。排外主義と差別主義の有無だ。ナチス突撃隊による水晶の夜（クリスタル・ナハト）や、関東大震災の朝鮮人虐殺や、ＢＬＭ運動の大衆集会を襲撃するネオナチやオルト・ライトにいたるまで、権威主義的暴動（ライオット）は必然的に排外主義的、差別主義的である。逆にいえば、いかに左翼的、革命的な外見であろうと、排外性や差別性を無自覚に温存しているのであれば、その集団による実力闘争や暴力闘争は暴動（ライオット）と判定できる。

ナチズムに代表される旧型の人種的差別主義は、差別が正義であることを公然と主張していた。しかし今日では主流化している新型のそれは、自身が差別的であるとは絶対に認めない。「女性、移民、難民、公共セクターの職員たち」による「ディープストーリー」の破壊に憤る白人「没落中流」や、禁欲を強制する女性たちに憎悪をつのらせるインセルのことを思い出そう。

白人、男性、キリスト教徒などのマジョリティが、黒人、女性、イスラム教徒などのマイノリティから差別され迫害されていると思いこみ、そのように真剣に主張する倒錯した新差別主義がすでに一般化している。存在しない「在日特権」なるものを攻撃する日本の差別主義者、排外主義者にしても同様だ。リベラル派の合法主義者が蜂起と暴動を同一視して、いずれも否定し排除することには一応の理由がある。

大衆蜂起の側に立つなら、インセルや在特会が「敵」であることは明瞭だ。しかし、フランスのジレ・ジョーヌ運動の場合はどうだろう。右翼の国民連合も左翼の「不服従のフランス」も介入を試みたが、どちらも成功したようには見えない。七ヵ月ものあいだフランスを揺るがせたジレ・ジョーヌ運動は権威主義的暴動か、あるいは自己権力的蜂起なのか。

次節ではクリストファー・ノーランの『ダークナイト ライジング』を素材として、以上の問題にかんしても、ある程度まで原理的な領域に踏みこんでの検討を試みたい。

3 〈闇の騎士〉と例外状態

貧困層に転落した、あるいは転落の危機に直面した「元中流」による移民や難民への排外主義、差別主義という点で、アメリカのトランプ派やオルト・ライトは、フランスの国民連合（旧国民戦線）やドイツのAfDなどEU諸国の右派ポピュリズムと共通する。加えてアメリカ国内では、反フェミニズムのインセル過激派とも親和性が高い。オキュパイ派もデクラセ化した「没落中流」を主要部分として含んだ運動であるとしても、反排外主義、反差別主義という点ではトランプ派と政治的に対立する。

『ジョーカー』の結末で描かれた騒乱をウォール街占拠運動に重ね、そこから二〇一二年の『ダークナイト ライジング』に言及した論者は少なくない。この映画はクリストファー・ノーランによるバットマン映画「ダークナイト三部作」の第三作で、ちなみに第一作は『バットマン ビギンズ』（二〇〇五年）、第二作は『ダークナイト』(二〇〇八年)。

ノーラン自身はトリロジーに政治的な意図はないと述べているが、『パラサイト』のポン・ジュノや『ジョーカー』のトッド・フィリップスにしても同じことで、こうした発言は政治的関心の希薄な層から警戒されたくない、そうした人々も観客として獲得したいという商業的配慮からなされる場合が多い。

ダークナイト・トリロジーの第一作が、二〇〇一年九月一一日の世界史的事件に触発されている事実には疑問の余地がない。この日にアルカイダはハイジャック機の自殺攻撃によって、ロウアー・マンハッタンに聳(そび)えていたワールド・トレード・センターのツインタワーを崩落させ、その衝撃は全世界におよんだ。

クリストファー・ノーランがダークナイト・トリロジーで意識化したように、「バットマン」世界には質的に異なる複数の暴力が並存している。それを縦横二つの軸に整理してみよう。縦軸では上端に「利害」、下端に「観念」が位置する。「利害の暴力」を行使するのは、ブルースの両親を射殺した路上強盗やマフィアだけではない。ウェイン産業の武器商人や公害工場としての暴力、従業員へのブラック企業的暴力も「利害の暴力」に含まれる。

「利害の暴力」に限界があるとしても、それは倫理的な制約からではない。利に反する暴力は無意味だから、無意味化する手前で停止されるのが一般的だ。たとえば奴隷主が強制労働のため奴隷に暴力を行使するにしても、原則として殺害にはいたらない。虐待による奴隷の死亡は財産の損失を意味し、奴隷主の利に反する。

縦軸の下方である「観念の暴力」は無制約的だから、その論理に即して極端化する傾向がある。宗教観念や政治観念の事例が目につくが、炎上する都市を観賞したいがために、皇帝ネロはローマに火を放ったともいわれる。このように美的観念もまた暴力を誘発しうる。邪悪な敵の屍体を神や革命や民族の祭壇に捧げようとするとき、屍体の数には制約も限界もない。敵を根絶やしにするまで、倒錯した観念による殺戮は終わらない。ローマが燃え尽きるまで大火は続いたように。
『バットマン ビギンズ』でゴッサム壊滅をもくろむ「影の同盟」は、9・11攻撃を実行しマンハッタンの超高層ビルを破壊したアルカイダをモデルにしている。テロリズムもまた「観念の暴力」の典型的な事例だ。ウェイン産業のような巨大資本による自然破壊、人類がもたらした環境バランスの致命的な狂いを正すには、増えすぎた人類の大部分を排除しなければならないと「影の同盟」の首領ラーズ・アル・グールは確信している。その第一歩としてゴッサム壊滅を計画する点では、イスラム過激派よりも環境テロリストを思わせる。

ただし『ダークナイト ライジング』では、ラーズの後継者らしいベインの地下牢獄が中央アジアか西アジアの荒れ地に設定され、そこを脱出したブルース・ウェインはトルコ系のイスラム教徒らしい人々の町にあらわれる。思想的には暴力化した環境派だとしても、ノーランは「影の同盟」とイスラム過激派を二重化する方向に観客を誘導している。

資本の暴力として極大化した「利害の暴力」と、それに反逆するエコロジスト過激派あるいはイスラム原理主義の「観念の暴力」。前者を体現するのが巨大企業のウェイン産業であり、その社長で大富豪のトーマス・ウェインだ。

『バットマン ビギンズ』の前半では、ウェイン産業を相続した一人息子のブルースがバットマンに変身し、マフィアの首領ファルコーニによる「利害の暴力」と闘う。しかしブルース自身が巨大資本という「利害の暴力」の受益者であることは問われない。こうした欺瞞にブルースが直面しないですむのは、マフィアの背後から「影の同盟」という巨大な観念的暴力が出現するからだ。

いまやバットマンが対立するのは、麻薬密輸などマフィアによる「利害の暴力」ではない。麻薬密輸の陰で進行していたのは「影の同盟」によるゴッサム壊滅計画だった。バットマンの正面の敵は、ファルコーニの「利害の暴力」からラーズの「観念の暴力」に置き換えられる。

ラーズがもくろんでいるのは、大量の幻覚剤を撒布して市民を総錯乱状態に追いこみ、巨大な悪徳の都市ゴッサムを壊滅に追いやることだ。ゴッサム・シティの中心に聳えるウェイン産業の本社ビルは、マンハッタン南端のツインタワーを連想させる。幻覚剤の気化装置を積んで本社ビルに激突しようとするモノレールは、イスラム世界革命の戦闘員にハイジャックされたボーイング機そのものだ。

トリロジーの第二作『ダークナイト』には、バットマン最大の敵ジョーカーが登場する。しかし、この役を演じたヒース・レジャーが急死したこともあって、第三作『ダークナイト ライジング』の敵役には、またしても「影の同盟」が選ばれた。ラーズはバットマンの反撃によってモノレールもろとも墜落し死亡したのだが、その一人娘タリアと腹心ベインが、中性子爆弾によるゴッサムの壊滅のため策動を開始する。

このようにダークナイト・トリロジー第三作でも、「影の同盟」によるゴッサム壊滅をめざした陰謀計画が描かれる。規模こそ妄想的に壮大としても、首領のラーズや、ラーズから「影の同盟」を引き継いだタリアの「観念の暴力」は理解困難ではない。

かつてキリスト教が「神の敵」として異端派や魔女や異教徒を大量虐殺したように、あるいはボリシェヴィズムが「革命の敵」を、ナチズムがユダヤ人を何百万人も殺戮したように、「影の同盟」は悪徳の都市ゴッサムを地上から抹殺し、罪にまみれたゴッサム市民に死という救済をもたらそうとする。

二度にわたって「影の同盟」の攻撃からゴッサムを救うバットマンだが、その性格には単純明快な正義の人スーパーマンとは違って、どこかしら暗い陰のようなものがある。たとえば『バットマン ビギンズ』のブルース・ウェインは、両親の殺害犯ジョー・チルの私的な処刑を企てるが、別の理由からジョーを抹殺したいマフィアのボス、ファルコーニが放った刺客に先を越されてしまう。
　ブルースがバットマンに変身してゴッサムの悪や犯罪と闘うのは、マフィアに妨害された復讐の代償行為にすぎない。スーパーマンのように公共的な市民精神や理想主義のためではない。ただしノーランが製作者や原案者として名前を連ねている近年のスーパーマン映画、ザック・スナイダー監督『マン・オブ・スティール』（二〇一三年）や『バットマンvsスーパーマン　ジャスティスの誕生』（二〇一六年）などではアイデンティティに悩み市民の敵として非難される、単純な正義のヒーローとはいえない新しいスーパーマン像も描かれてはいるが。

　漆黒のコスチュームを身にまとって、蝙蝠（こうもり）さながら夜のゴッサムを跳梁するバットマンは、闇の騎士（ダークナイト）とも称される。おのれの弱さから両親の死を黙過したという悔恨や、殺害犯人への恐怖と憎悪を心底に抱えこみ、復讐の代償行為として犯罪者や悪人と闘い続ける青年にはダークナイトの称号がふさわしいといえる。

　バットマンの性格的な複雑さに注目し、アンチヒーローあるいはダークヒーローとして新たなバットマン像を創造したのがダークナイト・トリロジーだった。バットマンのキャラクターに潜在していた逸脱性、過剰性、両義性が『ダークナイト』ではより徹底化され、闇の騎士（ダークナイト）は汚れた騎士（ダークナイト）に変貌していく。

　マフィアと闘い続けてきた地方検事ハービー・デントは、ジョーカーに恋人の命を奪われて殺人鬼トゥーフェイスに変身する。ゴッサムの犯罪を一掃するだろうデント法を実現するには、死の直前までデントは正義の検事、光の騎士（ホワイトナイト）だったとゴッサム市民に信じさせなければならない。そのために『ダークナイト』の結末でバットマンは、トゥーフェイスの犯罪とデント殺しの罪を被ろうと決意する。こうして闇の騎士（ダークナイト）は市民の非難と罵声を浴びながら、汚れた騎士（ダークナイト）として表舞台を去る。

　アメリカンドリームが信じられていた一九六〇年代であれば、読者や観客の多くはバットマンの正体が大富豪だという設定を、さほど不自然に感じることなく受け入れたろう。バットマンはウォール街の警備員でもキャピタリストを守るための暴力装置でもない、ブルースという「心ある」資産家がボランティアとしてゴッサム市民の自警員(ヴィジランテ)に志願したにすぎないと考えて。

復讐の代償行為を社会正義として正当化する動機の不純性に加え、大きな「利害の暴力」の受益者が自身の加害性を問うことなく、マフィアなど相対的に小さな「利害の暴力」を非難し攻撃することの自己欺瞞性。アメリカの製造業が空洞化する一九八〇年代以降に顕在化し、今日では極大化してアメリカ社会を引き裂いている格差化と貧困化が、バットマンのキャラクターに潜んでいた自己矛盾を否応なく明るみに出した。

しかし「闇の騎士／汚れた騎士(ダークナイト)」のダーク性は、それ以上にバットマンが行使する暴力の性格にかかわっている。「バットマン」世界には「利害」と「観念」の縦軸に加えて、右端に「革命」、左端に「秩序」を置いた横軸が存在する。

「革命」は「犯罪」、「秩序」は「法」に置き換えることもできる。革命的と自任される違法行為は勝利してのちに「革命」になる、それ以前は「犯罪」にすぎないからだ。旧来の法秩序は、新たな法秩序の創設をめざす革命を最悪の犯罪として断罪する。もちろん、旧秩序の破壊と新秩序の樹立を目的とはしない、秩序からのたんなる逸脱としての犯罪も存在する。

縦横の軸を交差させて、「バットマン」世界に内在する暴力を四つの領域に分割してみよう。あらためて整理すると、縦軸の上端が「利害」の極、下端が「観念」の極、横軸の右端が「革命」の極、左端が「秩序」の極だ。

こうして描かれる四象限マトリクス上に、たとえば第二次大戦に向かう時期の主要な政治勢力を配置することも可能だろう。西欧の社会民主主義は「利害／革命」の第一象限、ブルジョワ共和派は「利害／秩序」

の第二象限、ファシズムは「観念／秩序」の第三象限、ボリシェヴィズムは「観念／革命」の第四象限ということになる。

ゴッサム市警や州兵や『ダークナイト ライジング』でゴッサムを封鎖する連邦軍など、警察や軍隊に体現される公的暴力が、「秩序の暴力」であることは指摘するまでもない。

合法的な公的暴力にたいし、ヴィジランテの暴力はいうまでもなく非合法だから、この点で警察とバットマンは対立関係にある。警察や検察による公的暴力が汚職にまみれ機能不全に陥っているから、非合法的なヴィジランテの暴力が必要になるのだとバットマンは自身を擁護することだろう。

しかし警察側からすれば、バットマンも暴力的な犯罪者の一人にすぎない。『ダークナイト ライジング』で市警副本部長のフォーリーが、ベイン一味よりもバットマンの逮捕を優先することを部下に命じるように。

バットマンのダーク性は、どのような理由からであれ私的暴力を確信犯的に行使する点にある。以前のバットマンは、警察との関係に矛盾や敵対をはらみながらも、一応のところ別個に進んでともに撃つ共闘関係にあった。市警本部の屋上に設置されたバットシグナル、バットマンに出動を要請するためのサーチライトに象徴されるように。バットマンが汚れた騎士（ダークナイト）に変貌し終え、ゴッサム市民から非難を浴びせられる『ダークナイト』の結末では、バットシグナルも破壊されてしまうのだが。

警察とは既成の「秩序の暴力」、『暴力批判論』のヴァルター・ベンヤミンによれば法維持的暴力だ。法維持的暴力にたいして法措定的暴力が存在する。機能不全に陥った公権力を私的に代行して治安維持に努めるヴィジランテだが、それでは事態の改善が困難である場合、問題の根本的な解決に向かわざるをえない。腐敗した旧権力を打倒して新たな権力を樹立すること。こうして古い法秩序は葬られ、新たな法秩序が誕生する。

バットマンが行使するヴィジランテの私的暴力は「革命の暴力」そのものではないが、それへの過渡的形態として捉えることができる。あるいはバットマンの暴力は、抵抗権や革命権による暴力を部分的に先取りしている。

古い法秩序を防衛する警察の「秩序の暴力」にたいし、ヴィジランテからテロリストや革命家までの私的暴力の系列が存在する。ただしヴィジランテの暴力は悪人や犯罪者に向けられるのであって、既成の法秩序を根本的に否定するものではない。革命家は形骸化し桎梏と化した古い法秩序を否定し、その欠陥を根本的に是正するものとして新たな法秩序を要求する。

この点で革命家とは異なるヴィジランテだが、しかし組織的にも道徳的にも空洞化し弱体化した法維持的暴力を、自身のボランティア的な私的暴力では支えきれないことを悟るときが来る。こうして革命家未満だったヴィジランテは、立場の根本的な変更を否応なく迫られる。

ヴィジランテから革命家に進化したバットマンが行使する暴力、新たな法秩序を創出するための暴力は法措定的暴力となる。スーパーマンの暴力は「秩序の暴力」を補完するにすぎないが、バットマンの暴力はいまだ無自覚で潜在的な革命的暴力、あるいは新たな法措定的暴力への過渡的形態にほかならない。この危険な可能性こそが、バットマンのダーク性の核心にはある。

『ダークナイト』のバットマンは、デント法の成立のためトゥーフェイスの犯罪の自分の罪として引き受け、本来はデントに属する汚名と不名誉を身に蒙ってゴッサム・シティから姿を消した。古い法秩序の自己修復力に期待し、革命家への飛躍を回避したともいえる。この時点でバットマンは、腐敗した旧秩序に代わる新秩序の樹立が不可避であるとまでは確信できない、いまだ無自覚で不徹底な革命家未満だった。

デントの死から八年ものあいだ邸に隠遁していたブルースの前に、宿敵「影の同盟」の新指導者とも思われる謎の男ベインが、新たなスーパーヴィランとして登場してくる。異常な内圧による頭蓋骨の内破を抑えるため、薬品注入用の怪異なヘッドギアを着けた巨漢ベインには、バットスーツなど超高性能装備で身を守るバットマンを格闘で圧倒しうる高度な身体能力がある。

しかも革命家になる手前で足を止めたブルースの怯懦(きょうだ)や不徹底性をあざ笑うように、この人物は「ゴッサム解放」を呼号する革命家として登場してくるのだ。『ダークナイト ライジング』とは、革命家になりきれないヴィジランテと、革命家を僭称するスーパーヴィランによる闘争の物語でもある。

先にも述べたように、『バットマン ビギンズ』の背後には9・11がある。ゴッサム・シティの「革命」と「人民権力」を描いた『ダークナイト ライジング』には、前年のウォール街占拠運動が影を落としているに相違ない。オキュパイ派の蜂起(アプライジング)に触発された『ダークナイト ライジング』を、スラヴォイ・ジジェクは『2011 危うく夢見た一年』の日本語版序文「衆愚の街(ゴッサム・シティ)におけるプロレタリア独裁」で肯定的に評価している。

二〇一一年に「ニューヨーク、タハリール広場、ロンドン、アテネの抗議者たちを衝き動かした解放の夢[*8]」と、それに対立する「ブレイヴィックや、オランダからハンガリーまでをも蔽(おお)ったヨーロッパ全土の人種差別主義的なポピュリストを衝き動かした、曇よりした破壊的夢」の両極に、ジジェクは注目する。それは二〇一六年の大統領選を経由し、今日ではトランプ派の権威主義的暴動(ライオット)とオキュパイ派の自己権力(コミューン)的蜂起(アプライジング)として継続し拡大している。西欧や南米、東アジア、対立軸は少し異なるがアラブ諸国でも事情は共通する。

『バットマン ビギンズ』に登場する「影の同盟」の首領ラーズ・アル・グールは、「単なる悪の権化ではない」とジジェクは語る。「彼は堕落した帝国と戦う平等主義的規律を表現している」と。結末で明らかになる『ダークナイト ライジング』の真の敵役は、バットマンに葬られた父ラーズの「堕落した帝国と戦う」遺志を継ぎ、悪徳にまみれた市の壊滅をめざしゴッサム・シティに潜入してきた娘のタリアだ。ただし「影の同盟」の武装部隊を統率しているタリアの腹心ベインが、当初はゴッサム破壊計画の最高指導者であるかのように見える。

ベインはゴッサム市警の治安部隊を地下壕に誘い出して閉じこめ、市外に通じる橋を封鎖して、孤立したゴッサム・シティを暴力的に支配する新権力の樹立に成功する。

これにかんしてジジェクは、「ベインみずからが、自分をいわば『究極のウォール街占拠者』として露わにし、『99%の結集と社会的エリートの打倒を訴え』た」のだとする。ベインの「革命」を、のちのトランプ派に通じる人種差別主義的なポピュリストの暴動(ライオット)ではなく、オキュパイ派の蜂起(アプライジング)に重ねるわけだ。

群衆を前にしてベインは、デント法成立の欺瞞を暴露し、「ゴッサムよ立ち上がれ、街を市民の手に取り戻せ」と呼号する。デント法によって投獄され、八年のあいだ仮釈放なしで拘禁されていた二〇〇〇人の囚人のなかには、資本の暴政に抗議する社会主義者や革命家も含まれていたろう。としても大半は、たんなる犯罪者やマフィアだったに違いない。

ベインによってブラックゲート刑務所から解放された囚人たちは、ゴッサムの破壊と略奪に取りかかる。囚人たちを中心に「市民軍」が結成され、ゴッサムには人民権力を僭称する「影の同盟」の党派的権力が君臨する。

ノーランによる「ゴッサム・シティのプロレタリア独裁」の描写は「この作品が人民権力をどのように考えているかを明らかにしている」とジジェクは非難がましく語る。「それを約(つづ)めて言えば、金持ちを裁判にかけて処刑する、これである。街は悪党の犯罪で溢れる」。さらに、ジャコバン派の恐怖政治(テロール)を描いたディケンズの『二都物語』と『ダークナイト ライジング』の類似性が指摘される。

> 作品で描かれる復讐に燃えるポピュリスト的な蜂起（自分たちを蔑ろにして、搾取してきた富裕層の血に餓える暴徒）は、ディケンズが描いた〈恐怖の支配〉を思い起こさせる。またその結果、この作品は、たとえ政治とは無関係であっても、革命家たちを取り憑かれた狂信者として「正直に」描き出すディケンズの小説を思い起こさせるのである。

「この作品の問題は、暴力を殺人的なテロルに翻訳するという過ちを冒した点にある」とジジェクはいう。「暴力」とは大衆蜂起に宿された革命的暴力であり、「殺人的なテロル」とはモスクワ裁判から収容所群島にいたる党派的テロルのことだ。

革命を「復讐に燃えるポピュリスト的な蜂起（自分たちを蔑ろにして、搾取してきた富裕層の血に餓える暴徒）」として描き、「革命家たちを取り憑かれた狂信者として」描いてしまうノーランの偏見を批判しながらも、ジジェクは『ダークナイト ライジング』をあえて擁護する。「真正な人民権力を想起することができなかったのはノーランの作品だけに留まらない」からだ。そもそもレーニンのロシア革命からポル・ポトのカンボジア革命にいたる二〇世紀の革命、現実の「『人民権力』がしばしばそうした暴力的な恐怖そのもの」だった以上、歴史の現実を作品は忠実に反映しているにすぎない。

オキュパイ派やアナキスト的な立場からのベイン批判も却下される。「反グローバリズム運動は、ベインの暴力的なテロルの対極にある。ベインは国家のテロルの鏡像、テロルを引き継ぎ、テロルによって支配されている血塗（ちまみ）れの原理主義的宗派を表現しており、人民の自己組織化を通じたその克服を表現していない」

といったアナキスト的批判は、「ベインに象徴される形象を拒絶」するものだとして。「二〇世紀の共産主義はあまりに過度な殺人的暴力を用いた」としても、「暴力に直接的に焦点を当てる」ような安易な批判は「根底に潜む問題を曖昧にしてしまう」ともジジェクはいう。

つまり、二〇世紀における共産主義というプロジェクトが冒した過ちは、それ自体、何だったのかという問題、このプロジェクトに内在する弱点が、権力を掌握した共産主義者たち（だけではないが）に制約なき暴力に頼ることを余儀なくさせたという問題である。言い換えれば、共産主義者が「暴力の問題を軽視した」と言うだけでは足りないのだ。この問題は、彼らを暴力に逐い遣ったより深い社会―政治的な失敗に関わっているのである。

一九一七年のロシア二月革命という大衆蜂起の現場に外から乗りこんできて、「革命的意識性」を振りかざしながら軍事クーデタで国家権力を奪取し、党派的専制を人民権力と称した二〇世紀マルクス主義の理論や運動の全体に、腐敗した「暴力」の氾濫は結びついている。ボリシェヴィズムや二〇世紀の革命から「暴力」だけを機械的にマイナスすることなど不可能だが、しかしジジェクの批判はレーニンやボリシェヴィズムや二〇世紀マルクス主義には向かうことがない。

コミューンやソヴィエトなど評議会（カウンサル）やアセンブリと称され、アントニオ・ネグリによれば構成的権力でもある人民権力は、抑圧的な旧権力を打倒した大衆蜂起の自己組織化の形態を意味する。『ダークナイト ライジング』で描かれたのは、ウォール街占拠運動の想像的極大値としての人民権力ではなく、大衆蜂起の巨大な破壊力をクーデタ的権力奪取に利用する党派的暴力の論理にほかならない。

ジジェクの解釈とは違って、ノーランの意図はウォール街占拠運動の極大値ではなく、二一世紀的な例外状態を描くところにある。『ダークナイト ライジング』では、ヨーロッパの極右勢力やトランプ派による権威主義的暴動(ライオット)が正確に予見されている。

映画では「ゴッサム・シティのプロレタリア独裁」という「権力の本来の機能が空白、あるいは不在に留まることにはいかなる驚きもない。この人民権力がどのように機能するのか、動員された人民が何をしているのかについての詳細は不明である」ともジジェクは語る。それも当然のことで、ベインがクーデタ的に樹立したのは「影の同盟」の党派的権力にすぎないからだ。

この点をノーランは、誤解の余地がない明確さで提示している。一九一七年にボリシェヴィキ党の最高指導者レーニンは、ドイツが用意した封印列車で、アルプス山麓の亡命地から革命のペテログラードに舞い戻った。それを忠実に再現して、「影の同盟」のラーズやタリア、そしてベインもおそらく、ヒマラヤ山麓の本拠地からゴッサムに乗りこんでくる。ノーランによるアルプス山麓のレーニンと、ヒマラヤ山麓のラーズたちの皮肉な対照に注意しなければならない。

一九一七年一〇月の軍事クーデタ以降、ボリシェヴィキの党派的権力が民衆的なソヴィエト権力の代行者として自己正当化したように、ベインもまた同じような詐欺行為を平然と実行する。ゴッサムの「革命」が連邦軍による「反革命」に対抗しうるのは、「影の同盟」が自爆用の核兵器を所有しているからだ。「反革命」はゴッサムの完全破壊と市民の全滅を覚悟しない限り、「革命」を軍事的に制圧することができない。

ベインは核兵器の起爆装置を、無作為に選んだ市民の一人に手渡したと主張し、「核はおまえらが自由を手にするための道具だ。われわれは侵略者ではない、解放者だ。いまから戒厳が敷かれる」と呼号する。革命都市ゴッサムに存在する最大の暴力装置である核兵器を、「影の同盟」が市民に委ねたのであれば、たしかにゴッサムの権力は党派でなく武装した人民の手にある。

　しかしベインの姑息な嘘は露見し、「影の同盟」が密かに核のボタンを占有していた事実が明らかになる。ベインは解放者でなく簒奪者にすぎないことが暴露され、真実を知った市民から「これは革命なんかじゃない」という怒りの叫びがあがる。

　ベインが組織した「人民軍」の中心は、ブラックゲート刑務所から解放された犯罪者だし、革命法廷で死刑判決を連発する裁判官は、『バットマン ビギンズ』にも登場したスケアクロウなのだ。スケアクロウの正体はアーカム・アサイラムに勤務する精神科医で、マッドサイエンティストのジョナサン・クレーンだ。クレーンは「影の同盟」に命じられ幻覚ガスを下水道に流していたヴィランでもある。人民権力の守護者が案山子（スケアクロウ）だというのも、ノーランの皮肉な設定だろう。革命判事を僭称しているのは、党派的権力の案山子にすぎない。

　ジジェクのご都合主義的な解釈に反して、『ダークナイト ライジング』はベインの暴力をボリシェヴィキ的な、あるいはアルカイダ的な民衆不在の観念的暴力として描いている。それは、ウォール街占拠運動を含む二〇一一年以降の自己権力（コミューン）的蜂起（アプライジング）の連鎖とは無縁といわざるをえない。

　ノーランがオキュパイ派の運動に触発されてベインの「革命」を描いたとしても、二〇一一年を画期としてアテネやバルセロナやロンドン、チュニスやカイロやバグダッド、さらに香港や台北やソウルでも闘われた蜂起（アプライジング）に、それを重ねることはできない。映画に出てくる「ゴッサム・シティのプロレタリア独裁」に類似する近年の事例は、IS占領下のラッカだろう。

　人民権力を欺瞞的に装う党派的権力への批判は「ベインに象徴される形象を拒絶」しているとジジェクは反論していた。作品に込められたノーランの意図を見ようとしないのは、マルクス主義者ジジェクがベインの、遡ればレーニンのクーデタ的権力奪取を否定できないからに違いない。クーデタ的権力奪取と党派的暴力を正当化するために、「ベインに象徴される形象」として最後に持ち出されるのが、パウロ的な「アガペの領域」なるものだ。

ベインには、ヒース・レジャー演じるジョーカーのような魅力を欠いているとしても、ジョーカーとは異なる長所がある。それは無条件の愛である。またそれが、彼の意志の強さの源泉でもある。ベインは、短いとはいえ感動を誘うシーンで、耐えがたい苦しみの最中、自分が、その結果を顧みることなく、またその恐るべき代償を承知のうえで行った愛の行為によって、子供のタリアをどのように救ったかを、ウェインに語っている。

ベインがタリアに向ける愛をアガペだというのは、途方もない誤解であるか、あるいは意図的な強弁だろう。無骨な巨漢ベインが無垢な少女に抱いた愛は、せいぜいのところ騎士道的恋愛のヴァリエーションでしかない。騎士が主の妻や娘に抱く恋愛感情は、たとえ禁欲的で精神的であろうと官能的なエロスであって、キリスト教的なアガペとはいえない。

ジジェクによれば、ベインの愛の根底には注目すべき逆説がある。それは「愛に天使のような清らかさを与え、愛を不安定で感情的な単なる感傷を超えたものにまで高めるのは、愛がその裡に孕む残酷、愛と暴力の結びつきであるという逆説」だ。こうした逆説的な「愛と暴力の結びつき」には、「暴力を『愛の業』として称讃するキリストからゲバラに到る長い伝統」がある。

官能愛とは対照的に、この愛の概念にはパウロ的な重しの一切がかかっていなければならない。パウロ的な重し、それはつまり純粋暴力の領域、法（法的権力）の外部領域、法制定的でもなければ、法維持的でもない暴力の領域であり、それはまたアガペの領域でもある。

ジジェクのいわゆる「暴力を『愛の業』として称讃するキリストからゲバラに到る長い伝統」は、キリストともゲバラとも無縁な、腐敗した暴力とセンチメンタリズムの混合物にすぎない。

神について語る神話は、また神を騙る。ベンヤミンは法措定的暴力と法維持的暴力を神話的暴力とし、それに神的暴力を対置した。しかしジジェクが語る愛と一体である暴力、「愛の業」としての暴力がベインに託されている以上、それをベンヤミンのいわゆる神的暴力と解するわけにはいかない。

ジジェクの主張に従うなら、「影の同盟」の神を語る／騙る神話的暴力が、それに対立する神的暴力と同一視されてしまう。いうまでもないが、これは途方もない倒錯だ。

ちなみに筆者は小説の第一作『バイバイ、エンジェル』で、「愛の業」として自己正当化する暴力に憑かれた人物と、それに大衆蜂起のリアルを対置する主人公との思想的対決を描いた。対話はすれ違い、両者は立場の敵対性を確認して終わる。その実践的帰結は死を賭けた非和解的闘争だ。ボリシェヴィズムの腐敗した党派的暴力を、「アガペの領域」なる美辞麗句で擁護する者に「革命」や「人民権力」を語る資格などない。

「愛の業」というセンチメンタリズムでベインの暴力を正当化する無理を半ば自覚してか、最後にジジェクはバットマンの潜在的革命性に期待を寄せる。「影の同盟」の首領ラーズは「単なる悪の権化ではない」、「彼は堕落した帝国と戦う平等主義的規律を表現している」と指摘し、そして『バットマン ビギンズ』のブルース・ウェインがラーズのもとで修行したという設定に注意を向ける。もともとバットマンはラーズの弟子だった。

とすれば、ゴッサム・シティにおけるベインの勢力に帰順するバットマンを想像してみてはどうだろうか？　バットマンは人民による国家権力の打倒がほぼ確実になるまで人民を助けながら、その後屈服し、停戦を仲介し、自分が裏切りの廉で殺されることを知りながら、叛乱軍に戻るといった筋書きを。

勝利のためには不可避だとしてもテロルはテロル、虐殺は虐殺だ。勝利した人民権力がテロルの記憶に汚染され、それを引きずる危険性は否定できない。人民権力がテロルを内化し、それに蝕まれて自壊する運命を阻止するには、指導者ベインの代理として腐敗した暴力の責任を背負い処刑される犠牲が必要になる。その汚れ役に志願することを、バットマンに期待しようというのだ。

モスクワ裁判でブハーリンはスターリンの手先に問われるまま、自分は「反革命」だったという虚偽の自白をして処刑された。たとえ政敵スターリンが書記長であろうと、党は歴史の真理の体現者でなければならない。「無謬の党」という信仰を守るため、おのれを犠牲の祭壇に捧げるのが最後の英雄的行為だという観念的倒錯に、ブハーリンは足を取られたにすぎない。

ジジェクの提案には、バットマンにブハーリンの役割を演じさせようとする思惑も見え透いている。正義を実現にするためにトゥーフェイスの罪を被ることにしたバットマンでも、ジジェクのご都合主義には辟易することだろう。

ベインのボリシェヴィキ的暴力が純粋暴力でも神的暴力でもないのは、それが手段としての暴力、不純な暴力にすぎないからだ。それ自体が目的である暴力のための暴力、純粋暴力を体現するキャラクターは、『ダークナイト ライジング』のベインではなく、前作『ダークナイト』に登場するスーパーヴィラン、ジョーカーに違いない。「ヒース・レジャー演じるジョーカーのような魅力」を、ベインが欠いているのは当然の結果といえる。

コミックや映画に登場するジョーカーは、歪んだユーモアと悪意ある笑い、サディズムと無意味な暴力などが特徴のサイコパスだ。精神病質（サイコパシー）（ＭＳＤによれば反社会性パーソナリティ障害）の特性は、共感や良心や罪悪感の欠如、習慣的な嘘、過大な自尊心、人格的魅力と巧みな弁舌などで、これらの特性は例外なくジョーカーにも認められる。

ジョーカーはサイコパスとして、従来はもっぱら心理的に解釈されてきた。それを社会的な水準に移行させ、キャラクターとして画期的な新解釈を打ち出したのがトリロジーの第二作『ダークナイト』だった。『ジョーカー』の結末で描かれた「没落中流（ジョーカー）」たちによるゴッサム騒乱、そのシンボルとしての道化師（ジョーカー）は純粋暴力の化身という点で、『ダークナイト』のジョーカーの子孫ともいえる。

『ダークナイト』のジョーカーは口が裂けている理由を繰り返し語るが、その度ごとに話の中味が違う。バットマンに追われ化学工場で腐食性の溶液に落ちたため、髪は緑に変色し口は裂けたという「バットマン」世界の基本設定から、ノーランは意図して逸脱する。ジョーカーがジョーカーになったことに、人が納得できるような理由も必然性もない。純粋暴力には起源も根拠も存在しえないからだ。

滑稽なダンスを踊りながら、理由も動機もなく残忍な暴力を大量に撒き散らす点で、『ダークナイト』のジョーカーも従来のジョーカー像を踏襲している。古い法秩序からはもちろん、新たな法秩序からも正当化されえないジョーカーの暴力は、「秩序」から「革命」にいたる横軸の暴力とは無縁だ。

縦軸の場合も同様で、マフィアから強奪した札束の山を大笑いしながら燃やしてしまうところからも、その暴力が「利害」と無関係であることは疑いがたい。「観念」にしても同様で、違法であろうと自身の正義性を疑わない「観念の暴力」にたいして、ジョーカーは正義にも不正義にもまったく無関心だ。

あの四象限マトリクスの第二、第三象限の暴力は法維持的、第一、第四象限の暴力は法措定的だが、ジョーカーに体現される純粋暴力はマトリクス図のどこにも見当たらない。ジョルジュ・バタイユが「呪われた部分」と呼んだ暴力のための暴力、純粋暴力はマトリクス図の外に存在し、マトリクス図上に位置する諸暴力と根源的に対立する。マトリクス図の外に出ることのない思考には、純粋暴力を捉えることができない。

もしもジョーカーの犯罪に理由や目的があるとしたら、それは「笑い」だろう。口が裂けるほどの爆笑と、そんな馬鹿笑いを生じさせるナンセンスな面白さだけを求めている。無意味な世界に直面した者は笑うしかない。ジョークがコンテクストの脱臼から生じるように、ジョーカーは世界の無意味性を露呈させ、人々を無意味に直面させようとする。制度化された意味の表層を突き破って深部から噴出し氾濫する「笑い」は、その本性として秩序攪乱的だ。

『ダークナイト』のジョーカーは従来のジョーカー像とは異なる。たとえば二隻のフェリーに爆弾を仕掛け、それぞれの乗客に別の船を爆破するための起爆装置を持たせる。ベインの嘘とは違って、ジョーカーは起爆装置を実際に市民に委ねてしまう。先に起爆装置のボタンを押せば、自分の船は助かる。生存本能を極限まで人工的に煽ることで、最大の罪として殺人を禁止する倫理と法を人々に踏み越えさせること。

『ダークナイト』のジョーカーが魔的な魅力を放つのは、この人物に荒々しい実在的な力が宿されているからだろう。巨大で圧倒的な自然力を人は崇高なものとして畏怖する。洪水で溢れる川や荒れ狂う海を間近に見ようとする者が、しばしば水に呑まれて溺死する。それが危険であろうと、むしろ危険だからこそ、人は崇高なものに抗いようもなく引きよせられてしまう。『ダークナイト』のジョーカーの魅力は荒れ狂う川や海のそれに似ている。

ジョーカーがフェリーに仕掛けた時限爆弾は、災害の被災者と同じ境遇に乗客全員を突き落とす。巨大な自然災害による社会の麻痺状態化や一時的解体は、例外状態を生じさせる。例外状態はホッブズ的な自然状態の再来でもあるから、そのとき人々はたがいに自然権を行使して戦争状態に入る可能性がある。ジョーカーはそれを狙っているのだろうか。反対に、同じ条件が被災者たちに友愛の共同体を立ちあげさせる場合もある。

起爆装置を渡された乗客は、もう一隻のフェリーを爆破し、その乗客たちを大量殺戮することで身の安全をはかることが可能だ。あるいは圧倒的な死の脅威を共有する〈われ／われ〉として、他のフェリーの人々と友愛の関係を結ぶこともできる。自然力の人格化であるジョーカーの純粋暴力は、生存のために人々が殺しあう戦争状態か、『災害ユートピア』でレベッカ・ソルニットが論じたようなユートピア的コミュニティか、いずれを望むのかと人々に問いかける。あるいは否応のない選択として絶対的に突きつける。

ゴッサムに降臨した光の騎士（ホワイトナイト）、腐敗し無力化した司法の改革者として市民の期待を集める地方検事デントを、悪魔的な狡知で殺人鬼トゥーフェイスに変貌させようとするのも、目的はフェリーの場合と変わらない。『ダークナイト』のジョーカーが遵法的な市民を違法者の群れに変え、法の守護者を復讐のための殺人鬼に変えるのは、醜悪な人間の本性を暴いて嘲笑するのが目的ではない。

バットマンが活動する舞台は、暴力と犯罪の横行で混乱をきわめる、法秩序が不安定化したゴッサム、例外状態に陥ろうとしているゴッサムだ。バットマンは私的暴力を行使して社会が無秩序状態に落ちこむのを阻止しようと試み、ジョーカーはゴッサム・シティを自然状態＝戦争状態に突き落とそうとする。

ジョーカーの目的はいわば、社会を社会以前の状態に引き戻すところにある。社会以前とは法秩序が存在しない状態、ホッブズのいわゆる「万人は万人にとって狼である」ところの自然状態＝戦争状態を意味する。相互絶滅を回避するために人々は、暴力行使の権利をリヴァイアサンとしての国家に移譲する契約を結んだ。こうして法が措定され、前社会状態から秩序化された社会が形成されたのだと、契約論的な社会理論は語ってきた。契約によって私的暴力は禁止され、殺人を含む犯罪への対処は法維持的暴力、社会の上に聳えたる国家の公的暴力に委ねられる。

対外戦争や内乱やクーデタ、あるいは疫病の大流行や飢餓や大規模災害などのために通常の法秩序が機能麻痺して例外状態が到来する。このような緊急事態に超法規的に対処するため非常事態宣言や戒厳令が布告されても、憲法秩序の一時的な停止状態として例外状態は続く。ようするに例外状態には、法秩序からの「例外」と、近代的な憲法体制からの「例外」の二つがある。

第一は自然状態＝戦争状態の擬似的な再来だが、第二の場合は絶対主義国家、前憲法的な主権権力の一時的かつ限定的な復活を意味する。自然状態＝戦争状態の終結のため要請されるリヴァイアサンとしての絶対主義国家は、市民革命後に主権者が君主から人民に移行し、憲法の制約を課せられて近代的な民主主義国家となる。しかし、主権国家という点で両者に本質的な違いはない。

民主主義国家では対処できない第一の例外状態の到来は、憲法に制約されない点で絶対主義国家の一時的な再来でもある第二の例外状態に帰結する。第一の例外状態から第二の例外状態への移行を画するのは、カール・シュミットによれば主権者の「決断」だ。

シュミット説では、独裁には委任独裁と主権独裁がある。主権者から独裁権を委任された委任独裁は、憲法の例外状態条項に則って超法規的な権限を行使する。主権独裁とは主権者自身による独裁だ。

人民主権の原則を保持する限り、主権独裁は論理的に成立しえない。現実に存在するのは、ヒトラーのように人民の意志を一身に体現すると称する個人、あるいは同じように自称するボリシェヴィキ党のような党派による独裁だ。いずれの場合も、自身が主権者であるとはいわない。特定の個人によるそれは国王主権による専制、絶対主義国家の専制と意味的に変わらないからだ。

自然状態をめぐるホッブズのモデルでは、同じ程度の力を与えられた諸個人が自然権を行使しあう結果として、戦争状態が生じる。ホッブズが想定する自然権は自己保存の権利だが、パンを争奪して行使される暴力は、たとえ無制約的であろうと純粋暴力ではない。それは手段としての暴力、「利害の暴力」にすぎないからだ。とすればホッブズの自然状態＝戦争状態の世界に、純粋暴力は存在しえないのだろうか。

人はパンなしでは生きられない。パンのために行使される暴力とは、生存をめぐる、あるいは生命をめぐる暴力だろう。飢えた人々はパンを奪いあうことで、結果として自他の生命を争奪する。しかし、同種の動物による餌やテリトリーや雌の争奪が相互殺戮にいたることは稀だ。

ホッブズは狼を引きあいに出したが、動物の自然状態は戦争状態ではない。生きるためのパンを得る目的で、殺すか殺されるかの闘争状態に入るのは不条理だからだ。動物の本能は合理的に設計されているが、かならずしも合理的には行動しない人間にとってのみ、この不条理は不条理でなくなる。

『精神現象学』のヘーゲルによれば、人間が行う死を賭した闘争は、パンを得るためではなく承認の獲得のためになされる。だから戦争状態とはホッブズが語るところとは異なって、諸個人が自己保存を求めるからではなく、他者に承認を要求することから生じる。

ヘーゲル風にいえば、他に依存しない自立的な自己意識であることを自身に証明するには、そうであることを他者に証明し、そのことを他者から承認されなければならない。こうして自己意識と自己意識、〈われ〉

と〈われ〉の承認をめぐる闘争がはじまる。ここで生じる暴力は、すでに「利害の暴力」の域から逸脱している。他者からの承認を強制的に奪い取るための暴力は「観念の暴力」だが、それでも「利害の暴力」と同じことで純粋暴力ではない。暴力は承認という目的に奉仕する道具にすぎないからだ。

自己意識は抽象的にそれ自体としてあるのではなく、生命として、欲望の主体としてのみ存在しうる。従って自己意識と自己意識による承認を掛金とした闘争は、必然的に生死をめぐる闘争となる。この闘争に勝利するのは、あえて死の危険に身をさらした者、闘争に自身の生命を賭けた側だ。

生存が持続であるなら、その中断は死だ。生命が内的であるとすれば、死は生命に外的である。死の可能性をはらむ場合、暴力から合理的な目的は失われる。自他に死を招来するとき、承認をめぐる「観念の暴力」は純粋暴力の領域と接している。しかも、それは出発点が「利害の暴力」であろうと同じなのだ。「利害の暴力」が死という生の中断、生の外部を掛金として発動されるとき、それはすでに「利害の暴力」の域を逸脱している。

ホッブズ的な自然状態が同時に戦争状態であるのは、ヘーゲル的な承認をめぐる闘争と同様に、パンをめぐる闘争に生死が賭けられるからだ。無数の個人と個人、無数の〈われ〉と〈われ〉がパンや承認を賭して闘争しあう空間には、いたるところに死という裂口が無数に口を開いている。裂口から禍々しく覗いているのは、闘争空間と化した共同体の外部、人間化された世界の外部だ。

他者はホッブズ的な自然権を行使して私を殺害しうる。同程度の力を与えられた諸個人の全員が、他者からの暴力による死の危険にさらされている。社会契約の観点では、諸個人は生き延びるため、自然権を主権者に委ねる契約に応じざるをえない。こうして誕生する主権権力は、暴力と死をめぐる権利を独占した国家にほかならない。埴谷雄高は『幻視の中の政治』で次のように述べた。

政治の幅はつねに生活の幅より狭い。本来生活に支えられているところの政治が、にもかかわらず、屢々、生活を支配しているとひとびとから錯覚されるのは、それが黒い死をもたらす権力をもっているからにほかならない。一瞬の死が百年の生を脅し得る秘密を知って以来、数千年にわたって、嘗て、一度たりとも、政治がその掌のなかから死を手放したことはない。[*9]

この言葉には不正確なところがある。承認を獲得するために闘う諸個人の世界には、死という亀裂が無数に走っている。この外／死を凝縮するものとして国家は誕生した。政治が「黒い死をもたらす権力」を手放さないのは、死の恐怖が支配のために有用だからではない。死は国家が利用する道具でも手段でもない、闘争空間に偏在する外／死が一点に凝固して国家が誕生する。

闘争空間から括り出されて主権権力となる無数の外／死は、共同体に浸透した純粋暴力の微細な破片でもある。この括り出しが法措定的暴力、主権による支配の暴力が法維持的暴力だ。これら神を語る／騙ることで自己正当化する神話的暴力に対立するのは、人間化された世界の外で荒れ狂う自然力としての純粋暴力だ。純粋暴力とは神的暴力でもある。

ホッブズの社会契約論は、宗教戦争から生じた例外状態と絶対主義国家の誕生を背景として構想された。これをルネ・ジラールは、本質的暴力が氾濫する世界と、暴力の一点集中によって回復される秩序という神話学的モデルに置き換えた。

ホッブズ的な自然状態＝戦争状態の暴力を分身状態の相互的暴力として捉え直したジラールの『暴力と聖なるもの』によれば、「未開社会、法体系を持たない社会は、復讐のエスカレーション、これから先、われわれが本質的暴力と名づける完全な絶滅の危険にさらされている」[10]。

ジラールが語る本質的暴力は、目的を持たない暴力のための暴力、純粋暴力を意味するだろうか。それまで供犠によって封印されていた本質的暴力の氾濫は、共同体を構成する諸個人の差異を消失させる。社会的な役柄としての差異体系が崩壊し、共同体の成員はアイデンティティを奪われて何者でもない空虚な〈われ〉に変わる。空虚な〈われ〉と〈われ〉は見分けがつかない。

こうして諸個人は相互に分身化する。分身と分身は暴力の相互模倣を際限なく反復し続け、共同体は相互的暴力としての本質的暴力の洪水に呑まれていく。その極限で起こるのが「暴力の満場一致」だ。

相互絶滅にさえ帰結しかねない本質的暴力の氾濫、それは「満場一致」で任意の一人に集中されることでのみ沈静化する。「異なった無数の個人の上に分散された一切の悪意、てんでんばらばらに散っていた一切の憎悪は、爾来（じらい）、ただ一人の個人、贖罪の牡山羊の方に収斂していく」。共同体にとって本質的暴力は伝染性のある穢れだが、同時に聖なるものでもある。

分身と分身による暴力の相互模倣と加速化もまた死にいたる。これがヘーゲル哲学では、自己意識と自己意識の承認を賭けた決死の闘争になる。分身状態が戦争状態に転化して膨大な死を撒き散らすとき、そこには神的暴力が渦巻いていると見なされる。ただしジラールの本質的暴力と、純粋暴力でもある神的暴力の相違については、あらためて検討しなければならない。

ジラールが語るように、分身状態の相互的暴力は一点に集中され、犠牲の山羊は共同体の外部に追放される。しかし追放された犠牲は王として帰還し、外部の聖性と暴力性を二重化した存在として共同体に君臨するだろう。これが太古から変わらない王権の発生メカニズムだ。

本質的暴力が沸騰する分身状態を、神話学的・民族学的領域から政治学の領域に移し換えれば、ホッブズ的な自然状態＝戦争状態になる。相互絶滅の危機を回避するため、人々はリヴァイアサンである主権権力の支配を受け入れた。この論理が王権論では、共同体の暴力を身に蒙った犠牲の追放と帰還の論理として変奏される。

共同体の暴力を一身に背負わされて犠牲の山羊は荒野に追放されるのだが、動物供犠に先行して人身供犠が存在した。祭司王（プリーストキング）としての王権の起源がそこにある。蒼古の王は聖なる存在として戴冠し、のちに穢れとして追放あるいは殺害された。第二のステージでは犠牲としての王が、王座に君臨する王と追放される王に二重化する。後者の役割は王弟や王子が担わされることもある。景行天皇（王）と辺境に追いやられて流離する日本武尊（王子）の物語は、こうした事例のひとつだ。

第三のステージになると、王の傍らに道化師が侍（はべ）るようになる。王国で唯一、王を侮辱し愚弄できる特権的な存在としての宮廷道化師（ジェスター）は、追放される王や王子の頽落（たいらく）した後身にほかならない。しかし頽落し無力化していても、遠慮会釈なく常識を逆撫でし、秩序を攪乱する道化師には蒼古の本質的暴力の痕跡が認められる。

ジョーカーによる法維持的でも法措定的でもない暴力のための暴力とは、原初の自然状態＝戦争状態を生じさせた純粋暴力だが、「バットマン」世界で純粋暴力の化身が道化師（ジョーカー）として登場することには相応の理由がある。

宮廷道化師（ジェスター）の外見で描かれるトランプのジョーカーはキングより強力なカードだが、それは道化師が悪魔とも交渉できると信じられていたからだ。法が措定される以前の純粋暴力の混沌が渦巻いていた世界とは、秩序としての神に挑戦して地底に墜ちた悪魔（ルシファー）の世界でもある。

ジョーカーはカードとして強力だが、それはエースあるいはキングのような秩序の頂点に君臨する者の威力ではない。ジョーカーが行使するのは、カードの秩序を攪乱する異物としての力だ。この点でジョーカーにはトリックスター的な性格がある。宮廷道化師（ジェスター）の役割は、演技的な無作法や暴言によって息苦しく淀んだ宮廷に新鮮な空気を吹きこみ、老朽化し硬直した秩序に流動性と生気をもたらすところにある。

権力者を嘲弄する道化師は、現存する秩序を侵犯するが秩序それ自体は否定しない点で、法措定的暴力を行使する革命家と同じ範疇に属している。極限で王の処刑にまで突き進む革命家は、権力者に悪態をつくだけの道化師とは異なるにしても、最終的には王権と異なる秩序を樹立するにすぎない存在だからだ。

旧秩序を否定し新秩序を要求する革命家は、秩序を活性化するために反秩序を演じる道化師と、秩序それ自体を疑わない、否定しない点では変わらない。ジジェクが期待したように、『ダークナイト ライジング』のバットマンが革命家に転身したところで同じことだ。宮廷道化師（ジェスター）の口先の暴力もボリシェヴィキ的革命家のクーデタ的暴力も、あのマトリクス図に相応の居場所を見つけることができる。

だから宮廷道化師（ジェスター）としてのジョーカー、あるいはトリックスターとしてのジョーカーは、純粋暴力の化身である『ダークナイト』のジョーカー、『ジョーカー』の結末で誕生する警察車の上の「道化師（ジョーカー）」の遠い祖先ではあるが、存在性格は衣装や外見ほど似てはいない。

とはいえ実在的な力、破壊的な自然力が『ダークナイト』で「道化師（ジョーカー）」として表象されたことには根拠がある。共同体の頂点に君臨する王権と、底辺に突き落とされた被差別民の存在は相補的といえる。王権の裏面である被差別民は、荒野に追放される犠牲の山羊と存在性格を共有する。宮廷道化師（ジェスター）がその遠い子孫であることも疑いない。

『ダークナイト』のジョーカーを、闇の領域から平明な市民社会にあらわれた最底辺の被抑圧民として捉えるなら、フェリー事件もまた違う面を見せはじめるだろう。役柄秩序に安住する「中流」市民を例外状態に叩き込み、「狼の道」と「友愛の道」の選択を逃れがたいものとして突きつける「地に呪われた者（ルシファー）」。それは一九世紀の資本主義国で底辺に滞留していた貧民プロレタリアと植民地の奴隷、あるいは二一世紀の新しい貧困階級としてのアンダークラスでもある。

主人であることはアイデンティティだとしても、奴隷にアイデンティティがあるといえるだろうか。奴隷とはアイデンティティの剥奪、反アイデンティティの状態を強いられた者たちだ。奴隷は王権秩序の被差別民と同様に、社会的役柄としてのアイデンティティの恒常的な喪失状態にある。ジラールによれば共同体の役柄秩序が一挙的に崩壊し、アイデンティティの剥落と分身化がはじまるのだが、暴力を一点集中される犠牲と存在性格を共有する被差別民／奴隷は、役柄秩序が安定している局面でもアイデンティティは剥奪され、恒常的な分身状態に置かれている。

アーサーのような裸の個人を、筆者は『例外社会』で「例外人」として論じた。それをネットスラングでは「無敵の人」と称する。二〇〇八年の秋葉原通り魔事件のような「例外人」、「無敵の人」による無動機殺人が摸倣者を輩出しがちであることも、空虚な主体の分身性を示す事例だろう。

差異体系としての秩序ある市民社会で、それぞれの役割を与えられていた市民たちがアイデンティティを崩落させて、群衆化し分身化する。浮遊する空虚な〈われ〉としてのアーサーの周囲に、無数の分身が群生し、ゴッサムは分身状態に陥る。分身たちは同じ道化面を付けていて見分けがつかない。ゴッサムでは無数の道化師（ジョーカー）たちの暴力が沸騰し、そして騒乱が開始される。

人間を狼に喩えるホッブズの観点では、前社会的な自然状態の諸個人は、動物が食物を争奪するように争って戦争状態に入る。これにたいしジラールのモデルでは、社会秩序とは役柄の差異体系である。相互に関連し上下に重畳した無数の役柄からなる秩序が一瞬にして崩壊する。諸個人は安定した役柄を奪われアイデンティティは消失し、自他の区別が溶解して分身状態が生じる。

ジラールが分身状態の本質的暴力の例としてあげるのは、無限に連鎖し拡大していく血讐だ。復讐の応酬関係に入るとき、私と他者の区別は失われる。〈われ〉は対面する〈われ〉の暴力を模倣し、拡大して反復する。他者の欲望の模倣としての私の欲望は、暴力の場合も変わらないからだ。拡大された反復はその反復をもたらし、復讐の暴力は終わることがない。この例では分身化は、たしかに相互的暴力としての本質的暴力に直結するようだ。

ヘーゲルの発想では、分身とは孤立した自己意識としての〈われ〉と〈われ〉だ。この〈われ〉は、どちらが真の主体／主人であるのかを決定しなければならない。そのために生じる闘争は死をはらんでいる。分身的な〈われ〉と〈われ〉のあいだに主と奴の役柄関係が確立されるまで、死を賭けた闘争は終わることがない。新たな秩序としての主と奴の役柄関係とは、支配と従属の権力関係にほかならない。主権者である主人は奴隷の生殺与奪の権を握る。

ジラールのモデルでは、氾濫する本質的暴力は満場一致で犠牲に一点集中される。氾濫する相互的暴力が封印される特異点としての犠牲は、穢れであると同時に聖なるものでもある。

共同体の内と外の境界に位置する犠牲は、放置すれば共同体の自滅に通じかねない本質的暴力を排出するための穴あるいは溝だ。先にも述べたように、この点では穢れだが、共同体の外部に充満する無量の「力」を塞ぎとめることで、その威力を身に帯びてもいる。だから犠牲は聖なるものでもある。このような犠牲の二重性が王権の起源にはある。

ホッブズのモデルは近世の絶対主義国家に、ジラールのそれは部族的な水準の王権に対応する。しかし歴史的位相の相違は相違として、両者を統一的に捉えることは可能だ。契約国家論が不可視の領域に押しやるもの、血と暴力にまみれた国家の聖性の秘密をジラールのモデルは説得的に提示しえている。
対外戦争に際して国家が国民に死を要求し、国民がそれに唯々諾々と応じるのは不可解といわざるをえない。死の恐怖から逃れるために締結した社会契約のため、死の淵に追いやられるのは不条理だからだ。この謎を契約国家論は説明できない。戦争を含む例外状態によって露呈されるところの国家の本質とは、秩序が排除した外／死の再来、その凝固態にほかならない。

ホッブズのモデルには、自然状態の克服と秩序の創設を説明する一回的な性格が否定できない。たいしてジラールのモデルには反復的な性格がある。氾濫する本質的暴力を犠牲に一点集中して秩序を回復した蒼古の出来事の儀礼化が、共同体で反復される供犠ということになる。しかしまたしても、儀礼ではない即物的で荒々しい事実として、それまで封印されていた本質的暴力が解き放たれる。

氾濫する暴力が犠牲として選ばれた者に満場一致で集中されるまで、到来した分身状態は終わることがない。供犠で暴力が封印されている日常的な局面と、暴力が解放される局面が交代する点でジラールのモデルは循環的といえる。

分身状態の出現とは、立憲国家の法秩序を機能麻痺に陥れる例外状態の到来に類比的だ。たとえば戒厳令が発令された関東大震災の例外状態では、軍や警察に加えて民間の排外主義的暴力が荒れ狂って、朝鮮人の大虐殺が生じた。ジラールの言葉でいえば、「満場一致」の暴力が朝鮮人という犠牲に集中されたことになる。

一九三八年一一月九日にドイツ各地で発生した反ユダヤ主義の集団暴力事件、水晶の夜（クリスタル・ナハト）にしても同様だが、これら権威主義的暴動（ライオット）には、いうまでもなく時間的過程がある。ホッブズの社会契約と国家権力（コモンパワー）の誕生も、ジラールの「暴力の満場一致」による犠牲の排除も、原理的には一瞬の出来事にすぎない。これらにたいし、時間的に持続する暴動（ライオット）にはヘーゲルのモデルのほうが適合的だ。承認をめぐる闘争は一瞬では終わらない。一定の時間は持続しなければならない過程としてある。

ヘーゲルのモデルを敷衍（ふえん）すれば、〈われ〉は他の〈われ〉と遭遇し、それを敵として名指し、そして闘争状態に入る。勝敗が決するまでには時間が必要だ。空間的な闘争状態は時間的な闘争過程でもある。

ノーマン・コーンによれば、自然災害や飢饉や戦災のため「社会の中にそれと認められる確固たる位置を持たない無定形な群集」[*11]が大量発生する。「彼らは預言者が自分たちを独自の集団として結束させてくれることを待っていた」。問題は預言者に、むしろ預言者が語る神の言葉にある。神の言葉なくしては、分身化した群衆は神的暴力を体現する千年王国主義的な蜂起（アプライジング）の集団に形成されえない。

群衆化は、革命的千年王国主義の時代だったルネッサンス期、宗教改革時代に固有の現象ではない。たとえばセルジュ・モスコヴィッシは、「群衆とは、諸制度の埒外に、諸制度に反対して群れ集まる個々人の、一時的なものとしての集合体〔塊〕である。一言で言えば、群衆は反社会的なものであり、反社会的人間たちによって形成されている。群衆は集団〔利益集団、思想集団など〕あるいは階級の一時的または永遠的な解体の結果である」[*12]と指摘する。

大地震のような自然災害や旱魃（かんばつ）、冷害による飢饉など外部からの「力」にさらされて、役柄の体系としての共同体は内的に解体され、人々はアイデンティティを奪われて何者でもない〈われ〉、空虚な〈われ〉に変貌する。絆を失って無力に浮遊する無数の空虚な〈われ〉は、他の〈われ〉と区別することができない。こうして分身状態が到来する。

外部の「力」が破壊力として共同体を襲うとき、それを人間は無意味な暴力、暴力のための暴力、純粋暴力として捉えるしかない。法措定的でも法維持的でもない純粋暴力は、ベンヤミンによれば神的暴力である。

この「神」は、人に愛(アガペ)を無限贈与するキリスト教の神とは異なって、人間にはいかなる関心もない。神的暴力は愛ではないし、ソドムを滅ぼしたような罰でもない。

人間の観点からすれば共同体の外部、人間化された世界の外部とは、いたるところに死が遍在する純粋暴力の世界だ。ただし純粋暴力としての「力」が共同体の役柄秩序を解体に導き、無数の分身を群生させるとしても、この分身状態はそれ自体として暴力的とはいえない。

限度を超えた飢餓の圧力が共同体を内的に破壊し、人々はアイデンティティを失って漂流しはじめる。しかし現実には、飢えた人々は運命に抵抗することなく、無力に衰弱し餓死していく場合が少なくない。飢餓による分身状態は、そのまま「万人の万人に対する闘争」であるとはいえないし、自動的に前者から後者への移行が実現されるわけでもない。それには決定的な飛躍が必要だ。

人間は労働実践によって自然を人間化する。共同体とは人間化された世界、労働実践が対象化した世界だ。しかしそれは、人間には外部的である実在の大海を浮遊する小さな泡粒にすぎない。

近代以前の小規模共同体が荒々しい自然に囲まれた泡粒だったように、人新世が語られる今日でも人間化された世界は、せいぜいのところ地球と月に限定されている。月には人間の足跡が残されている程度で、地球にしても人間化されたのは地表と地殻、大気圏、軌道上の一部にすぎない。多少拡大したとはいえ、宇宙全体と比較すれば小さな泡粒であることに変わりはない。

人間化された世界の外では、多種多様な「力」が充満している。人間化された世界は、もちろん人間的意味など皆無である無量の「力」によって、肯定的あるいは否定的に規定されている。適度な日光の照射は生命と作物を育む恵みだが、過少であれば冷害、過剰であれば旱魃という災いをもたらす。

人間化された世界に貫入してくる実在的な「力」を、ある場合には無償の贈与として、あるいは場合には巨大な暴力として人間は捉えるが、それは人間の都合による恣意的分類にすぎない。外部も外部に由来する「力」も、人間のために存在するわけではないからだ。

自然災害は、そうした「力」の否定的なあらわれの典型だろう。地震、噴火、津波、台風などの災害が無数の犠牲者を生むとしても、この「殺人」には意図も意味もない。それを暴力とするなら、偶然性の暴力、目的のない暴力、暴力のための暴力といわざるをえない。純粋暴力とは外部から襲来する「力」にほかならない。

ジラールの理論では「法体系を持たない社会」は、「われわれが本質的暴力と名づける完全な絶滅の危険にさらされている」と語られるのみで、本質的暴力の起源やその意味するところは問われない。犠牲の山羊が荒野に追放され、祭壇で焼かれた羊の煙が空に立ち昇るように、純粋暴力は共同体の外部、人間化された世界の外部に由来する。この点で本質的暴力と純粋暴力には共通の背景があるとしても、あらためて述べるように両者は対立的だ。

ジョルジュ・バタイユによれば、供犠において封じられ、同時に讃えられてきた純粋暴力の起源は、地球上に溢れる過剰な太陽エネルギーである。無償で与えるのみの太陽による純粋贈与が生物に、そして人類社会に消尽としての純粋暴力を不可避に生じさせる。バタイユは『呪われた部分』で次のように述べている。

> 地球の表面においては、生物全般にとって、エネルギーは常に過剰な状態にあり、問題は常に奢侈の用語で設定され、選択は富の浪費形態に限定される。欠乏が問題になるのは、個々の生命体、もしくは生命体の限られた集合にとってだけである。ところで人間は生命界と、また他の人間たちと資源の分け前を奪い合う分立的存在であるだけではない。生命にとって共通の発汗（浪費）作用に動かされており、

それを止めようはない。[*13]

未開社会の供犠やポトラッチに典型的である破壊のための破壊、暴力のための暴力の起源を、バタイユは太陽エネルギーの過剰、成長の過剰、富の過剰に見出す。「もしわれわれが余分なエネルギーを自分の手で破壊できなければ、（略）飼い馴らせない野獣のように、相手のほうがわれわれを破壊し、その避けられない爆発のあと始末をわれわれは自分でつけねばならないのである」。

ホッブズが社会契約と法秩序の、あるいは暴力の独占体である国家の起源にあるとした、自然状態にある人々の自己保存の困難性を、このようにバタイユは相対化し、妥当な水準まで引き下げる。J・P・サルトルの『弁証法的理性批判』の中心概念のひとつは「希少性」だが、バタイユによれば安全も財も希少なのではない、原理的に過剰である。

今日までのところ、最も信頼のできるバタイユの伝記作者がミシェル・シュリヤだ。『G・バタイユ伝』でシュリヤは、「超越的世界は時間と分離を導入すると同時に死（死に戦慄する不安）を導き入れる。そしてまた、約束された目的とともに、救済という不条理な観念を導き入れる。この意味で、神はもちろん超越的世界の側にあり、その最も深い衰退でさえある。神とは世界の世俗性を実体化したものなのだ[*14]」とバタイユ思想の核心をまとめている。

超越性に対立するのは内在性だ。内在的世界では「時間」も「死に戦慄する不安」も存在しえない。「死に戦慄する不安」に駆られて人々が結ぶ社会契約も、その産物としての国家も、神と同様に「世俗性を実体化したもの」にすぎない。「世俗性」が意味するところは、労働と成長と蓄積を肯定し、その価値を絶対化する社会的なるものだ。供犠、消尽、純粋暴力の本質は端的な反社会性にある。

バタイユの超越性／内在性の対概念は、本稿の文脈では内部性／外部性に対応する。外部性がバタイユの文脈では内在性になるわけだが、それは、この場合の神が本来的に外部である神、神的暴力の発動者としての神ではなく、キリスト教の神、教会の神だからだ。

共同体から脱落し群衆化した人々に「神の言葉」を語ったキリストは、十字架で処刑される。処刑された人間キリストを、共同体の暴力が一点に集中された犠牲として捉えるとき、キリストの復活が信仰されるようになる。聖性を帯びて共同体に帰還した犠牲こそが権力の原初形態だ。こうして人間キリストは神キリストに変じる。ペテロが着想し、パウロによって完成された神学的なキリストから教権が生じるのは必然的だった。

『呪われた部分』のバタイユと、それに学んだ『暴力と聖なるもの』のジラールは、核心的なところで喰い違っている。ジラールの観点では、反社会的な本質的暴力を馴致（じゅんち）し社会化するために供犠はある。ようするに犠牲とは、本質的暴力の氾濫から共同体を防衛するための装置にすぎない。しかしバタイユによれば、過剰な富と安全の自己破壊である供犠は「従属的で、分離され、間接的で、世俗的な」超越的世界に巻きこまれた人々を「自由で、親密で、直接的で、神聖な」内在的世界に還帰させる。

「未開社会はそれを知っていた。周期的に盲目の蕩尽（とうじん）と供犠の支配する世界に崩れ落ちることによって超越的世界への従属を儀式的に断ち切るすべを知っていたのだ。未開人たちはその存在の起源から自己の滅亡の光景をみずから演じて動揺と崩壊を作り出すすべを知っている」と、シュリヤはバタイユの論を要約する。

ようするに二つの暴力が存在する。一方には、労働と秩序の共同体を防衛するために封じこめられ、その外部に遺棄される本質的暴力。他方には共同体を破壊し、自由と聖性を再生するための純粋暴力。

ジラール的な犠牲は人であれ獣であれ、分身状態を終わらせるため満場一致で暴力が集中される存在にすぎない。分身たちの相互的暴力を一身に背負わされ、荒野に追放される山羊は、共同体の保身と維持のために使い棄てられる交換可能な道具ともいえる。しかしバタイユが想定した犠牲は、それとは根本的に性格が異なる。

供犠において「人間たちが一体となるのは、もっぱら、互いが不均等に貧しく（略）死すべきものであることを知る時（供犠を捧げる者、捧げられる者、供犠に立ち会う者のすべてが、今犠牲者を襲う一撃がいつの日か自分自身に及ぶ一撃であることを、同一化によって過剰なまでに交感しながら、みずからの必滅を知るのが供犠の機能だ）に限られる」。

後者の犠牲は、共同体の保全のために使い棄てられる道具、人工的な装置ではない。犠牲とは遍在し隣在する偶然性としての死、共同体の外部に向けて口を開いた禍々しい裂孔だからだ。犠牲とは死に臨む私を映し出す鏡であり、供犠に参加する全員にとって私自身である。

こうして〈われ〉は社会的な役柄から離脱して浮遊する、空虚で自由な存在となる。いたるところに溢れる力の過剰としての外／死を、歓びとともに受け入れた複数の〈われ〉は、すでに同じ顔をした分身ではないし、相互模倣的な本質的暴力の混沌に呑まれることもない。あるいはヘーゲルの自己意識のように、唯一の特権的な〈われ〉としての主体／主人である権利を争奪し、承認をめぐる死を賭した闘争に入ることも。

純粋暴力を体現するのは大衆蜂起だ。それは法措定的でも法維持的でもない国家を廃絶する暴力、神話的暴力に対立する神的暴力でもある。一九一八年レーテ革命の大衆蜂起の歴史的経験に触発されて、ヴァルター・ベンヤミンは神的暴力の発想を得たともいわれる。

またフランス亡命中のベンヤミンが最も信頼し、パリ脱出に際して『パサージュ論』の草稿を託したのがジョルジュ・バタイユだった。それぞれに異なる思考から生じたとはいえ、ベンヤミンの神的暴力とバタイユの「必滅を知る」供犠の暴力には共鳴するところがある。

4 〈貧民たち（レ・ミゼラブル）〉と群衆蜂起

ポン・ジュノの『パラサイト』では「没落中流」の過激化と暴力化が描かれていた。ただし、この暴力は通り魔的な無動機殺人と、個人的で非政治的なテロの中間形態にすぎない。それが集団化し、都市騒乱にいたる過程を追った作品としてトッド・フィリップス『ジョーカー』がある。しかし『ジョーカー』終幕のゴッサム騒乱の主体は混沌として、その正体がファシズム的な権威主義的暴動（ライオット）なのか、絶対自由（フリーダム）を要求する自己権力（コミューン）的蜂起（アプライジング）なのか容易には判別できない。

二〇世紀後半に先進諸国で形成された福祉国家と「ゆたかな社会」、その主役ともいえる「中流」は二一世紀に入って急速に没落し、デクラセ化した。社会に占めるべき席を失って無力に浮遊する〈われ〉の一挙的な大量発生を背景とする点では、トランプ派とオキュパイ派は同じように見える。主権権力の存在を疑うことのない立憲主義者やリベラル派は、左右両派による街頭騒乱を法秩序や議会制民主主義の破壊であると非難する。

「没落中流」の過激化、暴力化の歴史的先例は一九三〇年代前半のドイツに見られる。ワイマール憲法第四八条の国家緊急権による大統領令の度重なる発令のため、二〇年代後半からドイツは例外状態化していた。一九二九年恐慌による大量失業と貧困化によって空虚に浮遊する主体が群生し、国家的な規模で分身化が進行しはじめる。

カトリック中央党を支持する農民層や社会民主党のワーキングクラスと比較して、経済危機の打撃は新旧のミドゥルクラス（国家人民党の支持層）に集中していた。無党派層や国家人民党の支持基盤を切り崩してナチ党が急速に勢力を拡大していく。ナチスが第一党の座を獲得した一九三二年七月の国会選挙でも、中央党と社民党が得た票数や議席数は三〇年の前回選挙とほとんど変わらない。共産党は七七から八九議席に勢力を拡大している。

アイデンティティを喪失し分身化した新旧ミドゥルクラスは、二つの方向に暴力を集中した。穢れた犠牲はユダヤ人、王（フューラー）として帰還した聖なる犠牲はヒトラーだ。こうしてワイマール共和国の廃墟に、聖なる暴力のシンボルが君臨し、分身状態の暴力を「満場一致」で集中されたユダヤ人は絶滅収容所に追いこまれていく。

一九三〇年代前半のドイツでは、当時の「没落中流」ともいえるデクラセ化した新旧ミドゥルクラスが群衆化し、荒れ狂う街頭暴力がナチスの差別主義的、排外主義的権力の樹立に貢献した。しかし、この過程を新旧ミドゥルクラスの階級的特性から説明し、ミドゥルクラスだからナチスを支持したというマルクス主義の経済決定論、階級還元論は見当違いでしかない。この理論的錯誤がドイツ共産党の惨憺たる政治的敗北の根拠をなしている。

群衆化も分身化も、主体が社会的なアイデンティティを喪失し空虚化する状態を意味する。そこでは近代社会の中核的な社会的アイデンティティである階級性も、当然のことながら失われる。出自がミドゥルクラスであろうとワーキングクラスであろうと、あてどなく浮遊する群衆は分身状態にある。そこでは役柄的な、あるいは社会的な差異性は消失している。

マルクス主義が特権的な革命主体として期待したワーキングクラス、産業労働者階級も労働組合や労働者政党に過不足なく組織され、階級的アイデンティティが安定的であれば法秩序の外に出ることはない。ドイツのレーテ革命を典型例として、制度化された労働者階級は群衆騒乱や大衆蜂起に反革命の防壁として登場するのが常だった。

　ワーキングクラスの階級的な文化統合力が強固なイギリス、フランス、ドイツなどの西欧諸国では、失業が階級意識の空洞化や喪失には直結しないことが多い。たとえばイギリスの失業労働者がなじみのパブに通い、仲間の奢りでビールを飲みながらサッカーの話題に興じていれば、階級的アイデンティティ喪失の不安に陥る可能性は、当面のところ少ないだろう。ブルジョワやミドゥルクラスの「やつら」にたいする、ワーキングクラスの「われわれ」意識には根強いものがある。

　これにたいし当時は新興階級だった新ミドゥルクラスは、市民的な出自と貴族やブルジョワのハイクラス文化への憧憬が曖昧に二重化していて、階級の文化的アイデンティティは未成熟だった。この点では経済危機がアイデンティティ危機に直結し、群衆化しやすい特性があったともいえる。

　ワーキングクラスの群衆化は、一九一〇年代後半のロシアやドイツで見られた。第一次大戦による兵役の長期化と前線勤務、激増する戦死者、国家統制による日常的抑圧、物資不足と飢餓、そして敗戦という国家規模で進行した未曾有の社会的、経済的、政治的危機が、労働者の階級的アイデンティティを破壊した。戦勝国ではあるが、イタリアの場合も事情はドイツと似ている。このような「没落労働者」群衆は、社会民主党主流派のもとで階級的アイデンティティを保持する労働者本隊と対決しながら、レーテ革命を推進した。

　一九六〇年代に最盛期を迎えた「中流」は二〇世紀的な階級（クラス）だったが、二一世紀の「没落中流」は過渡的な、階級としては擬似的な存在にすぎない。「没落中流」は煉獄の亡者のようなもので、時間が経過するにつれミドゥルクラスに再上昇していく少数と、非正規・不安定労働者層やアンダークラスに階級下降する多数に運命は分かれる。

　一九世紀のフランスでは、ヴィクトル・ユゴーの『レ・ミゼラブル』に登場するようなアンダークラスは、特権階級やブルジョワから獣同然の存在として侮蔑されながら、他方では「危険な階級」として怖れられてもいた。この「危険」性には二重の意味がある。貧民窟ゴルボー屋敷の住人テナルディエ（偽名はジョンドレッド）夫婦に代表される、詐欺や脅迫や強盗を生業とする職業的犯罪者としての危険性が第一だ。テナルディエ家の長女エポニーヌや息子のガヴローシュは、蜂起の秘密結社「ＡＢＣの友」の政治主張とは別に、それぞれの理由から一八三二年六月の武装蜂起に合流してバリケードに斃（たお）れる。大革命からパリ・コミューンまでの八〇年ほど、パリのアンダークラスは旧体制（アンシアン・レジーム）に反逆する武装蜂起の主役だった。これが危険性の第二の意味だ。

上下のクラスに分解吸収されていくだろう疑似的階級の「没落中流」とは違って、アンダークラスは二一世紀の新しい貧困階級、下層階級といえる。この階級は、二〇世紀前半までのワーキングクラスに類似的だろうか。あるいは当時の新語で「プロレタリア」とも称された、一九世紀のアンダークラスに連なる存在なのか。

『パラサイト』には「没落中流」である〝半地下〟以下の存在として、〝完地下〟の人物が配されていたが、それは象徴的存在の域を出ていない。〝完地下〟の住人グンセも、階級的には主人公のギテクと同じ「没落中流」だからだ。事実として底辺的な貧困層のキャラクターは、『パラサイト』には登場しない。

もしもポン・ジュノが二一世紀社会の貧困を正面から取りあげようとしたなら、韓国社会にも存在する『万引き家族』の柴田家のような家族、アンダークラスの人々を主人公としたろう。『パラサイト』のキム一家とは違って柴田一家の前には、パク家のような圧倒的に富裕な他者は登場しない。

柴田夫婦を逮捕し、祥太とりんを保護する警官でさえ、『万引き家族』では「敵」としては描かれない。他者が「敵」として身近に登場してきたとき、柴田家の人々はどのように対するだろう。富裕層としての他者を前にしても、貧富の格差を構造的に累積し続けるシステムを疑わないキム一家は、宿主に寄生することを選ぶ。キム一家とは違って「元中流」の記憶さえ持たないアンダークラスの疑似家族は、日々の生活のために小さな犯罪を重ねていく。

万引きや車上荒らしや年金詐取のような犯罪は小悪にすぎないが、それでも盗みは盗みだ。社会の最底辺に突き落とされ遺棄された人々は、生きるために窃盗から強奪にいたる犯罪を重ねる。富裕層としての他者が手の届く場所にあらわれたとき、柴田一家のような人々は寄生でなく盗むことを選ぶだろう。『万引き家族』の柴田夫婦は、『レ・ミゼラブル』のテナルディエ夫婦のような悪人ではない。とはいえ二一世紀のアンダークラスが、第一の意味では「危険な階級」であることを例示している。では、第二の意味ではどうだろう。

ポン・ジュノは『スノーピアサー』(二〇一三年)で、アンダークラスの蜂起を寓話的に描いた。氷結した地球上を永久機関で疾走し続ける長大な列車、二一世紀の「ノアの箱船」であるスノーピアサーには、厳重な階級制が敷かれている。暗く狭苦しく不潔な後部の車両は強制収容所の囚人棟も同然で、奴隷要員あるいは生きた資源でもある貧困層の居住区だ。中間部は列車の運行に必要な作業員たちの、そして前部は富裕な特権層の生活圏で、最下層の居住区とそれ以外は容易に突破できない壁で厳重に隔離されている。

主人公のカーティスは後部車両のアクティヴィストを率いて蜂起し、武装した警備員の阻止線を突破して先頭車両まで進撃する。スノーピアサー全体に君臨する、永久機関の発明者ウィルフォードの権力を打ち倒そうとして。

地球の氷結という外部的な「力」に押し潰された未来世界と、そこでのアンダークラスの蜂起を描いているとはいえ、この作品は群衆化と分身化、例外状態、純粋暴力などの今日的な主題に踏みこもうとはしない。

カーティスが闘うのは自己保身から仲間の女を殺害し、幼い子供から母親を奪った過去への自罰意識からだ。倫理的な主体性を少しも疑わない点で、カーティスは負のアイデンティティに縛られたキャラクターといえる。蜂起（アプライジング）あるいは暴動（ライオット）の集合的主体である分身とも群衆とも縁遠い人物なのだ。

　結末で明らかになるのは、何年かに一度は生じる最下層の反乱それ自体が、最初からウィルフォードの「箱船」計画に組みこまれていたという真相だ。スノーピアサーという階級社会の安定と永続に不可欠な契機として、反乱は定期的に起こることが期待されていた。しかし、こうした真相は、蜂起（アプライジング）も暴動（ライオット）も体制維持のためのガス抜きだという俗論に与（くみ）するものでしかない。

『スノーピアサー』の限界性は、SF的な寓話である点に由来するのではない。ヒロイックな冒険譚として構想されているところに、その根拠はある。ヒーローによる冒険の物語は、人間化された世界を疑わないことが大前提で、外部から到来する「力」や純粋暴力の主題的探究には向いていない。その場合に求められるのはヒーローでなく、『ダークナイト』のジョーカーのようなアンチヒーローだろう。

『パラサイト』がパルムドールを獲得した二〇一九年のカンヌ国際映画祭で、審査員賞を受賞したラジ・リの『レ・ミゼラブル』は、ユゴーの小説作品を意識したタイトルからもわかるように二一世紀の貧民たち（レ・ミゼラブル）、スラム化した郊外（バンリュー）の団地（シテ）に集住するアフリカ系の移民たちを描いている。アフリカ系あるいはアルジェリア系の移民や、フランスで生まれた子や孫たちの多くが、二一世紀フランス社会の悲惨な人々（レ・ミゼラブル）、アンダークラスである事実は疑いがたい。

　映画『レ・ミゼラブル』の舞台は、二〇〇五年の「郊外暴動」の発火点だったクリシー・ス・ボワに隣接する地区、モンフェルメイユのレ・ボスケ団地だ。小説『レ・ミゼラブル』でモンフェルメイユは、テナルディエ夫婦が旅館を経営していたパリ郊外の村でもある。ジャン・バルジャンは探していた幼いコゼットを夜の森で見つけ、虐待者のテナルディエ夫婦から救出する。

映画『レ・ミゼラブル』には『ジョーカー』のゴッサム騒乱や『ダークナイト ライジング』の「影の同盟」によるクーデタのような大規模な分身状態、例外状態は存在しない。結末で描かれるのは少年たちの悪ふざけめいた騒ぎにすぎない。しかし今日の大衆蜂起について思考するために、この映画はきわめて重要だ。『レ・ミゼラブル』の結末の「騒乱ごっこ」は『パラサイト』の無動機殺人とも、『ジョーカー』の分身状態とも異なる。もちろん『ダークナイト ライジング』の、人民権力を騙る党派的権力の腐敗したテロルとも。

デクラセ化し暴力化する「没落中流」が主人公の『パラサイト』や『ジョーカー』とは違って、映画『レ・ミゼラブル』では貧困地域で生活するアンダークラスの人々が主人公だ。スラム化したパリ郊外の団地を舞台に、シェルブール警察からモンフェルメイユ署に転属した警察官を視点人物として、物語は進行していく。

先にも述べたように、オイルショックで限界に逢着した西側先進諸国の〝総「中流」〟社会は一九八〇年代には空洞化がはじまり、二一世紀に入ると新たな格差化、貧困化が社会問題になる。日本でも『万引き家族』の柴田一家のようなアンダークラスが形成されたが、誰の目にも明瞭なものとして可視化されてはいない。アメリカやフランスのような貧困層の集住地域、都市スラムが部分的にしか存在しないからだろう。

敗戦後の日本で戦後復興と高度成長のために要求された低賃金の若年労働力は、一九五〇年代から七〇年代まで続いた集団就職列車に象徴されるように、主として農村地帯から調達された。二〇世紀前半に農村の余剰労働力が枯渇していた西欧諸国では、イギリスはインド系、フランスはアルジェリア系、ドイツはトルコ系などの移民労働力に依存して高度成長が推進される。

オイルショック以降の構造不況は、低賃金マニュアル職が大半の移民労働者を直撃する。また産業構造の高度化のため工場の現場労働が急減し、移民層の失業率は急増していく。こうして失業と貧困を宿命づけられたアンダークラスが形成された。フランスで戦後期に多く建造された郊外団地は、貧困化した移民の集住地と化し、麻薬や犯罪が蔓延するようになる。

他方、アメリカでは黒人層が「中流」化の流れから取り残され、二〇世紀後半の「ゆたかな社会」そのものが二重底をなしていた。大都市から黒人スラムが一掃され終えた時期はなく、加えてヒスパニックなど新たな移民労働者が低賃金労働者の列に合流していく。

欧米では都市の貧困地区という可視的な光景として、アンダークラスの存在は明瞭だが、戦前から日本に居住する在日朝鮮人・韓国人を例外として移民の層が伝統的に薄い日本では、欧米とは事情が相違している。外国人労働者は徐々に増加してきたが、日本の排外主義的な入管体制と移民政策のため、ほとんどが一時的な出稼ぎ労働者の地位に置かれている。

日本のアンダークラスは統計的には実在しているが、都心のホームレスや寄せ場の日雇い労働者として以外は、かならずしも可視的ではない。東京二三区でも隅田川の東側と西側では物価や生活水準に統計的に落差がある。東側の足立区、江戸川区、葛飾区などは東北からの上京労働者が集住した地域で、今日でも所得水準は西側と比較して低目だが、パリ郊外のようなスラム地区は生じていない。

『万引き家族』の柴田一家のように、日本のアンダークラスは「中流」や「元中流」の光景に溶けこんでいる。移民労働者の層の薄さという点では、韓国も日本と似たような事情がある。

マイノリティである移民労働者や外国人出稼ぎ労働者の人種的特徴が、多くの場合マジョリティ市民と大きくは違わない点も、日本と韓国は共通している。ただしＥＵ拡大の副産物として、西欧諸国でも人種的特徴をマジョリティと共有する東欧からの移民労働者や出稼ぎ労働者が増加してきた。

東欧からの出稼ぎ労働者が定住し、複数世代にわたる移民家族を形成した場合、白人でキリスト教文化圏の出身という特性を生かしてマジョリティ社会に溶けこんでいくのか。あるいはイギリスのインド系、フランスのアルジェリア系やアフリカ系の移民のように、独自の生活圏や文化圏を維持し続けるのか。

このところイギリスで急増したポーランド人労働者は在日朝鮮人・韓国人に類似的なマイノリティ社会を形成していくのか、そうではないのか。あるいはブレグジットの結果、大多数が帰国を強制されることになるのだろうか。

フランスで郊外団地に集住する移民を中心としたアンダークラスと、「没落中流」のあいだには無視できない分断線が走っている。この点を明瞭に示したのが、二〇〇五年と〇六年の二つの社会的事件だった。〇六年の場合は政府の労働政策をめぐる社会運動だが、前年の事件は自然発生的な騒乱、移民青少年の蜂起（アプライジング）だった。

一〇月二七日の夜、パリ北東郊外のクリシー・ス・ボワで帰宅途中の若者三人が、警官の恫喝的な職務質問から逃れようと変電所に逃げこんだ。一五歳と一七歳の二人が感電死、三人目も重傷を負う。サルコジ内相の移民抑圧政策と警察の高圧的な態度に反感を募らせていた若者たちが、二人の死をきっかけに蜂起を開始する。パリ郊外（バンリュー）の騒乱はアミアン、ルーアン、マルセイユなど全国に波及していく。

サルコジは「社会の屑を掃除する」と宣言し、政府は非常事態を宣言した。アルジェリア戦争下、内戦の危機に対処する目的で制定された非常事態法には夜間外出禁止令などが含まれ、その効力は戒厳令に匹敵する。全国規模の大騒乱は三週間後に沈静化するが、今日にいたるまで「郊外暴動」は断続的に発生している。

二〇〇五年の「郊外暴動」に前後してフランス政府は、初回雇用契約（CPE）など労働市場を「柔軟化」する労働法改変案を公表した。〇六年二月九日の強行採決に抗議する社会党、共産党、緑の党などの野党とCGTなどの労働組合、さらに新自由主義的なＣＰＥの当事者となるだろう学生、高校生による反対運動がはじまり、全国規模での大闘争が展開されていく。

三月二八日には主催側発表で三〇〇万、警察発表でも一〇〇万という大デモがフランス全土を制圧し、急進派の青年学生はマルセイユやパリで実力闘争を展開した。ドヴィルパン首相はＣＰＥの事実上の撤回に追いこまれ、反対派は勝利を宣言する。

フランスを揺るがせた「郊外暴動」と反ＣＰＥ闘争だが、前者を闘った貧しい移民の青少年が後者の運動に大挙合流した形跡はない。「２００５年秋の反乱、および２００６年の反乱と、それはまったく異なった主役たちを配し、まったく異なったスタイル（形式）で演じられたが、しかしながら究極的には同じ目的のために立ち上がった、ジュネス（若者）の反乱であった」[*15]と山本三春は語る。しかし山本のように、「敵」は新自由主義社会だという一点で両者を同列に見る発想は、はたして妥当なのか。

「郊外暴動」は人種的マイノリティ、反ＣＰＥはフランス社会のマジョリティが主役だったが、人種や社会的地位の相違に加えて、両者の階級的立場の不一致にも注意する必要がある。後者はワーキングクラスや新ミドゥルクラスの「中流」ないし「没落中流」による既得権死守の社会運動だが、前者はアンダークラスの自然発生的な蜂起で、なんらかの社会的要求を掲げて闘われたわけではない。

郊外団地に押しこめられている、福祉国家の恩恵など他人ごとにすぎない移民二世、三世の失業青少年には、フランス社会のマジョリティである「中流」や「中流」からの脱落を警戒する大学生とは違って、そもそも守るべき既得権などない。

解雇の乱発と雇用の不安定化をもたらすＣＰＥに、職業的に安定したブルーカラーやホワイトカラーの正規労働者と、その予備軍である学生や高校生が反対したことには階級的利害からの必然性がある。しかし就業の見込みがない失業青年や、低賃金で不安定な非正規職しか期待できない低学歴の移民青年にとって、雇用契約の改善も改悪も自分たちとは無縁の出来事にすぎない。「郊外暴動」を闘った若者たちは、全体として反CPE運動に冷淡あるいは無関心だったが、それもまたアンダークラスの階級的必然といえる。

『レ・ミゼラブル』の冒頭では、主としてアフリカ系移民が住む郊外団地の少年たちが、ロシアで開催中のFIFAワールドカップに熱狂する様子が描かれる。イッサと仲間の少年たちは、フランスとクロアチアの決勝戦の日に郊外線でパリ都心に繰り出し、大スクリーンで観るデンベレやエムバペなど黒人のフランス代表選手のプレーに熱狂する。フランスの優勝に歓喜してシャンゼリゼ大通りを埋めた大群衆には、イッサたちモンフェルメイユの少年たちも紛れこんでいた。

優勝の興奮のなか人種的マイノリティとマジョリティの壁は溶解し、乱舞するトリコロールとラ・マルセイエーズの大合唱で、大通りを埋めた群衆はフランス国民として一体であることを確認する。そうした光景のあと、舞台はモンフェルメイユ署に移る。移民の少ないノルマンディ地方から転勤してきた警官ステファンは犯罪対策班に配属され、白人のクリス、黒人のグワダと三人で巡回班を構成することになる。

初日からステファンは班長クリスによる、移民たちへの高圧的な違法行為を見せつけられる。ドラッグの不法所持という名目で少女の躰を撫でまわし、証拠写真を別の少女が撮影すると、スマートフォンを奪って踏み潰してしまう。ステファンは先輩警官の暴力的で傲慢な態度に眉を顰（ひそ）めるが、新人のため表だって抗議することができない。

ワールドカップ優勝に歓喜する人々と、犯罪対策班の横暴を描いた場面の落差は、フランスの国民的一体性が神話にすぎないこと、人種的、宗教的マジョリティとマイノリティが分断され敵対している事実を暴露する。ただし、この対立関係も単純ではない。

暴力警官のクリスは面従腹背の累犯者や地域ボスとも親密で、たがいに利用しあう関係にある。治安維持の専門家である巡回班は、綺麗事や杓子定規な対応が無力であることを肝に銘じる必要がある、それが犯罪多発地域の最前線で治安を守る秘訣だと、クリスは確信しているようだ。

団地（シテ）の住民にたいする警官たちの粗暴で傲慢な言動が、二〇〇五年の「郊外暴動」を惹き起こした。それから一〇年以上が経過しても、政府の移民対策や、現場の警官たちの行動様式に大きな変化は見られない。パリ郊外の移民地区は〇五年蜂起が鎮圧されて以降も、いわば潜在的な例外状態にある。

ミネアポリスを発火点として二〇二〇年五月以降全米に拡大したBLM運動は、直後にフランスにも飛び火した。アメリカと同じような警察の暴力が、フランスでも横行しているからだ。

潜在的かつ恒常的な例外状態に置かれた社会を、筆者は「例外社会」として論じたことがある。非常事態を宣言して政府が憲法秩序を一時的に停止する国家的な例外状態（例外国家）にたいし、9・11と反テロ戦争以降、アメリカでは例外状態が日常的に構造化された例外社会が形成されてきた。フランスでもイスラム過激派のシャルリエブド社襲撃以降、例外社会化は急速に進行している。『レ・ミゼラブル』で描かれる郊外の移民地区を、例外社会のモデルとして捉えることができる。

例外社会化が定着しても政治的な例外状態が消滅するわけではない。二〇〇五年蜂起のあともフランスは、一五年のパリ同時多発テロに際して非常事態を宣言した。また二〇一八年一二月にはじまるジレ・ジョーヌ運動は、「没落中流」による大規模騒乱だが、これにマクロン大統領は非常事態を宣言すると警告した。進行する例外社会化に、政治的例外状態（例外国家化）が断続的に二重化する事態は、二一世紀のフランスでは日常化している。

こうした事態はモンフェルメイユの夜と昼に、象徴的に重ねられていく。クリスはステファンに、夜間パトロール隊は完全武装だが自分たちは平服で巡回の任務に就くのだと、誇らしそうに語る。夜の移民地区は擬似的な戒厳状態、いわば政治的例外状態だが、昼間は社会的例外状態にある。夜間の武装警官による地域制圧は、危険性は高いとしても警察の仕事としては単純だ。しかし昼間の社会的例外状態に対処するには、警官としての特殊な能力や技能が不可欠であることを、クリスは新人に教えようとしている。

「没落中流」を主人公とした『パラサイト』や『ジョーカー』とは違って、『レ・ミゼラブル』で描かれるのは最底辺の貧困層、二一世紀社会のアンダークラスだ。また『パラサイト』のパク・ドンイク、『ジョーカー』のトーマス・ウェインやマレー・フランクリンのような富裕層や特権層のキャラクターは『レ・ミゼラブル』には登場しない。

この点は『万引き家族』の場合も同じで、アンダークラスの世界では支配層や特権層は不可視化されているからだ。『万引き家族』でも『レ・ミゼラブル』でも、アンダークラスの世界に権力として君臨するのは、社会階層的には少し上位にすぎない現場の警官たちである。

アンダークラスの人々は、市民社会や福祉国家の重層的な緩衝装置に保護されることなく、日常的に警察権力の暴威にさらされている。だからフランスの「郊外暴動」は、法秩序の暴力的侵犯を自己目的化しているように見える。もろもろの社会的要求が問題なのではなく、めざされているのは警察権力それ自体、あるいは法維持的暴力との非和解的な闘争だからだ。

『パラサイト』や『ジョーカー』の主人公は階級的に解体されて孤立し、人間関係は家族や、非正規労働の一時的な職場に限定されている。他方、『レ・ミゼラブル』で描かれるアンダークラスの社会関係は、それよりもはるかに複雑で陰影に富んでいる。移民街のレ・ボスケ地区には、第二次大戦直後の東京にも見られたフリーマーケット、露天市が開かれて地元客で繁盛している。

自然発生する自由交換の場には、仕切り役として私的暴力を備えた集団が寄生するようになる。モンフェルメイユの露天市を仕切っているのは、「市長」と呼ばれるボスに率いられた、揃いのベストを制服にした男たちだ。露天市で生計を立てる零細商人たちと、その上前をはねる「市長」一味のあいだには緊張が潜在している。

レ・ボスケ地区からドラッグを一掃したムスリム同胞団も、一大勢力をなしている。ムスリム同胞団は反コカイン団(BAC)とも呼ばれている。BACは犯罪対策班(BAC)と略称が同じで、法維持的暴力としての警察と、法措定的暴力に転化する可能性を秘めたムスリム同胞団の鏡像的な関係を示唆している。

ただしモンフェルメイユのムスリム同胞団は、シャルリエブド事件を起こしたアルカイダ系の過激派とは違って、住民の連帯や相互扶助を担うのが活動の中心であるようだ。小さなレストランも地域コミュニティの中心点で、刑務所帰りだが誠実な経営者サラーは住民に信頼されている。

このようにモンフェルメイユの移民社会は、多数の団体や組織の利害と欲望と観念が複雑に交錯する、多様な力の場をなしている。マイノリティという点では同じでも、アフリカ系移民社会の外側に位置し、それと緊張関係にあるのがロマのサーカス団だ。

レ・ボスケ地区の法維持的暴力である犯罪対策班は、社会の上に超越的に君臨しているわけにはいかない。日常的な例外状態にある移民社会に内在し、多様な力のひとつとして自身をコントロールしながら、諸力の微妙な均衡を維持し続けなければならない。このように複雑でデリケートな権力行使は、政治的例外状態の軍事的な法維持的暴力とは別種のものだ。

ユゴーの『レ・ミゼラブル』の時代には、当時のアンダークラスだった貧民プロレタリアが、ときとして街路にバリケードを築き、王宮や市庁舎を襲撃してパリを騒乱状態に陥れた。その最大規模の爆発として、アンシァン・レジームを打破したフランス大革命、復古王政を倒した七月革命、ルイ・フィリップを追放し共和制を再興した二月革命、自治政府を樹立したパリ・コミューンなどの歴史的な大規模蜂起が存在した。

社会の最下層に堆積した貧民プロレタリアとは、商品経済の圧力で旧来の農村共同体が解体され、アトム化して漂泊し、パリの貧民街に流れ着いた人々だった。農民としての共同体的なアイデンティティは失われ、しかし産業労働者としての新しいアイデンティティはいまだ獲得しえていない都市貧民は、しばしば革命群衆化し反政府蜂起を闘うことになる。

この階級は同時に、都市という新たな環境下で新たな共同性を編みあげてもいた。シャンソン酒場の呑み仲間から自生的な相互扶助的組織や、誓約性のある高度な経済的、社会的アソシアシオンにいたるまで。半ば解体された手工業者のギルドや、物乞いや呼び売りなどプティ・メティエで生計を立てる者たちの組合、さらにテナルディエのような犯罪者一味までが自生的なアソシアシオンや結社として存在した。ブランキの革命主義が貧民プロレタリアの群衆的暴力に期待したとすれば、「生存のためのサンディカ」の意識化と計画化に努めたのがプルードンの社会主義だった。

階級的に解体され社会的に孤立したアトム的な〈われ〉である『パラサイト』や『ジョーカー』の主人公たちは、アイデンティティを失って過激化、暴力化した一九世紀の貧民プロレタリアを思わせるところがある。これにたいし『万引き家族』で描かれるアンダークラスの疑似家族は、一九世紀の貧民プロレタリアによる「生存のためのサンディカ」を、二一世紀の今日に継承しているともいえそうだ。

アンダークラスが生き延びるために編みあげていく「生存のためのサンディカ」の具体的な事例が、映画『レ・ミゼラブル』では多様に提示されている。零細商人たちの露天市、子供たちに菓子を配る反コカイン団、マフィアの雛形である「市長」一味、サラーの店の常連たち、ロマのサーカス団、そして少女の三人組から空き地でボールを蹴る少年グループまで。

映画『レ・ミゼラブル』で描かれる団地での騒乱は、『ジョーカー』のそれとは質的に違う。一方は都市全体を覆う「没落中流」の大騒乱だが、他方は少年たちの悪戯めいた警官襲撃にすぎない。また「没落中流」の騒乱が分身たちの本質的暴力の沸騰であるのにたいし、『レ・ミゼラブル』のそれには群衆性の暴力と、「生存のためのサンディカ」に由来する組織性や計画性が二重化している。

アフリカ系の少年イッサがサーカス団のライオンの仔を盗んで、密かにペットとして飼いはじめる。それをきっかけにサーカス団と移民社会の緊張が高まる。ロマと「市長」一味の暴力的衝突を阻止するため、犯罪対策班の三人は懸命になってイッサとライオンの仔を捜索する。しかし、そこで予想外の出来事が起こる。少年たちの集団に追われた黒人警官グワダが、イッサにゴム弾を発砲してしまうのだ。

しかも発砲事件は、趣味でドローンを飛ばしていたオタク的な少年バズによって空中から撮影されてしまう。事件が公になれば、犯罪対策班の責任が追及されるのは必至だ。警官による暴力事件は、新たな「郊外暴動」のきっかけにもなりかねない。

自己保身に駆られたクリスは証拠隠滅のため、重傷で意識不明のイッサを車に閉じこめたまま、事件の記録映像を入手しようと必死になる。班長の指示を拒んでイッサを病院に運んだステファンは、「二〇〇五年の再現は避けなければならない」とサラーを説得し、かろうじてメモリーカードの回収に成功する。

少年たちに囲まれたグワダがゴム弾を発砲してしまったのは、犯罪対策班の職務に精神的に疲労していたからだ。例外社会をコントロールする末端権力の担い手が自己破綻した結果として、この発砲事件は生じている。二一世紀的なコントロール権力は微細な監視技術を集積してきた。しかし監視する者は監視され、監視される者が監視する。権力による監視技術としてのドローンによる空中撮影が、反転して警察の横暴を暴く武器になる。

パトロール警官たちがメモリーカードの回収に成功して、事件は終わったように見える。しかし、真の山場はそのあとに到来する。回復し退院したイッサと仲間の少年たちが、団地を巡回していた犯罪対策班の三人を襲撃するのだ。

仲間のイッサに重傷を負わせながら事件を揉み消し、責任を回避した警察権力に、サッカー好きの少年グループが闘いを挑んだ。とすれば、この騒乱は遊び友達の少年グループという「生存のためのサンディカ」が計画的に起こした抗議活動でもある。

コミュニティの集合体や団体に重層的に組織されている大人たちは、たとえアンダークラスであろうと容易には分身化しない。手作り的な「生存のためのサンディカ」が大人たちそれぞれに、不安定で部分的とはいえ、それなりに社会的アイデンティティを保障しているからだ。

「市長」一味の暴力は「利害の暴力」だし、仮にムスリム同胞団からIS兵士に志願する若者が出たとしても、その暴力は「観念の暴力」にすぎない。いずれも群衆化と分身化から発生する本質的暴力ではない。

少年たちによる警官襲撃は、『パラサイト』や『ジョーカー』の結末で描かれた無動機殺人や都市騒乱とは違って、「郊外暴動」の真似事のごときものにすぎない。それが暴力の行使であることは事実としても、持ち出された「武器」は水鉄砲に花火、せいぜいのところ火炎瓶にすぎない。少年たちが伝説的な「郊外暴動」に憧れて、それをモデルに子供のごっこ遊びを企てたようにも見える。

しかし少年たちの行動の意味は、クライマックスの階段の場面で一変する。団地の階段にステファンを追いつめたイッサだが、その手には点火された火炎瓶がある。

少年たちによる警官襲撃も、武器が水鉄砲や花火までなら悪戯の領域といえなくはない。しかし火炎瓶で警官を火だるまにすれば、もう「暴動ごっこ」ではすまない。傷害罪、場合によっては殺人罪に問われる犯罪行為だ。あるいはステファンが憂慮したように、その行動は二〇〇五年のような「郊外暴動」の発火点となるかもしれない。

イッサが火炎瓶を投げたのかどうか、しかし観客には判断がつかない。少年が火炎瓶を手に警官と対峙する場面で映画は終わるからだ。イッサの行動を最後まで描くことなく、ラジ・リが物語を閉じたのはなぜか。

悪戯と犯罪、あるいは「暴動ごっこ」と暴動そのものを分かつ決定的な線を前にして、少年は逡巡したようにも見える。重傷を負った自分を病院に運んでくれたステファンだから、攻撃することに躊躇したのか。たまたま階段に追いつめた警官が、イッサを撃ったグワダや、意識不明の少年を自己保身から警察車に閉じこめたクリスだったら、事態は違っていたかもしれない。

しかし本当に問うべき問題は、イッサによる一瞬の躊躇の理由ではない。躊躇あるいは逡巡という、意思と行為の一瞬の「間」が鮮やかに描かれたところに、この作品の見逃せない意味がある。

ガーデンパーティーでギジョンを刺殺するグンセや、なにかに操られるようにドンイクを殺してしまうギテクにも躊躇はない。母親を窒息死させたときのアーサーも同じで、殺害は逡巡なく実行される。いずれの場合にも、意思と行為に「間」は存在しない。

意思と行為の「間」の消滅は、アーサーによるフランクリン殺害が典型的だ。冗談であるかのように無造作に、しかも機械さながらの正確さでアーサーはフランクリンを射殺する。

決定的な暴力行使を前にして、イッサはいったん立ち止まる。火炎瓶を用意したからには、事前に投げる意思が存在していたに違いない。投げるべき対象が眼前にあらわれたというのに、まだ火炎瓶は掌に握られたままで、結局は投げられないまま終わるのかもしれない。

いずれにしても、ここにあるのは一瞬の「間」だ。この「間」を前にして監督のラジ・リも立ち止まり、そして映画は終幕となる。観客もまた、この「間」を疑問として抱えこんだまま映画館の席を立つことになる。この映画は、イッサによる躊躇あるいは逡巡としての「間」を、謎として観客に突きつけて終わる。この「間」、一瞬の時間的空白、過去と未来のあいだに口を開いた亀裂の意味するところはなにか。

役柄の差異体系である共同体では、〈われ〉と〈われ〉は役柄関係で接合され、〈われわれ〉として存在する。役柄関係や〈われわれ〉のほうが先に存在し、個的な〈われ〉や反省的な自我は事後的に見出されるという関係論的な立場をとろうと事態には変わりがない。共同体が煉瓦建築であるなら〈われ〉と〈われ〉はセメントで接合されている。あるいは共同体を一腹の筋子とすれば、魚卵の粒々は粘液で繋がれている。

共同体を魚卵に喩えたマルクスにとって、〈われわれ〉は市民社会のアトム的な個人とは違って、無個性的な粒々が密集しあい粘着しあった群塊にすぎない。マルクスは煉瓦と煉瓦を接合するセメント、魚卵の粒々を繋げている粘液の存在を無視する。

災害や飢餓など外部から到来した「力」の耐えがたい圧力のため、ときとして共同体は内的に崩壊する。共同体と外部の境界線は残っていても、すでに内側には差異体系も秩序も存在していない。共同体を支えていた役柄関係は瓦解し、〈われわれ〉を接合していたセメントは消失して個々の煉瓦はあたり一面に散乱する。散乱した煉瓦と煉瓦のあいだにはなにもない。分断された〈われ〉と〈われ〉のあいだには〈／〉としての空白が生じ、〈われわれ〉は分身としての〈われ／われ〉になる。

この空白は共同体の外部に通じる裂孔でもある。襲来した外部の無意味で圧倒的な「力」は、共同体を押し潰し、大量の死をもたらした。外部に通じる裂孔の底に覗いているのは、不気味な死だ。分身としての〈われ〉にとって、空虚な裂孔に呑みこまれ、外部に排出されるという運命は恐怖でしかない。分身化した

〈われ／われ〉は、それぞれが隣在する死に取り囲まれている。〈われ／われ〉が生じる過程は、次のようにも言い換えられる。外部は圧倒的な「力」として外から共同体を押し潰すだけでなく、無数の微細な破片と化して共同体の廃墟に浸透すると。〈／〉とは分身と分身を隔てる外部の微細な破片でもある。

空白という裂孔に転落する恐怖こそが、無力に漂い続ける〈われ／われ〉の世界、静的な分身状態に暴力を導き入れる。死を湛えた裂孔に呑まれる恐怖から逃れようとして、分身たちのブラウン運動が開始され、分子運動は加速していく。無力に浮遊していた無数の〈われ〉が乱反射的に衝突し、急速に暴力の熱を帯びはじめる。

ジラールのモデルでは分身化＝暴力化だが、しかし分身化と暴力化は異なる。いわば静的と動的と、分身には二つの異なる水準がある。静的分身状態が、本質的暴力の沸騰である動的分身状態に変化するためには、死への恐怖と、それを打ち消そうとする無数のアトムの運動が不可欠だ。

ジラールが語った本質的暴力の世界とは、ホッブズの言葉では「万人の万人に対する闘争」の、ヘーゲルの場合は「死を賭けた承認をめぐる闘争」の世界になる。承認をめぐる闘争は、共同体の廃墟に侵入した外部の細片への防衛反応として生起する。

分身と分身の隙間としての外／死、〈われ／われ〉の〈／〉を消去し、一体的な〈われわれ〉に立ち戻らなければならない。外部の「力」としての純粋暴力が殺人を含む人間的暴力に変じるのは、足下に禍々しく開いた外／死の裂孔を、分身たちが欺瞞的にでも消去しようとするからだ。

映画『理由なき反抗』では、若者の度胸試しゲーム、チキンランが描かれる。このゲームでは、勝敗を競う二人が断崖に向けて車を走らせる。転落を怖れて先にブレーキを踏んだ側が敗者だ。映画では二人ともブレーキを踏むことなく、バズは墜死し、ジェームズ・ディーン演じるところのジムは墜落直前に車から脱出する。

チキンランでは、死への恐怖の克服が競われるのではない。たとえ擬似的であろうと、隣在する死を消去できる能力の優劣が問われる。もちろん、恣意的に望んでも外／死の裂け目は消えてくれない。試されるのは隣在する死を無視できる能力、あえて見ないでいる能力、あるものをないと欺瞞できる能力なのだ。

承認のための闘争では、外／死への恐怖に一秒でも長く耐えた側、裂孔の縁ぎりぎりまで接近する決意と勇気の持ち主が勝者となる。けれども、死を怖れない勇気なるものは欺瞞の産物にすぎない。死の深淵を直視しない者が、より裂孔に接近しうるからだ。チキンランで勇気を競う二人は、いずれも横を走る競争者の車に注意している。敵がブレーキを踏んで敗北を認めた次の瞬間に、自分も車を急停止するために。でなければゲームに勝利しても、バズのように崖から墜ちてしまう。

先に正面を見てしまった者が、否応なくブレーキを踏んでしまう。正面に待ちかまえているのは、おのれの死そのものとしての断崖だ。正面の断崖から目を背け、横を走る競争者の車を注視している限り、人は最後までアクセルを踏み続けることができる。チキンランとは、外／死を直視しない者が勝利するゲームなのだ。承認をめぐる闘争にも同じことがいえる。

外部に通じる裂孔に墜ちる恐怖から逃れようとして、自己意識と自己意識は承認をめぐる闘争に入る。対戦者を見ている限り、外／死を直視しないですむからだ。分身と分身は、外／死を消去するためのゲームを開始する。裂孔を見ることなく、遍在し隣在する外／死から目を背け続けることができた者こそが勝利しうる。あるものをないものと自己欺瞞し、死を隠蔽する能力に長けた者こそが、死の危険を武器として敵を圧倒できる。

承認をめぐる逃走の勝者は主に、敗者は奴になる。こうして役柄性の基本である主と奴、支配と被支配の権力関係が新たに成立する。分身状態の本質的暴力は収拾され、役柄関係に支えられた共同体の秩序が確立される。ただし、これは論理的なモデルにすぎない。

いたるところで承認を掛金に死闘が演じられる世界は、本質的暴力が氾濫する戦争状態の世界だ。ある勝負が決し、ある役柄関係が確立されても闘争状態は終わらない。並行して無数に闘われているゲームの、無数に存在する勝者と勝者は新たな闘争に入らなければならないからだ。

生死を賭けたトーナメント戦が終局に達するのは、たった一人の最終勝者と、その他全員である敗者が決定されたあとだろう。歴史的には多数の都市国家間の戦争状態が、メソポタミアではアッカド帝国やバビロニア帝国の、春秋戦国時代の中国では秦帝国の成立でようやく終結しえたように。同じような過程は、大小の封建領主や教会、自治都市、ギルド、その他もろもろの中世的に分散した諸権力を一元的に統合し、絶対主義的な主権国家が形成される際にも繰り返された。

静的な分身状態は、共同体の廃墟に無数の口を開いた裂孔と、そこから覗く外／死への恐怖から、相互的暴力が氾濫する動的な分身状態に転化する。動的分身状態の相互的暴力は、「満場一致」で犠牲に集中される。分身状態が例外状態として回帰してくるとき、共同体の犠牲は政治的な「敵」となる。「敵」を名指して、分身たちの相互的暴力を一点に集中する者はジラール的な犠牲、王として帰還する犠牲の後身ともいえる。

共同体を秩序化するために本質的暴力を犠牲に集中することで成立する王権はもちろん、それを原型としたあらゆる主権権力は差別的、排外的といえる。法措定的な主権権力に帰結する例外状態や本質的暴力、あるいは大規模騒乱もまた本性として差別的だ。しかし、先にも述べたように今日の差別主義は、差別的な本性を欺瞞的に隠蔽する場合が多い。

ジラールとは異なるバタイユの供犠とは、人間に不均等に到来するものとしての死を全員で共有する稀有な体験にほかならない。「今犠牲者を襲う一撃がいつの日か自分自身に及ぶ一撃であることを、同一化によって過剰なまでに交感しながら、みずからの必滅を知るのが供犠の機能だ」と、『G・バタイユ伝』でシュリヤは述べていた。

共同体が内的に解体し、〈われ〉と〈われ〉を繋いでいた役柄関係が消失したあと、そこには外部に通じる裂孔が口を開く。そこに呑みこまれてしまう恐怖から、分身と分身は外／死としての裂孔を擬制的に埋めようとして相互的暴力を発動する。こうして分身と分身はブラウン運動を開始し、静的な分身状態は動的なそれに変化する。

役柄関係で接合された共同体の〈われわれ〉は、到来した外部的な「力」に押し潰されて〈われ／われ〉に分断される。あいだに〈／〉として外部に通じる裂孔を挟んだ〈われ／われ〉は静的な分身状態だが、それが運動化するとき、相互的暴力によって裂孔は充塡され〈／〉は消失する。

本質的暴力が沸騰する動的な分身状態では、相克する〈われ〉と〈われ〉は隙間なく密集し、暴力の高熱のため真っ赤な溶岩さながらの溶融状態になる。これを共同体の役柄的な〈われわれ〉と区別して、溶融的な〈われわれ〉としよう。溶融的〈われわれ〉は動的分身状態に対応する。

ジラールの論理では、分身は最初から動的状態で登場する。そこには外／死という分断線で隔てられた〈われ／われ〉は存在しない。動的分身が相互的暴力の高熱に溶かされ溶融的〈われわれ〉として存在するにすぎない。静的な分身状態の〈われ／われ〉を、被災的〈われ／われ〉としよう。圧倒的な自然災害に見舞われて茫然自失している被災民が、その典型だからだ。同じ動的分身状態でも本質的暴力に溶かされた溶融的〈われわれ〉にたいし、外／死としての純粋暴力を宿したそれを蜂起的〈われ／われ〉とする。蜂起した集団には外／死の亀裂がいたるところに、縦横無尽に走っているからだ。無数の亀裂からは純粋暴力が溢れ出る。

ジラールの犠牲は分身状態の本質的暴力を一点に集中されて追放される。バタイユの場合は反対に、人々は犠牲を通して外／死の裂孔の隣在に耐え、ともに凝視する。バタイユの供犠とは、犠牲を媒介者として全員が死を見つめ、死を共有する内的体験なのだ。この点についてモーリス・ブランショは、「恍惚の神秘神学、あるいは恍惚体験の世俗的探究を意味するものと受けとられている」[*16] バタイユの思想だが、じつは「それに深い嫌悪さえ抱いている」と『明かしえぬ共同体』で指摘している。

> 彼にとって重要だったのは、すべてを（自己自身をも）忘れ去る忘我の状態であるよりも、不充足でありながらその不充足性を断念できない現存が、活を入れられておのれの外に投げ出される、まさにそのことを通して貫かれる困難な歩み、超越の通常の諸形態をも内在性をもひとしく崩壊させてしまうこの運動（略）のほうだったということは肝に銘じておかなければならない。

したがって「共同体とは忘我の境に達すべきものでもなければ、その成員を高められた一体性のうちに解消すべきものでもな」い。ようするに溶融的な〈われわれ〉ではなく、外／死の裂孔を抱えこんだ〈われ／われ〉こそが、バタイユの「否定的共同体、すなわち共同体をもたない人びとの共同体」なのだ。バタイユとブランショを踏襲し、この〈われ／われ〉を共同体（コミュノテ）としてもいいが、本稿では『弁証法的理性批判』のサルトルに倣って集団（グループ）としたい。この集団（グループ）は蜂起する集団、蜂起的〈われ／われ〉でもある。

整理しよう。巨大な自然災害など、外部的な「力」の重圧で共同体の役柄秩序が内的に崩壊する。役柄的〈われわれ〉は分断され、静的な分身状態としての被災的〈われ／われ〉が生じる。そこから外／死を擬制的に消去して溶融的〈われわれ〉にいたる動的な分身状態と、同じ動的分身状態でも隣在する外／死を凝視することで、蜂起的〈われ／われ〉にいたる過程が分岐する。二つの過程は、外／死を否定し消去する本質的暴力と、それを肯定し受容する純粋暴力にそれぞれ通じる。本質的暴力も純粋暴力も外部的な実在する「力」に由来するが、前者はその疎外態にすぎない。

第一の過程は犠牲を追放し、空隙としての外／死を括り出すが、それは凝固した本質的暴力として回帰し、王権として共同体に君臨する。主権権力の起源がここにある。それは静的分身状態としての被災的〈われ／われ〉が、動的分身である溶融的〈われわれ〉を通じて役柄的〈われわれ〉に引き戻される過程でもある。

これにたいし第二の過程は、隣在し遍在する外／死とともにある〈われ／われ〉、集団としての蜂起的〈われ／われ〉を析出する。

分身と分身のあいだの空隙は「間」でもある。第一の動的分身状態は、この「間」を充填するために相互的暴力の氾濫を生じさせ、本質的暴力は法措定的な神話的暴力に、ようするに主権権力に転化する。反対に、この「間」から溢れ出した純粋暴力を、外／死の隣在に耐える人々は神的暴力として捉える。

バタイユの否定的共同体は、犠牲の死をおのれの死として共有する秘儀結社だけを意味するものではない。ブランショが強調するように、バタイユの共同体（コミュノテ）は不可避性と不可能性を同時に抱えこんだコミュニズムに重ねられる。ボリシェヴィズムが僭称した制度的コミュニズムとは無縁の、絶対自由（フリーダム）を求める大衆蜂起、自治／自律／自己権力を求める大衆蜂起のただなかで生きられるコミュニズムだ。

映画『レ・ミゼラブル』の結末では、イッサ少年と警官ステファンが無人の階段で対峙する。鶏やライオンの仔を盗んだ問題少年というレッテル、制度的に規定された役柄から離脱したイッサは、何者でもない〈われ〉として分身化している。空虚な〈われ〉として警官を襲うこともできる。しかし警官に火炎瓶を投げるのか、投げることなく現場から離脱するのか、態度を定めがたい一瞬の「間」が生じ、その前で少年は立ち止まる。

イッサの場合には存在し、『パラサイト』のキム・ギテクや『ジョーカー』のアーサー・フレックの暴力の場合には見られない躊躇あるいは逡巡。この「間」は、意思と行為との時間的な落差だが、同時にそれは分身と分身のあいだの空隙、外／死の裂孔という空間的な「間」でもある。

同じようにアイデンティティが剥落し分身化していても、ギテクやアーサーは隣在する外／死に直面することがない。だから逡巡することなく暴力に呑みこまれていく。通俗的な理解に反して、バタイユが嫌悪さえしていた自己自身を「忘れ去る忘我の状態」、溶融的分身としての状態で暴力に呑まれ流されて、二人は逡巡することなく殺害行為に走る。

外／死の裂孔を前にしてイッサは躊躇し、そこに「間」が発生する。警官に火炎瓶を投げるのか、投げないまま対峙を終えるのか。この「間」を超えるために、いずれにしても少年は決断しなければならない。デクラセ化した「没落中流」であるギテクやアーサーの分身的暴力は、本質的暴力を経由して神話的暴力に帰結するしかない。そこには外／死を前にして立ちどまる一瞬の「間」がないからだ。この時間的な「間」は、分身間の裂孔という空間的な「間」が位相変換されて生じる。神的暴力の顕現である大衆蜂起のいたるところに、この「間」は無数に口を開いている。

『ジョーカー』のゴッサム・シティと同じく飢餓や貧困など外部的な「力」の重圧下に置かれた一七八九年七月一四日のパリを事例として、『弁証法的理性批判』のサルトルは蜂起する集団の生成過程を論じている。

例外状態に直面しているパリでは、すでに分身化が開始されている。飢えと不安と怒りを抱えて、サン・タントワーヌ地区の街路に溢れ出した貧民プロレタリア大衆は被災的〈われ／われ〉、静的な分身状態にある。そのままでは群衆は、鬱屈しながら街路に溢れているにすぎない。それぞれの不満は心底に抱えこまれ、それぞれの怒りは離散し孤立している。このような静的分身状態としての被災的〈われ／われ〉は、どのようにして活性化し蜂起的〈われ／われ〉に自己組織化なしえたのか。怒濤のようにバスティーユ監獄をめざす集団は、いかにして形成されえたのか。

機能的な目的に応じて編成される制度的な共同性を、サルトルは集列体とする。典型的な事例はバス停でバスを待つ人々の行列だ。この場合はバスを待つ乗客という役柄を全員が演じているわけで、集列体もプリミティヴな役柄秩序といえる。

静的な分身状態を自立した領域として扱わないサルトルの観点からは、サン・タントワーヌ地区の街路に群れ集う民衆も変化を待つ集列体にすぎない。しかし軍や警察の暴力に追われ逃げまどうことで、それは運動化し熱を帯びはじめる。外／死という危険を前にしても逃げることのない者が、承認をめぐる闘争に勝利するだろう。しかし軍や警官の暴力と危険にさらされた群衆は必死で逃げまどう。弾圧の暴力に恐怖し逃げまどうことが、革命的集団形成の第一歩なのだ。

承認をめぐる闘争の勝者とは反対に、この逃走を端緒として被災的〈われ／われ〉は蜂起的な〈われ／われ〉に飛躍しうる。逃走群衆としての分身は「〈他者〉の中に自分自身の未来を見るのであり、それをもとにして、〈他者〉の行為の中に自分の現在の行為を発見する」[*17]からだ。

無差異化し分身化した群衆の一人一人は、役柄体系の権力関係から脱落し、たがいに平等だが、それぞれが外／死の分断線に阻まれて孤立している。そこに威圧的な解散命令が、さらには威嚇する銃声さえもが響きはじめる。足下に禍々しく口を開いた外／死の深淵を見て、分身たちは動きはじめる。逃走という動きによって、孤立した〈われ〉と〈われ〉は新たな相互性を発見する。「たとえば、逃走は、引返して攻撃をゆるすはずの制限つきの退却、その他に変貌する。この変貌は、彼の認識や知覚の中の変化ではなく、彼の内部での、惰性的活動から集団的行動への現実的変化である。この瞬間には、彼は主宰者souverain である」。souverain は「主権」とも訳される。

引き返して反撃するかどうかを決断するのは、群衆の一人一人である〈われ／われ〉だ。しかも決断は相互関係のうちでなされ、そして群衆から「規制者的な第三者」が出現する。

私は、全員の疾走によって走り、私が「停まれ！」と叫ぶと、全員が停まる。誰かが「進め！」とか「左へ！　右へ！　バスチーユへ！」と叫ぶ。全員は、また出発し、規制者的な第三者にしたがい、彼をとりかこみ、彼を追い越す。そして、他の第三者が〈合言葉〉や全員から見える行為によって一瞬に規制者として立つや否や、集団はふたたび彼を呑み込む。

群衆としての〈われ〉は、他者の指示や命令に服従しているのではない。無数の〈われ〉が無数の〈われ〉の叫びに応じて雪崩のように動きはじめる。誰でもいい群衆の一人として叫ぶ〈われ〉、「規制者的な第三者」は、『政治の現象学あるいはアジテーターの遍歴史』の長崎浩によれば「原初のアジテーター」である。群衆の波間から身を起こした最初のアジテータは、叫んだ直後に群衆の渦に没してしまう。次の瞬間には別の言葉を、また別の〈われ〉が声高く叫ぶ。このように原初のアジテータは匿名であり、しかも一瞬だけの存在だ。

原初のアジテータは、呼びかける群衆を対象化する。その声に応える群衆もまた、アジテータを対象化している。自分をこちら側に置き、他者をあちら側に立てるようにして両者は向きあう。

実際の空間的な位置関係はともかく、構えとして呼びかける者は呼びかけられる者たちに対面している。換言すればアジテータと群衆のあいだには距離が、ようするに「間」が存在する。群衆の全員が誰でも一瞬のアジテータでありうるとすれば、群衆のあいだには無数の亀裂が走っている。

この亀裂は〈われ／われ〉の〈／〉、分身状態に開いた外／死の裂孔、浸透してきた外部の無数の細片にほかならない。裂孔から逃れようとすることで、〈われ／われ〉はアジテータと大衆の「間」として、あの裂孔を再発見する。しかしファシズムを典型とする権威主義的暴動（ライオット）は、この「アジテータ／大衆」のダイナミックな対立関係とは原理的に無縁だ。

『叛乱論』の長崎浩によれば「ファシスムの叛乱は指導そのものである。しかも、指導はテクノクラートの指導とは違って、非合理主義的な強制を意味していた。ファシスト大衆の非合理的な自己破滅の情緒が直線的指導をうみだし、かつこの強制を受けいれたのだ」。

ここにトランプ派とオキュパイ派、権威主義的暴動（ライオット）と自治／自律／自己権力を求める蜂起（アプライジング）の原理的な対立点が存在する。大衆蜂起の〈われ／われ〉は集団のうちに無数の亀裂を、外／死の裂孔を抱えこんでいる。この裂孔こそが集団的〈われ／われ〉を生じさせるのだが、ファシスト群衆は外／死を隠蔽し擬制的に消去してしまう。

このようにして集列体は解体され、無数のアジテータの叫びに応えて、〈われ／われ〉は怒濤のように動きはじめる。「この時期以後、何ものかが登場するが、それは集団でもなければ集列でもなく、マルローが『希望』の中で〈黙示状態（アポカリプス）〉と呼んだもの、すなわち集列体（serie）の溶融状態の集団（le groupe en fusion）への分解である」とサルトルは語る。

　サルトル集団論の難点がここにある。蜂起する〈われ／われ〉を、高熱で溶解し液状化した状態として、ようするに融溶的〈われわれ〉として特徴づけるのは正確でない。蜂起する〈われ／われ〉は、遍在し隣在する外／死の裂孔を肯定し、裂孔に身をさらしてのみ存在する。死を怖れて逃走することもまた、外／死とともにあることの帰結だ。裂孔からは熱とは反対の冷気が吹き出してくる。

　原初のアジテータの声が冷気だとすれば、それにどよめきながら応じる群衆は熱気だ。蜂起集団にはアジテータの冷気と群衆の熱気が交錯している。それは、たんに高熱で溶融（フイジヨン）した群塊ではない。

　サルトルによれば、原初のアジテータとしての「規制者的な第三者」は主権（スーヴラン）である。死の脅威にさらされて逃走する群衆が、蜂起の〈われ／われ〉として集団形成の端緒に立つとき、そこにサルトルは主権の萌芽を見る。サルトルの集団論では、逃走群衆のなかで最初に生じた主権は、長い遍歴の果てに制度集団にまで構成される、あるいは疎外される。制度集団の典型として主権国家はある。

　この過程が必然的かどうかは別として、サルトルの主権概念とカール・シュミットのそれとの相違は確認しなければならない。シュミットの主権者は例外状態について決断する。しかしサルトルの主権者は、軍隊に追われて逃げまどい、一瞬のアジテータの声に応じて立ち止まり、そして反撃する群衆の一人一人なのだ。

　あの「間」を超えるために、イッサもまた決断しなければならない。決断する〈われ〉は自立的な〈われ〉、いわば〈われ〉の主権者だ。イッサが問われている決断はシュミットが称揚するような主権的決断ではない。いや、ここでは主権の意味が決定的に変容している。

　この主権は自由と同義だ。国家主権に構成されることのない、絶対自由（フリーダム）と不可分である自己主権。決断する無数の〈われ／われ〉が、権力の支配から逃れて自己自身に打ち立てる主権は、蜂起する〈われ／われ〉

として自己組織化され集団の自己権力を構成する。

監督ラジ・リ本人が『レ・ミゼラブル』の舞台モンフェルメイユで生まれ育っている。二〇〇五年の「郊外暴動」に際し、蜂起の現場を内側から撮影した一〇〇時間分ものフィルムから、ラジ・リはWEBドキュメンタリー『365 jours à Clichy-Montfermeil』を制作し、フランス映画界に衝撃をもたらした。

「郊外暴動」をみずから体験したラジ・リだから、蜂起空間に走る無数の外／死の裂孔を体感しえたのだろう。『レ・ミゼラブル』の終幕で少年イッサの逡巡あるいは躊躇としての「間」を描きえたのは、ラジ・リが蜂起（アプライジング）の内在論理を正確に把捉していたからだ。蜂起の現場を生きた者なら誰でも、その隣在を鮮烈な体験として記憶しているが、外側からの観察者には不可視である外／死の裂孔。この作品それ自体が「郊外暴動」の自己権力（コミューン）的本質を疑問の余地がないものとして提示する。

このように二〇〇五年「郊外暴動」は蜂起（アプライジング）にほかならない。だが、二〇一八年から翌年にかけてのジレ・ジョーヌ運動は蜂起（アプライジング）か暴動（ライオット）なのか、その性格はかならずしも明瞭ではない。一三年の時を隔てフランス全土を席巻した二つの巨大騒乱の担い手には、無視できない相違がある。前者はフランス社会のアンダークラス、後者は群衆化した「没落中流」だからだ。

とはいえ最底辺の貧困層、アンダークラスの自然発生的運動だから蜂起（アプライジング）、デクラセ化した「没落中流」だから運動の性格が曖昧で、権威主義的暴動（ライオット）である可能性も排除できないというわけではない。社会的アイデンティティの剝落と群衆化という前提は両者に共通し、対立的な相違が生じるのは静的分身状態が流動化して以降のことだ。いや、ジレ・ジョーヌ運動はすでに、静的分身状態から運動的な状態に移行している。動的分身状態に入っても、暴動（ライオット）か蜂起（アプライジング）か、いずれとも見定めがたい過渡的な局面が存在する。

一六世紀の農民反乱から一九世紀の貧民プロレタリアの都市蜂起まで、暴政と貧困にうちひしがれた下層民が平等と自由を要求する運動を起こした。それらの人々は過酷な政治的抑圧と経済的収奪に抗議し抵抗して決起する。

この点からすれば、二〇世紀後半に「ゆたかな社会」の恩恵を蒙（こうむ）っていた「没落中流」よりも、豊かだった時代の記憶などないアンダークラスのほうが大衆蜂起の主体になる可能性は高そうだ。しかしそれは、より貧困で、より抑圧された底辺の社会集団が、他と比較して分身化する可能性が高いことを示すにすぎない。フランスの二つの騒乱が明るみに出したように、今日ではアンダークラスも「没落中流」も同じようにアイデンティティの剝落に直面し、群衆化の危機にさらされている。

とりわけ分身化しやすいのは、社会人としての大人より、いまだアイデンティティの獲得が充分でない子供たちだろう。「郊外暴動」の主役は移民の青少年だったし、その模倣として演じられる『レ・ミゼラブル』の騒乱でも中心になるのは少年たちだ。映画では少女の三人組も重要な脇役として登場するが、その姿は団地騒乱の現場には見当たらない。ミドゥルティーンの年頃では、男女が別々の親密圏を構成しているからか。あるいは精神的にも身体的にも成熟が早い少女たちは、同年代の少年と比較してアイデンティティの獲得が進んでいるからなのか。

パンの要求から自然発生的な騒乱が生じるにしても、それが蜂起に変わるのは、いまここにユートピアを実現するという不可能な夢に憑かれたときだ。領主や教会の穀物倉庫を襲撃し、とりあえず食糧が調達できたら終わる運動を革命的千年王国主義とはいわない。暴政と貧困、抑圧と収奪の存在しないユートピアをいまここに打ち立てようとするとき、農民たちの騒乱は自己権力（コミューン）的な蜂起（アプライジング）に転化する。

第一次大戦下、一九一七年二月のロシアで自然発生的に生じた「平和、土地、パン、自由」を求める穏健なデモは、たちまちのうちに帝政廃止の政治革命にまで急進化した。二月革命と規模は比較にならないが、たとえば一九六八年の東大闘争でも同様の事態が生じている。医学部教授会による学生の不当処分に抗議する改良的で民主主義的な運動が、わずか半年で「帝国主義大学解体」の闘争に転化していく。このようにして不可避性と不可能性を同時に抱えこみながら、大衆蜂起はいま、こ、こ、にユートピアを実現しようと果てまで突き進んでいく。

今日でも都市騒乱の渦中では、略奪や放火や破壊などの暴力が必然的に生じる。同じような略奪に見えても、騒乱に乗じて私欲を満たそうとするのであれば、たんなる窃盗にすぎない。騒乱に紛れこんだ窃盗者は、貧しい商人から略奪するばかりか、自分より弱そうな他人の獲物まで横取りするだろう。

これにたいし大資本の商店を襲い、略奪物を平等に分配する、それを必要とする者に優先的に配分する、あるいは共同で管理するという方向性が見られるなら、そこにはユートピア的叛乱の萌芽がある。しかし主権国家の法秩序を疑うことのないリベラル派の合法主義者は、さまざまに質的相違のある騒乱の暴力のそれぞれを、どのように異なるのか方法的に吟味することなく、すべてを違法行為という一点で安易に同一視してしまう。その錯誤は指摘するまでもない。

長いこと人間は、共同体の〈われわれ〉として生きてきた。役柄秩序の解体から生じる静的な分身状態の被災的〈われ／われ〉は、溶融的〈われわれ〉を経由して主権的〈われわれ〉に回収される。

商品交換と市場の圧力で共同体は解体されていき、人々は砂粒のような個人に分解された。共同体秩序から脱落した分身たちは蜂起する〈われ／われ〉に変貌し、一六世紀の千年王国主義的農民戦争から一九世紀の貧民プロレタリアによる群衆蜂起まで、長い騒乱の歴史を刻んできた。ロシア二月革命にはじまる二〇世紀を通過し、この流れは二一世紀の今日まで絶えたことはない。

一九世紀の群衆を新たな〈われわれ〉に再組織するものとして、市民社会が形成されていく。意識的な選択とは無関係に私がそこに生まれる閉じられた親密圏としての家族や、その拡大版を擬態する国家には共同体的な要素が残されているにしても、経営組織をはじめとする多種多様な中間集団はいずれも市民社会的な〈われわれ〉といえる。テンニースの言葉を借りて、第一の〈われわれ〉を仮にゲマインシャフト、第二の〈われわれ〉をゲゼルシャフトとしよう。

ジラールが論じた分身状態からファシズムの権威主義的群衆にいたるまで、最終的には王権や主権権力に回収されてしまう溶融的〈われわれ〉は、つまるところ共同体や国家の補完物にすぎない。共同体あるいは市民社会という檻から逃れ出ようとして、人々はユートピアの夢に憑かれてきた。とはいえ千年王国主義的反乱から二〇世紀の諸革命にいたるまで、ユートピアの夢が幾度となく打ち砕かれてきた事実も否定はできない。

大衆蜂起は未来のユートピアを実現するための手段ではない。敗北した蜂起であろうとも、そのただなかにユートピアは、すでに現に達成されている。蜂起する〈われ／われ〉のうちにユートピアは確実に生きられる。

共同体の〈われわれ〉とも市民社会の〈われわれ〉とも質的に異なる共同性を、蜂起する集団は体現する。遍在し隣在する外／死を肯定し、それとともにあろうとする共同性、ゲマインシャフトでもゲゼルシャフトでもない共同性の第三の様式が可能であることを、大衆蜂起の経験は疑いえないものとして教える。ユートピアの構想が、それを実現する手段として大衆蜂起をもたらすのではない。そうした発想は倒錯している。絶えることのない大衆蜂起のリアルこそが、事後的にユートピアの夢や解放された新社会の構想をもたらすのだ。

人類が発明した共同態の型はゲマインシャフトとゲゼルシャフト、共同体と市民社会の諸団体しか、いまのところ存在しない。いずれも抑圧的であるから、絶対自由（フリーダム）を要求する大衆蜂起は絶えることがない。しかし大衆蜂起それ自体が第三の共同性を、すでに現に実現しているのであれば、希望はある。希望とはバタイユ的な供犠の、あるいは大衆蜂起の永続化だが、そのために可能な形態を見出すことはこれからの仕事だろう。

ここまでの議論を前提とすれば、そろそろ『ジョーカー』をめぐる論争にも結論を導くことができそうだ。結末で描かれる都市騒乱はトランプ派の暴動（ライオット）なのか、あるいはオキュパイ派の蜂起（アプライジング）なのか。

ゴッサムの特権層や富裕層への大衆的不満に火を付けるのは、アーサーの殺人だった。地下鉄でのエリート社員殺害と、社員を殺された社長ウェインによる「ピエロ」を侮蔑する発言をきっかけとして、貧しい市民の抗議デモが開始される。ジョーカーの扮装をしたアーサーがＴＶスタジオでフランクリンを射殺し、その中継映像に刺激された群衆が中心街に溢れ出す。略奪と放火、警官隊との暴力的衝突がはじまる。

不況と失業と貧困に喘ぐ「没落中流」の静的な分身化は、『ジョーカー』の冒頭から進行していた。度重なるアーサーの殺人行為が、被災的〈われ／われ〉に転化しはじめたゴッサム市民を挑発して動的分身状態への道を拓く。

しかも動的分身状態から生じる本質的暴力は、相互的暴力として無秩序な氾濫にいたることなく、名指された敵に向けて一点集中される。ここでは無時間的なホッブズやジラールのモデルではなく、時間的なヘーゲルのモデルのほうが事態の説明としては妥当だろう。

デクラセ化し群衆化した「没落中流」の騒乱のため、ついにゴッサム・シティは例外状態に突入する。夜の街に燃えあがる大小の炎と、炎に浮かんでは消える無数の人影は、アイデンティティから解放された空虚な主体の群れ、暴力と戯れる分身たちの乱舞そのものだ。

道化面の男たちがアーサーを護送中の警察車を襲撃する場面には、たがいに行動を呼びかけあう「規制者的な第三者」、原初のアジテータの発生を思わせるところがある。その時点までゴッサムの騒乱はジレ・ジョーヌ運動と同じく、いまだオキュパイ派の蜂起（アプライジング）ともトランプ派の暴動（ライオット）とも明確には判別しがたい過渡的状態にあった。しかし、衝突の衝撃で失神していたアーサーが目覚めたとき、局面は大きく変わる。

焔に彩られた騒乱の官能的ともいえる夜の光景を背景に、アーサーは警察車のルーフに立ちあがる。誕生したジョーカーを十重二十重に囲んで盛大な拍手を浴びせ、棍棒を振りまわしながら口々に歓声を上げる群衆。このとき群衆は、すでに空虚な分身、何者でもない〈われ〉と〈われ〉ではない。分身たちの本質的暴力は一点集中され、外部から共同体に帰還した犠牲としてのジョーカーの権力に転化する。

ジョーカーが純粋暴力の化身のように見えるのは、共同体の外部に追放され、しかるのちに王として帰還した犠牲の後身だからだ。ジョーカーは外部に由来する聖なる「力」を帯びている。しかもジョーカーの前身アーサーは敵を名指すことで、分身状態がもたらした本質的暴力を一点に集中するように仕向けていた。この点でもアーサーを前身とするジョーカーには、王として群衆に君臨する権利がある。

群衆の歓呼の声を浴びながら群衆を高みから見下ろし、スターさながらの優美なダンスを観客の前で演じるジョーカー。このジョーカーこそ、劇場横の路地で道化面の男に射殺されたトーマス・ウェインに替わる新たな王、ゴッサムの新たな主権者にほかならない。

ジラール、ヘーゲル、ホッブズと論理の筋はそれぞれ異なるにしても、戦争状態や分身状態が行き着く先は結論として変わらない。王の、主の、ようするに主権と国家の誕生だ。外部の「力」を源泉とする純粋暴力は反対物に転化し頽落（たいらく）して、法措定的暴力に変質をとげる。群衆の王の誕生にいたるゴッサムの騒乱は、オキュパイ派の自己権力（コミューン）的蜂起（アプライジング）の反対物、トランプ派の権威主義的暴動（ライオット）でしかないようだ。

ジュディス・バトラーは『アセンブリ』で、自身も参加したウォール街占拠運動の経験の理論化を試みた。そこでバトラーは「青春期に遡って、諸身体が街頭に集合する際に自分がある種のスリルを経験する、と告白したが、しかしながら例えば、デモクラシーはマルチチュードが押し寄せる出来事として理解されなければならない、という政治的見解についてはかなり疑いを持っている。私はそのようには考えていない」*18と述べている。

> 例えば、レイシストの群衆や暴力的な攻撃を考えれば、確かに、街頭に集ったすべての身体が良いものであるとか、私たちは大規模なデモを称賛すべきだとか、集合した身体が共同体のある理想を、あるいは称賛に値する新たな政治を形成するとは言えない。（略）従って、「街頭の諸身体」は本源的に良いものでもないし、本源的に悪いものでもない。それらの身体は、それらが何のために集まっているのか、そして集会（アセンブリ）がどのように機能するかに依存して、異なった価値を持つ。

自己権力（コミューン）的な蜂起（アプライジング）と排外主義的な暴動（ライオット）の外見的な共通性や類似性を無視できないバトラーは、「『街頭の諸身体』は本源的に良いものでもないし、本源的に悪いものでもない」といわざるをえない。とはいえ、「良い」集団行動と「悪い」それは現に存在する。両者を区別するには、身体的言語を含めて意識的無意識的に共有されている運動の目標や主張を、ようするに「何のために集まっているのか」を問題にするしかない。

しかし「どんな形式の集会が現在、正義と平等（略）というより大きな理想を実現しているために機能しているか」と問うことに、バトラーが期待するほどの意味はない。ファシストやレイシストも「正義と平等」を標榜し、その敵である左翼やリベラル派の不正義性を疑わないからだ。

とはいえオキュパイ派とトランプ派には、非和解的なまでの対立性が歴然としている。言葉や理念ではなく「街頭の諸身体」の集団論的な質という点で、蜂起（アプライジング）と暴動（ライオット）の本質的な相違を厳密に検証しなければならない。

「政治の最終目標は単に、共に蜂起し（このことは、不安定性（プレカリティ）に反対するより広範な闘争における、情動的強度の本質的瞬間でありうるのだが）、『人民』の新たな生きられた意味を構成することではない」とバトラーは語る。しかし、この発想は転倒されなければならない。政治の最終目標は、共に蜂起し、「人民」の新たな生きられた意味を構成することにこそある、と。

バトラーのいわゆる集会（アセンブリ）を、本稿では大衆蜂起と呼んできた。ラディカル・デモクラシーの立場からバトラーは、人民を主権者とする国民国家の原点にアセンブリがあることを指摘し、議会制民主主義の外側に生じるアセンブリ的な集団行動を擁護するが、それでも主権権力の存在を否定はしない。

アメリカ革命やフランス革命やロシア革命などの歴史的な諸革命は、いずれも民衆の自然発生的な街頭蜂起からはじまっている。革命は街頭を舞台とする民衆の政治過程と、議会で進行する有力者や知識人や職業政治家による中央政治過程の二本立てで進行し、後者が前者を圧倒し無力化することで終わってきた。こうして誕生するのが、人民主権を標榜する民主主義的な主権国家だ。民主主義の制度化を批判するラディカル・デモクラシー派にしても、反復されてきた諸革命の中途挫折の歴史を思考の前提として疑うことがない。しかし大衆蜂起の自己組織化によって主権国家体制を内側から喰い破ろうとする自己権力（コミューン）派は、このような発想を認めない。

ハンナ・アレントに影響されたバトラーだが、アレント政治理論のもっとも優れた点から学ぶことなく、些末なところに拘泥しているように見える。たとえば公共的な「現れ」の場所として政治空間を捉えるアレント理論は、古代アテネの民会を論じるのには有益でも、同じ発想で蜂起する民衆の街頭政治空間を語ることはできない。アテネで政治的に「現れ」ることが許されたのは、市民、男性、成人、家長、戦時には兵士といった強固なアイデンティティの所有者たちだった。しかし街頭に「現れ」て蜂起する主体の最大の特徴は、すでに指摘したようにアイデンティティの崩落と空無化にある。アセンブリ論にアレント的「現れ」を安直に持ちこんだバトラーは、自己権力（コミューン）的な蜂起（アプライジング）と排外主義的な暴動（ライオット）が外見的に類似することの深い意味を捉えそこね、両者の本質的な相違を論じえない結果となる。

　政治哲学者としてハンナ・アレントの原点には、母世代が体験したレーテ革命の評議会（カウンサル）＝自己権力（コミューン）運動の記憶が埋めこまれている。だからアレントは、絶対主義が形成した主権国家を解体することなく継承したフランス革命を批判し、独立自営農民の自治体（コミューン）を下から積みあげるアメリカ革命の連邦制の歴史的意義を掘り起こそうとした。問題は、アメリカの連邦制が形骸化した根拠だろう。南北戦争後のアメリカは、他に類例のない異形で巨大な主権国家に変貌していく。

　先にも述べたように大衆蜂起とは、未来のユートピア社会のための些末で代替可能な一手段ではない。たとえ敗北しようと、蜂起のただなかでユートピアはすでに現に達成されている。蜂起が友愛の共同体を現実のものとして生み出したからこそ、その集合的体験の鮮烈な記憶に導かれて、人々はアレントが語る「自由の創設」や、アレントが語り落とした「正義と平等」のほうにも進みうる。バトラーの理解とは異なって、蜂起こそが「始まり」なのだ。

Ⅱ ポスト3・11文化論

1 喪失と回復　新海誠『君の名は。』

二〇一六年に公開された映画『シン・ゴジラ』、劇場アニメ『君の名は。』と『この世界の片隅に』には、それぞれ3・11の記憶が濃密な影を落としている。『シン・ゴジラ』と3・11にかんしては、評論集『テロルとゴジラ』で筆者が検討した通りだ。『君の名は。』の場合は、この作品をめぐるインタヴューで監督の新海誠が次のように語っている。

2011年以降、僕たち日本人は「もしも自分があなただったら…」と常に考えるようになったと思うんです。（略）「もしも自分があのとき、あの場所にいたら」とか、「もしも明日、東京に大きな災害が起きたら…」とか。（略）常にそうなる可能性があるということを突きつけられて、意識下に染みついてしまったという印象です。[*1]

日本映画で歴代第二位という観客動員数を記録した『君の名は。』だが、以前からの新海誠ファンの評価は複雑で、消極的あるいは否定的な反応も目についた。最初の劇場公開作品『ほしのこえ』以来、新海は内向的な少年の純愛と喪失を繰り返し描いてきた。しかし、実質的なデビュー作である『ほしのこえ』から前作の『言の葉の庭』にいたる作品群と、最新作『君の名は。』には、作風に無視できない相違が認められる。

『ほしのこえ』と共通する傾向のアニメ、マンガ、ライトノベルなどは「セカイ系」と称され、二〇〇〇年代に人気を博した。セカイ系の作品では、少年と少女の親密な小空間が世界の命運と直結してしまう。頻繁に心と躰が入れ替わる瀧と三葉の特異な恋愛関係が、隕石の落下による大災害と無媒介的に結びついてしまう点で、『君の名は。』もセカイ系の図式を踏襲している。としても、この作品が与える印象はかならずしもセカイ系的ではない。

私的空間が世界的、あるいは人類的な大事件と直結してしまう結果、主人公の少年と少女は残酷に引き裂かれる。セカイ系作品の代表例として『ほしのこえ』に加え、高橋しんのマンガ『最終兵器彼女』、秋山瑞人のライトノベル『イリヤの空、UFOの夏』があげられてきた。三作品のいずれも少女は正体不明の敵との最終戦争に出撃し、少年は日常世界に取り残されて物語は終わる。

この点に注目すれば、セカイ系とは内向的で無力な少年の物語でもある。あるいはセカイ系を、固有の物語図式とその精神とに二重化して捉えるべきかもしれない。新海作品でも『ほしのこえ』や『雲のむこう、約束の場所』と違って、戦闘美少女も最終戦争も描かれない『秒速5センチメートル』や『言の葉の庭』には、セカイ系の物語図式が欠如している。

しかし内向的で無力な少年の運命を描き、哀切な心情を濃密に喚起するという点で、この両作には『ほしのこえ』や『雲のむこう、約束の場所』と共通する精神性が認められる。現代日本の平明な日常世界を背景とした『秒速5センチメートル』や『言の葉の庭』は、セカイ系の物語図式を欠きながら、その精神性を共有した作品ともいえる。

一九九五年にTV放映された『新世紀エヴァンゲリオン』は、セカイ系の原点と見なされてきた。使徒との死闘を続けるレイやアスカを裏切り、エヴァ搭乗を拒否して戦線を離れ、最後には引きこもり状態に陥ってしまうシンジこそ、セカイ系作品に登場する少年キャラの原型だった。

二〇〇〇年代には若者の引きこもり的な生活様式やオタク的な性格類型が注目され、時代の徴候としてさまざまに論じられた。引きこもり的、オタク的な若者の多くが「社会と関わらなくても人は生きていけるかもしれない。ひきこもって生きていけるかもしれない」ことを夢想していたと、藤田直哉は語っている。

他者と関わり、傷つくような、政治や恋愛や労働はしなくてもいいかもしれない。虚構の中に没入し、都合のいい自己の幻想が肥大化した世界のなかに生きることができるかもしれない……[*2]

こうした「ゼロ年代の夢」は滝本竜彦『NHKにようこそ!』の主人公、大学を中退してアパートの部屋に引きこもっているアニメオタクの達広や、さらに重度の引きこもりである友一の夢想でもあったろう。

セカイ系の流行は「ゼロ年代の夢」とも無関係ではない。達広もまた『新世紀エヴァンゲリオン』のシンジの後継者だった。『ほしのこえ』の昇、『秒速5センチメートル』の貴樹、『言の葉の庭』の孝雄など新海作品の主人公に感情移入し、美しいアニメ映像に惑溺した新海ファンの多くも「ゼロ年代の夢」を生きていたのだろう。

この一時代を終わらせたのが、二〇一一年三月一一日の巨大地震、巨大津波、原発事故という未曾有の複合災害だった。「2011年以降、僕たち日本人は『もしも自分があなただったら…』と常に考えるようになった」。巨大津波は、他者や社会と「関わらなくても人は生きていける」という「ゼロ年代の夢」を一気に押し流し、心地よく閉じこもることのできる私的で内密な小空間を奪い去った。

3・11は他者や社会、あるいは歴史と無縁でいることはできないという自覚を新海誠にもたらした。同時にそれは時間感覚をも根本的に変容させる。「2011年以前、僕たちは何となく『日本社会は、このまま続いていく』と思ってい」た。「さほど起伏のない『変わらない日常』がこの先ずっと続くんだという感覚があ」った。「そういう世界で生きるためには、変わらない日常から意味を引き出すことが必要」なのではないか。

新海誠の「変わらない日常」の感覚を、宮台真司の「終わりなき日常」と重ねることができる。地下鉄サリン事件直後の『終わりなき日常を生きろ』で宮台は、特権性を帯びた圧倒的にリアルで輝かしい出来事が最終的に失われ、永遠に続くだろう凡庸で退屈な時代が否応なく到来したいま、「終わりなき日常」を「まったりと」生きていく知恵こそが要求されていると語った。

渋谷の街にたむろする女子高生のように「まったりと」生きよという宮台の処方箋と、新海作品に込められた「変わらない日常から意味を引き出すことが必要」だというそれは、「終わりなき日常／変わらない日常」というバブル崩壊以降の時代意識を共有している。両者に相違があるとすれば、宮台が少女を、新海が少年をモデルとして思考した点だろう。

そういった空気感の中では「初恋の相手を再び獲得して幸せになった」という起伏のある物語よりは「初恋の相手を失っても生きていく」という、喪失から意味を引き出す生き様を、映画で描くことが必要だと僕は感じていました。でも2011年以降、その前提が崩れてしまったように思います。

バブル崩壊以降の時代を生き延びるために要請された「変わらない日常から意味を引き出すこと」は、新海によれば「喪失から意味を引き出」し「初恋の相手を失っても生きていく」ことに帰結する。

『言の葉の庭』までの新海作品は「初恋の相手を失っても生きていく」少年を主人公にしていた。これにたいして『君の名は。』は、ポスト「変わらない日常」の時代を背景とした、主人公が「初恋の相手を再び獲得して幸せにな」る物語だ。このような時代意識と創作姿勢の決定的な変化が、『ほしのこえ』以来の新海ファンに少なからぬ混乱をもたらした。

とはいえ新海ファンの多くは、「初恋の相手を失っても生きていく」[*3]という作者のメッセージを見過ごしていたと飯田一史はいう。

「初恋の相手を失っても生きていく」ことをモチーフとした新海作品は、『秒速5センチメートル』が典型だろう。小中学時代、高校時代、青年時代と主人公の三つの時期をオムニバス形式で描いた『秒速5センチメートル』の第三話は、二つの踏切の場面に挟まれている。

冒頭で貴樹青年は、引っ越しのために連絡が途絶えた明里と小田急線の踏切ですれ違う。失意と疲労に満ちた青年の生活が時間を遡って描かれたのち、物語は踏切の場面に戻る。不思議な予感に導かれて振り返った貴樹の視界は、轟音とともに通過する電車のために遮られ、電車が通りすぎたあと、踏切の向こうから初恋の相手はもう消えている。

第三話の結末は、第一話冒頭の踏切場面を再現しながら決定的にずらしている。第一話で小学生の明里は、貴樹を置き去りにして先に踏切を渡ってしまう。踏切を挟んで明里は、「来年も一緒に桜、見られるといいね」と貴樹に語りかける。小学生のときと同じシチュエーションで、しかも踏切の向こうに明里を見失ってしまう貴樹青年の姿は、喪失の残酷さという新海のモチーフを際立たせる。

こうして『秒速5センチメートル』では、恋人たちの再会を願った観客に残酷な結末が突きつけられる。美加子が外宇宙に飛び去ってしまう『ほしのこえ』にも、佐由理が記憶を失ってしまう『雲のむこう、約束の場所』にも、百香里が四国に去ってしまう『言の葉の庭』にも、基本的に同じことがいえるだろう。主人公の少年たちは「初恋の相手を失っても生きてい」かなければならない。このことを予感させて、それぞれの作品は終わる。

新海誠が『秒速5センチメートル』でめざしたのは、初恋の喪失を桜と雪が舞い散る美しい映像で描いて、オタク的な観客を感傷の海に溺れさせることではない。しかしファンの多くは、「つめたく、つきはなす。そういう終わりを選んでいた」新海作品の「残酷さ、つよさ」に「目をつぶり、無視をし、ただ画面にあふれる感傷に身をゆだね」てきたと飯田は批判する。

「初恋の相手を失っても生きていく」、「喪失から意味を引き出す」物語は「日本社会は、このまま続いていく」という時間感覚に支えられていた。しかし3・11の衝撃は、堅固だと思われていた「変わらない日常」のリアリティを直撃し、一瞬にして瓦解させた。

「ゼロ年代の夢」の「ゼロ年代」は、一九九〇年前後から二〇一〇年前後までの二〇年の後半に当たる。引きこもり的な生活様式やオタク的な性格類型が、時代の徴候となるための準備期間としての九〇年代、それが全面化した〇〇年代の二〇年である。

この二〇年に先行するのは、一九七〇年前後から九〇年前後までの二〇年だった。昭和の終わり、冷戦終結、バブル崩壊にはじまる前者を「失われた二〇年」、「衰退の二〇年」とすれば、それに先行する時期は第一次オイルショックと高度経済成長の終わり、安定成長の持続、そして一九八〇年代後半のバブル的爛熟にいたる「繁栄の二〇年」だった。

のちに新時代の起点として記憶されるだろう歴史的事件でも、その衝撃が社会領域から文化領域にまでおよび、独自の文化表現として結実するには、ある程度の時間が必要とされる。たとえば一九九一年のバブル崩壊は、「平和と繁栄」を謳歌した戦後の一時代の終わりを告げたが、この決定的な事実に日本社会は無自覚だった。バブル崩壊による不況は景気循環の一局面にすぎない、じきに経済状態は上向くだろうという経済官庁やエコノミストの皮相な楽観論を、国民の大半は無批判に信じこんでいた。

日本を呑みこみはじめた「衰退の二〇年」の巨大な影を、一九九〇年代前半の時点で切実に感じとっていたのは、予想もしない就職氷河期という試練に直面し、正社員として就職できないまま不安定な職業生活に入らざるをえなかった新卒の若者たちだろう。団塊ジュニアの非正規・不安定労働者は今日、すでに四〇代後半の年齢に達している。

バブル時代の余韻に浸っていた大多数の日本人に、暴力的で陰鬱な新時代の到来を突きつけたのは、一九九五年一月の阪神大震災と三月の地下鉄サリン事件だった。続いて一九九七年の山一證券廃業や拓銀の経営破綻が構造不況の深刻さを印象づけ、企業社会ではリストラの嵐が吹き荒れはじめる。二〇〇一年には、護送船団方式や終身雇用、年功序列、企業内組合など戦後経済システムの根本的改革を掲げる小泉純一郎の新自由主義政権が誕生した。

『新世紀エヴァンゲリオン』がTV放映されたのは、阪神大震災と地下鉄サリン事件が起きた一九九五年だった。バブル崩壊による新時代の到来は、四年後の『新世紀エヴァンゲリオン』によってようやく文化領域に達したといえる。このTVアニメを熱狂的に歓迎したのは、就職氷河期に直撃された新世代だった。青少年に先導された時代意識の急激な変貌が、『新世紀エヴァンゲリオン』の大ヒットと社会現象化をもたらした。

「さほど起伏のない『変わらない日常』がこの先ずっと続くんだという感覚」が一般化したのは、バブル崩壊以降のことだ。日本経済は成長を続け、めくるめく繁栄の絶頂めざして社会は劇的に変貌し続けることが、それ以前は国民的に信じられていた。こうした国民的信念の崩壊がオタクと引きこもりの時代をもたらし、若者たちは「ゼロ年代の夢」に浸るようになる。

「日本社会は、このまま続いていく」というバブル崩壊以降の社会意識は、客観的な予測というよりも日本人の願望の産物だった。長期的には経済的衰退と社会的混迷は避けられないとしても、もうしばらく「日本社会は、このまま続いていく」と信じたい……。「社会と関わらなくても人は生きていけるかもしれない。ひきこもって生きていけるかもしれない」という「ゼロ年代の夢」の物質的基礎は、団塊世代の親が建てたマイホームにある。引きこもる個室がなければ、子供も引きこもり生活を続けることは不可能だ。

二〇〇〇年代のオタクたちは、「日本社会は、このまま続いていく」ことを願望しながら、セカイ系の純愛と喪失の物語に耽溺していた。3・11の衝撃は、引きこもるための個室を一挙に奪い去ったともいえる。こうして一九七〇年前後からの「繁栄の二〇年」、一九九〇年前後からの「衰退の二〇年」に続く、激動と崩壊の新時代の幕が開かれた。

「『初恋の相手を再び獲得して幸せになった』という起伏のある物語」は、どの時代にも大量に作られ、それぞれに人気を集めてきた。しかし「初恋の相手を失っても生きていく」物語を執拗に描き続けてきた作家が、「2011年以降、僕たち日本人は『もしも自分があなただったら…』と常に考えるようになった」という時代意識の屈曲を経験し、まったく新しい地平に立って創造した作品だからこそ、『君の名は。』はポスト3・11の若い世代から圧倒的に支持され、画期的な成功を収めることもできた。

この点で『君の名は。』は、二〇年後の『新世紀エヴァンゲリオン』ともいえる。のちに「失われた二〇年」と称されるだろう新時代を体現するアニメ作品が生まれるには、バブル崩壊から四年の時間が必要だった。同様に二〇一一年から五年を経過してようやく、ポスト3・11の文化表現として卓越した水準のアニメ作品が出現しえた。

『君の名は。』では、山奥の町に住んでいる三葉の心と東京の高校生である瀧の心が、眠っているうちにそれぞれの躰に入ってしまう。少年と少女の心が入れ替わる物語は、大林宣彦の『転校生』（原作は山中恒『おれがあいつであいつがおれで』）を踏襲したものだ。当事者の自覚的な演技による役割交換であれば、平安時代の『とりかへばや物語』という例もある。

少年と少女の心が入れ替わる設定は『君の名は。』の場合、読者の興味を効果的に喚起する物語装置、刺激的な設定という域を超えている。大震災で壊滅したのがあの町でなくこの町だったら、大津波に呑まれたのがあの人でなくこの人だったら、「もしも自分があなただったら…」。こうした可能性を誰もが切実に抱えこんでしまう3・11後の時代意識と、『君の名は。』の入れ替わり設定が不可分だとすれば。『ほしのこえ』の昇と美加子、『秒速5センチメートル』の貴樹と明里は運命的な力で引き裂かれてしまうが、『君の名は。』の二人は違う。瀧と三葉は由来の知れぬ力で心を入れ替えられ、それぞれの身体と日常生活を一時的に生きることになる。

二人にとって「もしも自分があなただったら…」は、仮定の問題でも想像の産物でもない。文字通り瀧は三葉に、三葉は瀧になるという経験を繰り返すのだから。少女の町を襲った壊滅的な運命を、少年が見過ごせないのは当然の結果だろう。私も被災者の「可能性があるということを突きつけられて、意識下に染みついてしまった」3・11後のわれわれの時代意識を、瀧と三葉の入れ替わりという設定は虚構的に典型化している。

三年前の三葉の躰に転移した瀧は、三葉の友人の克彦や早耶香の協力を得て、隕石が落下する前に住民を避難させようと必死で駆けまわる。変電所を爆破して停電を惹き起こし、町内放送で避難を呼びかけるという計画は、しかし町長である三葉の父に阻止されてしまう。直後に自分の躰に戻った三葉が父親を説得し、ぎりぎりで瀧の計画は成功する。歴史が改編された結果として、二人は心と躰が入れ替わっていたことも、一緒に住民を避難させたことも、たがいの存在さえも忘れてしまう。

幾年かのち、青年の瀧は併走する電車の窓に気になる若い女を見かける。正体の知れない予感にかられ、次の駅で下車した青年は若い女を探して歩きまわり、住宅地の階段ですれ違う。振り返りざまに階段の上と下で、瀧と三葉はたがいに「君の名は」と問いかけあう。初恋の記憶を失った二人でも、新しい愛を育むことはできるだろう。こうした期待を観客に残しながら、『君の名は。』は「初恋の相手を再び獲得して幸せにな」る物語として終わる。

たがいの記憶を失った瀧と三葉が階段ですれ違って、思わず「君の名は」と問いかけあう結末が、『秒速5センチメートル』第三話の結末を意図して裏返していることは明白だ。

初恋の少女と再会できない『秒速5センチメートル』と、偶然に再会できる『君の名は。』の結末の見過ごせない対照性。「初恋の相手を失っても生きていく」物語から「初恋の相手を再び獲得して幸せにな」る物語に新海誠がシフトした事実を、長年のファンは確認せざるをえない。

『秒速5センチメートル』とは対極的な『君の名は。』の結末だが、それは無前提に生じたわけではない。少年と少女の親密な小空間が破局的な大事件と直結してしまう点で、この作品はセカイ系の物語図式を導入している。しかし、そこから逸脱する点も見逃せない。

セカイ系の典型例とされる『ほしのこえ』の地球外侵略者に、『君の名は。』の隕石が対応する。この危険と闘うのは、前者では少女の美加子だが、後者では少年の瀧だ。三葉による父親の説得によって、最後に計画が成功するのだとしても。

作中で瀧が演じる役割は、セカイ系の少年のそれとは大きく異なる。役割に応じて、少年の性格も『ほしのこえ』の昇や『秒速5センチメートル』の貴樹とは対照的に造形されている。高校生の瀧は行動的で社交的な少年で、昇や貴樹のように内向的でも過度に自省的でもない。

瀧は初恋の少女を救うため、山間の町を必死で駆けまわる。戦場に赴く少女を安全地帯から見送って、おのれの無力を嚙みしめながら感傷の涙に溺れるナルシスには許されない幸福な結末は、その結果に違いない。『君の名は。』が、3・11後の希望を描こうとしたことは疑いない。

山間の町を住民もろとも壊滅させた隕石の落下は、3・11の複合災害を寓意している。3・11後の物語を紡ぎ出すために、新海誠は隕石の落下による大災害を設定した。問われなければならないのは、作品が提起する希望の内実だろう。

『君の名は。』の一ヵ月前に上映が開始された『シン・ゴジラ』にも、3・11の影は色濃い。深海底で放射性物質を餌にしていた魚類のような第一形態、大田区に上陸し呑川を遡る両生類のような第二形態、過渡的な第三形態を挟んで爬虫類的な第四形態へと、順にゴジラは変態していく。ゴジラの場合にも、個体発生は系統発生を反復しているわけだ。

第一形態は海底で起きた巨大地震、第二形態は巨大津波、第四形態は原発事故を象徴し、ゴジラ自体が3・11の複合災害を寓意している。東京駅前で冷温停止し、佇立するゴジラの巨体は、水蒸気爆発で破壊され廃墟と化した福島第一原発の建屋を思わせる。

突発した未曽有の複合災害に右往左往した政府や東電をモデルとして、『シン・ゴジラ』の前半では、ゴジラの出現に動転する政治家や官僚の姿がパロディ的に描かれている。「決められない」日本の政治システムを批判し、その克服の方向性を探るために3・11はゴジラに見立てられた。

『新世紀エヴァンゲリオン』で「衰退の二〇年」の時代意識を先駆的に描いた庵野秀明だが、二〇〇九年の『エヴァンゲリヲン新劇場版：破』の結末では、シンジをレイのために必死で闘う少年として描いている。3・11の体験が、『エヴァ破』で予示された庵野の変貌を加速したことは疑いない。3・11を通過して作風を変化させている庵野が脚本と総監督を担当した『シン・ゴジラ』は、主題面では『エヴァ破』の進化形として捉えられる。

3・11を前に致命的な無能を暴露し、機能不全に陥った日本の統治システムは、「考えたくないことは考えない、考えなくてもなんとかなる」というニッポン・イデオロギーの産物にほかならない。3・11の人災的側面はもちろん、それに先行した経済敗戦と「衰退の二〇年」や、あとは野となれ式の無責任な判断で開始され、日本を破滅に追いこんだ対米戦争の場合も同様だった。

『シン・ゴジラ』の前半では、3・11を寓意するゴジラを前にして混乱をきわめる政治家や高級官僚が、後半では巨大不明生物特設災害対策本部によるゴジラの凍結作戦が描かれる。巨災対に招集された科学者や専門家は、それぞれの所属組織から排除された「変わり者」や「嫌われ者」として設定されている。引きこもり的な性格でコミュ障ぎみ、いささか常識に欠けるが趣味の専門分野では膨大な知識を誇るオタクたちが、ゴジラから日本を救うことになる。

しかし、巨災対だけでは充分ではない。オタク的な頭脳集団が考案したヤシオリ作戦の成功には、次の二条件が不可欠だった。第一は戦後的な保守政治家からの支持、第二は作戦を実施しうる優秀な土建業者の存在だ。

米軍のステルス機による爆撃にゴジラが無数のビームで反撃し、東京の中心部は火の海になる。首相も死亡し、さして有能には見えない農水相が臨時首相に就任する。核攻撃で東京もろともゴジラを殲滅するというアメリカの決定に反して、茫洋とした印象の臨時首相はヤシオリ作戦の実行を指示する。こうした臨時首相の対応は、属国の宰相としてアメリカに面従腹背しながら、軽武装・経済優先という国益をしたたかに追求してきた保守本流の政治家のものだ。

ヤシオリ作戦のポイントはゴジラに大量の血液凝固剤を注入することで、主役は建設機械とコンクリートポンプ車からなる実行部隊である。オタク集団の知恵が実効性を獲得するには、保守本流のしたたかな政治家と高度な技術を誇る土建業者の存在が不可欠だった。

ところで『君の名は。』の瀧が考案したのは、建設業者の息子の克彦が大規模停電を惹き起こし、三葉の躰に入った瀧が町長を説得して、隕石が落下する前に住民を避難させるというプランだ。

『シン・ゴジラ』の巨災対に、『君の名は。』では三葉／瀧、克彦、早耶香の高校生グループが対応する。瀧は昇や貴樹を引き継いだ少年主人公で、新海ファンにしてみれば『ヱヴァ破』のシンジのように行動化したオタクキャラだ。オタク的な専門家集団としての巨災対、あるいは山間の町の高校生三人組(四人組？)。しかもゴジラあるいは隕石の落下から人々を守るプランは、いずれも保守政治家と土建業者による支援を不可欠とする。

こうした両作の設定上の一致は、決して偶然ではない。引きこもりとオタクの時代だった「衰退の二〇年」は3・11の衝撃によって終わる。この衝撃に正面から応えようとした『君の名は。』と『シン・ゴジラ』はいずれも、「衰退の二〇年」に先行する「繁栄の二〇年」を参照している。一九七二年の自民党総裁選を前に、田中角栄が政策綱領として公表した日本列島改造論が、「繁栄の二〇年」の開幕を告げた。

第一次オイルショックを乗り越え、その後二〇年にわたる経済的繁栄の基礎を固めた田中角栄の存在において、周知のように戦後の保守政治と土建業は一体である。「衰退の二〇年」の否定的な凝縮点としての

3・11を超えようとして庵野も新海も、田中角栄的な保守政治家と、かつて産業日本の活気を象徴した土建業に着目した。『シン・ゴジラ』では明示的に、『君の名は。』では暗示的に。

しかし残念ながら、この処方箋の有効性は疑わしい。改憲・再軍備派に圧倒され、すでに自民党の保守本流は形骸化し消滅寸前だ。果てなく伸び続ける新幹線網と高速道路網、林立する高層ビルと巨大住宅団地に体現された高度成長期の土建業も、「衰退の二〇年」を経過して空洞化した。福島海岸に聳(そび)える原子炉建屋の廃墟こそ、日本の土建業の現在を象徴している。

『君の名は。』の背後には、一九五二年から五四年まで放送された菊田一夫のラジオドラマ『君の名は』がある。日本人にトラウマとして刻まれた大量死の歴史的経験(菊田作品では日米戦争と東京大空襲、新海作品では3・11を下敷きにした大災害)という背景設定から、紆余曲折の末に再会し恋を成就する二人の運命など、両作の共通性は指摘するまでもない。

ただし、タイトルでもある台詞「君の名は」が登場人物によって発せられるのは、新海作品では結末だが菊田作品では冒頭の数寄屋橋の場面だ。この点からすれば、保守本流に主導された戦後復興の一九五二年に発せられた台詞「君の名は」が、高度成長とバブル的繁栄、さらにバブル崩壊後の「失われた二〇年」を経由して二〇一六年に、ふたたび発せられたことになる。しかし二人の代表的アニメ作家の期待に反して、保守本流と土建業による繁栄の歴史が繰り返されることはない。

『君の名は。』の物語は歴史改編ものに分類できる。3・11直後の二〇一一年四月に放映が開始されたTVアニメ『STEINS;GATE』(原作はゲーム)も歴史改編ものアニメだが、主人公の岡部が歴史を変えて救おうとするのは一人の少女にすぎない。しかし『君の名は。』では、三葉を含む町民の全員が救出の対象になる。人類や地球というほど大規模ではないが、主人公が個人的に執着する特権的な一人でもない。

三葉を救いたいなら、三葉の故郷の町と住民を救わなければならない。瀧は三葉だけでなく、三葉を通じて町で暮らす多くの人々とも、いまや分かちがたく結びつけられている。三葉と町の人々を襲う運命は自分の運命でもある。歴史改編の行動に踏み出す瀧には、社会性を拒否した「ゼロ年代の夢」とは異なる、共同性と連帯の新たな夢が体現されている。としてもそれが、3・11後に流行した「絆」の空疎な大合唱を、理念として超えているかどうかは微妙といわざるをえない。

『君の名は。』が3・11の産物であることは疑いない。しかし歴史改編が成功しても、三年前の隕石落下で全滅した三葉たちが生き返るわけではない。起きてしまったことは取り返しがつかないのだ。とすれば瀧と三葉は、あるいは『君の名は。』の観客であるわれわれは、「初恋の相手を再び獲得して幸せにな」る物語に安住できるだろうか。

2 戦争と記憶　片渕須直『この世界の片隅に』

こうの史代の原作を片渕須直がアニメ化した『この世界の片隅に』は、映画会社の協力やスポンサー企業からの出資を期待することなく、クラウド・ファンディングによる草の根募金で自主製作された。ほとんど宣伝もなされず、わずかな劇場で公開されたにすぎないが、観客のクチコミやネットでの好評によってしだいに注目されるようになる。

公開劇場数は急拡大し、さらに半年以上というロングランを達成した。キネマ旬報ベスト・テンで日本映画ベスト・ワンに選ばれるなど各種の映画賞を次々に獲得した事実にも示されるように、二〇一六年度の劇場アニメでは、観客動員数や興行実績では『君の名は。』に劣るとしても、評価という点では『この世界の片隅に』が群を抜いていた。

実際、この作品を絶賛する声はいたるところに溢れた。たとえば、少しぼんやりして失敗の多い、しかし明るい性格のすずをヒロインとして、戦時下の大衆の日常が克明に再現されている。戦争の時代を暗黒に塗り潰し、声高な反戦のメッセージを観客に突きつける類の主題過剰な作品とは対極的だ。平凡な人々の平凡な哀歓が愛情を込めて描かれることで、戦争の悲劇が静かに浮かびあがり観客の胸を打つ、などなど。

これら絶賛ともいえる高い評価にたいし、批判や限界性を指摘する声も少数ながら見られた。戦争の悲惨を意図して間接的な、曖昧化された表現でしか描こうとしない点、半封建的な家制度による女性差別や抑圧を批判するモチーフが希薄な点、「普通」や「平凡」のイデオロギー的な特権化、などなど。

二〇一七年一月一二日のＮＨＫ「クローズアップ現代＋」では、「〝この世界の片隅に〟時代を超える平和への祈り」が放映された。番組には広島平和記念資料館の館員が登場し、おおよそ以下のように発言している。……体験者が減少し続けている今日、戦争を語り伝える活動も転機にある。年ごとに被爆の記憶が風化していくなかで『この世界の片隅に』を観て、こんなやり方があったのかと驚いた。戦時下の日常を丹念に描いたアニメ作品は、戦争と原爆被災の体験を伝承していく上で有益ではないか。

また映画関係の仕事をしている被爆二世の女性は、今日では原爆の悲惨を直接に描いたような映画は敬遠されがちだと指摘していた。『この世界の片隅に』でも、グロテスクな屍体などが積極的に描かれることはない。

いまや露骨なメッセージ性を排することでしか、戦争の記憶は伝承されえない。そうした手法を頭ごなしに否定することは、結果として記憶の風化と消失の容認に通じる。しかし誰にも呑みこみやすいように、事実の角を丸くした表現に意味はあるのか。そのようにしてなされる伝承を、はたして伝承といえるのか。これらの評価、あるいは批判とはいったん距離を置いて、『この世界の片隅に』というアニメ作品について、原作なども参照しながら考えることにしよう。

こうの史代には『この世界の片隅に』の先行作品として、原爆の被災体験を主題とした『夕凪の街 桜の国』がある。『この世界の片隅に』で描かれた、あるいは意図して描かれないまま放置された戦争や原爆被災の事実をめぐる意味を捉えるために、『夕凪の街 桜の国』を井伏鱒二『黒い雨』や、今村昌平によるその映画化作品と対照してみよう。

小説『黒い雨』では、広島県の小畠村に戻った閑間重松が広島市での原爆被災直後の日記を清書するという設定のもと、主人公の過去と現在が交互に語られていく。映画『黒い雨』では原爆被災の場面が最初にまとめられ、この導入部のあと姪の縁談や被曝による身体的不調をめぐる山村での日常が、いわば本篇として置かれている。

過去篇と現在篇の量的な割合は、小説の場合では前者が圧倒的に多い。しかし映画では、それが逆になっている。原爆被災という不吉な影の下で生きる平凡な中年夫婦と若い姪の日常が、映画の本篇では細密に描かれていく。

重松が姪の矢須子を連れて福山の病院に行った場面から、映画の本篇部分がはじまる。病院の門から出ると、二人の前を粗末な街宣車が通りすぎていく。車体には「米帝国主義粉砕」、「ストックホルム・アピール支持」というスローガンが大書されている。

米ソの核軍拡競争がはじまる一九五〇年三月、スウェーデンのストックホルムで平和擁護世界大会が開催され、原爆の無条件禁止などを訴えるアピールが採択された。ストックホルム・アピールに賛同する署名運動が日本でも活発化する。しかし日本での運動は共産党国際派が中心で、政治的、党派的な印象が先だっていたようだ。この点にかんして、署名運動に参加していた武藤一羊が証言している。

その頃僕は大学一年でしたが、共産党が真っ二つに割れて、その一派である国際派と言われる人たち——学生運動は国際派の支配下にあったんですが——この人たちは一生懸命、署名集めに取り組んでいました。（略）でも警戒されて門前払いが多かったですね。朝鮮戦争のさなか最もキビシイ時代で、この署名を集めるのは「アカ」だというレッテルを貼られる雰囲気だったですね。[*4]

武藤によれば「六月、朝鮮戦争が始まって、アメリカによる原爆使用が日程にのぼっていたときです。それに対して下からの世界的な圧力を作り出そうというのは適切な訴えだった。だから世界中で何億と集まったんです」。日本では大山郁夫や川端康成をはじめ多数の知識人もアピールに署名し、総数は六四〇万に達したが「その広がり方は、左翼の影響力の同心円的な拡大という性格のもの」だったという。

原爆被災者の重松は黙ったまま、通過する街宣車を複雑な表情で見送る。重松は被爆者、姪も海上で放射性降下物を含んだ「黒い雨」を浴びて被曝している。広島で被爆したという興味本位の噂を立てられて、矢須子の縁談はうまく進まない。原爆被災の当事者である重松の沈黙は、「米帝国主義粉砕」と等号で結ばれた「ストックホルム・アピール支持」、ようするに「反核平和」の政治的、党派的利用への複雑な拒否感や距離感を暗示する。

映画の本篇部分では、原爆をめぐる重松の内心が一度だけ吐露される。居間のラジオから、トルーマン大統領が朝鮮戦争に原爆の使用を考慮しているというニュースが流れる。それを耳にした重松は、「人間いうやつは性懲りもないもんじゃや。正義の戦争より不正義の平和のほうがまだましやいうことがなんでわからんか。わが手でわが首を絞めよる」と吐き捨てるように呟く。戦争と平和をめぐる主人公の見解がじかに語られるのは、この一場面のみだ。

原民喜『夏の花』や大田洋子『屍の街』など、被爆体験作家による原爆を主題とした作品は、敗戦直後から書かれていた。GHQの検閲などにより、刊行が遅れた例はあるにしても。「もはや戦後ではない」(一九五六年版『経済白書』)一九五〇年代も半ばになると、原や大田などによる原爆文学への批判が表面化しはじめる。これについて村上陽子は次のように述べている。

一九五六年には正宗白鳥が大田の作品を取り上げて「広島の惨事については、私も既に一通り読まされもし、聞かされもしてきて、もう沢山という感じがしている」と述べ、平林たい子が大田に「原爆のレポートも、悲惨を説く段階は一応過ぎた。もう一つ、高い立場からより深く広く原爆問題を扱うためには、原爆の直接体験だけではもう足りない」と厳しい言葉を向けた。[*5]

「原爆の悲惨はもう十分、という空気の中で、原爆に対する大田の怒りは『原爆作家』としてのイデオロギー性に回収され、読者をしらけさせるものとして受け流されていった」と村上は指摘する。この「原爆」の部分を、「戦争」に置き換えることができる。

こうしたポスト戦争の時代的雰囲気を背景に高い評価を得たのが、井伏鱒二の『黒い雨』だった。この作品では原爆被爆直後の広島の、かろうじて死をまぬがれた被災者の酸鼻をきわめた体験が、主人公の日記からの引用という体裁で蜿々（えんえん）と語られていく。

しかし、無惨な出来事は放り出されるように裸のまま読者に提供され、そこに主人公の感懐、ひいては作者の見解が付与されることはない。不意に落下してきた想像を絶する災厄への嘆き、怒り、憤り、等々も声高に語られることはないし、原爆批判や戦争否定のメッセージも直接には描かれない。『黒い雨』が高く評価されたのは、被爆体験を感情に流されることなく抑制的に、露骨なメッセージ性を排して淡々と語りながら、核兵器の残酷きわまりない被害の実態を迫真的に描いていたからだ。

映画『黒い雨』に登場する福山での街宣車の場面や、ラジオニュースでのトルーマン発言をめぐる場面は、映画化にあたってての脚色である。政治スローガン的な「反核平和」からは洩れてしまう、内心に秘められた被爆者の絶望と怒り。これは映画作品で前景化された主題性といえる。『にあんちゃん』や『豚と軍艦』を出世作とする今村昌平だから、このように主題性が突出した場面を設定しえた。

今村昌平は一方で、街宣車に象徴される「反核平和」の政治性と被爆体験者の重たい沈黙を対照的に描いた。それを不可欠の前提として他方では、メッセージ性の濃密な主人公の内心吐露の場面を置いた。高い評価の源泉でもある小説『黒い雨』の一面性を、このようにして今村は超えようとしたのだろう。

とはいえ小説『黒い雨』でも、原爆被爆直後の悲惨な光景は精密ともいえる筆致でリアルに描かれている。しかも映画と違って過去篇が、小説では全体の七割から八割を占めている。映画では過去篇が導入部として置かれているが、小説の現在篇は被災体験を描いた絵の額縁にすぎない。メッセージ性を抑えた小説『黒い雨』でも、原爆被災直後の酸鼻をきわめた情景は克明に描写されていた。今村昌平の映画では映像として直接的に、より衝撃的なかたちで。

こうの史代の『夕凪の街 桜の国』は手塚治虫文化賞新生賞を受賞している。先に引用した文章で村上陽子は、その選考や授賞の際に語られた「力強いメッセージ性を持ちつつも、押しつけがましくならずに読者の受容を喚起する、独特の表現方法に感服した」、「声高に反戦・反核を叫ぶのではなく、一人の人間がいやおうなく歴史と切り結ばざるをえない悲劇を、淡々と描いている」といった評者たちのコメントを引用している。

『夕凪の街 桜の国』の対極に位置すると見なされ批判される、「声高に反戦・反核を叫ぶ」作品の代表例として『はだしのゲン』がある。「被爆者の日常性を淡々と描いた作品が先行作品とはまったく異なる視点と表現方法を備えたものとして評価される事態は、すでに一九六〇年代に生じていた」として、村上は『夕凪の街 桜の国』と『黒い雨』を評価するスタンスの類似性に注意を促している。

この点は、こうの史代自身の発言からも窺うことができる。こうのは西島大介との対談で、「『夕凪の街桜の国』というのはそんなにわかりやすい作品ではない。反戦とか平和とか、そういう明確な目的があって義務的に広島を描いているわけではない」*6という西島の指摘に応え、次のように述べる。「原爆ものというのは、ある思想が先にあってそれを伝えたくて描かれたものが多いので、裏にあるそのひとの考え方を自然と読みとろうとしてしまうんですよね」。

原爆ものをみたり描いたりすることになぜ抵抗感があったのか。(略)たぶん「原爆」というと「平和」に結びつけて語られるのが私はいやなのだと思います。だって、まるで原爆が平和にしてくれたかのようじゃないですか。そこにすごく違和感があって、だから原爆の話にばかり食いつくひとにすごく抵抗感がある。

作品は主題やメッセージの道具ではないという表現の自律性の主張は、戦前昭和期に「暴威」を振るった社会主義リアリズムへの抵抗として、日本ではもっぱら語られた。J・P・サルトルの『文学とは何か』に典型的であるメッセージ主導の文学論に、ロラン・バルトをはじめとする後続世代が異を唱え、テクスト論を対置したのも似たような事例といえる。社会主義リアリズム批判やテクスト論を前提とすれば、こうのによる先の発言に不可解な点はない。その主張は今日では常識的だ。

とはいえ、どのように非政治的あるいは反政治的な表現であろうと、なんらかの政治性をはらまざるをえない。「押しつけがましくならずに読者の受容を喚起する」、「声高に反戦・反核を叫ぶのではなく」、「悲劇を、淡々と描いている」などの紋切り型の賞讃は、政治的な主題性やメッセージ性を否認し抑圧する点で反対方向に政治的に機能しうる。

『夕凪の街 桜の国』への定型的な賞讃は、同じ作者の『この世界の片隅に』や、そのアニメ作品にも共通して見られる。しかし『この世界の片隅に』には、『黒い雨』の賞讃とも共通する紋切り型の評価では捉えがたい過剰性が認められる。この点は賞讃派からも批判派からもさほど注目されていないのだが、「『反戦』とか『平和』みたいなものに対して、戦争の〝面白さ〟もはっきり描こうとしている」という西島の『この世界の片隅に』評を受けて、こうのは次のように語る。

ある種の〝わくわく感〟ですね。やっぱりそこはどうしても避けられないというか、戦争の悲惨さだけを語っていても、そういうものが好きな人にしか届かないんですよ。ひとが戦争に惹きつけられてしまう理由を説明するには、その魅力も同時に描かないといけない。

戦争の〝面白さ〟や〝わくわく感〟はアニメ化作品の場合も効果的に描かれ、原作以上に表現として成功している。たとえば呉港に停泊中の大和の偉容や、高射砲弾の炸裂煙が赤や青や黄色に染められている場面など。大塚英志がしばしば語るようにアニメ自体が戦争の産物であるとすれば、それも当然のことだろう。作品に込められた戦争の〝面白さ〟や〝わくわく感〟は、「戦争の悲惨さ」が「好きな人」と揶揄される『この世界の片隅に』批判派はもちろん、『黒い雨』と同じような讃辞を無自覚に並べたてる賞讃派からも無視されている。

小林秀雄は日中戦争に際して、「この事変に日本国民は黙って処した」[*7]と語った。賛成にしても反対にしても、戦争について賢(さか)しらに語りたがる知識人を批判しての言葉だ。ただし日中戦争開戦の時点ですでに、反戦を公的に主張できる社会的条件は失われていた。

小林の発言にはイデオロギー的な一面性が無視できない。涙を見せることなく息子を戦場に送り出した母親たちのように、「国民は黙って事変に処した」。としても「国民」が、南京陥落の際のお祭り騒ぎをはじめ、「嬉々として戦争を愉しんだ」事実もまた疑いがたい。小林の「国民」は常に黙々としている。吉本隆明の「大衆」にも、似たような性格が否定できない。「国民」も「大衆」も一知半解な知識を振りまわしたり、軽薄にはしゃいだりすることはないようだ。

物資不足による生活の窮迫に不平を洩らしながらも、頭上に爆弾の雨が降ってくるまでは、絶妙のスペクタクルとして戦争を愉しんでいた日本人。また日本人にとって戦争は、国民それぞれが程度の多寡はあれ「儲け」が期待できる、国をあげての巨大な公共事業でもあった。

戦争は儲かる事業だと日本人が思いこんだのは、日清戦争の勝利によってだ。清から獲得した賠償金二億両は、当時の国家予算の四倍にあたる。この賠償金で日本は金本位制を確立したばかりか、鉄道網の整備をはじめ社会資本を一挙に充実させせえた。国家予算で鉄道工事が進めば雇用は増大し、経済効果は社会全体に波及する。日本人は多かれ少なかれ戦争で「得をした」。

日清戦争以上の莫大な利得を期待して、日本人のほとんどは日露戦争の開戦を大歓迎した。賠償金なしのポーツマス条約締結に国民が憤激し暴動まで起こしたのは、膨れあがった経済的期待が裏切られたからだ。しかし第一次大戦への参戦は、またしても「儲かる戦争」という経験を上書きする。

日本経済をどん底に突き落とした昭和恐慌からの脱出もまた、満州事変以降の中国侵略によって可能となった。この点からすれば、「国民は黙って事変に処した」どころではない。未曽有の不況によって困窮した生活から逃れようと、「儲かる戦争」を待望し歓迎したのだから。

アニメ作品『この世界の片隅に』では、北條家に嫁いだすずが舅の円太郎の仕事について話を聞かされる。もともと円太郎は呉の軍需工場に勤めていたのだが、ワシントン海軍軍縮条約のため工場が縮小し、転職を余儀なくされた。元の仕事に戻れたのは、政府が軍縮から軍備増強に転じたからだ。

円太郎も姑のサンも、堅実で穏やかな人柄に描かれている。他人の生死を利得として計算するような、無神経で強欲な人物ではない。「儲かる戦争」という戦争観が「普通の日本人」の大多数に共有されていた事実は、だからこそ説得的なものとして観客に提示される。

日本人は明治維新と文明開化以来、東洋の三流国にすぎないという屈辱に長く悩まされていた。承認されたいという熱望に身を焦がしていた国民にとって、戦争はそのための絶好のチャンスだった。日清、日露、第一次大戦と戦争のたびに日本の国際的地位は急上昇し、「遅れたアジア」を欧米人と同じ場所から見下す快楽を味わうようになる。このような「威張れる戦争」を日本人は求め続けた。

日清戦争から日米戦争まで、普通の日本人の戦争観は「面白い戦争」、「儲かる戦争」、「威張れる戦争」に尽きていた。それが劇的に変貌したのは、米軍の戦略爆撃によって日本本土が焦土と化していく一九四五年のことだ。戦略爆撃の被害体験に加えて、残酷な戦場体験と復員、満州など外地からの過酷な引揚体験、飢餓状態まで落ちこんだ食糧不足や物資不足などの記憶が忘れがたく刻まれて、日本人の戦争観は一変する。「戦争は二度とごめんだ」という体験に根ざした非戦意識、反戦意識が大半の日本人を深々と捉えた。

しかし第二次大戦後の大衆的な非戦、反戦の意識が、それ以前から存在したかのように語るのは事実に反する。大戦後の反戦意識を無前提に戦時中に投影して、当時の日本人に批判的なまなざしを向けるのも一面的といわざるをえない。これは「戦争の悲惨さ」を語るのが「好きな人」の倒錯だろう。

アニメ作品『この世界の片隅に』が多数の観客に支持されえたのは、当時の日本人の「面白い戦争」や

「儲かる戦争」や「威張れる戦争」という戦争観を、事後的な観点から歪めることなく描いているからだ。当時の広島や呉の街並みをはじめ、千人針や防空壕作りなど戦時下の衣食住のもろもろが精密に再現されることで、銃後の日本人が体験した戦争がリアルに伝えられている。

普通の日本人の歴史と生活に喰いこんでいた戦争、「面白い戦争」や「儲かる戦争」や「威張れる戦争」とは、いうまでもなく強者にとっての戦争だ。反対側には弱者にとっての戦争がある。戦争という場面で強者はしばしば加害者に、弱者は被害者になる。大東亜戦争の正義を振りまわすような、ファナティックな皇国主義者や軍国主義者は『この世界の片隅に』の主要人物には見当たらない。港の軍艦を写生していた、すずの前にあらわれる憲兵が唯一の例外だろう。

しかし、すずというヒロインには、「面白い戦争」や「儲かる戦争」や「威張れる戦争」をめぐる加害者性がきわめて希薄だ。ようするに、戦争にたいしてイノセントである印象が否定できない。

「わたしはよく人からぼうっとしていると言われる」と、すずは折に触れて語る。日常生活で小さな失敗を重ねるのだが、困惑しながらも自分でそれを愉しんでいるふうでもある。周囲の人々は呆れながらも、そんなすずを許している。つらく当たった義姉の径子だが、最後にはすずと和解する。

「ぼうっとしている」すずは、政治や戦争をめぐる大問題にさしたる関心はない。人から教えられるまで、呉の軍需工業の歴史といった出来事にも無知だった。こうした無知は、キャラクターのイノセントな性格に対応している。それはまた、戦争という磁場に置かれた「大衆の原像」にも通じる。

吉本隆明が語るところの「大衆の原像」とは、たとえば魚を売るという生活の現場から一歩も外に出ることなく、一生を終える魚屋のおかみさんである。坂口安吾は短篇小説「真珠」で、日米開戦のニュースが流れた日も「なんだか、戦争が始まったなんて言ってるけど、うちのラジオは昼には止まってしまうから」[*8]と暢気なことを口にする看板屋のおかみさんを登場させた。

安吾自身をモデルとした主人公は床屋のラジオで開戦を知り、「東条首相の講話があった。涙が流れた。言葉のいらない時が来た。必要ならば、僕の命も捧げねばならぬ」と感動し、興奮する。「ぼうっとしている」すずのキャラクターが、どちらの側に位置するかはいうまでもない。

「真珠」の看板屋のおかみさんと同じように、すずも日米開戦に反応したろう。吉本が語るところの「大衆の原像」として、すずのキャラクターを捉えることができそうだ。「真珠」の主人公のように戦争支持であろうと、反対に不支持であろうとイデオロギー過剰なキャラクターの目を通した戦争ではなく、「大衆の原像」が体験した戦争を描いたところに、『この世界の片隅に』の成功の秘密がある。と、このようにいえるだろうか。

問題はそれほど単純ではない。「ぼうっとしている」すずは、子供のときから絵の才能を発揮し、北條家に嫁入りしてからもスケッチブックを手放そうとしない。日常生活での不器用さは「大衆の原像」性に由来するというより、生活者とは存在する位相が異なる表現者のそれに類比的ではないか。大衆と知識人の対項性でいえば、表現者はもちろん知識人の側に位置する。

生活者としての大衆は、すずとは違って生活の知恵を身につけているし、生活が要求する範囲では「器用」であるのが一般的だ。一見した印象とは異なるが、「絵を描く」者としてのすずの「不器用」は、生活を召使いにまかせた貴族的な耽美主義者のそれに通じるのではないか。

絵を描くこと、現実を表象することは、固有の仕方で世界を所有する行為だ。人やものを気遣うことで世界と慣れ親しんでいる日常生活者は、いわば世界と癒着し、世界に混ざりこんでいる。世界を表象するとは、意図して世界から身を引き離す行為だ。表象された世界は、表現者によって所有される。

高村光太郎をはじめとして、ほとんどの文学者や芸術家が日米開戦の報に興奮し感激した。時流に呑まれることなく戦争への距離感を保ち続けたのは、永井荷風や谷崎潤一郎のような少数の作家だった。荷風も谷崎も、もともと政治的関心の希薄な芸術派である。しかし同じように西欧的な芸術主義者だった高村は、戦争という大波に足をすくわれた。

戦争にイノセントである、あるいは「無知＝無垢」であるはずのキャラクターを、荷風や谷崎のような表現者と重ねることができる。表現者として世界に向きあう点で、大衆ではなく知識人の側に位置するキャラクターが、どうして嫁ぎ先の家族よりも「大衆の原像」的なのか。この落差を自然な連続性として演出したところに、『この世界の片隅に』が成功した最大の理由がある。

すずというキャラクターは「ぼうっとしている」だけではない、「普通」でもある。海軍の下士官になった幼馴染みなどから、すずは「普通だ」と繰り返しいわれる。作中で反復される「ぼうっとしている」と「普通だ」は、表現者／知識人の位相に位置しているキャラクターを、実家や婚家の人々よりも大衆的な存在であると偽装するための、呪文のような言葉として機能している。

空襲ですずは右腕もろとも、可愛がっていた幼い姪を失う。利き腕を失って絵を描くことができないヒロインは、表現者の位相から生活者の位相にずれこんだのだろうか。それまで戦争を理念的にでなく、不便な日常として捉えていたすずは、ここでようやく戦争を主体化する。

周囲の人々と明らかに異なる反応を、この人物が見せる場面がある。8・15の玉音放送を聴いた直後にすずは、戦争が終わって安堵している家族に「最後のひとりまで闘うんじゃなかったんかね、いまここへまだ五人も居るのに」と叫ぶ。戸外に走り出し、慟哭しながら「この国から正義が飛び去ってゆく」と思う。

原爆も落とされたしソ連も参戦したし、戦争に負けても仕方ないという舅や義姉は大衆の位相で反応している。これにたいし「うちはこんなん納得できん」と応じるすずのほうが、理念優先の知識人の位相にあるようだ。ただし聖戦の正義を信奉しているからではない。空襲で右腕を失い、姪を奪われ、生まれ育った故郷の街もまた原爆で壊滅した。この衝撃的な、耐えがたい苦痛に満ちた残酷な体験が、すずの回心の背景にはある。暴力には屈しないという正義が、すずを駆動している。

「面白い戦争」、「儲かる戦争」、「威張れる戦争」という戦争観に、暴力には屈しないという戦争観が対立する。前者が強者／加害者の戦争観であるとしたら、後者は弱者／被害者のそれだ。強大な正規軍の侵略戦争にゲリラ的な抵抗戦争で対峙する側の戦争観ともいえる。頭上に爆弾が落ちてくるまで、普通の日本人は強者／加害者の戦争観を疑うことなく、戦争を無条件に肯定していた。しかし弱者／被害者に立場が逆転するや、北條家の人々のように敗北を容認し、戦争を肯定してきた立場から保身的に逃亡するにいたる。

戦争と戦後を生きた日本の大衆は、強者／加害者の暴力に屈しないという身体化された倫理を致命的に欠いていた。高村光太郎のように聖戦の理念を振りかざしていた知識人は、8・15で軟弱にも腰が抜けた。交替に登場してきた戦後民主主義知識人は、大衆の総転向を容認し肯定したにすぎない。すずが右腕と引き換えに達したのは、大衆でも知識人でもない第三の位相だった。

『この世界の片隅に』を「声高に反戦・反核を叫ぶのではなく、一人の人間がいやおうなく歴史と切り結ばざるをえない悲劇を、淡々と描いている」というような紋切り型で、かつての『黒い雨』のように評価してはならない。戦争の悲惨が正面から描かれていないという類の批判にしても同じだ。

大衆を擬態した表現者／知識人として登場したヒロインが、表現者としての可能性を奪われることで戦争の加害性と暴力性を自覚し、暴力には屈しないという新たな戦争観を獲得するまでの物語として、『この世界の片隅に』を捉えることができる。しかし、この発見をすずは持ちこたえることができない。慟哭するすずの前に太極旗が揚がる。軍港の町には朝鮮人の居住者も多かったのだろう。日帝による植民地支配の終わりを知って、朝鮮人が祖国の旗を掲げたのだ。

太極旗を見てすずは思う。「海の向こうから来たお米…大豆…そんなんで出来とるんじゃろうなあ、うちは」と。以上はアニメ版で、原作ではさらに直截に「暴力で従えとったいう事か、じゃけえ暴力に屈するいう事かね、それがこの国の正体かね、うちも知らんまま死にたかったなあ……」と語られている。

「戦争は二度とごめんだ」という国民的な非戦意識、反戦意識の風化と、「戦争ができる国」の確立が急速に進んでいる。暴力には屈しないというすずの「戦争」は、8・15で「この国の正体」を突きつけられてのち、どのように持続されたのか。あるいは放棄されてしまったのか。「戦争ができる国」化の進行によって、8・15を起点とする一時代が終わろうとしている現在、この問いはあらためて問われるべきだろう。

3 終止と中断　桐野夏生『夜の谷を行く』

一九七二年の連合赤軍事件は時代を画する大事件だった。社会的な衝撃という点で、これに匹敵する規模の出来事は一九九五年のオウム真理教事件まで起きていない。『現代日本の感覚と思想』の見田宗介によれば、現実は反現実との対照関係においてのみ現実として構成されうる。ただし、現実に対抗する反現実の様相はひとつではない。戦後四五年のあいだ、反現実の様相は「理想」、「夢」、「虚構」と時代につれて変化してきた。

「夢」という反現実は「理想」と「虚構」の中間段階にすぎないという観点から、大澤真幸は見田の三段階区分を圧縮し、戦後史を「理想」の時代と「虚構」の時代に分割した。大澤によれば「連合赤軍――およびそれに同時代性を感覚した人々――が、理想の時代の終焉（あるいは極限）を代表しているとするならば、オウム真理教は、虚構の時代の終焉（極限）を代表するような位置を担った」[*9]。丸山眞男に代表される知識人的な「理想」も、科学技術の進歩や経済成長による豊かさの実現という大衆的な「理想」も、連合赤軍事件によって命脈を絶たれた。そして開幕したのが、東京ディズニーランドに象徴される「虚構」の時代だったと大澤は語る。

連合赤軍事件によって「終焉（あるいは極限）」に達したのは、反現実が「理想」という様相で与えられた戦後の一時代だった。理想社会の直接的な実現をめざした戦後日本の革命運動もまた、この事件によって

「終焉（あるいは極限）」に達したことになる。大澤真幸の議論では、連合赤軍事件とは「終止」のシンボル以外のなにものでもない。

事件の直後から連合赤軍を素材としたフィクション、ノンフィクション、当事者の回想記、評論、研究など諸ジャンルにわたる書籍が数多く刊行されてきた。小説作品としての代表例は、一九九八年に刊行された立松和平『光の雨』だろう。この小説は二〇〇一年に高橋伴明監督で映画化されている。

小説『光の雨』の主人公は八〇歳になる玉井潔だ。玉井のモデルは連合赤軍事件で死刑判決を受けた坂口弘（一九四六年生まれ）だが、この小説の現在は二〇三〇年に設定されている。死刑制度の廃止のため獄中生活から解放された元死刑囚として、玉井という人物は設定されている。

築六〇年のぼろアパートに住む予備校生の阿南は、死刑の悪夢にうなされる老人の「猫が首をひねられたみたい」[*10]な夜ごとの叫び声に辟易し、抗議のために隣室のドアを叩く。こうして訪ねてきた孫世代の少年に、玉井は悪夢の由来でもある革命運動の記憶を語りはじめる。

とはいえ『光の雨』は玉井の一人称小説でも、玉井に視点人物を固定した三人称小説でもない。連合赤軍をモデルにした「革命パルチザン」の複数の関係者に玉井が憑依するかのように、視点人物はさまざまに変化する。阿南視点の箇所もあるし、玉井たちに襲われた銃砲店の主人も、奪われた銃さえもが一人称で語る。

病気のため苦しい息で玉井は阿南とその恋人の美奈という「二人の子供」に、逃亡者が出た山岳アジトからの撤退と、冬山での銃撃戦にいたる体験を語り終える。死に瀕した玉井は次のように思う。

ぼくらは革命の夢を見ていた。すべての人間があらゆる点で平等で、誰もがその天分を十全に開かせることのできる、いまだこの世に出現したことのない理想の世界をつくろうとする夢の虜になっていた。

ぼくはもう死ぬのに、その世界がどんなものかまだわからない。（略）たくさんの子供たちがそんな世界の夢を見ていた時代があり、その一人がぼくだった。君たちはぼくらの子供のそのまた子供だが、夢を引き継いでくれとは絶対にいわない。こんなにも長くて苦しい物語を、本当によく辛抱して聞いてくれた。

連合赤軍事件を多様な視点から立体的に描こうとした努力は認められるとしても、立松作品の限界性を指摘しないわけにはいかない。じきに死亡する八〇歳の老人を主人公としたのは、現在とは端的に切断された過去の出来事として、作者が連合赤軍事件を捉えていることの必然的な結果だ。

苦しそうに喘ぎながらも記憶を語り続けようとする玉井に、阿南は「爺ちゃん、もう静かにしてなよ。俺たち、図書館にいって古い資料を調べてみるから。そうしたら爺ちゃんたちのこともっとわかるだろう」という。これに玉井は、「こんなにやさしい言葉をかけてもらえる自分はもうこの世にいないのではないか」と思う。

半世紀以上も昔に若者たちの魂を捉えた「革命の夢」は、「ぼくらの子供のそのまた子供」である阿南や美奈には理解不能の妄想にすぎない。このことを確認せざるをえない玉井は、子供たちに「夢を引き継いでくれとは絶対にいわない」。いや、いえない。玉井の体験は「図書館」の「古い資料」に閉じこめられている。事件の記憶が玉井自身を変えることはないし、玉井を通して事件を知った子供たちがそれによって変わることもない。

作品の終幕で、老人は失効した「革命の夢」を抱いたまま死んでいく。「あの時代に生きたものも、死んだものも、みんなごく普通の子供だったよ。本当はみんないい子だったとぼくは思いたい」と作者は玉井に語らせる。

立松は連合赤軍で死んだ者たち、かろうじて生き延びた者たちの救済を願った。しかし、その代償として連合赤軍事件は完了した過去に封じこめられてしまう。「やさしい言葉」で幾重にも封印することによってのみ事件の禍々しい記憶は宥められ、それとの和解も可能となるからだ。玉井は幻覚の「光の雨」にうたれながら息絶え、事件を現在の問題として問い直し続ける思想的責務もまた彼方に消失する。

『光の雨』の玉井が語る「革命の夢」は、見田宗介によれば一九六〇年代という「夢」の時代の産物である。見田の議論を簡略化した『虚構の時代の果て』の大澤によれば、戦後日本的な「理想」の地平に属することになる。

いずれにしても「すべての人間があらゆる点で平等で、誰もがその天分を十全に開かせることのできる、いまだこの世に出現したことのない理想の世界をつくろうとする夢」とは、戦後的理想の知識人的、左翼的形態そのものだ。それを銃による武装闘争で実現しうると信じた夢想性の点で、連合赤軍が戦後的理想から逸脱していたとしても。

主人公の玉井が「理想」の時代の典型的人物として構想された時点で、『光の雨』という小説が、ある時代の「終わり＝終止」をめぐる物語になることは決定されていた。『光の雨』で描かれた連合赤軍事件は、見田宗介や大澤真幸が提示した時代区分の枠内に、過不足なく回収されうる。

しかし二一世紀に入ると、連合赤軍事件をめぐる表現にも無視できない変化が生じはじめる。二〇〇六年には青年マンガ誌の「イブニング」で、山本直樹『レッド』の連載が開始される。『レッド』は続篇『レッド 最後の60日 そしてあさま山荘へ』に引き継がれ、続々篇の『レッド最終章 あさま山荘の10日間』は現在も連載中だ。

『レッド』連作では連合赤軍の形成と壊滅までの過程が、事件当事者の手記や発言、裁判記録などに依拠しながら詳細に描かれている。こうしたスタイルの長篇マンガ作品が大出版社の商業誌に長期連載され、好評を博してきた事実に驚かなければならない。『レッド』の成功それ自体が、連合赤軍事件を「終止」のシンボルとして扱うことの作為性を暴露している。

二〇〇八年には若松孝二監督の『実録・連合赤軍　あさま山荘への道程（みち）』が公開された。「終止」でなく「中断」として連合赤軍事件を描いた画期的作品として、廣瀬純はこの映画を高く評価した。「戦後日本の革命的高揚に、あるいはその高揚を力強く貫いていた革命的かつ集団的なエラン・ヴィタルに、ひとつの『中断符』を回復するフィルムである[*11]」として廣瀬は続ける。

『実録・連合赤軍』というフィルムの賭け金は、遠の昔に『終止符』が打たれたとされ続けてきたひとつの集団的熱狂を『いま、ここ』にそっくりそのままなだれ込ませるということにこそあるのだ。（略）たとえその後の反革命の時代において一時的に不可視あるいは不活性なものとなったにせよ、その潜勢力が疲弊してしまうことなど微塵もなかったひとつの「時限爆弾」として、この革命的かつ集団的熱狂を描き出すということである。

二〇一七年三月に刊行された桐野夏生の小説『夜の谷を行く』もまた、連合赤軍事件を「終止」のシンボル、廣瀬によれば「終止符」という固定化された意味から解放するための試みだ。たとえば『夜の谷を行く』のヒロイン西田啓子の年齢は、まだ高齢者とはいえない六三歳に設定されている。変わりうる可能性を作者からあらかじめ剥奪された、『光の雨』の玉井潔のような八〇歳の後期高齢者とは異なる。

二人の主人公の一七歳という年齢の相違は、両者の性格の相違に通じる。「革命を本気でしようとしていた戦士たちがかつていたことなど知らない子供たちに向かって、自分たちの暗黒の物語をすることこそ、玉井潔にはこの人の世との唯一の接点だ」。半世紀以上ものあいだ「暗黒の物語」を反芻し続けた玉井とは違って、啓子は山岳アジトでの体験を忘れようと努め、ある程度までそれに成功してきた人物である。

啓子が台所の壁に「体長一センチほどの小さな蜘蛛」[*12]を見つけるところから、『夜の谷を行く』は書き出されている。「昆虫や蜘蛛がそう嫌でなくなったのは、この歳になってからだ。若い頃は虫も蜘蛛も大嫌いで、ひと目見るなり、血が逆流するほどの嫌悪と恐怖を覚えた」。蜘蛛を目にした直後に、かつて活動家仲間だった熊谷から四〇年ぶりに連絡がある。電話してきた熊谷は、古市というフリーライターを啓子に紹介したいという。

五年前に個人経営の学習塾を閉じた西田啓子は、月会費が六五〇〇円のスポーツジム通いや図書館で借りる本をわずかな愉しみに、それまで質素な一人暮らしを続けてきた。台所で蜘蛛を見た翌日、妹の和子から電話がある。新聞を見ろといわれて、スポーツジムのロビーで新聞を開いた「途端に、悲鳴が洩れそうにな」る。「永田洋子死刑囚が死亡、連合赤軍事件　大量リンチ殺人」という見出しが目に飛びこんできたからだ。

記事には「1971~72年の『連合赤軍事件』で新左翼運動の仲間を殺害した罪などに問われ、93年に死刑が確定した元連合赤軍最高幹部の永田洋子死刑囚が5日午後10時6分、東京・小菅の東京拘置所で多臓器不全のため死亡した。65歳」とある。永田洋子の死をきっかけに、またしても姉の存在がマスコミに注目されはしないかという不安にかられ、和子は電話してきたのだ。

連続総括死の舞台となった山岳アジトを逃亡して逮捕され、五年あまり服役したという過去が西田啓子にはある。出獄してからの四〇年ほどを、連合赤軍事件の生存者であることを隠し、世間の目から逃れるように社会の片隅で暮らしてきた。はるか昔に学生運動時代の仲間とは絶縁し、新しい友人も持とうとしなかった啓子の生活は孤独だ。

勤務先の会社で重役候補といわれていた父親は、長女が関係した事件のために退職を余儀なくされ、啓子の服役中に肝硬変で病死した。続いて母親も膵臓ガンで死亡。「両親の早すぎる死は、裕福な家庭に育ったお嬢さん、と言われた長女の、大いなる逸脱に原因があったのは間違いない」。

父方も母方も親戚からは例外なく縁を切られた。妹の和子、和子の娘の佳絵とのつきあいだけが啓子にとって唯一の気心の知れた人間関係だ。しかし連合赤軍事件で逮捕された姉のため離婚に追いこまれたことのある和子は、娘に啓子の過去を話していない。もしも佳絵の婚約者が啓子の過去を知れば、娘も自分と同じような目にあうのではないかと不安に感じている。マスコミから永田洋子をめぐるインタヴューの依頼などがあっても、断って欲しいという妹に啓子は応じる。

「佳絵ちゃんに非なんかないんだから、毅然としていればいいじゃない。（略）あたしのことで皆に迷惑かけて悪かった、と今でも思ってるわ。でも、四十年も前のことなのよ。いい加減、勘弁してほしい」

「わかってるよ。啓ちゃん、そりゃ毅然とできればいいわよ。でも、佳絵は妊娠五カ月なのよ。後戻りできない状態でしょう。で、後戻りできなくなった嫁に、そんな伯母がいることを、あっちがどう思うか、でしょう」

「そんな伯母で悪かったわね」

当時の親戚や知人の反応を思い出して、啓子は気が重くなった。

台所で蜘蛛を目にした夜から、連合赤軍事件の記憶を刺激する出来事が相次いで、表面的には平穏だった啓子の生活は波立ちはじめる。かつて「血が逆流するほどの嫌悪と恐怖」を惹き起こした蜘蛛とは、啓子が長いこと記憶の底に封印してきた山岳アジトでの禍々しい体験を寓意するものだ。とはいえ作者は、「昆虫や蜘蛛がそう嫌でなくなったのは、この歳になってからだ」として、はじまろうとしている啓子の回心を蜘蛛というシンボルに託して暗示してもいる。

暗澹たる事件が啓子の人生を実質的に終わらせてしまい、その後は長い余生を過ごしてきたようなものだ。啓子は連合赤軍事件の体験と記憶を否認し、記憶の底に埋めてしまおうとしてきた。しかし「終止」としての事件は、いつか「中断」に変貌しはじめていた。知らないうちに蜘蛛が「そう嫌でなくなった」ように。

同じような老朽アパートの一室に住んでいても、『光の雨』の玉井と『夜の谷を行く』の啓子は、作中人物としての印象が大きく異なる。玉井というキャラクターには、いかなる生活的な実質もない。生活費をめぐる苦労や体調不良による病院通い、いかに孤立していても完全にゼロではないはずの人間関係などについて、ほとんど作者は語ろうとしない。玉井とは作者が必要としたところの、連合赤軍事件を回想し反省し総括するための物語装置にすぎない。

乏しい蓄えが頼りの苦しい暮らし、スポーツジム通いという慎ましい愉しみ、そこでも生じてくる煩わしい人間関係などなど、啓子には玉井に欠けている生活的な実質が与えられている。玉井が「終止」の円環に封じられたキャラクターであるのにたいし、啓子は「中断」を予感させる人物として読者の前に登場してくる。

目立たず、ひっそり生きていこう、と決心してから、世捨て人のように地味に、そして穏やかに暮らしてきた。一定の距離を保って世の中を見ると、腹が立つことも、諍いに巻き込まれることも滅多にない。

迦葉ベースから脱走者が出たことで、連合赤軍壊滅の引金は引かれた。資金調達のため上京していた指導者の森恒夫と永田洋子は、山岳アジトに戻ろうとして逮捕される。その他のメンバーは山岳ベースを放棄して逃走し、坂口弘など五名が浅間山荘に籠城することになる。

実際に脱走した女子活動家は（『レッド』では苗場不二子）一人だが、架空の人物である西田啓子と君塚佐紀子の二人が、『夜の谷を行く』では迦葉ベースからの脱走者として設定されている。「その日、永田と森が資金調達に山を下りたのを契機に、二人とも何も言わずに荷物を纏めた」。

捕まったら総括要求されるのだろうか、と思わなくもなかったが、もう同志の誰も、自分たちをわざわざ捕らえに来ないことはわかっていた。

リンチによって兵士の数が減ってしまっていたし、誰の心にも、これ以上山にいたら、全員が総括で死んでしまうかもしれない、という恐怖、いや諦観があった。諦観が生まれた時点で、全員が「敗北死」していたのだ。

「敗北死」したまま、その後の四〇年を啓子は死んだように生きてきた。連合赤軍事件を「終止」の相のもとに見る生存者は、自分の人生も実質的に終わっていると考えざるをえない。冷たい土に埋めた同志の屍体を擬態するかのように、「目立たず、ひっそり」、「世捨て人のように地味に」啓子は四〇年という時間を生きてきた。いや、生きながら半ば死んでいた。しかし「今日はいったいどうしたのだろう」。「とにかく、心がざわついて仕方がない」。永田洋子の死を知らされ、姪と婚約者の二人に「自分の過去をどう伝えるか、という問題を突き付けられた」せいだと、啓子は思う。

禍々しい過去を隠蔽することで築かれた現在は、大嫌いだった蜘蛛のように日常に侵入してきた過去のために崩れはじめる。啓子にとって最後に残された妹や姪との親密な関係さえもが、暴力的に再浮上してきた事件の記憶によってひび割れていく。

こうした『夜の谷を行く』の設定に、連合赤軍事件を主題とした小説作品としての画期性がある。電話してきた妹に、主人公の啓子は「四十年も前のことなのよ。いい加減、勘弁してほしい」と応じる。自分も関与した連合赤軍事件を過去の出来事として終わらせ、なんとかして葬ってしまいたい。しかし事件のほうが啓子を追いかけてきて、忘れてしまうことを許さないのだ。

連合赤軍の連続「総括」死や銃撃戦を正面から描くことで、若松孝二の『実録・連合赤軍』は事件を「終止」でなく「中断」として描き直そうと努めた。桐野夏生の『夜の谷を行く』ではヒロインの人生に、「四十年も前のこと」がおぞましい蜘蛛の表象をまといながら否応なく侵入してくる。いずれの作品でも連合赤軍事件は、二一世紀の現在もなお不気味な音で時を刻み続ける「時限爆弾」にほかならない。

熊谷からの電話のあと、活動家時代に「政治結婚」していた久間と会うことになる。久間からは、自分たちの子供はどうなったのかと訊ねられる。山岳アジトに入ったとき、啓子は妊娠していたはずだと。新宿の中村屋でカレーを食べている最中に、二人は東日本大震災に襲われる。

また啓子は元「夫」の印象を「今はぼろぼろよ。脚を怪我して引きずっていた。ホームレスかもしれない。

話も合わないし、相変わらずお互いに傷付け合って、最低だった。会わなきゃよかったと、後悔した」と、続いて再会することになった佐紀子に語る。この二人には、「総括」の犠牲者の一人だった金子みちよをめぐる記憶に喰い違いがある。母親が「敗北死」しても、子供を道連れにはさせない。「総括」を徹底するため、妊婦の腹から胎児を取り出すという永田洋子の宣言に、啓子は賛成したはずだと佐紀子はいう。

本心から賛成だったわけがない。「あの時、あたしが永田に賛成したのは、もう金子さんは駄目かもしれないから、せめて子供だけでも、と思ったからよ」。啓子は瀕死の金子みちよから子供のことを頼まれていた。しかし佐紀子に「金子本人から頼まれたことは言わなかった。言ったところで、言い訳だと思うだろう」。

けっきょく結婚を控えた姪と妹は離れていき、「これらの出来事は、過去を正視できている、そして完璧に隠蔽できると信じていた、啓子の自信のようなものを打ち砕い」た。

山岳アジトで一緒だったという設定の虚構の人物、金村邦子がフリーライターの古市に宛てた手紙を読んで、啓子は衝撃を受ける。自分のことが「永田のお気に入りで」、「その場で求められている正答しか言わない、だから生き延びた」、「彼女のことを許せない」と記されていたからだ。連合赤軍事件のことを調べている古市に誘われ、啓子は迦葉ベース跡を一緒に訪れることにする。

こうして台所の蜘蛛から語りはじめられた物語は、終幕に近づいていく。永田洋子の死と東日本大震災の衝撃は、「終止」としての連合赤軍事件を「中断」に変貌させた。「中断」は「再開」の可能性に向けて開かれている。

連合赤軍事件によって「理想」の時代が「終焉（あるいは極限）」に達して以降、日本は反現実が「虚構」として表象される時代、「虚構」の時代に入った。これについて大澤真幸は次のように説明している。

一九七〇年代——とりわけその後半——以降の虚構の時代とは、情報化され記号化された疑似現実（虚構）を構成し、差異化し、豊饒化し、さらに維持することへと、人々の行為が方向づけられているような段階である。「情報社会」、「脱産業社会」、「消費社会」等々と名付けられ、いくぶんニュアンスを違えながらさまざまの角度から分析されてきたのが、虚構の時代の下にある社会であった。

一九五〇年代、六〇年代の戦後復興と高度成長の時代が「理想」の時代、七〇年代、八〇年代の安定成長とバブル的繁栄の時代が「虚構」の時代ということになる。大澤の観点からは「終止」そのものである連合赤軍事件を、「終止」と「始発」の二重性として読み替えたのが『「彼女たち」の連合赤軍』の大塚英志だ。『夜の谷を行く』の参考文献リストには、永田洋子『十六の墓標』など当事者の手記などと並んで、本書もあげられている。この著書で大塚は連合赤軍事件を新たな視点から論じた。

連合赤軍事件で殺された女性たちに共通なのは八〇年代消費社会へと通底していくサブカルチャー的感受性である。したがって十二人が殺された山岳ベースで対立していたのは、二種類の革命路線（赤軍派の「世界同時革命」と革命左派の「反米愛国」——引用者註）ではなく、意味を失う運命にあった男たちの「新左翼」のことばと、時代の変容に忠実に反応しつつあった女たちの消費社会的なことばであり、少なくとも四人の女性の「総括」はそのような「闘い」の結果生じたものだったのではないか。[*13]

大塚によれば連合赤軍の山岳アジトでは、「意味を失う運命にあった男たちの『新左翼』のことば」と

「時代の変容に忠実に反応しつつあった女たちの消費社会的なことば」が対立していた。「理想」の時代に属する前者が、「虚構」の時代に属する後者を死にいたるまで追いつめるものとして、「四人の女性の『総括』」は行われた。

大塚英志はサブカルチャーや少女フェミニズムの観点から連合赤軍事件を論じたが、これらは八〇年代消費社会との「共闘」を選んだ上野千鶴子的なフェミニズムとも無関係ではない。連合赤軍事件以後の多彩なマイノリティ運動のなかでも、最大の影響力を獲得したのがフェミニズム運動だった。江藤淳の『成熟と喪失』から無視できない影響を受けた点でも、大塚と上野は共通する。

連合赤軍事件は凄惨なリンチのことばかり言われてきました。永田さんは男の側の論理に巻き込まれてしまったのだと思います。（略）女特有の嫉妬深さから大勢の同志を殺した、なんて嘘っぱちです。まったく逆だったんです。

本来は、女たちが子供を産んで、未来に繋げるための闘い、という崇高な理論だってあったのです。でもすべて、森が男の暴力革命に巻き込んでしまったんだと思っています。そして、その片棒を担いだのが永田。

自分も妊娠していた啓子なのに、あの「崇高な理論」を裁判の場で擁護することなく沈黙し、「女特有の嫉妬深さから大勢の同志を殺した」といった愚劣な判決に迎合した。それが絶対に赦せないのだと、金村邦子は手紙に書いていた。

妊娠中に「総括」死させられた金子みちよに、大塚英志は「虚構」の時代の「かわいい」感性を見出した。

しかし『夜の谷を行く』の作者が金子に、そして革命左派の女たちに見るのは「女たちが子供を産んで、未来に繋げるための闘い」だ。いずれも「女」として「男たちの『新左翼』のことば」や「男の暴力革命」に対立し、最終的には「総括」死に追いやられたのだが、としても「少女」と「母」では存在する位相が異なる。

大澤真幸によれば、オウム真理教事件を画期として「虚構」の時代は終わった。少女フェミニズムの繁栄を支えた高度消費社会もまた終焉し、格差化と貧困化の新時代が到来した。『「彼女たち」の連合赤軍』が刊行された一九九六年の時点では、連合赤軍事件を「終止」の閉域から解放しようとする大塚英志の企ても有効だったろう。バブル崩壊の一九九〇年代初頭にはじまり、二〇年ものあいだ不可逆的に進行し、サブプライム危機と東日本大震災で最終的に決定づけられた日本社会の変貌が、大塚の連合赤軍論のリアリティを奪った。

『おひとりさまの老後』に行き着いた上野千鶴子のフェミニズムは、格差と貧困に苦しむ若い世代から、団塊世代の食い逃げ宣言にすぎないと非難されている。大塚英志が評価した少女たちの「かわいい」美意識は、いまや「クール・ジャパン」の国策と化し、稲田防衛大臣の面妖なファッションとして現場の自衛隊員をうんざりさせている。

古市と訪れた迦葉ベース跡で、ついに真相が明らかになる。栃木女子刑務所で産んだ子供を、啓子は里子に出していた。産んだ直後に棄てた赤ん坊こそ、グロテスクな蜘蛛の心象として回帰するトラウマの正体だった。

古市は問う。「西田さんは、金子さんが子供と一緒に息絶えたことを後悔している。だから、自分が子供を持つこと自体を拒絶したんじゃないか」と。啓子は「長い間、心に仕舞っていた秘密から解放され」た思いで答える。「金子さんをああして殺してしまったのに、あたしはのうのうと子供を産んだ。それが許せなかったから、忘れたいのです」。

その子供は自分だという驚愕の事実を古市に告げられ、「一度も持ったことのない、希望という慣れない感情に」摑まれて啓子はとまどう。「終止」から「中断」に変化していた時間は、こうして「再開」される。

連合赤軍事件を同時代的に体験した筆者は一九七〇年代から二〇一〇年代にいたるまで、その意味を繰り返し考えようと努めてきた。たとえば『テロルの現象学』、「黙示録的哲学の運命」（『黙示録的情熱と死』所収）、『例外社会』、「テロルとゴジラ」（『テロルとゴジラ』所収）などなど。『実録・連合赤軍』、『レッド』、そして『夜の谷を行く』が示すように、いまや連合赤軍事件をめぐる物語は新たな時代に入った。「中断」そして「再開」の観点から、この事件を筆者も再考しなければならないようだ。

4 推理と社会

陳浩基『13・67』

『13・67』というタイトルは、「二〇一三年／一九六七年」を意味する。主人公クワンは香港警察の刑事で、「天眼」として畏敬される捜査官だ。作品は六篇の短篇から構成されているが、その配列が独自である。クワンが解決した六つの事件をめぐる物語は、時間の流れとは逆方向に配列されている。読者は時代設定が二〇一三年の第一篇「黒と白のあいだの真実」から一九六七年の第六篇「借りた時間に」まで、時間を遡行して各篇の物語を読み進めることになる。

腰帯の宣伝文には「逆年代記（リバースクロノロジー）で語られる名刑事の事件簿」とあるが、本書をリバースクロノロジーといえるかどうか、いささか微妙なところがある。少なくとも『13・67』を手にした読者は、そのように感じるだろう。

一般的に、ストーリーは一貫した出来事を時間順に配列する。語りの効果を計算して、出来事を再配置するのがプロットだ。この点ではリバースクロノロジーもプロットの一類型といえる。ようするにリバースクロノロジーの前提には、出来事の一貫性が、換言すれば起点から終点に向かう物語性が存在しなければならない。相互に無関係な出来事を、時間とは逆方向に漫然と配列しても、リバースクロノロジーにはならない。

たとえば花が芽吹き、咲き、枯れて散るまでを五枚の写真に撮る。それを時間順とは逆に配列した場合、リバースクロノロジー的とはいえる。しかし一ヵ月ごとにそれぞれ異なる花の写真を撮影して、時間とは逆方向に配列してみてもリバースクロノロジー的ではない。ただし異なる花の写真のあいだに、もしも時間的に継起する物語性を見出しうるなら、そこからリバースクロノロジー的な配列は可能となるだろう。

とはいえ花の写真の例では、リバースクロノロジーの意味が拡張されすぎている。一般にリバースクロノロジーという文学概念は、フィリップ・K・ディック『逆まわりの世界』のような虚構作品にたいして用いられる。

「黒と白のあいだの真実」の二〇一三年は、香港を揺るがした雨傘革命の前年にあたる。第二篇「任俠のジレンマ」の二〇〇三年は民主派五〇万人デモ、第三篇「クワンのいちばん長い日」の一九九七年に香港は中国に返還され、第四篇「テミスの天秤」の一九八九年は天安門事件、第五篇「借りた場所に」の一九七七年には香港警察集団汚職事件が起きている。第六篇「借りた時間に」の一九六七年は「六七暴動」として記憶される植民地政府への大衆蜂起の年だ。

このように『13・67』は、六篇の物語が時間とは逆方向に配列されているが、香港で起きた難事件を探偵役のクワンが解決するところが各篇に共通するだけで、長篇小説のような一貫したストーリーは認められない。この点では『シャーロック・ホームズの冒険』にはじまるホームズ物語の短篇集と同じことだ。『13・67』は、リバースクロノロジーといえるのかどうか。この設問、むしろ読者を挑発する「謎」を携えて、われわれは本書を読み進めることになる。

『13・67』の各篇は、いずれも綿密に構成された本格短篇だが、同時に香港現代史の節目にあたる時期をそれぞれの物語の背景とし、変貌し続ける香港社会と市民生活を克明に描いている。とりわけ重要なのが、時代の流れのなかに置かれた警察と警察官の変貌過程だろう。『13・67』は探偵小説であると同時に、警察組織を焦点とした社会小説でもある。

本格探偵小説と社会派推理小説の高い次元での融合に、『13・67』は成功している。この点にかんしては、多くの評者が賞讃するところだ。こうした評価の背景には、本格派と社会派を対立的なジャンルとして捉える常識がある。対立的なものを巧みに結合した作者の手腕が、高い評価を生じさせた。

それとも関連するが、探偵小説ジャンルでは「冬の時代」をめぐる論争が続いてきた。一九六〇年を前後する時期に戦後探偵小説を支えたジャンル作家の多くが退場し、第二の波の終焉が否定できない現実となった。一方の論者は、それをもって探偵小説は「冬の時代」に入ったとする。他方には、一九六〇年代にも論理的な謎解きを主眼とする本格作品は書き継がれていたと、具体的な事例をあげて反論する論者がいる。

一九五八年刊行の松本清張『点と線』が、探偵小説史を鋭角的に切断した。清張をはじめ水上勉、有馬頼義、黒岩重吾、梶山季之、邦光史郎などは「社会派」と称されて一時代を築くが、デビュー時代には新鮮だった社会批判の姿勢はしだいに褪色し、ほとんどの作家は「社会」とも「推理」とも縁遠い犯罪風俗小説に転進していく。

戦前探偵小説（第一の波）の時期から、謎解き論理小説は「本格」と称されてきた。英米の大戦間探偵小説を規範とする本格派に対立したのは、推理の要素が希薄で怪奇や耽美や恐怖を押し出した作風が特徴的な変格派で、戦後はそれが本格派と文学派の対立として変奏されていく。もともと純文学系の作品を書いて芥川賞を受賞した松本清張に、推理小説の執筆を勧めたのは文学派の木々高太郎だった。水上勉にも清張と同じような経歴がある。清張そして社会派は、本格派と対立していた文学派の流れから探偵小説界に登場してきたともいえる。

松本清張の社会派宣言ともいえる「日本の推理小説」では、「探偵小説を『お化け屋敷』の掛小屋からリアリズムの外に出したかった」[*14]と述懐されている。「日本の創作探偵小説というと、江戸川乱歩が出て以来、ほとんど、その系統か影響下に置かれている。二、三の個性的作家はいたが、まず、探偵小説の主流といえば、乱歩の亜流か末流と言っていい」。清張が批判したのは「乱歩の亜流か末流」だった。

江戸川乱歩の場合、論理的な謎解き小説の作例は初期に集中している。清張が批判しているのは『お化け屋敷』の掛小屋」という表現が示すように通俗長篇時代の乱歩で、この時期の作風はいうまでもなく変格の側に位置する。とはいえ戦後の横溝正史による傑作本格はいずれも、一般には変格の側に分類されるだろう「草双紙趣味」に彩られていた。『獄門島』や『八つ墓村』は変格派と本格派の高次な融合の産物といえる。戦前の本格派と変格派の対立が、戦後になると本格派と文学派の対立にずれこんでいくのは、戦後探偵小説が本格と変格の融合に成功したからでもある。しかし一九六〇年前後から戦後探偵小説の中心作家だった横溝正史は寡作化し、高木彬光も作風をリアリズム優先の社会派的な方向に転換した。

松本清張の社会派推理小説は、通俗長篇時代の「乱歩の亜流か末流」としての変格探偵小説に対置されていた。清張自身は「謎／論理的解明」という探偵小説形式を否定していないし、一九六〇年代前半まで清張自身が『点と線』をはじめ、『ゼロの焦点』や『時間の習俗』など完成度の高い謎解き論理小説を続けて刊行している。

ただし清張が「いわゆる探偵小説は、長い間、一般社会の読者からしめ出され、ただ、謎解きやトリックなどに凝っている一部の『鬼』と称する読者相手のパズル的遊戯になり下がってしまった」、「一部の偏狭なマニヤ（それは、外国の翻訳ものを何百冊も読破したという類の読者に多いが）を相手とする謎解きパズル小説であっては、それはやがて衰亡し、自滅する」と述べている点にも注目しなければならない。このように清張は謎解き論理小説を否定していないが、自己目的化された「謎解きパズル小説」には批判的だ。両者はどのように異なるのか。

さまざまな発達の仕方を、探偵小説は今日とってきたが、要するに「謎解き」を継承したものが主流であったことは間違いない。チェスタートンもエラリ・クイーンもヴァン・ダインもクリスティもディクスン・カーもガードナーも、それぞれの特色はあるが、みな謎解きを主にした作品である。謎解きにはトリックがなければならない。したがって、これらの作家はみなトリックの創案者である。

「そこで推理小説作家はトリックの創案に憂き身をやつす。（略）作者は競争相手の読者を念頭において作品を書くために、いよいよ奇抜なトリックを案出して勝とうとする。（略）現在までの、ことに戦後から今日までの、専門的な推理小説作家の作品活動は、大体このような傾向ではなかろうか」と、清張は戦後探偵小説を批判する。結果として読者は一部の「鬼」に限定され、一般読者を排除した探偵小説は衰亡の道を歩んだのではないか。

ここで提起されるのが犯行の動機を重視する作風であり、動機の追究を通じて得られる小説世界の社会的な奥行きだ。犯行の手品的な謎と謎解きに興味の中心を置くのではなく、犯人の動機から生じる謎に目を向けること。とはいえ清張が、「チェスタートンもエラリ・クイーンもヴァン・ダインもクリスティもディクスン・カーもガードナーも」追い求めたところの「トリック」的次元を軽視したわけではない。

松本清張の本格傑作では、アリバイや一人二役をはじめとする探偵小説的トリックの独創的な新展開が試みられている。否定されたのは、いたずらに奇をてらった犯行方法や人工的に誇張された謎であり、リアリズムの観点からして説得力を著しく欠くマニア向けの作風だった。

いずれも一九五九年に刊行された松本清張『ゼロの焦点』と、鮎川哲也『憎悪の化石』には無視できない共通性が認められる。「もはや戦後ではない」平和と安定を謳歌しはじめた時代にも、かつての戦争の傷跡は残されている。『ゼロの焦点』と『憎悪の化石』では、不可視の領域に押しこめられ忘却された戦争の記憶が犯行の動機として設定され、「謎／論理的解明」という探偵小説の文法に則って事件の真相は解明される。

『ゼロの焦点』の作者を社会派に、『憎悪の化石』の作者を本格派に分類し、両者を対立させる発想には根拠がない。この点からすれば社会派と本格派は両立可能であり、探偵小説の形式に社会小説の主題を与えることは可能である。

横溝正史作品に代表される本格性と変格性の結合が、戦後探偵小説の主流をなしていた。こうした「お化け屋敷」型の謎解き論理小説にとって、たしかに一九六〇年代は「冬の時代」だった。経済白書が「もはや戦後ではない」と宣言する前年、一九五五年に刊行された『人形はなぜ殺される』のような「お化け屋敷」型の傑作を、六〇年代の高木彬光は書いていない。しかし鮎川哲也や土屋隆夫をはじめとする作家たちによって、六〇年代にも非「お化け屋敷」型でリアリズム優先の謎解き論理小説は書き継がれていたのであり、この点からすれば「冬の時代」説は成立しえない。

ただし「冬の時代」説が完全に無根拠だという結論も一面的だろう。戦後探偵小説の主流だった反リアリズム的で「お化け屋敷」型の作風が、有形無形の圧力で排除された事実は否定できない。また個々の作家によって本格作品は書かれていたにしても、「ムーヴメント」は不在だった。戦前探偵小説（第一の波）や戦後探偵小説（第二の波）では多数の作家が相互に影響しあい、「一部の『鬼』と称する」作者と読者の閉鎖的な探偵小説「壇」とは区別される新たな探偵小説「界」が形成された。

探偵小説界は才能ある新人作家と若い新規参入読者、さらに卓越した批評家と熱意ある編集者たちが共同で作りあげるところの、創造的で活気に溢れた一箇の世界だ。戦前本格も戦後本格も最盛期には「界」を形成し、自己生成的な運動性をジャンルとして持続していた。作者と読者によるウェーヴ、あるいはムーヴメントとして探偵小説が生きられる時期を「夏の時代」とすれば、一九六〇年代は「冬の時代」だったといわざるをえない。

一九六〇年代を通じて本格作品は書き継がれていたにしても、作家も作品も孤立し散在していて、本格ムーヴメントが活況を呈していたとはいえない。また笹沢左保や陳舜臣などの有力作家も初期には探偵小説を書いていたが、じきに時代小説など他ジャンルに転出していった。専業的な本格作家として探偵小説を書き続けた第二の波に出自する作家は、鮎川哲也と土屋隆夫の二人に尽きる。

一九七〇年代の横溝正史ブームや「幻影城」作家の登場という「春」を経過し、戦前本格、戦後本格に続く第三の探偵小説ムーヴメントが開始されるのは、綾辻行人が『十角館の殺人』で登場した一九八七年のことだ。それから二〇年ほどのあいだ「夏の時代」は続いた。

探偵小説の第三の波の終わりを告げたのは、東野圭吾『容疑者Xの献身』の評価をめぐる二〇〇六年の論争だった。その後も今日にいたるまで、もちろん本格作品は書かれてきたが、新たな探偵小説ムーヴメントが開幕したとはいえない。ムーヴメントの有無という観点から探偵小説の現在を季節で比喩すれば、華やかな「夏」の記憶も薄れはじめた「秋の時代」というところだろうか。

『13・67』は、リバースクロノロジーなのかどうか。この設問＝謎を問うために、本格探偵小説であり同時に社会派推理小説でもある本作の二重性について検討しなければならない。

松本清張の初期作品が本格性と社会性の高次な融合を実現していた点については、すでに述べた。問題はこの二重性の内実にある。アリバイ崩しを中心とする本格トリック小説に、汚職などの社会悪への批判を被せれば、それで社会派推理小説ができあがるという発想は安直にすぎる。しかし清張に続いて登場した社会派新人には、こうした傾向が少なからず見られた。

作品の本格性はアリバイ崩し、社会性は汚職批判で担保する社会派推理小説の作例は『点と線』を嚆矢とする。しかし、この作品に込められた社会批判は、たんに贈収賄をめぐる官僚と業者の癒着を標的としているわけではない。詳しくは『探偵小説論Ｉ』の松本清張論を参照して頂きたいが、この作品にも二〇世紀前半の世界戦争と後半の平和な日常の乖離は無視できないものとして刻印されている。とりわけ犯行計画者の性格に凝縮されて。

汚職がことさらに問題化されるのは、平和な日常が回復されたからだ。物資の隠匿や横流しをはじめ戦時中にも汚職はいたるところで頻発していたが、飢餓に苦しみ戦禍に逃げまどう人々には、それを社会悪として糾弾するような余裕などない。また戦時国家の権威主義的社会統制は、そのような批判が表面化することを阻んだ。

『点と線』の社会性を、たんに汚職批判に見るのは皮相である。その程度の社会批判なら新聞の論説で充分だろう。ＴＶのワイドショーで連日のように報道されコメントされている程度の汚職批判なら、わざわざ小説で読むまでもない。

二〇世紀後半の平和な日常を体現する「汚職」が実行犯に対応し、汚職に「殺人」という衣を着せかける計画犯には世紀前半の世界戦争の時代に通じるところの、死に隣接する特異な生が対応する。作者が描くところでは、偽装心中殺人の計画犯は大量死の時代を象徴する人物、死んだように生きるしかない抜け殻にも似た人物だ。こうした精神史的構想力のもとに配置されるとき、社会批判は凡庸な一般論やワイドショー的に通俗的な水準を超えうる。

問題は、『13・67』に込められた社会批判の内実にある。『13・67』にはエピグラフとして、「香港警察、誓いの言葉（一九八〇年以前のもの）」が置かれている。「私は警察官として、イギリス女王陛下と王位継承者に忠誠をつくし、香港の法律を遵守し、さらに不屈と犠牲、公正の精神をもって、全力で職務を遂行し、上官の合法なる命令には絶対に服従することをここに誓います」[*15]（傍点引用者）。

第一篇「黒と白のあいだの真実」は、このエピグラフをめぐる注釈として読むことができる。二〇一三年の事件では、探偵役はクワンではない。入院中のクワン元警視は末期癌で昏睡状態にある。捜査にあたるのはクワンの弟子のロー警部で、現場に残された証拠から第一の犯人を割り出し、さらに被害者家族の隠された歴史から第二の犯人による完全犯罪を暴き出す。事件の真相をめぐるローの推理には読み応えがある。本格読者は充分以上に満足するだろう。

この短篇の意外な真相は、しかし論理的に導かれる第一、さらに第二の犯人にあるのではない。罪を問えない第二の犯人を自滅に追いこむため、ローはその人物を罠にかけて病床のクワンを殺害するように仕向ける。そうすることはクワン自身による指示だった。

犯人の指摘にいたる推理は充分に魅力的だが、探偵役の狡知に満ちたトリックと、それによる「犯罪」という意外性こそが読者を驚かせる。容疑者を罠に嵌めて、新たな殺人事件の犯人に仕立てあげる作為は、たとえ捜査のためであろうと違法であり犯罪である。しかし、それもまたローがクワンから学んだ手法なのだ。「上官の合法なる命令には絶対に服従する」こと。「クワンのやり方はあきらかに、この神聖なる宣誓に背くことだった」。

一般市民が白い世界で安心して生きられるように、クワンは白と黒の境界線をずっと歩んできた。

（略）警察の制度と組織が、悪者を法のもとに裁けず、真実を闇に葬ったまま、罪なき人の悲鳴に耳を閉ざすようになったとき、クワンは、たとえそこが限りなく黒に近いグレーの沼であっても、その身をなげうって飛びこんでいった――

「そのやり方は黒だったかもしれない。でもクワンの目的は、白だったのだ。／正義は白と黒のあいだにある――ローがクワンから引き継いだ遺言であり、警察官としての使命であった」。以上がタイトル「黒と白のあいだの真実」の意味するところだ。

罪を問われない犯人に毒殺など私的制裁を加える名探偵は、これまで幾度となく描かれてきた。S・S・ヴァン・ダインが創造した名探偵は、『罪と罰』のラスコーリニコフが夢想したような「天才」、あるいはニーチェ的な「超人」として、人間の法を踏み越える権利を与えられていた。クワンもまた「上官の合法なる命令」に背き、露顕すれば犯罪として処罰されかねない行為に躊躇することなく踏みこんでいく。しかし、それはクワンがファイロ・ヴァンスのような「天才」あるいは「超人」だからではない。

作者が語るところでは、「一般市民が白い世界で安心して生きられるように、クワンは白と黒の境界線を」歩まざるをえない。真実と正義が「白と黒のあいだにある」以上、市民を守るという警官としての義務を果たすため、苦しみながらもクワンはそうせざるをえない。

この言葉を、額面通りに受け取ることができるだろうか。警察を侮蔑して自由奔放に振る舞い、捜査に必要だという理由で違法行為にさえ手を染めかねないのは、オーギュスト・デュパン以来の天才型素人探偵の常道だ。

虚構の素人探偵ならそれでもかまわないが、探偵役がリアルな警察官の場合はどうだろう。リチャード・

クイーン警視のような虚構性の高いキャラクターであればともかく、リアリズム小説で描かれる警察官は「上官の合法なる命令には絶対に服従」すべき存在だ。名探偵は独立した判断で自由に捜査するという探偵小説上の要請と、リアルな警察官としての行動規範が背反する場合、それを作者は糊塗し、矛盾も断絶も存在しないかのように繕う必要がある。

「正義は白と黒のあいだにある」からこそ、クワンは警官としての義務に忠実であろうと「上官の合法なる命令」に背き、素人探偵的な違法捜査に踏みこんでいくのだというのもまた、作者の見えすいた弁明なのではないか。読者としては、こうした疑念を払拭できない。

それが作者の真意であれば、『13・67』は、「警察の制度と組織が、悪者を法のもとに裁け」ない事態への批判を主題とした社会小説となる。少なくとも、それをめざした作品ということに。しかし作者が描くところのクワンの警察観や独断専行的な捜査法をめぐる弁明が、たんに警察官のリアリティと空想的な探偵小説的要請を両立させるための方便にすぎないなら、この作品の本格性と社会性の結合は外的といわざるをえない。

第一篇「黒と白のあいだの真実」の時代背景は、先にも触れたように雨傘革命の前年である。雨傘革命は香港が中国に返還されて以降、最大の政治的・社会的事件として世界的な注目を集め、その余波は三年後の今日にまでおよんでいる。

たとえば占拠運動の学生リーダー三人が再逮捕され、有罪判決で下獄したのは二〇一七年のことだ。替え歌やブーイングなどの侮辱行為を禁止する中国の国歌法が、香港に適用されたのも。中国政府の締め付けと一国二制度の形骸化は急速に進んでいるし、それへの抵抗も新たな局面に入ろうとしている。

学生や市民による街路占拠の前年から、行政長官選挙の民主化をめぐる運動のため香港は大きく揺れはじめていた。にもかかわらず。「黒と白のあいだの真実」には、翌年の雨傘革命に通じるような人物や描写は皆無だ。富豪の邸宅で起きる殺人事件は古典的な探偵小説の常道で、この設定に社会小説としてのリアリティは希薄といわざるをえない。

師匠クワンの生命と引き換えに第二の犯人を破滅に追いこむローの違法捜査が、もしも香港警察にたいする中国の支配強化の結果であるなら、そこには行政長官の自由選挙を要求した雨傘革命に通じる批判性が認められるだろうが、そうした記述を作中に見出すこともできない。

次のようにローは警察組織を批判する。警察官に志願した「当時、ローの目に映った警察は、暴力から市民の生活を守る正義の味方であった。ところが今の若い警察官からすれば、『職業』ではなく『収入源』を選んだということらしい。『罪を憎み、悪を懲らしめよ』の金言は、もはや破り捨てられた標語と同じだった」。この種の批判は一般的にすぎて社会批判としては弱い。いつの時代、どこの国の警官も似たようなものではないかと、読者は感じてしまう。

香港の民主化運動にとって二〇〇三年は、雨傘革命の二〇一四年に先行する重要な年だ。反中国共産党の立場から書かれた遠藤誉『香港バリケード』には、「2002年9月、当時の江沢民国家主席は、第一代目の香港行政長官・董建華（親中派の大富豪）に対して、（香港特別行政府——引用者註）基本法第23条に基づいて『国家安全法』を制定せよと指示した」[*16]とある。親中派と民主派の対立で立法会は大荒れに荒れ、「採決日である（二〇〇三年——引用者註）7月1日が迫ると、香港の街は50万人を超える抗議デモ参加者で埋まり、（略）董長官は強行採決を断念し、『国家安全法案』は廃案となってしまった」。

二〇〇三年一月に起きた少女歌手殺人事件が描かれる第二篇「任俠のジレンマ」でも、五〇万人デモに向かう緊迫した政治情勢には特に触れていない。五〇万人デモは七月で一月の時点では予見できないから、というのがその理由だろうか。雨傘革命の前年を時代背景として選んだ「黒と白のあいだの真実」にも、同じようなことはいえそうだ。

第一篇と違って第二篇では、都市風景や市民生活の具体的な描写が盛りこまれ、社会的なテーマも積極的に導入されている。たとえば旺角の華やかな夜景が描写され、そこにも「失業率の上昇、経済成長の鈍化、政府の失政」などの不吉な影が差しはじめていることが語られる。「旺角はまるで、停止することのないエンジンだ、昼の燃料はカネであり、夜の燃料もまたカネ――ただ、正規の経済活動が弱まったところに、非合法の燃料が取って代わろうとしている」。「非合法の燃料」で利益を得るのは麻薬の密売組織であり、半奴隷的な契約条件で少女タレントを支配し喰い物にする悪辣な芸能プロダクションだ。とりわけ後者にかんしては、現代日本でも通用する質の社会批判が込められている。

本格作品として評価すれば、第三篇「クワンのいちばん長い日」と第四篇「テミスの天秤」が双璧だろう。とりわけ「テミスの天秤」では、チェスタトン的な逆説論理を大胆に組みこんだトリックが秀逸だ。この両作では、第二篇で端緒的に試みられた構成がさらに前景化している。発端で警察の組織的捜査が描かれ、その過程で提起された不可解な謎を名探偵クワンが推理し解明するという構成だ。また、ある事件と別の事件が思わぬ形で交錯するところも、第二篇と第三篇は共通している。

「クワンのいちばん長い日」では、香港返還を直前に控えた一日が描かれる。「一九九七年七月一日、香港の祖国復帰のあと、皇家香港警察は『皇家(ロイヤル)』の称号を外し、『香港警察』へ生まれ変わる。警察章が戴いていた王冠は香港を象徴する花、バウヒニアに取って代わられる」。

本篇で描かれる七月一日を間近に控えた一日は、クワンの事実上の定年退職日でもある。「警察官となって三十二年、五十歳となったクワン上級警視は明日から、輝かしいリタイアの日々を送ることになる」。ここではじめて香港現代史を画する政治的事件が探偵役の人生の節目に重ねられて積極的に語られる。とはいえ「クワンは『皇家』の名前に恋々としているわけではな」いし、描かれる二つの犯罪事件も香港返還という政治的大事件との関係は薄い。

本来は七月の予定だったが、溜まった代休のため六月中に事実上の退職日が来てしまう。しかし、このことにクワンは満足している。返還による警察官としての「新しいIDを、一ヶ月にも満たぬ勤務期間のために作るのがバカバカしい」からだ。植民地支配から解放され、共産党独裁下の中国に復帰すること。こうした政治的環境の激変をめぐり、一警官のクワンにも香港人としての意見はありそうなものだが、それについて作者は慎重に口を噤んでいる。

新しいIDが無駄にならないことを喜ぶ主人公の「ケチ」を諧謔的に点描する作者は、クワンが政治的に無関心であることを暗示しているのだろうか。本書を読み終えた時点でようやく、作者の意図は判明するだろう。支配者がイギリスであろうと中国であろうと、市民を犯罪から守るという警察官の仕事には少しの変わりもない。重要なのは市民の生活、市民の安全であり、床屋政談で時間を潰す余裕など警察官には与えられていない。

捜査に必要であれば、イギリスの意を受けた上司の命令などクワンは無視してきた。中国の威を借りて捜査を妨害する上司が登場するなら、これまでと同じように抵抗するだけだという静かな決意が、返還をめぐるクワンの沈黙には込められている。

イギリスの植民地だった香港の特異な歴史と、それに規定された社会と市民の特異性をめぐる社会的主題は第五篇「借りた場所に」でようやく、探偵小説的プロットと緊密に絡みあいながら積極的に描かれる。第六篇は「借りた時間に」と題されているが、両篇のタイトルに含まれる「借りた」は、香港の新界地区が九九年を期限にイギリスが清から「租借」した土地であることを含意している。阿片戦争とアロー戦争の戦利品として清から奪われた香港島や九龍半島だが、新界の租借期限が切れてもイギリスが植民地として領有し続けるという選択肢は存在しえないため、香港の全体が「借りられた」土地と見なされてきた。

ここで香港の歴史に刻まれた特異な二重性を論じる余裕はないが、この点について『13・67』の作者は、次のような象徴的な事例を紹介している。「借りた場所に」の中心人物グラハム・ヒルの家で働くシッターは「本名が梁麗萍というのだが、英語でリズと呼ばせていた。しかもそれが、エリザベスの愛称とは知らないのだ」。

その由来も知ることなく、イギリス人の名前を愛称として名乗る中国人の女。中途半端に西洋化した中国としての香港を象徴するような事例といえる。しかし一知半解のまま他者の名前を借用するのは、香港では中国人だけではない。

> グラハム・ヒル——Graham Hill はイギリス人である。ただ香港で仕事をするにあたって、ほかの西洋人と同じように中国語名を付けた——「夏雅瀚（ハーアーホン）」。自分自身まったく中国語や広東語がわからないのに、そうして漢字の名前を持っていることを、彼はずっとどこか滑稽に思っていた。そのくせ香港人は、ファッションで自分に英語名をつけたりするのである。

西洋化した中国と中国化した西洋が、背中合わせに共存してきた香港。名前の事例はイギリス、あるいは西洋諸国の植民地としても特異な歴史がある香港の二重性を物語っている。幾度となく侵略の被害を蒙（こうむ）りながらも独立は維持した中国はもちろん、インドやインドシナやインドネシアなど植民地化された他のアジア諸国よりも深く、香港は西洋化された。第二次大戦後、植民地のままで高度に産業化され資本主義的発展をとげえたのも、その結果といえる。

問題は経済に留まらない。法的には宗主国の専制支配下に置かれていた香港だが、住民は他の植民地諸国と比較して相対的な自由を得ていた。倉田徹／張彧暋『香港』によれば「選挙に関連する（略）以外の情報や言論、集会・結社の自由は幅広く存在した[*17]」。映画をはじめとする独自文化の高度な達成も経済的な急成長も、こうした自由の産物といえる。

歴史的に香港は「民主はないが、自由はある」土地だった。このことは中国に返還されて以降も基本的には変わらない。今日、それが急速に脅かされているからこそ、雨傘革命という強力な抵抗運動が生じた。「民主はないが、自由はある」植民地香港の自由は「人権思想や道徳に支えられたものと言うよりも、政府から距離を保つ、あるいは放置される『自由』」だった。「しかしイギリスは返還までの最後の二〇年弱の間に、大規模な改革を行い、香港の政治状況には重大な変化が生じた。漸進的・段階的な民主化の実施である」。

香港返還を意識した宗主国による、上からの民主化の画期は一九八二年の区議会普通選挙とされる。しかし初の区議会選挙に先行する一九七七年の警察改革もまた、民主化に向かう流れのなかに位置づけられる。少なくとも「借りた場所に」の作者は、そのように考えているようだ。

支配に正統性が存在しないとき、統治システムは際限なく腐敗する。暴力で強制的に奪った土地と住民を支配する植民地権力には、いうまでもなく支配の正統性はない。香港警察の腐敗は植民地支配の必然的な帰結だ。逆にいえば警察の改革と腐敗の一掃は、権力の民主化と切り離しえない。市民の政治参加だけが支配の正統性を実現できる。この点で一九七七年の警察改革には、八二年の民主的選挙の先触れという意義がある。

一九八二年に上からの民主化が開始される以前、植民地香港の市民に民主主義も政治的自由も与えられていなかった。一九六七年五月六日に九龍のホンコンフラワー工場で争議が起きる。それを発火点とした大衆蜂起「六七暴動」は、植民地権力に弾圧されてきた親中左派に領導されていた。第六篇「借りた時間に」では六七暴動が真正面から描かれている。

第一篇から第五篇までの物語は、いずれも三人称で記述されてきた。しかし第六篇は一人称で語られる。主人公は「父も母も早く死に、私は中学も卒業できないまま、仕事をさがすようになっ」た若者で、「兄貴」と呼ぶ年長の友人と同じ部屋に住み、「警察官試験を受けてもいいとさえ考えてい」る。

デモやストなどの大衆運動は過激化し、それを軍事弾圧した植民地政府に左派は爆弾闘争で対抗しはじめる。無差別テロのため「通りを歩いているだけで、爆死する可能性があるのだ。そうなると、もともとは労働者に同情していた私も、支持できなくなっていた」。たまたま隣室で行われていた左派活動家の謀議を盗み聴いた主人公は、爆弾テロから市民を守るために若い警官のアチャと二人で奔走する。

『13・67』を読み進めるにつれ、しだいに本書の全体を貫く構図が浮かんでくる。社会小説としての主題性は第一篇「黒と白のあいだの真実」から第六篇「借りた時間に」まで、物語が時代を遡るにつれ濃密化していく。第一篇で描かれるのは、富豪一家の邸宅で起きる社会性の希薄な事件だが、第五篇では誘拐事件に絡んだ香港警察の腐敗とそれとの闘いが、第六篇では植民地香港の解放闘争と爆弾テロの渦中で進行する捜査が描かれる。どのような意図で、作者はこのような構成を選んだのか。

小味だが印象的な叙述トリックが、第六篇には仕掛けられている。アチャの懇請で爆弾犯を追跡する若者の正体を読者は、その驚嘆すべき推理力や警察官志願であるとの記述から、この小説全体の主人公クワンであろうと自然に思う。

二人は爆弾犯の逮捕と時限爆弾の回収に成功する。しかし若者は翌日、香港警察の権威主義に屈したアチャが知らずに、救えるはずの子供を見殺しにしたと非難する。


「『香港警察の権威』だかなんだか知らないが、あなたはそのために自分の命を惜しまず、一号車の爆発物を解体した。ところが、昨日、ふたりの無辜の子供たちが、あなたのせいで命を落とした。あなたが守りたいのはいったい、警察の看板なのか？　それとも市民の安全なのか？　あなたが忠誠を尽くすのはイギリス植民地政府なのか、それとも香港市民なのか？」私は淡々として訊いた。「あなたはどうして、警察官になったのか？」


若者の言葉は、第五篇まで幾度も繰り返されてきたクワンの言葉そのものだ。読者は若者が若き日のクワンに違いないと思いこんでしまう。しかし、結末で語られるのは予想外の真相だ。若者の正論に「なにも言い返さず、とぼとぼと」姿を消したアチャの本名は關振鐸（クワンザンドー）、のちの上級警視クワンその人なのだ。この決定的な体験がクワン青年をして、「一般市民が白い世界で安心して生きられるように（略）白と黒の境界線をずっと歩」むことを強いてきた。

第六篇の結末で読者はようやく、クワンの独断専行と違法捜査の説得的な理由を知ることになる。そこには名探偵キャラクターとリアリズム警察小説を折衷するための、ご都合主義的な口実以上のものがある。『13・67』が本格探偵小説と社会派推理小説を高い次元で融合しえていることの根拠が、ここにある。

作者が提示する意外な真相は、アチャの正体に留まらない。小説の最後の数行で明かされるのは、第六篇で言及される「兄貴」が第一篇の被害者であり、そして昏睡状態のクワンを殺害する老人こそ第六篇の「私」だったという真相なのだ。こうして物語は円環を閉じ、『13・67』がリバースクロノロジー以外でないことが確認される。

本書は探偵役が共通というだけで、内容的には一貫性のない短篇作品を時系列とは逆方向に配列したものではない。警察官人生の最初の時期に決定的な批判を浴びせられた青年が、その批判に応えるべく人生を捧げ苦闘し抜いた物語として、この連作集は読者の前に置かれている。

残る疑問は、作者がリバースクロノロジーとして本書を構成した理由だ。時間順に物語を配列することに、なにか問題があるのだろうか。

爆弾テロをめぐる第六篇「借りた時間に」には逆デジャヴュともいえる、きわめて特殊な読後感がある。場所を香港からロンドンに、人名を中国人からイスラム系を含むイギリス人のそれに置き換えるだけで、二〇一三年どころか二〇一七年現在の物語に変貌してしまうのだ。半世紀前という設定であるのに、二一世紀的なリアリティとアクチュアリティを濃密に漂わせている二重性が、特殊な読後感の背景にはある。デジャヴュが現在を過去に二重化する体験とすれば、「借りた時間に」は過去を現在に二重化する。

一九六七年に市民の立場から鋭い口調で警察を批判した若者は、陰険な復讐をもくろむ完全犯罪者として二〇一三年に再登場する。若者の批判に誠実に応えようと「限りなく黒に近いグレーの沼」を泳ぎ続けたクワンは、その苦闘が報われなかったことを暗示するように、いまや老い朽ちて瀕死の状態にある。二人の過去を知らないロー警部の行動によって、クワンと「私」の運命はふたたび交錯する。第一の交錯は二人それぞれに新たな人生をもたらした。そして半世紀のち、罪を問われないはずの完全犯罪者はローが仕掛けた罠に落ち、病床のクワンを殺害することで破滅する。第二の交錯によっては二人は、それぞれに人生の終着点に達した。

若者の変貌は香港の変貌の鏡だ。一九六七年に自由を求めて植民地政府に反逆した親中左派の若者には、老いたいま、中国共産党の権威主義的支配に抵抗する民主化運動を支持している者もいるに違いない。理想的な若者が完全犯罪者の老人となったように、豊かさに加えて「自由と民主」をともに求めた香港の人々は、かつての自由さえも奪われようとしている。長きにわたる苦闘にもかかわらず、いまや袋小路に追いこまれつつある古い香港をクワンが体現するとしたら、クワンに学んだローは雨傘革命の新しい香港と連動している。

インタヴューなどで率直に語られているように、香港の民主化運動をめぐる作者の政治的立場は明確だ。どうして作者は第一篇で爆弾テロの脅威にさらされる都市を、第六篇の六七暴動のように具体的に描こうとしなかったのか。ロンドンやパリでは爆弾テロの例外状態として現出する時代性が、香港では捩れて大衆蜂起と街路占拠の例外状態となる。

その政治的体験が身近であり、当事者に無視できないリアリティを感じさせるほど、それを直接に描くことに小説家は慎重とならざるをえない。体験の具体性と体験者の凝縮された思いが、虚構世界を説得的なものとして構築するためのデリケートな作業を攪乱し、手許を狂わせかねないからだ。

こうした小説家としての自覚的で禁欲的な意思が、意外な真相の重畳という探偵小説的な効果の計算と思いがけずに二重化した。その瞬間に陳浩基という作家には、社会小説としての探偵小説をリバースクロノロジーとして書くという構想が生じたのかもしれない。

5 外傷と反復　今村昌弘『屍人荘の殺人』

二〇一七年の鮎川哲也賞受賞作『屍人荘の殺人』は、「週刊文春ミステリーベスト10」、「このミステリーがすごい！」、「本格ミステリ・ベスト10」のそれぞれで国内部門第一位に選出された。新人賞作品が年間ベスト企画で〝三冠〟を獲得したのは史上初、正統的な本格探偵小説がベストセラーとなったのも近年稀な出来事で、本作は読書界の注目を集めた。

第三の波が終息して以降、本格探偵小説はジャンル的な存続こそ確保しえたにしても、ムーヴメントとしては停滞的な状況が続いてきた。『屍人荘の殺人』の成功は、初期クイーン作品に典型的な謎解き論理小説への潜在的需要が、今日も依然として旺盛である事実を示している。本作が高い評価と多くの読者を獲得しえたのは、正統的な探偵小説に斬新な意匠を持ちこんだからだろう。

「関西では名の知れた私大である神紅大学キャンパスの学生食堂[*18]」でミステリ愛好会の二人の学生が、学食ならではの推理ゲームをはじめるところから『屍人荘の殺人』の物語は開幕する。主人公の葉村譲と、先輩学生で名探偵志願の明智恭介は、離れた席の女子学生の注文品を推理で当てようというのだ。学食から話がはじまるのは西尾維新の『クビシメロマンチスト』と同じだし、学生二人による軽いノリのかけあいを含め、物語の導入部には学園もののライトノベルの雰囲気が漂っている。

明智と葉村は本命の探偵役である剣崎比留子に誘われ、映画研究会の夏休み合宿にオブザーヴァー参加することになる。前年の映研合宿に参加した女子学生が夏休み明けに自殺し、二週間前には『今年の生贄は誰だ』という文面の脅迫状が部室に置かれていた。参加の理由を明智は、「ペンションだぞ、夏のペンション。そこに同年代の若者が集うわけだ。いかにもなにか事件が起こりそうじゃないか」と期待の口調で語る。山の中腹に建つペンション紫湛荘に学生たちの一行が到着したその夜、早くも非常事態が突発する。肝試し会で夜道を歩いていた葉村と比留子は、闇のなかで異形の存在と出会（でくわ）してしまう。

道路灯に顔が照らし出される。焦点を失った目。だらしなく開けたまま意味のない呻き声を漏らす口。赤黒い血を顔と衣服にべったりと塗りつけている。中には服が裂け、裸身を晒している者もいた。

二人は紫湛荘に逃げもどるが、ペンションは無数の「あいつら」に囲まれて孤立する。「『ゾンビだ』あの姿を目撃している重元が呟いた。『実在したんだ。でもどうして』」。階段にバリケードを築いて建物の二階に立て籠もるまでに、明智を含め四名の合宿メンバーがゾンビの襲撃の犠牲となる。生存者は管理人を入れて一〇名。こうして紫湛荘は連続殺人の閉ざされた舞台、クローズドサークルとなる。論理的な謎解き小説としての『屍人荘の殺人』に加えられた新たな意匠とは、紫湛荘を包囲したゾンビの大群にほかならない。

本作は古典的な「嵐の山荘」ものだが、建物がゾンビに取り囲まれてクローズドサークル化するという設定は斬新だ。このパターンの古典としては、エラリイ・クイーン『シャム双子の謎』（一九三三年）、アガサ・クリスティ『そして誰もいなくなった』（一九三九年）が有名で、前者では山火事に包囲された山荘が、後者では本土から離れた孤島がクローズドサークルとなる。

クローズドサークルの本質は縮小された世界、世界の雛形という点にある。われわれが生きる大きな世界の内側に、閉ざされた小さな世界が新たに生じる。そこでは空間だけでなく時間までが凝縮され、濃密化する。出来事とその意味も細部までが拡大され、鮮明になる。

「嵐の山荘」設定を用いた場合、三一致の法則による古典演劇的な密度や緊迫感が作品効果として期待できる。探偵役などの視点人物も次の犠牲者になる可能性をまぬがれえないため、サスペンス効果は抜群だ。また容疑者が少数に限定され、警察による事件への介入もない。これらは素人探偵による論理的な真相究明の物語にとって、格好の条件といえる。こうした数々の利点から、「嵐の山荘」設定の探偵小説は数多く書かれてきた。第三の波の起点となった綾辻行人『十角館の殺人』もまた、孤島を舞台としたクローズドサークルものに分類できる。

一九三三年の刊行だが二〇一六年まで未訳だったフィリップ・マクドナルド『生ける死者に眠りを』も、このパターンの大戦間の事例として見逃せない。この作品では文字通りの「嵐の山荘」が、ようするに暴風雨のため外界から遮断された邸宅が、連続殺人の舞台となる。『屍人荘の殺人』の前年に翻訳刊行された『生ける死者に眠りを』だが、両作には複数の共通点が認められる。具体的な影響関係は想定しえないため、この事実にはきわめて興味深いものがある。

いうまでもなく共通点の第一はクローズドサークル、「嵐の山荘」という設定だが、これだけなら注目するまでもない。大戦間の英米探偵小説から日本の新本格にいたるまで、この設定を用いた作例は夥(おびただ)しく存在するからだ。第二は「生ける死者(リヴィングデッド)」の存在、第三は復讐という動機、第四は事件の背景としての大量死。ここまで共通点が重なると、たんなる偶然として片付けるのは難しくなる。両作の共通点の比較から、それが生じた理由を検討してみよう。

『屍人荘の殺人』の作品世界では、「生ける死者（リヴィングデッド）」としてのゾンビが実在する。ペンションがゾンビに包囲されなければ、連続殺人の舞台となるクローズドサークルは生じえない。この作品が「嵐の山荘」設定の本格探偵小説であるためには、ゾンビの「実在」は不可欠なのだ。とはいえゾンビのような架空の存在を、探偵小説空間に持ちこむことは許されるだろうか。

探偵小説には一般的に、リアリズム小説的な規範から逸脱する傾向がある。現実には生じえないような不可能殺人事件を作品世界の中心に設定し、その謎を天才型名探偵が論理的に解明するという古典的様式を踏襲するなら、近代小説的なリアリティが希薄化するのも当然だろう。

リアリズム小説とは反対の方向に傾斜しがちな探偵小説だが、その作品世界では物理法則をはじめとする自然法則は現実世界と同一でなければならない。妖精や悪魔、透明人間や超能力者が実在する世界では、たとえば密室の謎もアリバイをめぐる謎も成立しえないからだ。この点で探偵小説は、あくまでも「リアル」でなければならない。

新機軸を打ち出そうとして、超自然的な事象を作品空間に持ちこむ作品もある。しかし探偵小説的リアリズムの軽視は、二流以下の作品しか生まないことが多い。論理的な構築とその解体の落差が探偵小説の魅力であるのに、こうした作例は「構築なき脱構築」の罠にはまってしまう場合がほとんどだ。

ただし例外はある。山口雅也『生ける屍の死』は第三の波の初期を代表する傑作だが、この作品世界では死者が生き返る。しかも死者が生き返るという特殊設定を前提として、「謎／論理的解明」の探偵小説形式は厳格に保たれている。注目に値するのは作品の探偵小説的興味の中心に位置する要素、たとえば犯行の動機もまた、死者が生き返る世界という特殊設定と不可分な点にある。

『生ける屍の死』の「生ける死者（リヴィングデッド）」は、生者と同様の自己意識や知性や判断力を持つ。ジョージ・A・ロメロの『ナイト・オブ・ザ・リビングデッド』以来のゾンビ映画を参照している今村作品のゾンビとは、この点で性格が異なる。としても特殊設定を用いた本格探偵小説という点で、『屍人荘の殺人』が『生ける屍の死』の三〇年ほどの時を隔てた子孫であることは疑いない。

『屍人荘の殺人』が探偵小説読者の賞讃を集めたのは、ゾンビという空想的な事象を作品空間に持ちこみ、探偵小説的リアリズムを確信犯的に逸脱しながら、その結果として高い水準の謎解き論理小説を達成しえているからだ。第一の事件で探偵役は、密室殺人のハウダニットよりもホワイダニットのほうが問題だと暗示的なことを語るが、そこにもゾンビの存在が関係していた点は結末で明らかになる。

『生ける死者に眠りを』という邦訳タイトルに含まれる「生ける死者（リヴィングデッド）」は、『生ける屍の死』の生き返った死者や『屍人荘の殺人』のゾンビを連想させる。しかし、本作の原タイトル『RIP』はラテン語で「安らかに眠れ」を意味するにすぎない。「生ける死者（リヴィングデッド）」をめぐる『生ける死者に眠りを』と『屍人荘の殺人』の共通点は、訳者の鈴木景子によるレトリックの産物にすぎないのだろうか。

とはいえ『生ける死者に眠りを』の作中には、当時のコミックソング『彼ったら死んでるのに、横になろうとしないの』が木霊している。「訳者あとがき」によれば、その歌詞の最終節は以下のようだ。

彼ったら自分の葬儀だっていうのに
〈薔薇と王冠〉亭で飲んだくれ
葬儀屋はすっかり待ちぼうけ
だって当の本人が日付を大忘れ
彼ったら死んでるのに、横になろうとしないの[*19]

この歌詞について鈴木は、「徹頭徹尾マザーグース的ナンセンスに溢れている」と注釈している。酒場で「飲んだくれ」て「死んでるのに、横になろうとしない」マザーグース的な「死者」は、その葬儀で参列者から「安らかに眠れ」と敬虔に呼びかけられる常識的な死者とは、たしかに性格が異なる。とすれば、『生ける死者に眠りを』の「死者」とはいったい何者なのか。
『生ける死者に眠りを』の巻末に付された法月綸太郎の解説では、「『孤島』で『マザーグース見立ての連続殺人』が起こるアガサ・クリスティー『そして誰もいなくなった』」と本作との関連が指摘されている。たしかに「嵐の山荘」設定やマザーグース風のコミックソングによる雰囲気作りという点で、『生ける死者に眠りを』は『そして誰もいなくなった』と共通するところがある。また作品の主題や犯人の動機という点からは、第一次大戦を背景としたクリスティの第一作『スタイルズ荘の怪事件』との類縁性も無視できない。この点は法月解説で次のように述べられている。

作中で繰り返し告げられる「一九一八年八月二十一日」という日付は、第一次世界大戦末期、西部戦線の激戦地ソンムで連合国軍の大反攻が始まった日でもある（第二次ソンムの戦い）。だから、バスティオンの復讐に第一次大戦の戦場における大量死が関係しているのは、当初から予想の範囲内だろう。

ヴェリティ・デストリアの邸を訪問したクリシー少将とベラミー大佐、その他の来客や使用人たちは、不意の大嵐のため邸内に閉じこめられてしまう。何者かに自動車は壊され、電話線は切られてしまう。ヴェリティには正体不明の人物から脅迫状が届いていたのだが、その夜のうちにクリシーが、さらにベラミーが正体不明の人物によって殺害される。

ヴェリティ、クリシー、ベラミーの三人は一九一八年八月二一日に西部戦線で起きた、「バスティオン騎兵隊の別名を持つ連隊所属」の兵士七〇〇名の大量爆死に責任がある。バラクロワ准将、クリシー、ベラミーの任務放棄のためバスティオン騎兵隊は全滅の悲運に追いこまれたのだ。バラクロワを前線の任地から後方のホテルに誘い出したのは、愛人のヴェリティだった。准将の不在と任務放棄に加え、クリシーそしてベラミーの不作為や判断ミスが兵士の大量爆死をもたらした。かろうじて生き延びたバスティオン騎兵隊の指揮官は長年の準備ののち、クローズドサークルと化したデストリア邸で念願の復讐を開始する。

本作で「安らかに眠れ」と呼びかけられているのは、いうまでもなく西部戦線で無意味な大量死を強制されたバスティオン騎兵隊の兵士たちだ。七〇〇名の部下の「安らかな眠り」のためにこそ、生き延びた指揮官は不作為の「大量殺人者」三人に復讐しなければならない。

この復讐は復讐者自身のために企てられたのではない。復讐者はバスティオンと称して何通もの脅迫状をヴェリティに送りつけていた。この名前を名乗ったのは、バスティオン騎兵隊の死者七〇〇人の意志を代行する者と自任しているからだ。真の復讐者は爆死した兵士たちであり、バスティオンと称する人物は復讐の代行者にすぎない。

作中で参照されるコミックソングは、この点で作品の主題と密接に関係している。「死んでるのに、横になろうとしない」で執拗に復讐を企てるのは、第一次大戦の戦場で大量死をとげたバスティオン騎兵隊の兵士たちではないか。暴風雨の夜、人里離れた邸宅を徘徊しはじめたのは無意味に殺害された兵士たち、戦場から甦った「生ける死者（リヴィングデッド）」たちにほかならない。

このように「生ける死者（リヴィングデッド）」は、『生ける死者に眠りを』ではクローズドサークルの内側を徘徊し、『屍人荘の殺人』では外側からペンションを包囲してクローズドサークル化する。前者の犯人は「生ける死者」たちの復讐のため連続殺人を企てる。後者の犯人もまた復讐を目的に、「生ける死者」を凶器とした連続殺人を実行する。『生ける死者に眠りを』の犯人は「生ける死者」の復讐を代行し、『屍人荘の殺人』では「生ける死者」が犯人の復讐を代行する。いずれにしろ「生ける死者」は、両作の第三の共通点である復讐行為と密接に結びついている。

第一次大戦は戦争神経症者を大量発生させた。ちなみに『スタイルズ荘の怪事件』と並んで大戦間の英国探偵小説の出発点を画したのは、ドロシー・L・セイヤーズ『誰の死体?』だが、この作品の探偵役ピーター・ウィムジイもまた戦争神経症に悩む復員兵として設定されている。

戦争神経症者の激増は、精神分析の提唱者フロイトにも決定的な影響をもたらした。フロイト学説の集大成である『精神分析入門』は、第一次大戦中の一九一五年から一七年にかけて、ウィーン大学で行われた講義をもとにしている。しかし体系化されたそのときすでに、精神分析理論は根本的な危機に直面していた。

精神的外傷の記憶は無意識に抑圧され忘却されるが、それは神経症の症状として回帰し反復される。原因である外傷体験の想起、意識化によって神経症は治療されうるというフロイト理論は、しかし激増した戦争神経症を前にして無力だった。戦争神経症者は外傷体験を忘却などしていない。悪夢やフラッシュバック、暴力的なアクティングアウトなどの症状と、それらの原因である戦場での過酷な体験との関係を、あらためて想起するまでもなく当人は自覚している。にもかかわらず外傷神経症者は、フラッシュバックなどによる外傷体験の反復に苦しみ続ける。

戦争神経症はヴェトナム戦争後にも社会問題化した。たとえばマーティン・スコセッシ監督作品『タクシードライバー』では、ヴェトナム帰還兵の青年トラヴィスの荒廃した精神と生活、抑えきれない怒りや不安による強迫的な行動が描かれる。トラヴィスは深刻な不眠症を患っているのだが、それだけが戦争神経症の症状ではない。ポルノ映画への耽溺と大統領候補暗殺未遂、少女娼婦のヒモや用心棒や買春客の連続射殺なども、戦場での外傷体験の半ば意識された反復、アクティングアウトとして理解できる。

このように暴力的な外傷体験の回帰としての暴力は、自身に向けられる場合には不眠や悪夢、フラッシュバックとしてあらわれ、他者にたいしては傷害や殺人などの暴力行為として反復される。今日ではトラヴィスのような精神障害は外傷神経症や戦争神経症でなく、外傷後ストレス障害（PTSD）として分類される。ところで『生ける死者に眠りを』の復讐者バスティオンによる連続殺人にも、トラヴィスの暴力行為と類似したところがある。終幕で男はヴェリティの「罪」を告発するが、それは次のように描かれている。

喋り続けているうちに声はどんどん大きく、早口になっていった。そして、言葉の奔流が止まることなくこのまま延々と続くのかと思われたタイミングで、男が息を継いだ。一瞬、男は葛藤と戦っているように見えた。震える息を深く三度吸い、また語り出す。男の声は話を始めた当初のものに戻っていた。

発話の不安定性だけではない。男の目に湛（たた）えられた「ぎらぎらとした奇妙な光」、「歓喜に震える狂気の輝き」も含めて、作者の人物描写はバスティオンの平常とはいえない精神状態を暗示している。「一九一八年八月二十一日」という日付のある外傷体験は、復讐の予告状を送るごとに反復され、そして復讐の実行日に頂点にいたる。

バスティオンの場合に限らず、そもそも復讐行為それ自体がなんらかの外傷体験と、その反復という心理的メカニズムの産物ともいえる。親によるＤＶの被害者が成人してのち、親と似た性格の人物を配偶者として選び、ＤＶ被害を繰り返す場合がある。外傷体験の被害者が被害を反復するわけだ。同じような児童虐待の被害者が長じて、今度は自分の子供を虐待することも稀ではない。この場合は、被害者が外傷体験を加害者として反復している。

外傷体験の反復のうち、後者の事例は復讐行為に重ねることができる。出発点として忘れがたい、絶対に許すことのできない被害体験がある。この外傷体験を、今度は自分が加害者の側に立って反復する行為が復讐だ。

外傷体験の反復として復讐を捉えるとき、それがクローズドサークルを舞台とすることの意味が新たに浮かんでくる。世界の縮小模型、雛形としてのクローズドサークルとは、本来の世界の反復、反復された小世界にほかならない。反復世界としてのクローズドサークルで、外傷体験の反復行為としての復讐が企てられる。このように「嵐の山荘」という舞台は復讐という動機と絶妙に均衡している。復讐として反復されるバスティオンの外傷体験は「一九一八年八月二十一日」の出来事だが、では『屍人荘の殺人』の復讐者の場合はどうだろう。

夏休みに紫湛荘で行われる映画研究会の合宿は例年、「作品の撮影というより、男女の交流——部内でのコンパ」を主たる目的として実施されていた。ようするに男子部員やＯＢによる異性狩りの場だ。半ば騙されて合宿に参加した「純粋で大学に入るまで交際経験もない」女子が、映研ＯＢの喰いものにされて自殺した。その復讐のため犯人は、孤立したペンションで加害者たちを標的に連続殺人を開始する。物語の終幕で語られる、探偵役に追いつめられた犯人の告白は次のようだ。

当初の計画はただ一人ずつ誘い出したり眠らせたりして殺すという、荒っぽいものでしたけど。彼らに

> 法の裁きを与えることなんて微塵も考えなかった。そんな私にとってはゾンビたちの襲撃は復讐の啓示に思えました。おかげでなにが起きても警察はやってこないし、奴らは逃げることもできない。

「そしてなにより——喰われた者が喰う側に回るというゾンビの在り方が、私の復讐を後押ししているように思えた」と犯人はいう。「それはなぜか？——ゾンビは二回殺せるからですよ。人間としての死と、ゾンビとしての死」。自殺した女子学生は妊娠していた。だから、その「直接の仇」だけは「二度殺さねば気が収まらなかった」。その男は女子学生と「そのお腹にいた赤ちゃん、二人分の命を奪った」のだから。

犯人は絶妙なトリックを駆使し、女子学生の「直接の仇」をまず人間として、さらにゾンビとして二度殺害することに成功する。紫湛荘で起こる三つの事件の真相は、いずれも探偵小説的興味に溢れているが、なかでも「直接の仇」の殺害をめぐるトリックの完成度は高い。

ただし、ここでは犯人による反復の意思に注目しなければならない。『屍人荘の殺人』の犯人もまた『生ける死者に眠りを』の犯人と同様、死者の代理人として復讐を計画し実行する。親しい者の無惨な死という外傷体験の反復として復讐は企てられる。いずれの場合も復讐は、クローズドサークルでの連続殺人として行われる。表面的には復讐の対象者が複数存在するから、殺人は連続的であるように見える。しかし真実は、復讐が外傷体験の反復であるからだ。復讐行為は一度だけで完結することなく繰り返される。

復讐を終えたモンテ・クリスト伯が、小舟に乗りこむため召使いの名前を呼ぶとき、その声には海の彼方での恋人エデとの新生の希望が込められている。復讐者は新たな生を選び直す以外に、復讐をやめることはできない。でなければ行為としての復讐は終えても否応なく復讐の記憶を反芻し続ける。復讐者が復讐者である限り、そのようにして外傷体験の反復は終わることがない。

しかも『屍人荘の殺人』の犯人は、複数の復讐対象者を反復的に殺害するだけではない。この場合は量的な反復にすぎないが、犯人は復讐としての殺人を質的にも反復する。最大の標的である人物を第一に人間として、第二にゾンビとして繰り返し殺害するのだ。ゾンビという物語装置が導入されることで、外傷の反復は量的な水準を超えて質的な二重化をとげる。

「喰われた者が喰う側に回るというゾンビの在り方」が質的な外傷の反復を、あるいは外傷の反復の反復を可能ならしめた。というのはゾンビこそが、外傷体験の反復をそのまま実体化したような存在だからだ。ダニエル・ドレズナーはロメロ映画以降の「ゾンビに関する想定」として、次の三項目をあげている。第一に「ゾンビは、人肉に対する欲望を抱く。彼らは、他のゾンビを食さない」[*20]。第二に「ゾンビは、脳を破壊しない限り、殺すことができない」。第三に「ゾンビに噛まれた人間は、ゾンビになることを避けられない」。

ドレズナーは以上の三項目を、はじめてゾンビに出会した人間が認識するだろう順に配列しているが、ゾンビに即していえば次のようになる。①ゾンビに噛まれた人間はゾンビ化する。②ゾンビは肉を求めて人を襲う。③ゾンビは脳を破壊されると死ぬ。

『屍人荘の殺人』の犯人は①と②から、「喰われた者が喰う側に回るというゾンビの在り方」について語るわけだが、①はゾンビに襲われて喰い殺されるという、戦慄と恐怖に満ちた外傷体験にほかならない。殺された者がゾンビ化して別の人間を襲うという②は、いうまでもなく外傷体験の反復だ。この反復は際限がなく、ゾンビは幾度も人を襲い続ける。それはゾンビの脳が破壊されるまでやむことがない。

クローズドサークルでの復讐劇という点で共通する『生ける死者に眠りを』と『屍人荘の殺人』だが、これが偶然の一致でないことはすでに明らかだろう。いずれの場合も世界の反復としてのクローズドサークルを舞台に、外傷の反復としての復讐が企てられる。しかも両作は「生ける死者(リヴィングデッド)」が登場する点でも共通する。

ただし、この点では『屍人荘の殺人』のほうが徹底している。『生ける死者に眠りを』の「生ける死者（リヴィングデッド）」は、いわば復讐者に憑依した亡霊として「嵐の山荘」を彷徨するにすぎないが、『屍人荘の殺人』ではゾンビという実体として直接間接に復讐の対象者を襲うのだから。

『生ける死者に眠りを』が書かれた大戦間の時代には、ドレズナーが特徴づけたような「生ける死者（リヴィングデッド）」はいまだ誕生していない。世界初の長篇ゾンビ映画『ホワイト・ゾンビ』（日本語タイトル『恐怖城』）は一九三二年、『生ける死者に眠りを』刊行の前年に製作された。しかしこの映画に登場する「生ける死者（リヴィングデッド）」は本来のゾンビ、ブードゥー教の伝承に由来するプレモダンなそれにすぎない。「感情と知性を失った彼らは、呪術師に指示されないかぎり人間を襲うことはない。つまり、ハイチの伝承に比較的忠実な習性を備えているわけだが、昨今の兇暴なゾンビに慣れた眼には、ずいぶんと大人しいものに映る」*21と伊東美和は指摘する。

ロメロ映画以降のモダンなゾンビがペンションをクローズドサークル化し、復讐者に絶妙の犯罪計画を発想させ、さらには連続殺人の凶器ともなる。クローズドサークル、復讐、「生ける死者（リヴィングデッド）」という三重の〝反復〟を畳みこんだ『生ける死者に眠りを』の構成が、『屍人荘の殺人』では「生ける死者（リヴィングデッド）」をモダンなゾンビに置き換えることで、さらに典型化されている。

ところで『生ける死者に眠りを』の巻末解説によれば「バスティオンが『被告』にぶつける厳しい言葉は、笠井潔氏が提唱した『二〇世紀探偵小説論』、いわゆる『大量死理論』をあらためて想起させる」のだが、この点でも『屍人荘の殺人』には『生ける死者に眠りを』と興味深い照応が認められる。

『屍人荘の殺人』にはプロローグ的に、剣崎比留子宛の調査報告書が掲げられている。第二次大戦直後に設立され、四〇年ほどのちの一九八五年に「公安によって現在でいうところの『特異集団』とみなされ」解体された私設研究組織「斑目機関」だが、そこでどのような研究がなされていたのかは不明らしい。「一説では、第二次大戦時にナチスが行っていた研究の資料がここに流れ着いたともいわれている」。

そして歳月が経過し、「ある極左組織と深い関わりにあるということで三年ほど前から公安にマークされていた」浜坂という生物学者の自宅や職場から、斑目機関の研究資料が押収される。「彼こそが八月に発生し、貴殿も巻き込まれた裟可安湖集団感染テロ事件の首謀者である」と調査報告書にはある。みずから謎の物質を摂取しゾンビ化した男たちによって、湖畔で開催されていた野外ロックフェスティバルでは、五〇〇〇人を超える「感染者」が生じた。紫湛荘を囲んだゾンビの大群もまた、その一部だったことになる。

プレモダンなゾンビでは、ブードゥー教の呪術がゾンビ化の原因だった。それがロメロ以降は放射性物質、ガス、ウイルス、化学薬品などに変化する。いずれもＡＢＣ兵器との関連が疑われるもので、なかでも毒ガスは化学兵器として、第一次大戦で最初に実戦化された。浜坂が裟可安湖畔で撒布した感染物質は、第二次大戦中にナチが研究していた生物化学兵器に由来するものらしい。プロローグで暗示されているのはこのことだ。

ペンションをクローズドサークル化するゾンビの大群は、このように二〇世紀前半の世界戦争と大量死の記憶を喚起するのだが、それだけではない。実行役に志願した浜坂の配下は、感染物質の撒布を「聖戦のはじまり」と捉えている。「聖戦」としての大規模テロという設定が、イスラム過激派による9・11以降のジハードを背景に着想されたことは疑いない。このように二〇世紀の世界戦争と二一世紀の世界内戦という二つの大量死を同時に体現するものとして、ゾンビたちは『屍人荘の殺人』の作品空間を徘徊する。さらに第三の大量死の記憶もが作中には畳みこまれている。ワトスン役で語り手の葉村は、東日本大震災と巨大津波の被災者なのだ。

結末で判明するのは、探偵役の推理を待つまでもなく語り手の葉村が犯人の正体を知っていたという事実だ。盗まれた腕時計を取り戻そうとして、葉村は犯人と顔を合わせていた。しかし、この点にかんしてたがいに沈黙を守ろうと犯人に提案する。盗んだ男の部屋に忍びこんで自分の時計を盗み返すという行為が、葉村には誰にも知られたくない「許すまじき悪行」だったからだ。

「未曾有の大震災」の直後、いったん帰宅した葉村は「勝手に家に入り込み中を漁っている二人組と遭遇」する。そこで「二人と揉み合いになり、瓦礫で殴られて傷を負った」。葉村は地震や津波以上に「被災者からすら物を奪おうとする、あの浅ましい奴らだけは許せない」と思う。「そんな俺にとって、妹からもらった大切な時計を取り戻すためとはいえ、死人の荷物に手をつけるのは耐え難い恥辱だった」。だからこそ自分の「盗み」を心底から恥じ、たがいの行為を第三者には告げないという約束を犯人と交わしたのだ。

葉村のこめかみには強盗に殴られたときの傷痕がある。しかし、傷痕は躰の外側にあるだけではない。二〇一一年の巨大災害と、それによる犯罪被害が青年の内部にも深々とした傷を残していた。圧倒的な危険の切迫という点でゾンビの襲来は、かつての巨大災害を反復する経験だ。これが被害の被害としての反復だとすれば、腕時計を「盗む」行為は被害の加害としての反復になる。葉村の外傷体験は、このように捻れながら二重に反復されていた。

第一次大戦という未曽有の破壊的体験が、大戦間のハイデガー哲学やモダニズム芸術運動や英米探偵小説を生じさせた。「娯楽としての殺人」のために人間をパズルのピースのように配置し精緻に組みあわせる大戦間の英米探偵小説は、機関銃や毒ガスや砲弾で破壊され無数の肉片と化した七〇〇万の兵士たちの記憶を反復していた。『屍人荘の殺人』が初期クイーン的な謎解き論理小説として高い完成度を持ちえたのは、こうした探偵小説の古典的文法を再生することに成功したからだろう。

作中のゾンビは世界戦争の、大規模テロの、そして東日本大震災の大量死の記憶を宿している。「生ける(リヴィング)

死者（デッド）」としてのゾンビ、人肉を求めて彷徨う死者を「凶器」として利用するという非人間的な発想は、二〇世紀探偵小説のラディカルな論理性に通じる。

とはいえ近年、ゾンビの大衆的イメージには無視できない変化が生じている。ゾンビが喚起する恐怖には二つの側面がある。自分がおぞましい存在に変貌しかねないという第一の恐怖、世界の破滅をめぐる第二の恐怖。いずれもアイデンティティをめぐる恐怖だが前者は個的な、後者は類的なアイデンティティ危機を背景としている。

モダンなゾンビの原型は、吸血鬼とパンデミックの合成として構想された。吸血鬼とパンデミックを重ねた最初の例は、リチャード・マシスンの小説『地球最後の男』だ。ウイルス感染で大量発生した吸血鬼のため人類が絶滅寸前まで追いつめられた未来世界を、この小説は描いている。

『地球最後の男』の吸血鬼を、無思考なまま鈍重に動きまわる屍体というプレモダンなゾンビ像に置き換えることで、ロメロ以降のモダンなゾンビが誕生した。モダンなゾンビの第一の恐怖である「喰われた側が喰う側に回る」属性は、ブラム・ストーカー『吸血鬼ドラキュラ』など一九世紀の吸血鬼文学に由来する。近代的自我が外部から侵食されて自己同一性を奪われるという恐怖は、まさに一九世紀モダンの産物といえる。

パンデミックの歴史は古いが、マシスンやロメロによる吸血鬼パンデミックやゾンビパンデミックは、世界戦争と核戦争による世界の終末、人類の死滅という二〇世紀的な恐怖のメタファーにほかならない。ゾンビをめぐる想像力は、自己が腐蝕されるという一九世紀的な恐怖と、人類が絶滅するという二〇世紀的な恐怖を二重化していた。

カルト的名作も含めてゾンビ映画にはB級作品が多い。そのなかでは異色のハリウッド大作『バイオハザード』だが、物語が進むごとに世界の終末と人類の死滅をめぐる危機は増大していく。『バイオハザード』

シリーズが第六作で完結した事実もまた、ゾンビをめぐる大衆的想像力の変質を暗示するものだ。

映画『高慢と偏見とゾンビ』では、ジェイン・オースティン『高慢と偏見』を下敷きにした一九世紀イギリス社会にゾンビの大群が跋扈（ばっこ）している。しかもゾンビ勢力と人間社会は斑状に併存していて、両者は終わりの見えない内戦状態にある。このようにゾンビと人類も世界戦争をモデルにした二〇世紀型から、世界内戦モデルの二一世紀型に進化してきた。

『屍人荘の殺人』の成功は喜ばしいが、とはいえ、この作品が探偵小説の二一世紀的な水準を切り拓いたとまではいえない。作者が参照しているモダンなゾンビ像は、いまや過去のものといわざるをえないからだ。知性がなく足の遅い二〇世紀ゾンビとは違って、二一世紀の映画やゲームに登場するゾンビはしばしば素早く移動する。『高慢と偏見とゾンビ』のように噛まれた傷痕以外は人間と変わらない外見で、ゾンビの軍勢を率いて人間社会に絶滅戦争を挑むゾンビ界のナポレオンさえもが登場している。

映画『ワールド・ウォーZ』でエルサレムの防壁に群がる無数のゾンビは、岸に打ち寄せる大波のように描かれていた。「ここではゾンビは液体、流体、そして津波なのです[*22]」と藤田直哉は語る。「二一世紀初頭におけるゾンビは、流動的で不安定で境界線が曖昧になる時代の不安や脅威の感覚が投影されたもの」ではないかと。

『屍人荘の殺人』の登場人物であるゾンビ映画マニアは『ランド・オブ・ザ・デッド』の例をあげて、「人間並みの知性を持ったゾンビ」にも言及する。しかし足の速い、流体的な二一世紀型ゾンビが作中で描かれることはない。犯人が不可能犯罪の「凶器」として利用できるのは、それが足の遅い、知性のないモダンなゾンビ、二〇世紀型のゾンビだからだ。

モダンなゾンビでは、3・11に東日本海岸を襲った大津波を体現することができない。崩落する世界貿易センタービルの大砂塵から逃げまどう人々の映像が、9・11直後に繰り返し流された。人々を呑みこむ朦々とした砂塵もまた流体で、それに対応するのは二一世紀型のゾンビだろう。

「生ける死者（リヴィングデッド）」としてのゾンビの性格にまつわる齟齬は、問題の一端を示すにすぎない。クローズドサークルや復讐などの道具立ても、これまでと同じようには扱えそうにない。かつてフロイトが直面した外傷体験の反復という心理的メカニズムさえ、過去のものになろうとしているようだ。

とはいえ二一世紀世界にも大量死の現実は溢れ、謎解き論理小説への読者の要求にも根強いものがある。大量死と探偵小説形式の再結合に成功した新人には、二〇世紀的なそれとは異なる二一世紀の大量死を見据えた、新たな謎解き論理小説への挑戦を期待したい。

6 政治と文学　杉田俊介『戦争と虚構』

評論集『戦争と虚構』の書き下ろし表題作は、量的にも同書の半分以上を占める力作だ。「戦争と虚構」は「二〇一六年、日本国内で公開されたアニメ系・特撮系のフィクション映画たちは、ほとんど異様に思えるほどの圧倒的な傑作たちだった」[*23]と書き出されている。「圧倒的な傑作たち」の具体例として列記されているのは、『ズートピア』(ウォルト・ディズニー・ピクチャーズ製作)、『ガルム・ウォーズ』(押井守監督)、『ファインディング・ドリー』(ピクサー・アニメーション・スタジオ製作)、『シン・ゴジラ』(庵野秀明総監督)、『君の名は。』(新海誠監督)、『レッドタートル　ある島の物語』(マイケル・デュドク・ドゥ・ヴィット監督)、『映画　聲の形』(山田尚子監督)、『この世界の片隅に』(片渕須直監督)など。

「戦争と虚構」では『シン・ゴジラ』、『君の名は。』、『この世界の片隅に』、『ガルム・ウォーズ』の四作が、二一世紀的なポリティカル・フィクションとして検討されている。杉田のいわゆる「ポリティカル・フィクション」とは、通例の架空政治小説に加えて「政治的なモチーフや社会的・国家的な問題を積極的に扱うフィクション作品の総称である。たとえば政治小説や社会派SF、軍事シミュレーション系のエンタメ、ディストピア／ユートピアものなどを含む」。さらに二〇一六年に公開された広義アニメ系ポリティカル・フィクションの傑作群は「政治問題や社会問題と大衆的なエンターテイメント性をきわめて高い次元で融合させ、現実と虚構が互いに反転しあうような循環構造をあらかじめ組み込んでいた」。

しかもそれは、たんに二〇一一年の東日本大震災や原発公害事故、差別問題などを作品内に取り入れている、というだけではない（それだけなら従来の社会派的な作品と変わらない）。そこには、SNSなどによって政治性や社会問題の描き方などが観客・ネットユーザーの議論や話題や論争を呼び、それがさらに作品の価値を――その娯楽性や快楽、享楽の強度を――高めていく、という構造があった。

インターネット時代の「現実と虚構」、「政治と芸術」、「作品と観客」の相互浸透的、相互強化的なシステムは「ポスト・トゥルース的な政治」、「情動政治」、「ポピュリズム」などの言葉で語られる二一世紀的な政治社会現象、さらに二〇一〇年代の日本で急速に台頭した「アニメ的でマジカルなファシズム」とも密接に関係している。「戦争と虚構」によれば、映画的だった二〇世紀のファシズムにたいして二一世紀のファシズムはアニメ的なのだ。「映画のアニメ化」にかんしても、本論では技術論的あるいは表現論的な検討が行われていて啓発的だが、その詳細をここで紹介することはできない。

杉田俊介は『作品の表現の新しさや技術に注目するべきであり、映画の思想的内容や政治性はカッコに入れ、中立を守るべきだ』というタイプの作品解釈や鑑賞の仕方に自堕落に眠りこむことをゆるされていない」という立場から、3・11以降のポリティカル・フィクションに対応するポリティカル・フィクション批評の必要性を訴える。評論集『戦争と虚構』に収録された文章は、杉田によるポリティカル・フィクション批評として読者に供されている。

「戦争と虚構」の画期性は明らかだろう。大戦間の時代に影響力を発揮したボリシェヴィズム芸術理論はむろんのこと、「飢えて死ぬ子供の前では『嘔吐』は無力だ」という第二次大戦後のサルトルの発言さえもが失効した一九七〇年代以降、「政治と文学」をめぐる主題は半世紀ものあいだ〝死んだ犬〟さながらに扱われてきた。ポスト3・11の「アニメ的でマジカルなファシズム」を前にして杉田は、第二次大戦後に「政治と文学」として論じられた問題系を復活させようとする。「特定の政治的な立場やイデオロギーによって、作品の芸術的価値や豊かさを裁断したり、全否定す」るような「かつての教条的なマルクス主義批評」とは異なる、二一世紀の新しい「政治派」として。

「現実か虚構か」「政治か芸術か」などの二元的なアングルは無意味であり、なぜならば、現在はむしろ、現政権を翼賛する人々や保守的・極右的勢力、そしてネトウヨと無邪気に結託したオタク的な勢力が、「芸術を政治的に利用するべきではない」「芸術は政治的に中立である」という言い方――政治的中立というメタ的な政治言説――によって、彼らに対して批判的な勢力（左派やリベラル）を嘲弄し、無力化しようとしているからだ。

このように「政治と文学」をめぐる二〇世紀的な構図は、もはや完全に裏返された。ポリシェヴィズムの抑圧や干渉から文学と内面の自由を守るために奮闘した「文学派」の良心的言説は、いまや「現政権を翼賛する人々や保守的・極右的勢力、そしてネトウヨと無邪気に結託したオタク的な勢力」による左派やリベラル叩きの棍棒として有効活用されている。「政治と文学」など自分とは関係ない昔話だと思いこんでいる者は、無思考的に現状を追認している。

「政治と文学」の二項対立では後者の側に立つ「文学派」の発想や主張は、どの時点でネトウヨの武器に変質したのか。『シン・ゴジラ』や『君の名は。』が公開されたのと同じ二〇一六年の夏には、SEALDsの奥田愛基が「フジロックフェスティバル」のトークイヴェントに登場した。奥田の参加予定が公表された直後から、インターネット上では「音楽に政治を持ちこむな」という類の書きこみが大量になされ、炎上の観を呈する。大量の書きこみと炎上は主として、戦争法制反対運動で注目されたSEALDsに反感を持つネトウヨ的な勢力によるものだった。

その一〇年前、二〇〇六年には『容疑者Xの献身』をめぐる論争（以下、『容疑者X』論争とする）が行われている。探偵小説界の論争としては戦前の「本格」論争や戦後の「芸術」論争を超える規模だった『容疑者X』論争の論点は多岐にわたる。

二〇世紀探偵小説論の観点から『容疑者Xの献身』を位置づけ、〝ホームレスが見えない〟本格読者を批判した筆者への反論には、「本格に政治を持ちこむな」とも要約できる主張が少なからず含まれていた。たとえば佳多山大地は、笠井による「大量死＝大量生理論による『X』批判は、一種の政治批判・社会運動と結びつけられ[*24]」ているが、『X』の評価がこのような政治信条の問題と直結されることに拭いがたい違和感をおぼえ」るとした。有栖川有栖「赤い鳥の囀り[*25]」でも同様のことが語られている。

こうした主張にも見られるように、次のような気分が論争の内外いたるところに瀰漫していた。いわく、世界戦争の大量死と探偵小説形式の関連のような面倒な話は聞きたくない、作中で社会的弱者がどのように扱われようと問題はない、精神性や政治性を持ち出して「娯楽としての殺人」を愉しんでいる読者の邪魔をするな、などなど。ただしこの時点での「本格に政治を持ちこむな」は、ホームレスが見えない、見ようとしない自身を正当化するものではあっても、今日のようなネトウヨ化とは同一視できない。両者には時代的な落差がある。

二〇〇六年の「本格に政治を持ちこむな」から二〇一六年の「音楽に政治を持ちこむな」のあいだには、

二〇〇八年のリーマンショックと派遣切り、二〇一一年の東日本大震災と福島原発事故がある。前者には反貧困運動、後者には反原発運動というリアクションが対応し、それは反レイシズム、反戦争法制、反安倍内閣の諸運動として今日にいたる。二〇〇六年の「本格に政治を持ちこむな」は、戦後日本的な「平和と繁栄」の余燼（よじん）のなかで唱えられたが、今日では進行する日本の経済的没落と階級化／貧困化を背景として、かつてとは異質な水準に移行し終えた。

「本格に政治を持ちこむな」、「音楽に政治を持ちこむな」の本格ミステリや音楽の位置には、もちろん他の虚構ジャンルを代入することができる。「映画に政治を持ちこむな」、「アニメに政治を持ちこむな」、「美術に政治を持ちこむな」など。これら「××に政治を持ちこむな」の起源を辿ると、第二次大戦直後の「政治と文学」論争に行き着く。この論争で「文学に政治を持ちこむな」派として発言したのは荒正人と平野謙、それを批判したのは中野重治だった。「政治と文学」論争は戦前の芸術大衆化論争や芸術価値論争とも無関係ではないが、これらの論争で教条的な政治主義に対立した中野が、戦後の文脈では反「文学派」にポジションを変更している点は興味深い（戦前の論争については『探偵小説論Ⅳ』で平林初之輔の主張を中心に検討した）。

荒正人や平野謙には、青年時代に非合法共産党を支持し、のちに転向したという共通の経歴がある。大量転向と革命運動の壊滅は、戦時天皇制国家による弾圧のみが原因ではない。青年平野に衝撃をもたらしたリンチ共産党事件やハウスキーパー問題に見られるような、非合法共産党に濃厚だった党派的暴力性、人間蔑視、政治的利用主義なども また革命運動の内的崩壊の根拠をなした。ナップの運動方針にも文学の政治的利用という発想は濃厚だった。弾圧と転向の「暗い谷間」（荒正人）の時代に露呈された諸問題。それに蓋をして再出発しようとする戦後共産党に、荒や平野は新たなヒューマニズムの理念で対抗しようとしたわけだが、ここには無視できない錯誤がある。

亀井秀雄「平野謙の昭和十年代」を「左翼運動と戦争遂行からほぼ同質のものを抽き出している。ここから左翼の『政治』と戦争中の『政治』の同質性も抽きだされてくる」[*26]と平野自身が要約しているように、「政治と文学」論争の「文学派」は、「半封建的・前近代的」な戦時天皇制の情報統制や文化支配と、共産党によるそれとを同質的、相補的なものと見なした。

この観点からすれば、たとえばハウスキーパー問題で露呈されたのは、共産党の前近代的な女性差別的体質ということになる。こうした構図は「政治と文学」をめぐる論点でも反復された。ボリシェヴィキ的な「政治の優位性」論は、勧善懲悪を主題的に特権化していた近代以前の文芸の封建的遺物にすぎない。「政治の優位性」批判は同時に、文学の近代的な自律性の主張でもある。しかし文学の自律性や内面の自由を認めない点で、封建的ともいえる「教条的なマルクス主義批評」やプロレタリア文学が、なぜ昭和初年代の文学界を席捲しえたのか。荒や平野などの「文学派」が見ようとしないのは、弾圧と大量転向で非合法共産党が壊滅した直後の小林秀雄「私小説論」による指摘だろう。

マルクシズム文学が輸入されるに至って、作家等の日常生活に対する反抗ははじめて決定的なものとなった。輸入されたものは文学的技法ではなく、社会的思想であったという事は、言って見れば当たり前の事の様だが、作家の個人的技法のうちに解消し難い絶対的な普遍的な姿で、思想というものが文壇に輸入されたという事は、わが国近代小説が遭遇した新事件だったのであって、この事件の新しさということを置いて、つづいて起った文学界の混乱を説明し難いのである。[*27]

ここで小林が注目している「絶対的な普遍的な」観念とは、二〇世紀マルクス主義としてのボリシェヴィズムに他ならない。西欧市民社会の成熟に適応した第二インターナショナル時代の一九世紀マルクス主義には、世界戦争の大量死を土壌として成長したボリシェヴィズムのような過酷なまでの絶対性は見られない。
第一次大戦開戦の衝撃は一夜にして第二インターナショナルを倒壊させた。四年にわたる総力戦は一九世紀的な啓蒙的理性や楽天的な進歩主義を土台から破壊し、大戦後社会には「西洋の没落」というペシミズムが蔓延する。一九世紀後半に完成形に達した西欧社会を「モダン」とすれば、第一次大戦を画期として「ポストモダン」の新時代が到来したともいえる。大戦間のモダニズムは、一九七〇年代以降のポストモダニズムの前身だった。そのような「ポストモダン」な二〇世紀的観念として、ボリシェヴィズムは一九二〇年代の日本に登場してくる。「私小説論」では、次のようにも述べられている。

思想が各作家の独特な解釈を許さぬ絶対的な相を帯びていた時、そして実はこれこそ社会化した思想の本来の姿なのだが、新興文学者等はその斬新な姿に酔わざるを得なかった。当然批評の活動は作品を凌いで、創作指導の座に坐った。この時ほど作家達が思想に頼り、理論を信じて制作しようと努めた事は無かったが、亦この時ほど作家達が己れの肉体を無視した事もなかった。彼等は、思想の内面化や肉体化を忘れたのではない。内面化したり肉体化したりするのにはあんまり非情に過ぎる思想の姿に酔ったのであって、この陶酔のなかったところにこの文学運動の意義があった筈はない。

明治維新から大正デモクラシーにいたる半世紀の日本近代、促成栽培された日本の一九世紀的「モダン」は根が浅く、いたるところに「半封建的・前近代的」な「プレモダン」性が残存していた。ここに「ポストモダン」な二〇世紀的観念が輸入され、プロレタリア文学派の「新興文学者等はその斬新な姿に酔」いしれた。ボリシェヴィズムと同様に世界戦争から生じたモダニズムだが、これも同時期に輸入され、新感覚派としてプロレタリア文学派とともに既成文壇を圧倒していく。

このように日本の大戦間時代には強固に残存する「プレモダン」と、世界戦争を体験することなく移植された「ポストモダン」が、根の浅い日本の「モダン」を挟撃するという錯綜した事態が生じていた。晩年まで平野謙がこだわり続けた共産党のハウスキーパー問題だが、そこに半封建的な女性差別体質のみを見るのは間違っている。近代的人間やその内面など歯牙にもかけることのない二〇世紀的な絶対観念、「内面化したり肉体化したりするのにはあんまり非情に過ぎる思想」が、「己れの肉体」と同様に女性の精神と身体の蹂躙をもたらした。

大量転向による共産党の一挙的な崩壊について思考するため、一九五〇年代の吉本隆明は戦前昭和期の日本社会を特徴づける「プレモダン」、「モダン」、「ポストモダン」の独特の絡みあいに注目し、「転向論」をはじめ『芸術的抵抗と挫折』に収録される文章を書き継いでいく。荒正人や平野謙が新しいヒューマニズムで非合法共産党の非人間性を批判できると信じたのは、たんなる錯覚にすぎない。世界戦争を通過した二〇世紀的観念の産物であるボリシェヴィズムの過酷な非人間性に、一九世紀的な人間性や内面性では対抗できない。

西欧のモダニズム運動とも連動していたロシア・アヴァンギャルドはスターリン体制の成立とともに抑圧され、芸術領域のボリシェヴィキ化が進行する。福本和夫によるルカーチ主義の、続いて蔵原惟人による社会主義リアリズムの導入は、小林秀雄の指摘にもあるように「わが国近代小説が遭遇した新事件だった」。

ボリシェヴィズム芸術理論が一九三〇年を前後する時期の日本ほどに大成功を収めた例は、日本と比較して強大な共産党が存在した西欧諸国にも見られない。一九三五年にパリで反ファシズムの国際作家会議が開催され、ソ連からはアレクセイ・トルストイ、エレンブルク、パステルナークなどの有力作家が派遣されてきた。この時期のフランスでは、ルイ・アラゴンやポール・エリュアールがソ連の公認文学理論に接近したが、社会主義リアリズムの実作として見るべきものはない。ミシェル・オクチュリエによれば、「共産主義の希望に照らされた、社会主義リアリズムの意味は、もっと一般的、またはほとんど宗教的な意味において、現実社会と、それを受けいれることに歯向かったシュルレアリスム的な反抗の活路を意味していた」[*28]にすぎない。

ドイツ文化圏の社会主義リアリズムは、気分的に受容されたフランスの場合とは事情が違っていた。大戦間の左派文学者として著名なジェルジ・ルカーチは、この理論の先導者だった。しかしエルンスト・ブロッホやベルトルト・ブレヒトを、ソ連直系のルカーチと同列に解することはできない。ルカーチがボリシェヴィズム芸術理論に屈服し、表現主義を非難しはじめるのは第二次大戦直前の時期だ。一神教的な絶対観念や普遍思想の伝統が希薄で、しかも第一次大戦を体験していない日本という特異な場所でこそ、ボリシェヴィズムの「絶対的な普遍的な姿」は、蔵原惟人のような文学青年を圧倒的な陶酔に導いたのだろう。

一九世紀的な芸術理念、文学理念は第一次大戦の衝撃で崩壊した。かろうじて塹壕戦から生還した青年たちは反芸術としての二〇世紀芸術、モダニズム芸術の運動に向かう。第二次大戦に雪崩れこんでいく時代に、モダニズム運動は二つの方向に分岐した。ロシア・アヴァンギャルドやドイツ表現主義やシュールレアリスムの一部はボリシェヴィズムやナチズムに合流し、反芸術の運動はラディカルに政治化した。

他方、ナチの迫害を逃れて米国に亡命した映画人や美術家はアメリカニズムに同化していく。ユダヤ系の亡命映画人によるハリウッド映画を典型例として、ここでは反芸術の経済化が進行し、文化は大衆消費財に転化した。世界戦争以前的な一九世紀芸術は博物館や美術館の陳列品と化し、アクチュアルなそれはプロパガンダの道具か大衆消費財になる。こうした事態は米ソ冷戦時代も維持強化され、冷戦後の二一世紀にいたる。

文化をプロパガンダの道具とする東側に対抗し、アメリカを中心とする西側は、消費財化した文化に一九世紀的な芸術理念をまとわせた。中身は二〇世紀的な消費財、表面だけが一九世紀的な芸術性という欺瞞的な二重性が、第二次大戦後の西側文化の主流には刻印されていた。

ドイツと比較してボリシェヴィズム芸術理論の影響力は少なかった大戦間のフランスだが、第二次大戦後から一九六〇年代にかけて「政治と文学」をめぐる対立が生じる。この時期のフランスで「政治派」の極を体現したのはJ・P・サルトルだった。一九三〇年代を非政治的な青年知識人として過ごしたサルトルは、戦争とファシズムに無抵抗だった自身を反省し、第二次大戦後は文学者の「政治参加（アンガージュマン）」を主張しはじめる。大戦間のサルトルはモダニズム運動の同時代人として発言していたが、大戦後は米ソ冷戦の影のもとで「ポストモダン」な文学派から「モダン」な政治派への切り返しがなされた。

サルトルの政治派宣言ともいえる「文学とは何か」は第二次大戦直後、日本で「政治と文学」論争が行われたのと同時期に書かれている。ここでサルトルは詩の言語と散文の言語を対立させた。言葉のオブジェ化としての詩語は不透明だが、散文の言葉は意味にたいして透過的でなければならない。散文読者はオブジェとしての言葉を美的に鑑賞するのではなく、言葉が指示するところの意味を読む。

ここで詩語として批判されているのは、いうまでもなく象徴主義を典型とする一九世紀的な文学主義と、不可侵として特権化された文学的内面だ。言葉を意味に従属させる言語観、文学観は最終的に「文学の運命が労働者階級の運命に結ばれていると言うのに、躊躇してはならない」[*29]という政治派の立場表明にまで徹底化される。一九世紀的な芸術理念や「文学派」を批判するサルトルは二〇世紀的だが、しかし「ヒューマニズムとしての実存主義」でマルクス主義を補完しようとする点では「モダン」に先祖返りしている。サルトル的な修正マルクス主義は、ボリシェヴィズムの二〇世紀的に過酷な「ポストモダン」性と、ヒューマニズムという「モダン」な理念の両立をめざしていた。

第二次大戦後の日本とフランスでは、興味深いことに「政治と文学」の構図が反転している。平野謙など日本の「文学派」はボリシェヴィズムの「政治の優位性」に一九世紀的なヒューマニズムを対置したが、フランスの「政治派」サルトルはボリシェヴィズムの角をヒューマニズムのヤスリで丸くしようと努めた。戦後日本でヒューマニズムを標榜したのは「文学派」だが、フランスでは「政治派」がヒューマニズムに依拠していた。一九五〇年代のサルトルはフランス共産党の支持者として発言したが、サルトルの文学理論もまたボリシェヴィズムのソフト化としてのユーロコミュニズムに対応していた。

一九五〇年代にフランス知識界を席捲したサルトルだが、一九六〇年代に入るとサルトルの知的覇権への異論や批判が活発化しはじめる。言葉を意味に還元するサルトルの言語機能論に、再発見されたソシュール言語学が対置された。サルトル批判の先陣を切ったのは『弁証法の冒険』のモーリス・メルロ＝ポンティと『野生の思考』のクロード・レヴィ＝ストロースだが、両者ともにソシュールや構造言語学から学んでいる。作品を作家の文学的投企の痕跡として解読するサルトルの作家主義にたいし、ロラン・バルト、ミシェル・フーコー、ジャック・デリダなどが「作者の死」を突きつけた。新たな反政治主義がテクストの絶対的自律性を主張し、一九七〇年代以降はサルトルの政治主義を圧倒したように見える。

テクストの自律性や「作者の死」を主張してサルトルの政治主義を批判した点では、これら構造主義やポスト構造主義の理論家たちは「文学派」に見える。しかし批判者から「六八年の思想」として論難された事実が示すように、ほとんどが政治的には共産党の左に位置していた。たとえば『詩的言語の革命』のジュリア・クリステヴァは夫のソレルスとともにマオイズムに接近した時期がある。

テクスト派であることは、いささかも非政治的であることを意味しない。当初は二〇世紀的な「ポストモダン」性とアンチヒューマニズムを刻印されていたボリシェヴィズムも、ユーロコミュニズムを典型として一九世紀的な理念に退行していく。テクストから作者や人間を追放した理論家たちは、サルトル的にソフト化した政治主義よりもアンチヒューマニズムをさらに徹底化していた。

フランス現代思想としてサルトル批判派の仕事が日本に紹介されはじめたのは一九七〇年代のことで、八〇年代には日本型ポストモダニズムの皮相な流行が見られた。長期不況と大量失業に苦しむ欧米を尻目に、一九七〇年代と八〇年代の日本は平和と繁栄を謳歌し続けた。日本型ポストモダニズムは、持続的な経済成長を可能とした日本型システムの自画自賛や、非歴史的で没政治的な現状肯定のイデオロギーとして機能していく。第三の波の作家や評論家の大多数は一九八〇年代に学生時代を過ごしている。『容疑者X』論争での「本格に政治を持ちこむな」派の主張には、現状肯定イデオロギーとしての日本型ポストモダニズムの残響を聴き取ることもできた。

二〇〇六年の「本格に政治を持ちこむな」から一六年の「音楽に政治を持ちこむな」のあいだに、日本社会は決定的な変貌をとげた。保守本流に主導された戦後国家が安定していた二〇世紀後半の時代、政治に無関心なノンポリ層は自民党タカ派の改憲再軍備路線への惰性的な抵抗力として存在した。しかし戦後国家の解体と権威主義的再編成が急激に進行した二〇一〇年代に、こうした動向に無関心なノンポリ層は安倍政治の推進力として機能する。本人の意識や立場は変わらないまま、その政治的な意味は正反対になっている。

ＳＮＳでの話題化や論争によって作品の「娯楽性や快楽、享楽の強度を――高め」、『シン・ゴジラ』や『君の名は。』を大ヒットに導いたのは、このようなオタク的ノンポリ層だった。
「戦争と虚構」では『シン・ゴジラ』が最初に取りあげられる。この作品を杉田は「傑作である」、「日本という国の現代的な空気を象徴する政治的享楽に満ちた作品」で「近年のポリティカル・フィクションたちの中でも一つの臨界点を示している」と評価し、その上で「現代的な意味でのファシズム的なものの象徴(国体?)――アニメ的でマジカルなファシズムのシンボル――なのではないか」と問う。ゴジラの襲来が東日本大震災と福島原発事故を寓意していることは明白だが、それに『シン・ゴジラ』はどのように応答しているのか。

震災のトラウマや震災後に露出した政治のひどさなどをぜんぶなかったことにしたい、という歴史修正的な欲望と、マジョリティである「自分たち」(日本人、東京人)の人生を明るく美しく、普通に当たり前に、幸せなものとして自己肯定したい、という近年のアニメーション的な想像力が、危うい形で合流し、シンクロしてしまった。

この点は『君の名は。』も変わらない。「『シン・ゴジラ』がありえたかもしれない原発処理の物語だとすれば、『君の名は。』は、ありえたかもしれない震災の犠牲者をゼロにできた歴史を描いた物語なのである」。「『シン・ゴジラ』がシャカイ系の歴史修正フィクションであるとすれば、『君の名は。』はさしあたり、セカイ系的な歴史修正フィクションである、といえる」。この両作が示しているのは、「ファクトとフィクション、リアルと妄想が入り乱れていくポストトゥルース的な状況を、二〇一一年の東日本大震災のディープインパクトが、先駆的かつ過激な形でブーストさせてしまった」事態である。

「本格に政治を持ちこむな」が、一九八〇年代の「ゆたかな社会」の現状肯定イデオロギーだった日本型ポストモダニズムの感覚を引き継いでいたとすれば、その一〇年後の「音楽に政治を持ちこむな」には、3・11後の「空気」が反映されていた。それは杉田によれば「日々の不安を解消したい、怖いものを避けたい、幸福になりたい、という大衆感情」であり、「善悪や真偽の問題よりも、多数派としての自分たちの日々の『気持ちよさ』を優先したい、という欲望」である。そして『シン・ゴジラ』や『君の名は。』は、こうした「空気」を絶妙に反映していた。

「1 喪失と回復 新海誠『君の名は。』」でも指摘したように、東日本大震災を寓意的に作中に織りこんだ『シン・ゴジラ』と『君の名は。』は、大災害の記憶を消去したいという欲望で共通しているが、似ているのはその点に留まらない。災害を阻止し、あるいは回避するために登場するのがオタク的な専門家や少年少女たちであり、その後ろ盾が保守政治家と土建業者である点までもが同じなのだ。保守政治家と土建業者といえば、連想されるのは田中角栄だろう。一九七〇年代から八〇年代にかけての、平和と繁栄の絶頂期を日本にもたらした保守本流のヒーローとしての田中首相。

しかし、ここには奇妙な倒錯がある。日本列島改造論など田中角栄的な成長戦略の末路が福島原発事故であるのに、この悪夢的な現実を打ち消すためにまたしても角栄的なものが呼び出されるという倒錯。それぞれの作品も、そしてオタク的な専門家や少年少女たちに感情移入する観客たちも、角栄的なものが二一世紀の日本を救うとは考えていないだろう。無思考状態を維持するための架空の支えとして、一九八〇年代を頂点とした繁栄する日本の記憶が恣意的に呼び出されているにすぎない。

歴史修正フィクションではないかという批判を前提に、その上で杉田俊介は『シン・ゴジラ』から「ゴジラ的人間」のイメージを引き出そうとする。『シン・ゴジラ』の物語をゴジラの側から体験しうる観客としての「ゴジラ的人間」には、「自然災害や戦争や虐殺をすら楽しんで享楽してしまうような感覚と、どこまでも倫理的であり続けようとする粘り強い意志とが、渾然一体になっている」。『シン・ゴジラ』では「ゴジラを美的かつ宗教的なシンボル（国体）として祀りあげて、享楽する」面が表に出ているが、しかし深層には「ゴジラ的人間」の非人間的でポストヒューマンなヴィジョンが潜んでいるのではないか。『君の名は。』にも同じような指摘ができる。

『君の名は。』が示しているのは、日常的な鬱屈や社会の分裂に耐えきれず、疲弊して、権威的な国家主義へ跳躍するという（アニメ的でマジカルなファシズムとしての『シン・ゴジラ』が凋落してしまった）パターンに呑みこまれていくことを回避し、日本的な浪曼主義者の末裔としての矜持をぎりぎり保って、実存と社会的秩序の解離＝ねじれにとどまり続けることだったのである――たとえそれがロマン的革命主義者へと突き抜けるところまでは行っていないとしても。

「ロマン的革命主義者」として想定されているのは『ガルム・ウォーズ』の押井守だが、この点については後述する。杉田によれば、『君の名は。』からは「『マジョリティの日常を肯定する』ことに呑みつくされない微細な痛み、微弱な疼き」をかろうじて聴きとりうる。その可能性をさらに展開した作品として、『この世界の片隅に』がある。

戦争や破壊の美しさを享楽させる点では『この世界の片隅に』も、『シン・ゴジラ』や『君の名は。』と変わらない。「『シン・ゴジラ』の東京が燃え盛るシーンには圧倒的な破壊の享楽があり、『君の名は。』の空から降り落ちて町の人々を絶滅させる彗星の尾に崇高な美しさがあったように、すずの眼差しにおいては、空襲や爆撃は非人間的なまでに美しいもの、絵画のように魅惑的なものとして顕れている」。「戦争は美しく、善悪を超え、人々の生死を超越するかのような享楽」であり、ヒロインは戦争に陶然としている。戦争をめぐる「不穏な欲望を隠さない」点で『この世界の片隅に』は、ひたすら戦争の怖ろしさと非人間性を訴える種類の反戦平和作品とは一線を画している。しかし同時に、あの「不穏な欲望」に完全には呑みこまれることのない抵抗の力を、たとえ微細であれヒロインは与えられてもいる。

なぜならその非人間的な美しさにひたすら受動的に見惚れて没入しながらも、すずは同時に「描く」というかすかな能動性（最小限の批評的な距離）をけっして見失わないからだ。魔法の力とは、万能のご都合主義の力ではなく、現実に魅惑され埋没してしまう瞬間にすら、現実に対して小さな距離を取ることであり、（略）そのことによって、過酷で残酷な現実の運行の中にちっぽけな隙間やゆるみ、遊びを開くことなのである。

戦争や破壊の受動的享楽に浸りながらもヒロインは、絵を描くという点で「現実に対して小さな距離を取る」。『シン・ゴジラ』や『君の名は。』との相違点はそれに留まらない。『この世界の片隅に』では、ヒロインが体験する現実は一回的で唯一的だ。この世界では『シン・ゴジラ』や『君の名は。』で描かれたような歴史修正は許されない。爆撃で幼い姪と絵を描くための右腕を失ったヒロインは、蒙（こうむ）った残酷で非人間的な体験を反芻し続けるしかない。「人間の主観や意志とは無関係に実在するオブジェクティヴな『この世界』それ自体の唯一的な一回性と残酷さに対峙し、それを見つめ続ける、という意味でも『この世界の片隅に』が描くのは（人間的なリアリズムと相関的な素朴実在論ではなく）ノンヒューマンな『この現実』のありようなのである」。

このように『シン・ゴジラ』や『君の名は。』の限界を超え、「この世界を変革も革命もできないとしても、この世界によって変えられないでいること」、「この世界に変えられないための『生き残る』という道」を描いた『この世界の片隅に』を高く評価する杉田俊介だが、しかしそれがスタジオジブリ的な戦後日本アニメーションのヒューマニズム的限界を超えていないとも指摘する。この作品は「戦後的な人間像（ただ普通に暮らしていれば民主的で平和的でありうると思いこんだ人間像）を戦中や戦前へと密輸入というか逆輸入して」いるのではないか。

筆者は『テロルとゴジラ』で、われわれはゴジラとと、も、に、本土決戦を戦うべきではないか、と主張した。「2　戦争と記憶　片渕須直『この世界の片隅に』」では、8・15の玉音放送を聴いたヒロインの怒りが、日本の戦争指導層とアメリカを同時に敵とする本土決戦の意志にどうして凝縮しないのかと。こうした『シン・ゴジラ』や『この世界の片隅に』への批判に応えた作品として、杉田俊介は押井守『ガルム・ウォーズ』の検討に向かう。

〈68年〉世代の押井守は戦後日本社会への憎悪を、『愛と幻想のファシズム』の村上龍や『パルチザン伝説』の桐山襲らと、表現者としての出発点から共有していた。〈68年〉世代の大多数が微温的にリベラル化し、村上龍の日本憎悪も形骸化した今日、押井のように〈68年〉の精神を保持し続けている表現者は稀少だ。

押井守はしばしば、東京を焼け野原にする〈68年〉のヴィジョンを語る。それは破壊による享楽であり、同時に根底的な倫理的要求でもある。自分たちの手で王＝父を殺したことのない日本人。第二次大戦後はアメリカという新しい王＝父の権威に、嬉々として屈従してきた日本人。この無意識に抑圧された屈辱が反転すると、かつて侵略した近隣アジア諸国から「被害」を蒙っているという倒錯的意識と、それへの痙攣的な憎悪が生じる。

戦後日本人が「永遠の子供」でしかない事実こそ、日本社会に瀰漫しはじめたレイシズムと排外主義の腐敗した土壌だ。われわれが永遠の子供であることをやめ、倫理的主体として立ちあがるためには、日本国家とアメリカを同時に敵とする革命戦争、東京を廃墟とする本土決戦を戦わなければならない。押井の〈68年〉は未遂の本土決戦を戦い直すものとして自覚されていたし、それは半世紀後の今日も変わらない。

闘争が敗北してのち押井守がアニメ業界に漂着したのは、ある意味で必然的だった。手塚治虫から宮崎駿にいたるまで戦後日本の代表的なマンガ作家、アニメ作家は、ほとんど例外なく戦争体験を創作の原点としてきた。永遠の子供であることを選んだ戦後日本人は、戦争のリアルを直視しないしできない。押井守によれば「日本人だけが戦争から疎外されている」のだが、戦後サブカルチャーのヒューマニズムと平和主義は、その若い享受者が流れこんでいるレイシズムや排外主義と、この点で表裏の関係にある。

「世界戦争に対する敗北の落とし子としての戦後日本のサブカルチャーの中には、戦争疎外からいかに解き放たれていくのか、という課題」が刻印されていたと杉田俊介は指摘する。「もちろん誰よりも押井こそが、そのような戦後の申し子であり、典型的な軍事オタクであり、永遠に成熟不可能な子ども（まさに『スカイ・クロラ』のキルドレ）なの」だとしても。

あらかじめ去勢され、父殺しの不可能な環境。それゆえに、子どもたち（オタクたち）は大人に成長できないまま、無邪気な子どもにもとどまれないまま、永遠の未成熟さを反復し続ける。押井にとっての戦争欲望とは、映像技術と物語のポテンシャルをその臨界点で解き放って、そうした悪循環を断ち切るための革命戦争を企てることなのだ。

『うる星やつら2 ビューティフル・ドリーマー』の終幕で廃墟と化した都市と遊び戯れる少年少女を描いた押井は、一九九〇年代の代表作『機動警察パトレイバー2』や『攻殻機動隊』では「戦後的平和の欺瞞が隠蔽した戦争欲望のリアリティを、仮想的でゲーム的なテロリズム（ホバ、柘植、人形使い）の中に見出そうとし」た。

戦後的な平和主義の自由は欺瞞であり、むしろ戦争こそが自由だ、と言いたいのだが、戦後的環境の中では、その戦争欲望が無限に失調し続けることを描き続けるしかない。それは非常にねじれた、逆説的な反逆の試みである。

この点で『機動警察パトレイバー2 the Movie』や『攻殻機動隊』の押井は、『コインロッカー・ベイビーズ』や『愛と幻想のファシズム』や『五分後の世界』の村上龍とさほど違わない場所にいた。「仮想的でゲーム的なテロリズム」の限界性の自覚から、二〇〇〇年代の傑作『イノセンス』と『スカイ・クロラ』が制作される。『イノセンス』作中で、暴走して所有者を殺害し自壊するセクサロイドには、人間の少女の魂がコピーされていた。とすれば「愛玩生物を愛することで自分の魂（ゴースト）を維持したがるバトーの無意識は、子どもたちの犠牲のもとに成り立つガイノイド生産の、似姿なの」ではないか。

『イノセンス』のセクサロイドと近似的な存在の側から、『スカイ・クロラ』の物語は進行する。キルドレと呼ばれるクローン的な子供兵士は、平和な未来社会で「ショーとしての戦争」を戦い続ける。「成熟不能な、ペラペラな人形の子どもたちが強いられる究極の疎外。それは押井が考える『戦後的な日本人』のメタファーそのもの」だ。主人公のキルドレは最後に、究極の敵ティーチャーに自機が撃墜される運命を覚悟して立ち向かう。誰一人としてティーチャーに勝てないことは、あらかじめ決定されているゲームのルールなのだ。

少女の記憶をダビングされたセクサロイドは性的虐待者としての所有者に反逆するが、その結果として自壊せざるをえない。キルドレはティーチャーに敗北し、ゲームのルールを踏み破ることはできない。セクサロイドやキルドレは、二一世紀日本の貧民プロレタリアである非正規・不安定労働者の似姿にほかならない。安定した職も結婚も子供もあらかじめ奪われ、貧困に喘ぐ若いプレカリアートたちには、父殺し＝王殺しという享楽と倫理が絶頂で融合する境地には到達しえないのだろうか。そこから決定的に飛躍して、セクサロイドやキルドレによる革命戦争を主題化したのが『ガルム・ウォーズ』ではないのかと、杉田俊介は強調する。

『ガルム・ウォーズ』は、ガルムという「人工生命たちが、強制的に与えられたプログラムの呪縛を断ち切って、新しい感情や命に覚醒していくために、創造主＝人間たちに対して革命戦争を仕掛けるということ、そこからガルムたちの本当の歴史がはじまる、ということ。戦争疎外から脱し、ポストヒューマン的な革命戦争へとコミットしていくということ」をテーマにしたアニメ作品だ。

かつての押井は、疑似的なテロリズムやゲーム的戦争によって、疎外からの脱出と自由を探し求めてきた。（略）しかし『ガルム・ウォーズ』以降の押井は今や、人類に対する疲弊と嫌悪と挽歌の果てに、人間以外のものたち、この世界そのもののように無限に多様な非人間的なものたち（クローン、サイボーグ、機械、人形）による叛乱と蜂起が来る日を、ポストヒューマンな革命戦争の予兆を、はっきりと信じはじめている。

創造主＝人間の支配秩序を攪乱し、それに抵抗し叛乱するガルムは戦争機械そのものだ。サルトルの実存主義的ヒューマニズムを批判したのは、構造主義の反ヒューマニズムだった。杉田が『ガルム・ウォーズ』に見出したのは、二〇世紀的なアンチヒューマンを超えたポストヒューマンの思想とイメージだったともいえる。この点で杉田は、テクストから作者／人間を追放した構造主義やそれ以降の理論家のアンチヒューマンな発想を継承している。

しかも「政治と文学」の対立図式では「文学派」の側に位置したテクスト派とは違って、「政治派」であることを自任する。アンチヒューマンな「文学派」からポストヒューマンな「政治派」への転換と飛躍にこそ、ポスト3・11の批評的可能性が込められているのだろう。

7 天皇と偽史

奥泉光『雪の階』

二・二六事件を題材とした傑作に、一九五九年刊行の武田泰淳『貴族の階段』がある。その二年後に書かれた三島由紀夫の『憂國』は、決起に後れた青年将校の自決というモチーフを『貴族の階段』から継承している。二・二六事件に直接間接に触れた小説は、以後も書き継がれてきた。作者自身が監督と主演を務めた『憂國』をはじめ、吉田喜重『戒厳令』や森谷司郎『動乱』など映像作品も少なくない。

宮部みゆき『蒲生邸事件』や北村薫『鷺と雪』などミステリ作家による二・二六ものにも、当時の特権階級の邸を舞台に主人家族と使用人たちの生活を描いている点で、『貴族の階段』の影響が窺われる。しかし奥泉光の新作『雪の階』の場合は、モチーフや背景設定やキャラクターの類似性という域を超えている。

毎日新聞（二〇一八年四月三日）に掲載された本作の著者インタヴューには、「設定の一部は、武田泰淳の『貴族の階段』に借りたそうだ」とあるが、この点の重要性をインタヴュイーは捉えそこねている。タイトルにも歴然と示されているように、この作品は奥泉による『貴族の階段』の書き替え、あるいは語り直しにほかならない。

『貴族の階段』の「階段」は、西の丸公爵邸の当主の書斎に通じる階段のことだ。物語の冒頭で訪問客の猛田陸相が、この階段から転げ落ちて腕を骨折する。皇道派の大物である猛田の、二・二六事件による失脚を暗示するかのように。ただし、一九三五年に男爵位を授けられた点なども含めて、猛田のモデル人物と考えられる荒木陸相は、史実では一九三四年の時点で統制派に追い落とされている。国家革新に消極的な昭和天皇の廃位までもくろんでいたといわれる荒木と違って、二・二六当時の川島陸相は立場の曖昧な中間派で、猛田のモデルとしては不適当といわざるをえない。

二・二六事件の当夜は、反乱軍に射殺された警官がこの階段から落ちる。主人の西の丸秀彦（モデルは近衛文麿）は暗殺計画を察知して邸を脱出し、のちに首相に就任することになるだろう。しかし秀彦にも、近衛のように逮捕を怖れて自殺しないまでも、日米戦争の敗北後には「転落」の運命が待ちかまえている。華族制度そのものが廃止されるのだから、西の丸邸の階段もまた「貴族の階段」とはいえなくなる。それ以前に東京大空襲で消失した可能性が高いとしても。

このように幾重もの寓意が込められた『貴族の階段』の「階段」だが、『雪の階』の「階」もまた暗示的だ。この点については、あらためて触れることにしたい。

夏目漱石『吾輩は猫である』のパスティーシュ小説として、奥泉光は『「吾輩は猫である」殺人事件』を書いている。『「吾輩は猫である」殺人事件』は『吾輩は猫である』の後日談という体裁だが、『雪の階』は物語の時間幅を含め『貴族の階段』と同じ設計図を用いて書かれた長篇小説だ。広い意味では武田作品のパロディといえるが、パロディの定義に含まれる原作への諧謔性はさほど濃密ではない。

『「吾輩は猫である」殺人事件』は原テキストである漱石作品との関係を明示していたが、『雪の階』の場合、腰帯の宣伝句などに武田作品との関連を窺わせる箇所は見当たらない。作者の意図なのか出版社の思惑なのか、この本を手にする読者に『貴族の階段』の二次創作であることが伏せられた理由は不明だとしても、それを考慮することなしに『雪の階』を読むことはできない。どのような動機で奥泉光は、原テキストが世に出てから六〇年を経過した時点で、あえて『貴族の階段』のパロディ小説を世に問うたのか。

作者の意図を探るために、『貴族の階段』と『雪の階』の同一点と相違点を洗い出してみよう。一人称小説である『貴族の階段』で語り手を務めるヒロインは、華族の娘で女子学習院（作中では女子学芸院）生徒の西の丸氷見子。他に父の公爵秀彦、兄で近衛歩兵第二連隊に配属された見習士官の義人、同級生の友人の猛田節子などが主要人物として登場する。この人物配置が『雪の階』では、笹宮伯爵家の娘惟佐子、当主で父の惟重、陸軍士官（物語の前半では宇都宮の第一四師団に配属、後半で近衛師団歩兵第一連隊に異動）の兄惟秀、同級の友人宇田川寿子などとして忠実に再現されている。邸の使用人や皇道派将校などの脇役も、両作には克明な対応性が認められる。

『貴族の階段』の物語は「さくら会の春の集い」からはじまる。これを踏襲し、『雪の階』の冒頭では「松平侯爵邸のサロン演奏会」の光景が描かれる。いずれも桜の季節の東京が舞台で、時期は一九三〇年三月。それから一年後、一九三一年二月末までの時間幅で両作とも物語は進んでいく。物語の冒頭に置かれた満開の桜は、二・二六事件というクライマックスに向けて進むだろう物語を予示している。軍歌「歩兵の歌」で「万朶の桜か襟の色」と歌われたように、桜は星とならんで日本陸軍の記章のモチーフだし、まもなく散ってしまう桜は、反乱の首謀者として処刑されるだろう青年将校たちの運命を予感させる。

句会を名目とした「さくら会の春の集い」も「松平侯爵邸のサロン演奏会」も、華族の若夫人や令嬢たちが着飾って集う趣味の会だ。「さくら会の春の集い」では、氷見子が親友の節子に、西の丸義人から恋文が送られてきたことを告げられる。美少女の節子は「氷見子おねえさま」に恋をしていて、それを氷見子は察しているが、節子の思いに応える気はない。氷見子への充たされない感情が屈折し、愛する少女の父親である秀彦に誘惑された節子は、年上の男と秘密の関係を結んでしまう。節子が義人の求愛に応じられないのは、義人が愛人の息子だからだ。この三角関係、氷見子への片想いを加えれば四角関係の苦しさに、節子は押し潰されそうになっている。

『雪の階』のヒロイン笹宮惟佐子がサロン演奏会に出向いたのは、そこで「我が尊敬すべき友」宇田川寿子と待ちあわせていたからだ。約束を破って演奏会を欠席した寿子の屍体が、三日後に陸軍士官久慈の屍体の傍らで発見される。青木ヶ原樹海の屍体発見現場は、事件が二人の心中だったことを暗示していた。警察の捜査も心中事件という結論で終わる。

皇道派の久慈中尉は『貴族の階段』のK少尉に対応する。K少尉は憂国の手記に「吾人のもとむるところは、サイン曲線(カーブ)の交錯にあらず」[*30]と書きつけて自己陶酔的な文章を氷見子に小馬鹿にされるが、他方で惟佐子は久慈中尉の顔に「サイン曲線を思わせる生え際」[*31]を発見して面白がる。

二・二六事件で西の丸邸を襲撃するK少尉だが、久慈中尉のほうは物語の早い段階で死んでしまう。K少尉役はその後、久慈中尉を惟佐子に紹介した槇岡中尉に引き継がれる。『貴族の階段』のK少尉は、『雪の階』では久慈中尉および槇岡中尉としてキャラクター的に分化しているわけだ。同様のキャラクター的な分化は他にも見られる。

物語のはじめから終わりまで、妹の氷見子と日常的な交渉がある西の丸義人と違って、武官として滞在していたドイツから帰国し、直後に宇都宮師団に配属された笹宮惟秀は、物語の終盤まで読者の前に姿をあらわすことがない。その欠落を補うかのように、『雪の階』にはヒロインの弟としてジャズマニアで軟派少年の惟浩が登場し、姉と弟の家庭内の交渉がさまざまに描かれていく。ようするに義人は、『雪の階』では惟秀と惟浩にキャラクターとして分化している。

同性愛も両作に共通するモチーフだ。『貴族の階段』では節子の氷見子への片想いだが、『雪の階』の終幕で惟佐子は、神社の階段で抱擁し接吻する槇岡と惟秀を目撃する。二・二六事件の前々夜のことで、階段には雪が積もっていた。これが『雪の階』というタイトルの意味するところだ。義人が求愛するのは節子だが、惟秀は槇岡と同性愛的な関係にある。ここでは節子の役割を槇岡が代行している。

『貴族の階段』では、西の丸公爵の護衛として警官の大山が邸に住みこんでいる。大山とその妻は、貴族の邸宅に紛れこんだ庶民として魅力的な役柄を演じる。この二人に『雪の階』で対応するのは書生の御法川と女中の菊江だが、大山夫婦の大活躍に較べると二人とも影が薄い。大山夫婦に対応するのは、『貴族の階段』には登場しないヒロインの子供時代の「おあいてさん」牧村千代子、そして物語の終わりに千代子と婚約する新聞記者の蔵原誠治だろう。

少女時代に惟佐子の遊び相手として邸に通っていた千代子は、いまは報道関係の「新米写真家（カメラマン）」の仕事をしている。華族の令嬢という身分のため、惟佐子は自由に外を出歩くことが許されない。不自然に感じられる親友の心中事件の真相を突きとめようと、惟佐子は「千代ねえさま」を邸に呼んで調査を依頼する。こうして「新米写真家（カメラマン）」千代子と都朝報記者の蔵原誠治のコンビが事件の真相を追いはじめる。『貴族の階段』で「おねえさま」と呼ばれる役は氷見子で、これが『雪の階』では千代子になる。

『雪の階』の長さは『貴族の階段』の二・五倍以上ある。物語の基本的な骨格は同型的だが、前者では華族の娘の日常生活が精緻に描写されている。『貴族の階段』刊行時の読者にはいちいち説明するまでもなかった戦前社会の都市生活や風俗などが、『雪の階』では綿密に書きこまれていることも作品が長大化した理由のひとつだろう。また義人が惟秀と惟浩に、K少尉が久慈と槇岡にキャラクターとして分化している点や、音楽家フリードリッヒ・カルトシュタインをめぐるエピソードなど新たに加えられたドイツ関連の部分もある。

ちなみに『雪の階』の中心部に埋めこまれたナチ・オカルティズムをめぐる物語的な設定は、同じ作者による戦中ドイツが舞台の『鳥類学者のファンタジア』とも関連している。松平邸でカルトシュタインが弾いた神秘的な曲「ピタゴラスの天体」は、『鳥類学者のファンタジア』に登場する「オルフェウスの音階」を用いて作曲されたのかもしれない。

これらに加えて長大化の最大の理由は、『吾輩は猫である』のパスティーシュが探偵小説として書かれたように、『雪の階』にも探偵小説的なプロットが組みこまれた点にある。二・二六事件をクライマックスとする、華族の令嬢と親友の娘と陸軍将校の兄の三人が主要人物である物語を、不自然感なく探偵小説的に構成するために作者は、ヒロインを探偵小説マニアに仕立てあげた。

たとえば作中には、寿子の「いちばんの関心事は英語の小説で、ブロンテ姉妹やらオスカー・ワイルドやら英文学を広く渉猟し、一方の惟佐子も探偵小説限定ではあったけれど、英米の小説に親しんでいた。宇田川家では子供らが書物を自由に買うことが許されていたから、そうでない惟佐子は寿子に頼んで、ヴァン・ダインやエラリー・クイーンの新作を丸善で手に入れてもらい、借りて読んだ」とある。弟の部屋にある探偵小説誌「新青年」にも、惟佐子は抜かりなく目を通している。

趣味は探偵小説に加えて囲碁と数学で、数学のほうは「ミハエル・グラッスス『高等数学入門』、竹内端三『函数論』と云った著作を惟佐子は独習し」、ヒルベルトの数学基礎論にも興味を持っている。また数学の懸賞問題に応募し、「優秀者」として雑誌に名前が載ったことも幾度かある。氷見子も女学校の優等生だが、このように惟佐子は学業優秀な少女という域を超えた、頭脳派の探偵役にふさわしい人物として造形されている。

とはいえ、実際に心中事件の謎に取り組むのは若い女性カメラマンと新聞記者のコンビで、二人は松本清張の社会派探偵よろしく時刻表を片手に犯人の痕跡を洗い出していく。そのため『雪の階』では惟佐子視点を主とする章と千代子視点を主とする章が交互に配列されている。言い替えれば、この作品には二人の主要視点人物、正副二人のヒロインが存在することになる。『貴族の階段』と『雪の階』の最大の相違点は、前者がヒロインの一人称で語られるのにたいし、後者が主として二人の視点人物による三人称である点だろう。

名探偵の有資格者として性格設定された惟佐子だが、期待に反して名推理は結末になっても披瀝されない。香道の名家に生まれたにもかかわらず、惟佐子は嗅覚に問題がある。「鼻が利かない」探偵役は事件の解明にさほどの役割を果たしえないという皮肉が、このキャラクター設定には込められているのかもしれない。千代子たちが足で稼いだ情報と、犯人の告白から真相は明らかとなる。『貴族の階段』の物語を探偵小説として語り替えることが、『雪の階』の基本的なアイディアであるなら、この小説は不徹底といわざるをえない。探偵役が推理で真相に達することのない探偵小説は、羊頭狗肉だからだ。

『貴族の階段』では氷見子が、父親から密談の記録係を命じられる。岩波現代文庫版に付された澤地久枝の解説によれば、執筆に際して武田泰淳が参照した「原田熊雄述『西園寺公と政局』（略）は、近衛秀麿（文麿の弟、音楽家）の妻泰子により、口述筆記されたものである」。記録係としての氷見子という設定は、近衛泰子が実際に演じた役割を念頭に置いたものだ。

隣室に隠れて父親の密談に立ち合うことが多い氷見子は、一七歳の女学生とは思われないほど政界の内幕に通じている。こうした巧妙な設定から作者は、読者に不自然感を抱かせることなく、政治的主題を露骨なほど直截に導入しえている。父親と猛田陸相、父親と祖父（モデルは西園寺公望）などの密談を耳にした氷見子は、天皇を取り巻く重臣たちと軍や官僚の革新派の対立、決起に向かう皇道派青年将校の動向などを的確に察知する。バランスの取れた少女らしい正義感から級友の徳川さんと「死ナセナイ団」を結成した氷見子は、親友の節子にも血判を求める。節子を巻きこんだのは、猛田陸相の周辺から秘密情報を得ようという思惑からだ。片想いを寄せる「おねえさま」のためスパイを引きうけた節子は、約束を果たしたのちに自裁する。四角関係の重圧に耐えかねたからだが、そこには氷見子のスパイとして父を裏切った自責もあったろう。西の丸義人を先頭に「どうも男たちは、死のう死のうとして、団結しようとしている」。近い将来の戦争にも通じるだろう軍事クーデタを阻止し、少なくとも兄を破滅の運命から救うための「死ナセナイ団」員としての氷見子の活躍が、『貴族の階段』の物語を駆動していく。

華族政治家である父親の記録係という設定は、『雪の階』のヒロインの場合も踏襲されている。奥泉作品では、物語は親友の心中事件をめぐる謎に牽引される。否応なく惟佐子の耳に入る政界の裏情報が、政治的主題に接続していくところは『貴族の階段』と変わらない。武田作品では皇道派の猛田陸相に優柔不断を非難され、革新派の首相として立つことを要求される西の丸秀彦だが、重臣の父親からは皇道派寄りの姿勢を厳しく非難される。

『雪の階』では軽井沢のホテルがヒロインの見合いの舞台になる。これと相即的に『貴族の階段』には、箱根の西の丸家の別荘で秀彦と節子の逢瀬を目撃し氷見子が衝撃を受ける場面がある。同じ別荘で一九三五年夏に行われた西の丸家の祖父と父の議論を、孫の氷見子は次のように要約している。「おじいさまは、実に手きびしく、おとうさまの政治的妥協を非難された。海軍の軍縮会議で、七・七・五の比率で米英二大国ともみにもんださいにも、縮小しようとする会議の当事者を、反対派に抗して徹底的に支援したおじいさまだった。A中佐（統制派の永田鉄山中将を斬殺した相沢三郎中佐——引用者註）や五・一五の犯人に対する処罰がおくれているのは、おくれさせる当局がだらしないからだ」。こうした父からの批判に秀彦は反論する。

「おっしゃる意味は、よくわかっております。しかしおじいさまの時代とはちがって、アジアの現勢が激変していますから。東洋における日本の立場も、いちじるしく進展しています。日本の進む方向はともかくとして、日本国民のエネルギーは充満しつつある。その点は、平和会議や軍縮会議の体験から飛躍して、新しい見方をしなくちゃなりません。日本を動かす要素が変化しているのに、政治態勢だけが変化せずにすむわけはありません」

第一次大戦によって一九世紀的なヨーロッパ公法秩序は崩壊し、二〇世紀という世界戦争の時代が到来していた。それに衝撃を受けたのは、ヨーロッパ諸国に武官として駐在していた軍人たちだ。一九二一年の永田鉄山、小畑敏四郎、岡村寧次によるバーデン＝バーデン会議が陸軍革新派の出発点となる。二・二六事件に向かう昭和維新派から「君側の奸」と断罪された親英派の重臣とは、一九世紀的な世界秩序に過剰適応した明治国家の守旧勢力を意味した。

一九世紀的な明治国家では世界戦争の二〇世紀を生き抜くことはできない。軍や官僚の革新派はボリシェヴィキ国家やナチス国家をモデルとした新体制の構築をめざしていた。一九二九年恐慌による世界資本主義の危機に巻きこまれた日本は、未曾有の大不況に喘ぐことになる。同時期の経済危機からドイツではナチス革命が起きたように、一九三〇年代の日本も明治国家の守旧派と、二〇世紀的な国家改造を主張する革新派との非和解的対立に揺れ動いた。

西の丸家の祖父と父の対立は、それぞれのモデルである西園寺公望（守旧派）と近衛文麿のそれを再現しているが、父と息子（青年将校）の対立は革新派内の二大勢力に要約的には対応する。革新派内でも秩序派（漸次的な国家改造派）と急進派（一挙的な維新国家樹立派）が相克していた。

革新派内の対立には、民衆救済と天皇信仰を二つの焦点とする相違も含まれていた。昭和恐慌で塗炭の苦しみに喘ぐ民衆の救済を、一君万民主義の徹底化としての昭和維新で実現しようとする国家革新と、世界戦争を勝ち抜くための帝国主義的国家改造はかならずしも同一でない。それは陸軍統制派の軍官僚と皇道派青年将校の対立としても存在した。

皇道派の青年将校にも二つの立場が混在していた。一方には、陛下が赤子たる国民を飢餓と貧困のうちに放置するわけがない、「君側の奸」さえ排除すれば民衆は救われると信じた宗教的天皇主義派。他方には、維新国家樹立のためには例外状態を宣言する天皇が必要だという、北一輝に影響された国家改造派。後者の立場はいわば、革命のためには天皇をも装置として利用する革命的天皇機関説だった。前者に感情移入していた三島由紀夫が、北一輝のマキャベリズムを嫌悪したのは当然のことだ。

二・二六事件に敗北した皇道派は急速に無力化され、翌三七年には第一次近衛内閣が成立する。日中戦争下の国民精神総動員運動、さらに国家総動員法の成立を経由し一九四〇年には近衛新体制が樹立されるが、その内実はソ連やドイツの、またパターンは異なるとはいえアメリカの二〇世紀国家の徹底性とは比較にならない。ボリシェヴィキ党がツアーリ専制国家を、ナチ党がワイマール国家を打倒して二〇世紀的な世界戦争国家をゼロから創出したのとは違って、近衛新体制は明治国家という一九世紀的な旧体制の尻尾を断ち切ることなく、それと曖昧に連続していた。こうした微温性と不徹底性は、『貴族の階段』で描かれた西の丸秀彦の性格そのものだ。

秀彦のモデルである近衛文麿を、『雪の階』の登場人物は次のように評する。「近衛文麿とは母方の従兄弟同士で、親しい付き合いのある木島は、近衛に総理の座への意欲のあることを密かに察していた。もっともそれは野心と云うようなものではなく、そもそも五摂家筆頭の家に長男として生まれた者には野心など持ちようがないのだ」。この近衛評そのままに西の丸秀彦は造形されている。

『雪の階』で秀彦に該当する人物、ヒロインの父親の笹宮惟重は同じ貴族政治家とはいえ野心満々の俗物だ。秀彦と惟重の性格的な対立に、両作の主題的な違いは歴然としている。密談の筆記者として惟佐子は、「憂国の至誠と云うなら共感もできよう。だが、父伯爵の活動を他所から眺めたとき、金銭を撒き餌に人を呼び寄せては、ひそひそと密談すること自体がやりたい」ようにしか見えないと皮肉な感想を抱く。「他人への嫌味と批評を基調に、怨嗟や弱気や妬みを虚勢で鍍金した語り口そのものが、伯爵の政治的矮弱性を証している」とも。

秀彦と惟重の人物造形は、このように対照的といわざるをえない。政界での権謀に距離を置いている「野心など持ちようがない」秀彦とは違って、目下の惟重は天皇機関説糾弾運動を裏から煽ることに懸命らしい。登場人物の一人が語るように「機関説問題の標的は美濃部博士ではない。直接にはそうなっていますが、むしろ狙いは背後に控えている、ないしは地下茎で繫がる親英米派の重臣たち」なのだ。ようするに惟重は、貴族院議員の立場を利用して明治国家の守旧派狩りに血道を上げている。「憂国の至誠」はたんなる口実で、陰謀のための陰謀に舌なめずりしているのが惟重という人物の本性といえる。

それぞれの父親と同じように『貴族の階段』の氷見子と、『雪の階』の惟佐子のキャラクターも対照的に見える。いずれも秀才の美少女だが、氷見子はボーイッシュで裏表のないまっすぐな性格、これにたいして惟佐子の場合には一筋縄ではいかない複雑な印象がある。氷見子によれば「貴族（略）の娘たち、ことに政治ずれした古い家柄の公家や大名の子孫には、どこか妙にわるがしこい、人を喰ったところがある」。この評言は、氷見子より惟佐子に似つかわしい。他人とのあいだに距離を置き、無感動に世界を見下ろしている点で惟佐子は『貴族の階段』の西の丸秀彦に似ているが、それ以上に異様きわまりない人物であることがしだいに明らかになる。

親友の節子に年長の愛人がいること、それが父親の秀彦であることを知って、対抗心から氷見子は「いわゆる『御乱行』」をはじめる。この設定は惟佐子の場合も同じだが、好奇心が旺盛で行動的な氷見子と違って惟佐子の男漁りには、いささか不自然な印象が拭えない。少女らしい性的な好奇心に動かされているというより、自然科学者を思わせる冷徹な目で、裸の男たちとの行為を他人事のように観察している様子なのだ。満開の桜を見ても感動することのない惟佐子だからか、その「御乱行」にも「どこか妙にわるがしこい、人を喰ったところがある」。惟佐子が匂いに無感覚なのは、世界との官能的な交歓の不能性を暗示している。

惟佐子の複雑きわまりない奇怪な性格は、作者が意を凝らした『雪の階』の文章とも無縁ではない。作品冒頭の六行ある段落は、あいだに句点のない一繋がりの文章で構成されている。また次のように複雑きわまりない文章も随所に挟まれている。

気遣いに感謝しつつ、千代子は早速沢庵を箸でつまみ、これほどいい音をさせて沢庵を噛る人を自分はかつて知らぬと、先刻から観察していた蔵原はかりかり鳴る音を耳にして、この人は歯が頑丈であり、かつ口腔がギターの胴のごとく音を反響させる構造になっているんだろうと分析し、そんなこととはつゆ知らぬ千代子は三切れ連続して沢庵を口に放り込んで、線路際に建つ商人宿の、焼け畳もうら寂しい客室に小気味好い音を響かせたのだった。

この節の主要な視点人物は千代子だが、ひとつの文章のなかで語り手は蔵原の内面を描写し、また視点を千代子に戻してから、三人称的な客観的叙述で文章を終わらせている。このような技巧に「フランソワ・モーリヤック氏と自由」のJ・P・サルトルは声高に異を唱えることだろう。本書では視点の移動に加え、複数の時間がひとつの文章に詰めこまれた箇所もある。フローベール以降の完成された近代小説的文体の規範から逸脱した、「神の視点」を過剰行使する極度に技巧的な文章もまた、ヒロインの「どこか妙にわるがしこい、人を喰ったところがある」性格と共通するようだ。こうした文章はバルザックの時代には普通だったが、作者が念頭に置いているのはドストエフスキイだろう。

『雪の階』は『貴族の階段』を語り直した小説だが、他にも関連作品は存在する。たとえば『雪の階』には黒河という元軍人の調査員が登場するが、少なからぬ読者はこの人物から埴谷雄高『死霊』の主人公の一人、首猛夫を連想するだろう。猛夫は「黄ばんだ皮膚に薄汚れたしみを浮かべた一人の男[*32]」、黒河は「鉄縁眼鏡の痘痕面を陰気に頷かせた男」と描写されていて、どことなく似たような雰囲気だ。首猛夫が「あっは」、「ぷふい」という感嘆詞を頻用するように、黒河はしばしば「ヴァッハと、笑いとも驚きともつかぬ声」をあげる。

しかも『雪の階』と『貴族の階段』に類比的な関係が、周知のように『死霊』とドストエフスキイの『悪霊』にはある。『貴族の階段』の西の丸秀彦は「アジア的思考様式」の権力者という点で『死霊』の津田康造と同型的な人物だが、『雪の階』の父親役である惟重はどちらかといえば、自分をひとかどの人物だと思いこんで滑稽な失敗を繰り返す『悪霊』のステパン・ヴェルホーヴェンスキーに似ている。

秀彦と惟重のキャラクター的な相違から、『貴族の階段』とは異なる『雪の階』に独自の主題性が浮かんでくる。『貴族の階段』では明治国家の守旧派である祖父と、その二〇世紀的革新の緊急性を語る父の対立が描かれた。しかし真の主題的な対立は息子と娘、兄と妹のあいだに存在し、「死のう死のうとして、団結しようとしている」青年たちには少女たちの「死ナセナイ団」が対置される。二・二六事件と、その先に待ちかまえている戦争の時代への批判の根拠を、武田泰淳はアリストファネスに倣って「女の平和」に求めたともいえそうだ。それはまた、本作が日米安保改定を翌年に控えた一九五九年に刊行された事実とも無縁ではない。

六〇年安保闘争は岸内閣を退陣に追いこみ、改憲を棚上げにした保守本流の自民党政治が、その後半世紀もの長きにわたって続くことになる。安保条約の改定を強行した岸信介は近衛文麿から第二次近衛内閣への入閣を求められた人物で、東條内閣では商工相を務めている。他方、吉田茂の「軽武装・経済優先」路線を原点とする保守本流は、戦前のリベラリスト政治家や親英米派の流れを汲んでいる。岸信介の孫に当たる安倍晋三が首相に就任し、改憲再軍備派が政治の表舞台に再登場するのは二〇一〇年代に入ってからで、この時代に『雪の階』は執筆された。両作品が書かれた時代的な相違から、秀彦と惟重の性格的な齟齬もまた生じたのではないか。

明治期には藩閥官僚内閣を、大正期と昭和初年代には政党内閣を正当化する理論として、天皇機関説は国家エリートに支持されていた。大正初期に天皇主権説派との論争がなされたとしても、機関説が半ば公認された学説だったことは疑いない。ただし、機関説が常識化されていたのは明治国家の支配層や知識層の場合であって、庶民のあいだには「現人神」信仰が深々と根を張っていた。これを久野収や鶴見俊輔は、明治憲法体制における「密教＝立憲君主」と「顕教＝現人神」の二重性として論じている。

ワイマール憲法の「大統領の独裁」条項がナチス国家樹立に向かう突破口だったように、日本では明治憲法の「統帥権の独立」条項が同じような役割を果たした。軍や民間の国粋主義団体が政府批判の口実として「統帥権干犯」を叫びはじめたのは、西の宮家の祖父と父の対話でも言及されているロンドン海軍軍縮条約（一九三〇年）の批准に際してのことだ。それ以降も原理日本社の蓑田胸喜などによる、美濃部達吉と天皇機関説への非難は続いた。

問題が深刻化したのは、一九三四年から翌年にかけて美濃部非難の質疑が議会で行われて以降のことだ。この時期に『雪の階』の笹宮惟重は、貴族院で美濃部攻撃の論陣を張っていたことになる。天皇機関説排撃と国体明徴運動の標的は、美濃部の「背後に控えている、ないしは地下茎で繋がる親英米派の重臣たち」だった。しかし、ここには奇妙な捻れがある。国体の体現者としての天皇は、「親英米派の重臣たち」と同じく機関説を支持、ないしは容認していたからだ。

昭和天皇は生涯に二回だけ、「機関」としての立憲君主ではない、人格的な最高権力者として行動した。カール・シュミットの言葉でいえば、昭和天皇による第一の「主権的決断」は二・二六事件の鎮圧に際して、第二はポツダム宣言の受諾に際してなされた。いずれも明治国家の「密教」では人間としての立憲君主にすぎない天皇を、「顕教」である「現人神」信仰の暴走から自己保身的に守るための決断だった。しかし、これらの点から昭和天皇や、「親英米派の重臣たち」の侵略責任を免罪するわけにはいかない。

天皇機関説を常識としていた戦前のリベラリストたちは、列強による世界分割と植民地支配の一九世紀的な国際体制を少しも疑っていない。朝鮮や台湾の独立を唱えたジャーナリスト石橋湛山は、稀有な例外だった。当時のリベラルな政治エリートとは、朝鮮や台湾の植民地領有を正当とする帝国主義者にほかならない。対米戦争の回避を望んだ昭和天皇や重臣たちと、ヨーロッパ公法秩序を蹂躙する植民地再分割戦に突入するだろう軍部との対立は、新旧の帝国主義者による日本の未来を賭け金とした主導権争いにすぎない。保守とリベラルは両立すると主張し、軍国主義者と闘った戦前リベラリストの末流を自任する昨今の反安倍リベラル派は、この事実をどのように理解するのだろう。

民間から政界に波及した天皇機関説排撃と国体明徴運動は、一九世紀的な世界秩序に過剰適応した明治国家にたいして、二〇世紀的な帝国主義者が仕掛けた敵対的なイデオロギー闘争だった。氷見子の「死ナセナイ」運動はリベラルな親英米派の祖父とも、革新派の父とも異なっている。「死ナセナイ」運動は第二次大戦後、戦争と軍備の放棄を宣言した日本国憲法に結実したともいえるが、今日では戦後国家へのイデオロギー攻撃が激しさを増してきた。

特定秘密保護法や安全保障関連法と称する戦争法の強行採決によって、戦後国家の基本原則は決定的に蹂躙され、いまや改憲が政治日程に上ろうとしている。戦後国家の露骨な解体を要求しているのは、六〇年安保当時の岸派（旧日本民主党系）を源流とする清和会など自民党の改憲再軍備派や、日本会議に代表されるその支持勢力には限らない。国体明徴運動を主導したのは、蓑田胸喜の原理日本社グループなど民間の右翼や国粋主義団体だった。戦後国家への攻撃をセンセーショナルに煽っているのは、自民党タカ派や宗教右派とは起源が異なる、「ネトウヨ」とも称される二〇世紀的な新排外主義勢力だ。

『雪の階』の作者が笹宮惟重を、美濃部攻撃の先頭に立つ貴族院議員としたのは、明治国家の危機と戦後国家の危機を重ねあわせる構想からだろう。ネット空間から街頭に溢れ出した新排外主義勢力は、「戦前回帰」や「全体主義的ナショナリズム」や「反共（反左翼）親米」などを改憲再軍備派と共有する、さらにウルトラ化された歴史修正主義の徒だ。ネトウヨは伝統的な右派や保守派の主張に由来するところの、南京虐殺や従軍「慰安婦」をめぐる歴史修正主義的主張からさえ逸脱し、ルーズベルト大統領も当時の日本の「親英米派の重臣たち」も「コミンテルンのスパイ」で、その策動が日米戦争を惹き起こしたといった陰謀論的妄想を喧伝している。

対米戦争に雪崩れこむ二〇世紀的な帝国主義勢力に対立した親英米派リベラリストが「コミンテルンのスパイ」であるなら、重臣たちを「股肱の臣」として重用した昭和天皇も同じことだろう。伝統的な右派や保守派と二一世紀的な新排外主義の最大の相違点は、後者が天皇と天皇制に冷淡かつ無関心、場合によってはきた。

否定や排撃を躊躇しないところにある。たとえば二〇一七年に明仁天皇が高麗神社を参拝した際、ネットには「天皇は反日だ」という非難が溢れた。天皇家に百済系の血が入っていることから、「天皇は朝鮮人だから反日なのだ」という類の罵詈讒謗を、公然と口にするようなネトウヨが急増している。新排外主義者の天皇攻撃は、明仁夫妻による戦後平和主義と憲法九条擁護の姿勢が鮮明化するにつれてさらに激しさを増してきた。

改憲派や日米安保支持派のあいだに天皇憎悪が蔓延するなど、『貴族の階段』が書かれた岸首相の時代には想像外のことだったろう。しかし『雪の階』には岸信介の孫が総理大臣を務めるところの、戦後国家の解体が急激に進行する今日の事態を正確に写したような箇所がある。

富士山麓の樹海で屍体として発見されるまでの、宇田川寿子の足取りを追跡した千代子たちは、日光に近い田舎町の尼寺紅玉院に辿りつく。事件の痕跡を求め列車で地方を旅するカメラマンの姿は、松本清張の『影の地帯』を連想させる。そもそも富士山麓の青木ヶ原樹海を自殺現場として描いたのも、清張の『波の塔』が最初だった。

どうやら紅玉院を根城とする謎の「組織（グルッペ）」が存在するらしい。ドイツの秘密諜報団の陰謀に巻きこまれ、寿子は心中に見せかけて殺害されたのではないか。こうした疑惑を千代子から告げられた惟佐子は、紅玉院を訪れて兄と顔が酷似した清漣尼に迎えられる。その霊能力から上流夫人に信者が多い清漣尼は、笹宮惟秀の双子の妹で惟佐子には姉にあたる女性だった。

惟佐子が案内された部屋には、奇妙な文字が記された掛け軸がある。清漣尼はそれを神代文字だと語る。惟佐子たちの母方の祖先に白雉篤恭という人物がいた。「篤恭は家に伝わる古文書を調べ、そこに神代文字を発見した。篤恭は京の碩学の知識を借りつつ神代文字の研究に没頭したが、亡くなる前に研究成果を自ら封印し秘匿した」。この「研究成果」を発見した篤恭の孫の博允が、ドイツでオカルト結社「心霊音楽協会」と接触し、『偉大なる文明の復活と超人類の世紀』というドイツ語の著作を刊行する。この結社から派遣され、惟佐子と会うためにカルトシュタインは来日した。

博允の著作の前半は、ナチの理論家アルフレート・ローゼンベルクの『二十世紀の神話』を祖述したような内容だが、これを読んだ惟佐子の知人の木島柾之によれば、著者の力点は後半の日本にかんする部分にある。たとえば「朝鮮半島から渡来した天皇家の先祖はユダヤ人であり、したがって天皇家には『獣人』の血が洗滌不能な形で混入している（略）。現陛下が英米流の自由主義に固執するのは、あるいは密かにボルシェビズムに冒されているのは、血中に濃く流れるユダヤ性のゆえである」。ユダヤ人と朝鮮人の違いはあるとしても、この天皇批判はネトウヨのそれと瓜二つではないか。かつて無敵を誇った「不敬！」という恫喝と非難の決まり文句が、今日では「反日！」の連呼に置き換えられているだけだ。

一九三五年前後の天皇機関説攻撃による明治国家解体運動と、今日の新旧保守や排外主義勢力による戦後国家解体運動が、『雪の階』では暗黙のうちに二重化されている。たとえば惟重は、昭和モダン文化に染まった軟派少年の次男に手を焼いて、右翼の合宿施設に送りこむ。「皇民教育は満三歳から、『教育勅語』の暗誦によりはじめられるべきであると主張し、自ら幼稚園を経営して教育界に旋風を巻き起こ」した真藤栄が主宰する塾だ。読者の連想が森友学園の籠池泰典に向かうことを期待して、作者が真藤という人物を登場させたことはいうまでもない。

白雉博允の著作を読んだ木島は、天皇制を批判する左翼文献をはじめ「いろいろな文書を読んできたが、ここまで不敬なものはなかなか珍し」いと驚愕する。木島を戦慄させた博允の結論は次のようだ。

日猶同祖説は誤りである。日本人とユダヤ人は同祖ではなく、純正なる「神人」種である日本人が住む列島へ、天皇家に率いられたところのユダヤ人種が浸潤した結果がいまの日本なのである。(略)「神人」の祖たるアメノミナカヌシ——高天原に最初に現れ出でた神であるところのアメノミナカヌシノカミの直系たる高貴な人間、アメノミナカヌシの聖なる血と精液を刻された者は、大陸を挟んだ西欧におけるアーリア=ゲルマンの人種純化運動に呼応する形で、自ずと現れ出ずにはおらぬ。

『雪の階』が『死霊』を、さらには『悪霊』を参照している点はすでに述べた。作者ドストエフスキイと同世代であるステパンにとって子の世代にあたる観念家が、『悪霊』には四人登場する。暴力革命に憑かれている点で『悪霊』のピョートルは青年将校の久慈中尉に、神が人として地上に降りたという神人論を唱える点で、清漣尼はロシア主義者のシャートフに対応する。武官としてドイツに滞在中、白雉博允や「心霊音楽協会」の会員と接触して「神人」の子孫であることを自覚した惟秀は、神人論を倒立させた人神論を主張する点で、『悪霊』のキリーロフを思わせる。ようやく惟佐子の前にあらわれた惟秀は、「欧州において『獣人』の代表格であるユダヤ人が抹消されねばならぬのと同様、黄土の大陸から渡来したヤマト人が駆逐されねばならぬ。それにはまずヤマトの首領であるところの天皇家を廃さねばならぬ」と熱した口調で語る。

ただ放置すれば、大勢のヤマト人が自滅し死に行く厄災のなか、天皇家だけは姑息にも「獣人」国の傀儡となって生き延び、醜悪な支配をこの国で続けていくことになる。おれはそれを阻止する。(略)在京の歩兵聯隊の叛乱が起こるならば、いや、それが起こることは確実なのであるが、そうなれば、近衛聯隊が天皇の警護を名目に宮城を占拠することは容易だ。俺は少数の兵を率い、宮城の奥へ分け入り、天皇から三種の神器を奪い、語の真の意味での、維新をなしとげる。「獣人」の国から「神人」が正しくカミを祀る国への維新を宣する。

雑婚を重ねて人間に堕落した神の子孫が「獣人」の権力を打倒して、ふたたび神になるという惟秀の人神論は、誰もまぬがれえない恐怖や不幸から人類を解放するために、哲学的自殺を企てるキリーロフの人神論とは対照的だ。キリーロフは観念的に絶対化された人類愛から人神論に憑かれるが、惟秀のそれは人類への憎悪を極限化している。

グロテスクな屍体が堆積する焦土の光景を幻視した惟秀は、戦後日本を「天皇家だけは姑息にも『獣人』国の傀儡となって生き延び、醜悪な支配をこの国で続けていく」だろうと弾劾する。こうした人間天皇への批判は三島由紀夫の『英霊の聲』と同型的だ。しかし美的天皇の回復を願った三島とは対極的に、惟秀は「獣人」の王である天皇を追放すると宣言する。

こうして『雪の階』で描かれる二・二六事件は、史実に則った『貴族の階段』のそれとは大きく異なったものとなる。神人をめぐる偽史を下敷きに、『雪の階』では二・二六事件をめぐる偽史が物語として提示される。

作中でも言及されている日猶同祖説をはじめ、明治から戦前昭和まで荒唐無稽で誇大妄想的な日本人起源説が、後進国知識人の劣弱感を観念的に補塡するイデオロギーとして多様に紡がれた。「日本人＝ヒッタイト族」説の石川三四郎、『日本太古小史』の木村鷹太郎、『太古日本のピラミッド』の酒井勝軍など、欧米滞在経験のある知識人のそれとは異なる、いわば土俗的な偽史の流れも存在した。「正史」としての古事記に対置されるところの、しばしば神代文字で書き残されたといわれる、古史古伝と称された一群の偽史文献だ。

代表的な偽史文献は、茨城県の皇祖皇太神宮天津教の管長職竹内家に秘蔵されてきたという竹内文書だろう。一九三七年、天津教教祖の竹内巨麿は不敬罪で起訴される。大本教に続いて弾圧された天津教だが、いずれの弾圧事件も二・二六事件の前後に起きていることは示唆的といえる。

『雪の階』で語られる笹宮惟秀の人神論は、古史古伝などの偽史をナチの反ユダヤ主義や空想的なアーリア人種理論で味付けしたものだ。しかも偽史的な教義に支えられた新宗教と皇道派との関係は史実で、この辺から奥泉光は本作の構想を得たに違いない。

偽史的な想像力による正史批判、天皇制批判をモチーフとした伝奇小説は、五木寛之「日ノ影村の一族」や半村良『産霊山秘録』を源流として一九八〇年代に数多く書かれた。『雪の階』が八〇年代伝奇小説のヴィジョンを継承しているとしても、そこには無視できない屈折がある。

天皇を頂点とする天津神の侵略勢力に蹂躙された蒼古の一族が、かつて日本列島には棲息していた。山奥や辺境に追いやられた一族は、たとえば酒呑童子や平将門のような「逆賊」として都の権力に抵抗してきた……。このような設定の伝奇小説は、天皇制を日本社会の「半封建的・前近代的」な遺物と批判した旧左翼の近代化主義を超えて、在日韓国・朝鮮人やアイヌ、沖縄人民と連帯する新たな天皇制批判の論理とも通底するものだった。

『雪の階』で惟秀が語る偽史と人神論はナチズムの反ユダヤ主義に親和的な、極端化された排外主義と結びついている。ようするに一九八〇年代の偽史的想像力は新左翼的な反天皇主義と意識的無意識的に共鳴していたが、惟秀が語るそれはネトウヨの新排外主義に接続する。かつての天皇制批判の論理が、二一世紀には排外主義者に密輸入されたともいえる。大衆運動の技術から党内粛清や強制収容所にいたるまで、ナチズムにはボリシェヴィズムのもろもろの発明を模倣したところも少なくない。同じようなことが、ボリシェヴィキ派の新左翼とネトウヨの新排外主義にも指摘できる。
戦後民主主義的な「女の平和」を明仁天皇こそが体現している以上、氷見子の「死ナセナイ」論理で「男の戦争」を批判した『貴族の階段』は、いまこそ語り直されるべきだ。明治国家の危機と戦後国家の危機という二つの時代を重ねあわせながら、新排外主義による「在日天皇＝反日天皇」攻撃の二一世紀的な意味を批評的に語ろうとして、奥泉光は『雪の階』を構想したようにも見える。

常識的には右派に分類される新排外主義が天皇非難の大合唱をはじめた裏で、かつて反天皇制の立場だった左派やリベラルから天皇支持の声が聞こえはじめた。改憲派の攻勢に浮き足だった左派やリベラルの少なからぬ者たちが、明仁天皇の護憲的姿勢を無批判に歓迎している。本来は天皇制に否定的だった者たちによる、困ったときの天皇頼みは無自覚な思想的退廃にすぎない。とはいえ、天皇主義者への思想的転向を自覚的に宣言する論者も存在する。

内田樹は二〇一六年八月八日の「おことば」に触れて、明仁天皇は「象徴天皇にはそのために果たすべき『象徴的行為』があるという新しい天皇制解釈に踏み込んだ。そこで言われた象徴的行為とは実質的には『鎮魂』と『慰藉』のことです[*33]」と述べている。「『鎮魂』とは先の大戦で斃（たお）れた人々の霊を鎮めるための祈りのことです。陛下は実際に死者がそこで息絶えた現場まで足を運び、その土に膝をついて祈りを捧げてきました。もう一つの慰藉とは（略）、さまざまな災害の被災者を訪れ、同じように床に膝をついて、傷ついた生者たちに慰めの言葉をかけることを指しています」。

> 天皇の第一義的な役割が祖霊の祭祀と国民の安寧と幸福を祈願することであること、これは古代から変わりません。陛下はその伝統に則った上で、さらに一歩を進め、象徴天皇の本務は死者たちの鎮魂と今

ここで苦しむ者の慰藉であるという「新解釈」を付け加えられた。これを明言したのは天皇制史上はじめてのことです。

総理大臣の任命や国会の召集などの国事行為をおこなう天皇は事実上、イギリスやオランダの国王と変わらない立憲君主である。マッカーサー草案で天皇の地位が「象徴（シンボル）」なる定義不詳の言葉で示されたのは、「君主（モナーク）」という言葉のインパクトを警戒したからだろう。人間宣言がなされたとしても、日本国民の大多数は昨日まで「現人神」を崇拝していた。

かつて天皇の宗教的権威の源泉は大嘗祭、新嘗祭をはじめとする宮中祭祀にあった。しかしそれは、王権神授説が否定され世俗化された立憲君主にはふさわしくない。戦後憲法下の宮中祭祀は宮中行事、ようするに天皇の私的祭祀と見なされている。皇位継承の際に行われる大嘗祭を含め、新嘗祭をはじめとする年中行事のほとんどが農耕をめぐる儀礼で、それらは天皇が「稲の王」だったことを示している。「稲の王」の宗教的権威も、日本が農業国だった古墳時代から戦前昭和まで一六〇〇年ほどの時期には有効だったろう。しかし産業化と大衆社会化が進行し、農業人口は減少の一途を辿った戦後昭和の時代に、もはや「稲の王」の権威は通用しない。

内田が評価する明仁天皇の「鎮魂」と「慰藉」の旅は、敗戦後に昭和天皇が精力を注いだ巡幸を継承したものだ。「稲の王」としての「現人神」だった体験のない明仁天皇は、「象徴天皇の本務は死者たちの鎮魂と今ここで苦しむ者の慰藉であるという『新解釈』を付け加え」ることで、新たな宗教的威力の源泉を確保しようとした。

内田によれば、旧ソ連や中国のような「『合理的に統治されている国』でも、霊的権威というものの支えがないと国民的な統合ができないらしい」、「現世的権威者が霊的権威者をも兼務するそういった国では、権力者は自動的に独裁者にな」る。「翻って日本を見た場合は、天皇制と立憲民主制という『氷炭相容れざるもの』が拮抗しつつ共存している」。こうした「中心が二つある『楕円的』な仕組み」の戦後日本国家こそ、プロレタリア独裁の収容所国家を極限的な事例とする権威主義国家はもちろん、共和政や立憲君主制と比較しても優れた政体だということになる。

人間のエゴイズムを肯定する地点から出発した近代的な契約国家は、いたるところで空洞化を深めていると内田はいう。利己的な人間は共倒れを防ぐため、必要な場合は非利己的に振る舞うというホッブズやロックの理念は、いまやエゴイズムの洪水によって溺死しかけている。

しかし、それでもまだわが国には「非利己的にふるまうこと」を自分の責務だと思っている人が間違いなく一人だけいる。それだけをおのれの存在理由としている人がいる。それが天皇です。（略）人種や言語やイデオロギーにかかわらず、この土地に住むすべての人々の安寧と幸福を祈ること、それを本務とする人がいる。そういう人だけが国民統合の象徴たりうる。

しかし、このように語る内田は、「祈る人」天皇の宗教的威力によって秩序を担保する共同体が、スケイプゴートを荒野に放った太古のそれと同型的であることに自覚的ではない。秩序を保つために太古の共同体は象徴的な他者を排除した。「祈る人」として日本国を支える象徴天皇とは、スケイプゴートと同じ機能を期待された他者にほかならない。いわば内田は「平和で民主的な神権国家」を夢想するわけだが、存続のために象徴的他者を排除する共同体は、原理的に排外主義的といわざるをえない。その他者が、たとえ「祈る人」としての天皇であろうと。

排除の共同体は、「この土地に住むすべての人々の安寧と幸福を祈る」宗教的権威を梃子として、さらに大規模な排外主義を蔓延させるだろう。天皇に依存している限り、われわれは自由ではない。天皇を天皇制という抑圧的な牢獄から解放し、人としての権利の回復を保障することで、われわれもまた解放されうる。そのときは、われわれ一人一人が「祈る人」として霊的存在となる。

樹海での心中事件の真相は、『雪の階』の結末で笹宮惟秀の口から語られる。宇田川寿子の恋人は惟秀だった。惟秀たちの陰謀計画を探りはじめた久慈中尉と、恋人の子を妊娠した寿子を殺害し、二人の屍体を富士山麓まで運んで心中に見せかけたのだ。紅玉院を拠点とする陰謀団はドイツの心霊音楽協会と連携し、東西から「神人」の復活計画を進めようとしている。

「カルトシュタインの日本派遣は日独における連帯の証だった。カルトシュタインは、惟佐子、おまえが白雉の血を継ぐ者、『神人』の血を濃く持つ者であり、いずれ豊葦原の水穂の国にあって祭主となるべき者だと知っていた」。このように惟秀は語り、計画に備えて皇居に近い帝国ホテルで待機するよう妹に命じる。兄が政務を、妹が祭儀を司る古代日本のヒメヒコ制の復興を、どうやら惟秀は構想しているようだ。

『貴族の階段』の氷見子は、兄が決起に参加できないように睡眠薬を飲ませる。盟約から脱落したことを恥じて義人は自決する。「兄が湯河原の襲撃地で、節子が自宅で、それぞれ自殺を企てたのは、ほとんど同時刻だった」。割腹した義人と短刀で喉を突いた節子は「しめしあわせたのではなかった」が、それは許されない愛のための心中だったようにも見える。

『雪の階』の冒頭で起きる心中事件は物語の結末で、偽装された殺人だったことが判明する。『貴族の階段』での義人と節子の象徴的な心中に『雪の階』で対応する出来事は、物語の結末で語られる一種の無理心中だろう。

　兄の行動を阻止するため、妹が決起の直前に睡眠薬を飲ませるところまで両作は同じだ。惟佐子は二月二五日の夜、ホテルで兄の紅茶に睡眠薬を入れる。「二月二十九日朝、近衛第一聯隊の営内で槙岡貴之中尉が笹宮惟秀大尉を拳銃で撃ち、直後に銃口を口に銜えて引き金を引いた」。青年将校の決起を利用して三種の神器を入手し、天皇位を奪取する陰謀が惟秀の長い眠りのために失敗し、その責任を追及する槙岡が惟秀を撃ったのか。しかし二人は、数日前に「雪の階」の上で接吻していた。槙岡はバイセクシュアルの恋人と無理心中を図ったのかもしれない。明白な真相は語られることなく、読者の想像に委ねられている。

　西の丸邸の「階段」と同じように、笹宮邸にほど近い神社の「階」もまた寓意的だ。「拝殿に上がる段の途中にある人らは、まるで雪で造った階に立つかのようで、それはいかにも脆く、いまにも崩れ落ちそうに見える」。雪で埋もれた石段の途中にいる二人は、拝殿まで達することなく転落するだろう。陰謀の破綻か愛の挫折か、いずれが理由だったとしても。

『雪の階』で妹が兄に睡眠薬を飲ませた理由は、かならずしも明らかではない。惟佐子というヒロインの性格的な異様さ、不気味さはこの場面で最終的にあらわとなる。妹は眠りに落ちようとする惟秀に「神人（ゴッドメンシュ）の血筋などと云うことを、本当に信じていらっしゃるの？」と問いかける。惟佐子が兄の計画に冷淡なのは、常識や合理的判断から神人をめぐる話を信じないためではない。嗅覚の麻痺に象徴されるように、生の官能性から深いところで遮断されたヒロインは、兄と違って破壊的かつ暴力的なユートピア的情熱さえあらかじめ奪われている。

　結末で明らかになるのは、『悪霊』のスタヴローギンに対応するのが、『雪の階』では笹宮惟佐子であるという思わぬ真相なのだ。自分で発明した暴力革命論も過激スラヴ主義も人神論も信じることができない、能動的でも受動的でもない空白を病んだニヒリストと同じように、このヒロインもまた生の不能性に呪われている。スタヴローギンは石鹸を塗りつけた縄で縊死するが、人生の理想も生存のリアルも喪失した果てのおぞましい自殺は、『雪の階』のヒロインにはふさわしくない。囲碁や数学や探偵小説など小さな愉しみで暇潰しをする才能が、この女スタヴローギンには与えられているからだ。

世界と透明な壁で隔てられた惟佐子は、どのように戦争を通過し、どのように敗戦を迎えたのか。この小説を読み終えた読者には、そんな問いが湧いてくる。三一〇万という膨大な犠牲者を出した苛烈で悲惨な一〇年を生きた果てに、二七歳になったヒロインは物狂おしいまでの生の充溢と官能性を回復しえたろうか。それともスタヴローギン的なニヒリズムの精神的荒廃は戦争の体験によって、さらに深化したのだろうか。

8 推理と詭弁　藤田直哉『娯楽としての炎上』

『探偵小説論』連作で筆者が提起した二〇世紀的探偵小説論を、ミステリ評論『娯楽としての炎上』の藤田直哉は次のように評している。「『既に人間も世界も空虚なパズルのようになっている』というリアリティを表現するためにこそ、直接的に『社会派』であることを回避したパズル的な作風が必要だった（略）。一見、社会や人間を描いていないように見える『新本格』が、時代精神や、人間や社会の変容を表現しようとしているると論じるためには、このような『逆説』が必要となった[*34]」。

しかし、二一世紀に入って探偵小説の「社会性」の意味するところは大きく変容している。「私が、現代ミステリが、社会や政治と結びつくと言うために用いるロジックは、このような逆説ではない。もっと身も蓋もない理由である」と藤田は語る。

それは、「論理」にも「事実」にも「真相」にも興味や関心を持たない人が増えた、ということに拠る。そのような人々が増えることは、たとえばファシズムや情動政治やフェイクニュースを用いたデマが蔓延しやすい社会の状況を生み出していく。……単なる「パズル」や「遊戯」であったかもしれない、「本格ミステリ」が、社会や政治と結びつくのはここにおいてである。

探偵小説は「趣味の問題として、『論理』『事実』と、『正しく犯人を当てる』ことを重視してきたジャンルであったかもしれない。今は、その趣味の問題が、同時に政治的抵抗になってしまう」。もちろん、大量死／大量生の二〇世紀的な歴史性に規定された探偵小説を空疎な形式として墨守することが、そのまま二一世紀的なポスト・トゥルースの時代への抵抗になるわけではない。そもそも、そんなことは不可能だろう。

一九八〇年代以降に探偵小説の再興をみた日本でも、英米の大戦間探偵小説に典型的だった「謎／論理的解明」の古典的形式に忠実な作品は、二一世紀に入って急速に減少してきた。過去一〇年は減少傾向がとりわけ著しい。

東野圭吾『容疑者Xの献身』をめぐる二〇〇六年の論争を画期として、一九八〇年代以降の探偵小説ムーヴメント（第三の波）はいったん終息した。とはいえダイナミックなジャンル的運動性は希薄化しても、有栖川有栖から麻耶雄嵩まで「新本格」世代の有力作家はハードな本格作品を書き継いでいるし、オタク文化的な設定やキャラクターを取りこんだライトな探偵小説は多くの読者を獲得してきた。その代表例として、たとえば東川篤哉『謎解きはディナーのあとで』がある。また第三の波の国際化として生じた華文本格からも、陳浩基『13・67』や陸秋槎『元年春之祭』など高い水準の作品が出現しはじめた。『娯楽としての炎上』で藤田が指摘するように、ヴェテラン作家の持続的活動や探偵小説的ガジェットあるいはギミックの社会的浸透とは異なる水準で、新たな挑戦も試みられている。

現代ミステリは、そのジャンルの魅力の核心部分を維持するために、好むと好まざるとに関わらず、自身を取り巻くコンテクストの変化に応答しなくてはならなくなった。自身のジャンルそれ自体が持っている社会的・政治的意義や機能について内省し、「作品を提示する」という形で世界にアプローチをしていかざるをえなくなってしまった。それが、私が記述しようとしている「現代ミステリ」の状況である。

このように冒頭で本書のモチーフを述べた藤田は、「外在的な状況から内在的な問題（ジャンルの本質）を問い直し、組み換え、同時に、内在的な問題から外在的な状況にアプローチ」した試みとして米澤穂信、円居挽、城平京、井上真偽などの作品を検討していく。

これらの作家に体現される探偵小説の新傾向は、これまでも複数の論者に注目されてきた。たとえば法月綸太郎は円居挽『烏丸ルヴォワール』解説で、米澤穂信『インシテミル』（二〇〇七年）、円居挽『丸太町ルヴォワール』（二〇〇九年）、城平京『虚構推理　鋼人七瀬』（二〇一一年）などに言及している。

この三作に共通するのは、いずれも特殊なルールに基づいた広義のディベート小説であり、事件の真相を明らかにすることと、ロジカルな問題解決の目標がイコールではないということだ。もちろん、「机上の論理」の構築に特化して、事件の真相を刺身のツマのように扱う作例が過去になかったわけではないけれど、謎解き／ディベートの行われる環境そのものが真相の如何と関わりなく成立するように、あらかじめシステム設計された小説が目立ってきたのは、ここ数年のことだろう。[*35]

また麻耶雄嵩は、「この作者は意図的に、本格ミステリーの面白さは真相に相当する推理にあるのではなく、仮定だろうが真相だろうが〝推理〟そのものにある、と挑発しているのだ。だから敢えて真相を矮小化してみせた。本格ミステリーに於ける〝探偵〟は真相ではなく、面白い推理を騙るにこそ相応しい[*36]」という。

「謎解き／ディベートの行われる環境そのものが真相の如何と関わりなく成立するように、あらかじめシステム設計された小説」、「真相ではなく、面白い推理を騙るにこそ相応しい」ところの「本格ミステリーに於ける〝探偵〟」の登場は、第三の波以降に顕在化した探偵小説の変貌を象徴しているのではないか。『虚構推理』を中心に、こうしたトレンドの意味するところを正面から論じたのが「創造する推理」の諸岡卓真だ。この評論で諸岡は、「『虚構推理』は本格ミステリの変容の過程で、ジャンルの基本的なルールであった『客観的な証拠に基づく真実を探し出さなければならない』という制限を撤廃し、たとえそれが本当かどうかわからなくても、推理そのものの面白さを追求するという方向性を極端化して打ち出した作品であるといえる」[*37]とし、次のように結論する。

このような作品では真実は常に「上書き」の可能性を胚胎していることになる。そのような可能性を十分に生かせる場として、日々「上書き」され続けることに特徴があるインターネットが選ばれたことには根拠がある。『虚構推理』は、真実を「発見」する推理の物語を、「上書き」する推理の物語へと更新したのである。

『虚構推理』には「『客観的な証拠に基づく真実を探し出さなければならない』という制限を撤廃し、たとえそれが本当かどうかわからなくても、推理そのものの面白さを追求するという方向性」があると諸岡は語る。この指摘の意味するところは、法月や麻耶の『丸太町ルヴォワール』評と大枠で変わるものではない。異なる点があるとすれば、真実を「『上書き』する推理の物語」とインターネットとの親和性を、『虚構推理』から読みとった点だろう。「作中では、インターネットにおける多数決の原理により『正しい』推理がいちおうは確定するが、それは逆にいえば、多数のギャラリーを説得しさえすれば、その『推理』が誤りであってもかまわないということでもある」。

そこで重視されるのは、客観的な論理(ロジック)ではなく魅力的なレトリックだ。そのレトリックに、ギャラリーは翻弄され続ける。本作を、特殊な能力を持つ一部の存在によって、いいように操られるギャラリーを描いた話と捉えれば、インターネットメディアでの情報操作の容易さと、それに騙されるギャラリーへの批評的な視線を読み取ることもできるだろう。

『丸太町ルヴォワール』や『虚構推理』に見られた二一世紀探偵小説の新傾向と、それへの法月、麻耶、諸岡などによる批評的認識を前提として、『娯楽としての炎上』は書かれている。法月綸太郎による『烏丸ルヴォワール』解説から「取るに足らない真実を語るより、派手なパフォーマンスとロジカルで美しい仮説を繰り出した側が優位に立つ」、「ディベートの場はインターネット上の匿名掲示板で、そこに集う不特定多数のギャラリーをいかに説得するかが、物語の焦点になる」などの指摘を引用した著者は、こうした「タイプのミステリを、現代の現実の社会で生じている『ポスト・トゥルース』と呼ばれる状況と結びつけて理解しようというのが、本書の立場」だという。

藤田によれば、ここ一〇年ほどで顕在化してきた探偵小説の新たなトレンドは、「ネット炎上」や「感情の政治」や「ポスト・トゥルース」など、とりわけトランプ政権の誕生以降しばしば語られてきた二一世紀的な社会状況と必然的な照応関係にある。『丸太町ルヴォワール』や『虚構推理』、さらに井上真偽『その可能性はすでに考えた』などに顕著である新傾向に、探偵小説の新たな「社会性」が認められるとし、そこにトランプ政治やポスト・トゥルース状況への「抵抗」の可能性を読もうとするところに『娯楽としての炎上』の独自性がある。

新しいトレンド初期の代表作『インシテミル』では、高額の報酬で一二人の男女が閉鎖空間〈暗鬼館〉に集められ、謎の主宰者が設定した奇妙なルールのもと、殺人と推理のゲームに参加することになる。探偵小説では通例のクローズドサークル設定だが、ここではそれが批評的に裏返されていると藤田はいう。警察の捜査が排除されるクローズドサークルは、探偵と犯人と被害者しか存在しない謎と推理の純粋ゲーム空間だが、『インシテミル』の〈暗鬼館〉では事情が根本的に異なるからだ。

一二人のなかには論理的な対話が困難な人物が紛れこんでいて、たとえば凶器の九ミリ口径拳銃と、容疑者とされた人物が所持している二二口径空気ピストルの相違を説明されても、「細かいことはわからないけれど、でも、同じピストルでしょう[*38]」と応じる。射殺事件である以上、空気ピストルの所持者が犯人だという信憑にはいささかの変化もない。主人公は「これほど明々白々な証拠を突きつけたのに、全く理解されていない」と無力感に陥る。

しかも主宰者が定めたルールによれば、殺人事件をめぐる推理会で犯人と名指しされた者は多数決で裁かれ、有罪と判定された者は拘禁されてしまう。「そもそもこの〈暗鬼館〉では、殺人者を裁くのに真実は不要だ。関係があるのは、多数決のみ」、「必要なのは、筋道立った論理や整然とした説明などではなかった。どうやらあいつが犯人だぞという共通了解、暗黙のうちに形作られる雰囲気こそが、最も重要だった」。〈暗鬼館〉というクローズドサークルは、探偵小説的な謎と推理の純粋ゲーム空間とは対極的な、無知と没論理、悪意とデマに支配された異様な閉鎖空間にほかならない。『インシテミル』の刊行から一〇年以上が経過し、われわれの現実そのものが〈暗鬼館〉と変わらないポスト・トゥルース的、オルタナティヴ・ファクト的な世界に変貌し終えたようだ。その典型がデマとフェイクニュースによるバッシングや炎上が日常茶飯事のインターネット空間である点は、いまや誰にも否定できない。

『インシテミル』の「あいつが犯人だぞという共通了解、暗黙のうちに形作られる雰囲気」に支配された疑似裁判の発展形が、『丸太町ルヴォワール』では「双龍会」という私設の秘密裁判、『虚構推理』ではインターネットのまとめサイトで行われるプロパガンダ合戦の場「虚構争奪議会」である。虚構争奪議会という設定は、もちろんネット炎上やネットリンチと無関係ではない。ネットリンチが被害者の名誉を傷つけるばかりか、場合によっては家や職を奪うなど深刻な被害を生じさせてきた事実を指摘し、藤田直哉は次のように続ける。

現代のミステリの一部に顕著に見られる作風は、政府による警察・司法に「われわれ」意識を持つのではなく、「炎上」に代表される人民裁判に「われわれ」意識を持つ人々が増大している状況に呼応して書かれている。「炎上」のような人民裁判による捜査・裁判・制裁が行われる状況は、一国の中に別の司法制度が無許可に出現した状態に等しい。

『娯楽としての炎上』というタイトルそのものが、ハワード・ヘイクラフトの『娯楽としての殺人』を下敷きにしている。「『探偵小説は本質的に民主的な慣習の産物』であり、『公平な裁判』を求める考え方が行き届いているという条件が必要であり、裁判は『正当な論理的な規則』に基づき『証拠』を必要とするものである」とヘイクラフト説を要約する藤田は、『娯楽としての殺人』から次の箇所を引用する。

民主主義は、手もとに都合よくいた最初の犠牲者ではなく、実際の犯罪者を罰しようとする。この状態がいきわたっているのは、目ざめた土地の市民たちが、フェア・プレイと公平な裁判を当然な権利として期待し要求するからだけではない。この方法が、力より同意でおさめる政府にとっては、犯罪を適切におさえ取り締まる唯一の方法だからだ。それゆえに探偵推理が、それゆえに探偵が――それゆえに探偵小説が、あるのである。[*39]

しかし藤田によれば、「現在は、民衆が民衆それ自体に私的制裁を行うことで、この『法の支配』を破壊しつつある。もはや、部分的には、近代法の理念が失効している社会が成立してしまっている」。ネット炎上やネットリンチが横行する社会では、探偵小説を可能ならしめてきた歴史的前提が決定的に変質し弱体化している。探偵小説の二一世紀的な新傾向は、この「外在的な状況から内在的な問題（ジャンルの本質）を問い直し、組み換え」るための試みではないか。

「ヘイクラフト説には欠陥がいくつもある」が、それでも「ヘイクラフトの議論を、真に受けてみる必要がある」と藤田はいう。しかしヘイクラフト説は、本当に「真に受けてみる」べきものだろうか。ドイツ軍の空爆にさらされたロンドンで、探偵小説だけを貸し出す「空襲図書館」が開設されたというエピソードが、『娯楽としての殺人』の冒頭で語られている。ナチズムの暴虐に屈しないロンドン市民が探偵小説を愛読するのは、探偵小説が本質的に封建主義や全体主義に対立する民主主義社会の産物だからだと、ヘイクラフトは主張する。

第二次大戦の本質は民主主義と全体主義の対決だというのは、世界史を理念と理念の闘争に還元する俗流ヘーゲル主義の発想にすぎない。第二次大戦とはドイツとアメリカとソ連による世界国家の地位の争奪戦だった。ヘイクラフトの主張がアメリカの戦争を正当化するためになされた、戦争翼賛プロパガンダにすぎないことは明白だろう。そもそも第二次大戦以前から、イギリス国民がもっとも愛好していた小説ジャンルは探偵小説だったのだから、空爆下でもロンドン市民がそれを読み続けたのは当然のことだ。全体主義との闘争として市民が探偵小説を愛読したというのは、根拠のないイデオロギー的主張にすぎない。

不当に権利を剝奪され迫害されたユダヤ人や同性愛者などのマイノリティ、あるいは徹底的に弾圧されたコミュニストなどの左翼とは立場の異なる多数派国民にとって、対ソ戦が泥沼化するまでのドイツは、ワイマール時代と比較して政治的にも経済的にも安定した暮らしやすい国だった。国民の生活状態を改善し民族的アイデンティティを回復したナチス政治が、ドイツ人の多数派から支持されたのは偶然ではない。自由や民主主義の立場からの理念的批判は可能でも、ファシズムに通じる勢力を実効的に封じこめるのは簡単ではない。その根拠のひとつがここにある。

ナチス政権下では探偵小説に描かれるような刑事犯罪の容疑者が、証拠の捏造や拷問による自白の強要といった脅威に、日常的にさらされていたとはかならずしもいえない。悪名高い秩序警察や秘密警察とは部署の異なる刑事警察の犯罪捜査は、同時代のイギリスと基本的に変わらない仕方でなされていた。ドイツでは刑事犯罪の捜査と尋問にも中世的な拷問道具が使われていたかのように、ヘイクラフトは事実を偽っている。戦前の日本では特高のような政治警察だけでなく、刑事警察の場合にも拷問か拷問に近い取り調べは行われていたが、これは近衛新体制以降のいわゆる「日本型ファシズム」と直接の関係はない。前近代的な日本の警察組織は、戦時天皇制期に入る前から権威的で暴力的な「オイコラ警察」だった。

「イタリアやドイツのように、独裁政府が輸入探偵小説を読ませないようにするのもよくわかる」として、ヘイクラフトはさらに続ける。「なぜなら、明らかに理性の修練とそれほど切っても切れない探偵小説という文学形式が、プロパガンダを無批判に受け入れなければやっていけないような略奪的な覇権主義（ヘゲモニー）によって、歓迎されるわけがないからだ」。しかし枢軸諸国が探偵小説を禁止したのは、それが英米の「敵性文化」だったからだ。清潔で健康な帝国はキャバレーのレビューと同じ「退廃文化」という理由から、〝娯楽としての殺人〟文芸を追放した。「理性の修練」の役には立ちそうにない半裸の美女と血まみれの屍体で彩られたグラン・ギニョール風の犯罪物語が、探偵小説と同様に禁止された事実をヘイクラフト説は説明できない。

第一次大戦前のドイツは帝政だったが、その社会は社会民主党が議会で第一党を窺いうる程度には開明化されていた。また大戦後のワイマール憲法は、当時もっとも進歩的な憲法といわれていた。そのドイツで探偵小説が発達しなかった事実にかんして、ヘイクラフトは「警察小説と市民の自由の関係は任意であり、必須なものではない」と弁解する。民主的な社会は探偵小説の前提だが、民主的な社会は必然的に探偵小説を生じさせるわけではないというなら、探偵小説の起源はイギリスとアメリカという英語国の文化的特殊性から説明すべきではないか。

ヘイクラフト説では「民主的な慣習」として粗雑に一括され、行政に属する警察組織と、司法制度は区別されていない。ミシェル・フーコーが『監獄の誕生　監視と処罰』で詳細に語っているように、法の支配が確立された一九世紀フランスでさえ法（裁判所）と秩序（警察）は対立し、後者が前者の優位性を侵食し続けていた。法は違法行為を裁くが、警察は犯罪を実行する以前から犯罪予備軍として恣意的に分類した者らを監視し、ある場合には予防拘禁する。いうまでもなく警察による「治安維持」は法の精神に反するが、こうした行政による逸脱を司法は阻止しえない。司法と行政の対立を無視するヘイクラフト説は浅薄であるというにすぎないが、エドガー・アラン・ポオ『モルグ街の殺人』のオーギュスト・デュパンを祖型とする探偵キャラクターを、警察や警官と同一視する決定的な誤認は放置できない。

一九世紀前半のパリで近代的な警察組織の基礎を築いたのは、裏社会の消息に通じた特異な経歴の人物フランソワ・ヴィドックだった。この人物の『回想録』に影響された作家はバルザックをはじめ少なくないが、ポオもその一人で、「盗まれた手紙」に登場する警視総監G―はヴィドックがモデルだといわれる。ただしボードレールによれば、モデルは一八三〇年代に警視総監を務めたジスケエだが。

盗まれた手紙の捜索に失敗した警視総監の捜査法を、デュパンは愚弄する。警察がD―大臣邸を徹底的に調べたことは疑いない。「もし手紙があの連中の捜査範囲内にあったら、きっと発見されていたにちがいないね[*40]」。しかし犯人は、警察の常識とは次元の違う発想で手紙を巧妙に隠した。「悪漢の利口さが連中の頭の働きとは性質が違うときには――もちろん裏をかかれるわけさ」。

近代的に合理化された捜査法は、経験科学の思考法を定式化した実験的論理学に照応する。実験的論理学によれば「観察／推論／実験」が科学的真理の認識過程だ。証拠や証言を集め（観察の過程）、そこから予備的考察、仮説の構成、演繹を遂行し（推論の過程）、そして得られた結論を実際に検証する（実験の過程）のが、探偵小説の歴史的前提としてヘイクラフトが称揚するところの近代的な捜査法である。犯罪捜査で実験的検証に該当するのは、しばしば逮捕した犯人から自白を得ることだ。

警察による常識的な捜査法にデュパンが対置する分析（アナリシス）の内容は、「モルグ街の殺人」の冒頭部分に詳しい。分析（アナリシス）と探偵小説的推理にかんしては、筆者の『探偵小説論序説』を参照していただきたい。

犯人のD―大臣は、G・K・チェスタトンなら「葉は森に隠せ」というだろう、警察の知とは異質な次元の発想に達していた。D―のように飛躍した発想には原理的に対応しえない凡庸な捜査は、失敗して当然だったとデュパンは批判する。こうした発想の飛躍をロマン主義者は天才の霊感と呼んだ。D―もデュパンもロマン主義的天才タイプのキャラクターだ。誰もが理解可能、万人が共有可能な経験科学と実験的論理学の知が「民主的」とすれば、D―やデュパンによる天才の霊感は「貴族的」といえる。

事実、作者はデュパンを没落貴族として設定している。没落貴族、すなわち「貴族階級の屑」だ。屑とは偽物(フェイク)でもある。デュパンが活動していた七月王政期のフランスで、貴族階級の屑のシンボル的な人物はルイ・ナポレオンだった。ルイが掻き集めたボヘミアンの一群を、マルクスは「諸階級の屑」集団と規定した。貴族階級の屑から、ルンペン・プロレタリアートという労働者階級の屑までが陰謀団を形成して、ルイによるクーデタ政権を支えることになる。

デュパンのボヘミアン的性格に着目したのは「ボードレールにおける第二帝政期のパリ」のヴァルター・ベンヤミンだが、こうした性格はシャーロック・ホームズにも忠実に引き継がれている。合理的な司法制度と同一視された警察が民主主義社会の「市民」の側に位置するとしたら、探偵とはボヘミアンすなわち「市民の屑」にほかならない。ファイロ・ヴァンスのように貴族趣味のブルジョワであれ、若き御手洗潔のようなドロップアウト青年であれ、ボヘミアン的な性格はデュパンやホームズの昔から少しも変わっていない。

ロマン主義的天才がボヘミアン、ようするに「市民の屑」だったように、天才の霊感にも等しい探偵役の名推理は詐欺師の口上に似ている。論理的には万全であるかのような名推理に、経験科学的な真理の世界に安住する健全な市民は眉を顰(ひそ)める。われわれが探偵役の謎解きを愛読するのは、それに逆撫でされながらも反論できない警察的な知=市民的良識の狼狽と屈服を愉しむためでもある。

経験科学的な警察の知と探偵的な知の対極性を見ようとしないヘイクラフトの探偵小説=市民文学論は、根本的な撞着を抱えこんでいる。「探偵小説は本質的に民主的慣習の産物であ」るというヘイクラフト説を前提に、ネットリンチが横行する社会では「民主的慣習」も法の支配も内的に崩壊しているという現状把握のもと藤田直哉は探偵小説の新傾向を捉えようとするが、このような議論は根拠が薄弱といわざるをえない。

とはいえ、『娯楽としての炎上』の現状認識が検討に値しないというわけではない。近代化された市民社会や合理的な司法制度から原理的に逸脱する探偵と、その推理を描くものとしての探偵小説だからこそ、ネット炎上とネットリンチが横行するポスト市民社会のリアリティに対応する、新たな傑作を生み出しえたのではないか。このように問題を立て替えても、藤田による論の過半は妥当性を失わないし、そうしたほうが論旨として一貫するのではないか。『娯楽としての炎上』の著者は、つまるところ「ヘイクラフトの議論を、いい、いい、真に受けてみる」べきではない。

フランスの一九世紀探偵小説の起源は、植民地のサバンナやジャングルを舞台にした秘境冒険小説の都会版、ウジェーヌ・シュー『パリの秘密』を代表例とする都市型冒険小説にある。これを群衆小説と言い替えることもできる。「市民の屑」としての、あるいは都会的な遊歩者（フラヌール）としての探偵キャラクターは、探偵小説の群集小説的側面から生じている。都市型冒険小説に昔ながらの謎解き物語の要素が加えられて、ガボリオやボアゴベイなどによる探偵小説が生じた。

エミール・ガボリオ『ルコック探偵』の探偵役はパリ警視庁の警官で、犯行現場の靴跡を証拠品として注目する。また逮捕された容疑者は拷問など暴力的な尋問にあうこともなく、犯行を自供しないまま釈放される。以上のような設定には近代的な警察組織による犯罪捜査というヘイクラフト好みの要素が認められるにしても、それは群衆小説（ルコックは都市群衆に紛れこむ容疑者を必死で追跡する）と、謎解き物語（「やってきたのはプロシャ兵だ」という謎めいた言葉の意味を推理する）という探偵小説に不可欠な二本柱に加えられた三本目の柱にすぎない。そこに探偵小説を核心的に定義する唯一無二の特権性は認められない。

探偵小説の探偵キャラクターは市民ではなく「市民の屑」だし、探偵の知は経験科学的な警察の知からすれば詐欺師の口上に等しい。とすれば『丸太町ルヴォワール』で検事役を務める落花が、「知恵と言の葉使うて問題をもっともらしく解決するだけ。実際、ウチの舌は嘘をホンマに、ホンマを嘘にするんや」[*41]と「龍師」の仕事について語るのも当然のことだ。

もともと民主主義と市民社会の側に位置していた探偵キャラクターが、市民的理念を解体する二一世紀的なネット社会を生き延びようとして、龍師のような新タイプに変身したわけではない。報酬を期待して警察に、あるいは市民社会のリアリティに妥協していたデュパン的な探偵の知を、女龍師の落花は臆することなく露骨に口にしたにすぎない。

民主主義（デモクラシー）は古代ギリシャのデモス・クラチアに由来する。デモクラシーの原義は「多数者（デモ）＝民衆（ス）」の「支配＝権力（クラチア）」なのだ。通説に従って、近代的な民主主義の原型が古代ギリシャの民主政にあるとしよう。そこにはヘイクラフトが賞讃するところの、民主的な裁判制度の原型もまた存在したに違いない。古代アテネで行われた無数の裁判のなかでも、後世もっとも有名になったのはソクラテス裁判だろう。

プラトンの「ソクラテスの弁明」によれば裁判は公開で、五〇〇人の市民陪審員の他に多数の聴衆が参加した。メレトスなど原告側の論告と求刑のあとソクラテス自身による弁明がなされ、罪の有無を決定する投票、有罪決定後は量刑決定のための投票が行われ、さらに死刑確定後にソクラテスの最後の発言がなされた。

全員参加の直接民主主義社会だった古代アテネのことだから、被告側弁護人の不在や一審制など近代的な裁判システムと異なる点はあるが、われわれの基準からしても公正な裁判といえそうだ。ヘイクラフトが指弾するところの、拷問による自白も捏造された証拠も権力者による恣意的介入も、この裁判には見当たらない。

弁明にあたってソクラテスは、メレトスたちの告発は昔から流布されてきた自分への非難の新版にすぎないと語る。さらに以前からの非難者を「アニュトス一派（裁判の原告側――引用者註）の人たちよりももっと恐れている」[*42]と。

それはつまり、彼らが諸君の大多数を子供のうちから手中にまるめこんで、ソクラテスというやつがいるけれども、これは空中のことを思案したり、地下のいっさいをしらべあげたり、弱い議論を強弁したりする、一種妙な知恵をもっているやつなのだといった、なに一つほんとうのことはない話をしきりにして聞かせて、わたしのことを讒訴していたからなのです。

こうした非難は当時のアテネ市民の多くが、裁判の被告をソフィストの同類と見ていたことを示している。イオニアの自然哲学者のように「空中のことを思案したり、地下のいっさいをしらべあげた」と称する者として、ソクラテスは非難された。アテネを舞台とするソフィスト運動の創始者は最後のイオニア派といわれるアナクサゴラスだし、「弱い議論を強弁したりする、一種妙な知恵をもっている」という非難も、屁理屈で人を惑わす詭弁家というソフィスト像に一致する。

民主主義社会の健全な市民から言論の詐欺師、詭弁家として忌避され非難された点で、古代アテネのソフィストとデュパン以降の名探偵には共通点がある。ソクラテス裁判では告発側のアニュトス一派と、有罪判決を下した法廷が市民的な警察の知を、ソフィストの同類として死刑判決を受けた被告ソクラテスが探偵の知に対応する。それでは、健全な市民たちから詭弁家として排斥されたソフィストとは、どのような存在だったのか。納富信留は次のように述べている。

「言論の力」をさまざまな場で実践するだけでなく、それを自覚的に言説化し、人々に教授するというソフィストの営みは、必然的に従来の「知」のあり方への尖鋭な挑戦となり、とりわけ、ソフィストを「影」として捉えようとする哲学者にとって最大の挑戦を成していた。ソフィストの「言論」は、従来の知の営みが領域限定性において成り立つ場や個別ジャンルをのり越え、いわば領域横断的に、縦横無尽に言論を動かしていく。[*43]

納富が描くところのソフィストは、ヨーロッパ形而上学をロゴス中心主義として攻撃したジャック・デリダなどポストモダン派の哲学者を思わせる。ソフィスト批判の急先鋒だった「真」と「善」の哲学者プラトンが形而上学の元祖とすれば、それも当然のことだ。しかも近年は、ポストモダニズムの無責任な相対主義や泥沼の懐疑論こそポスト・トゥルース的、オルタナティヴ・ファクト的な社会状況や文化状況の元凶ではないか、という批判もしばしば語られている。

探偵キャラクターとポストモダン哲学者に共通する祖先が古代アテネのソフィストで、ポストモダニズムがネットリンチに通じるポスト・トゥルース的状況を生じさせたとすれば、問題はみごとに円環してしまう。名探偵によるソフィスト的な詭弁は、デマと陰謀論が横行するインターネット社会のリアルに適合的だ。探偵小説の二一世紀的な新傾向は、藤田直哉が語るようなポスト・トゥルース的状況への「抵抗」ではなく、その無自覚的な反映にすぎないということにもなりかねない。

『娯楽としての炎上』で検討されている探偵小説の新たな傾向の最前線は、いまのところ井上真偽の『その可能性はすでに考えた』と、続篇の『聖女の毒杯』だろう。この連作の新機軸は、探偵による探偵行為の動機にある。『モルグ街の殺人』のデュパン以降、歴代の名探偵は不可能犯罪の謎を合理的に解明しようと努めてきた。しかし『その可能性はすでに考えた』の探偵役である上苙の関心は、不可能な謎を解明するところにはない。現実的には不可能とされる奇蹟の実在を証明することにのみ、上苙探偵の情熱は向けられている。

「人知の及ぶあらゆる可能性を全て否定できれば、それはもう人知を超えた現象と言えませんか?」[*44]と上苙は語る。だから、探偵役の仕事は不可能犯罪を合理的に解釈するところにはなく、それは探偵役の対立者、奇蹟を否定するカヴァリエーレ側の人物の仕事になる。しかもカヴァリエーレ側は、不可能犯罪を合理的に解釈できる可能性を提示すればよい。合理的な解釈の可能性が少しでも存在するなら、その出来事が奇蹟であると探偵は主張できないからだ。

> この勝負、向こうは可能性さえ見つけられればいいのだ。
> 事実を一々厳密に証明する必要はない。もちろん物理法則を無視したり、まったく根拠の欠片も無い出鱈目な「可能性」を持ち出すことは、さすがに「有り得る仮説」としては棄却されよう。しかし状況証拠にそれなりに当て嵌まっており、かつ可能性として否定しきれないものであれば、老人側は好きなように「真相」を捏造できる。

ワトスン役は「この圧倒的不利なルール下で有効な戦術はこれしかない。揚げ足取り。相手の言動を逆手にその論理の不備を突くのだ」と語る。「向こう」が提示するのは謎を合理的に解釈しうる可能性、「有り得る仮説」にすぎない。決定的な証拠に裏づけられていない以上、証拠を否定するという論駁は許されていない。「人知の及ぶあらゆる可能性を全て否定」するのが探偵の動機である以上、対立者の「有り得る仮説」に真の合理的解釈を対置するわけにはいかない。探偵の最終目的は、事件に合理的解釈など存在しないことの証明にあるのだ。

　相手は無数の可能性を盾にいくらでも言い逃れできるのだから、事実の真偽で追い詰めることはまず困難。ならば相手の言質を取りつつ、相手自身が認めた事実で論駁するのがここでの最善手――。

　現象世界の背後に隠された真理があるという形而上学の観念的倒錯への批判として、それとは異なる真実を対置するわけにはいかない。別の真実を主張した瞬間に批判者は形而上学の罠に落ちてしまうからだ。真実は存在しないが、真実の不在が真実だともいえない。しかし真実が存在しないという主張が虚偽であるなら、真実をめぐる形而上学的思考は覆しえない。どう転んでも形而上学的真理が無傷であるなら、いったいどうすればいいのか。そこで提示されたのが、ポストモダン哲学の脱構築戦略だ。脱構築とは、ようするに「揚げ足取り。相手の言動を逆手にその論理の不備を突く」こと、「相手自身が認めた事実で論駁する」という戦略にほかならない。

『その可能性はすでに考えた』は、発想の水準としてジャック・デリダ的な脱構築戦略と同じ位相にある。しかし探偵小説はポストモダン哲学の地平を超えていく。物語のクライマックスで探偵の論理は、決定的な危機に直面する。不可能犯罪の真相かもしれない「有り得る仮説」を脱構築した上苙の論理を、対立者はさらに脱構築するのだ。

「それがカヴァリエーレ枢機卿様の主張。これは今までみたいな仮説の主張ではありません。これは探偵さん自身が生み出した、否定の理論体系自体が抱える矛盾への指摘――つまり、『否定の否定』です」

ここで「否定の否定」というタームが語られるのは、もちろん偶然ではない。アリストテレスからスコラ哲学を経由してデカルト、合理論と経験論、カントの批判哲学にいたるヨーロッパ形而上学の歴史に、ヘーゲル弁証法は新機軸をもたらした。弁証法的思考では真と偽は対立しない。あるいは真と偽の対立は形式的なものにすぎない。真と偽が相互転化する弁証法的過程を通じてのみ、真理は歴史的な自己実現をみる。

『その可能性はすでに考えた』でも魔女裁判や、邪悪な想像力の極限としかいえない拷問技術のあれこれには言及されている。キリスト教神学を含めて形而上学は、異端や魔女など外部からの批判者を精神的にも物理的にも権力的に抹殺してきた。抹殺するしか対処のしようがないからだ。しかし弁証法は、対立者や批判者の存在さえ否定的媒介として止揚し内部化し、敵対する力をおのれの力に転化してしまう権力知、究極の形而上学なのだ。

弁証法の起源がソクラテスの問答法にあるとすれば、それも不思議ではない。誤った言説に正しい言説を対置するのではなく、対話者が矛盾を自己露呈するように仕向ける問答法は、脱構築戦略の原型でもある。実際にデリダは、プラトンの『パイドロス』をテキストに脱構築の見本を提示している。

ソクラテス自身はソフィスト的な話し言葉による知の時代と、プラトン以降の書き言葉による知の時代の過渡期を生きた。この点ではソクラテスをソフィストの同類と見ていたアテネ市民も、師をソフィストならぬ哲学者(フィロソフィア)として描いたプラトンも、それぞれに一面の正当性はある。プラトンが描いたソクラテスはパロールの優位性を説くが、パルマコンとしてのエクリチュールには「毒」と「薬」の両義性がある点に着目することから『パイドロス』での議論を読み替えていくデリダの読解もまた、このことを示している。

ソクラテスの次元まで引き戻すことで、プラトン的な形而上学を乗り越えようとしたのがヘーゲルだった。デリダの脱構築はプラトン的な形而上学への批判としては有効だとしても、ソクラテス＝ヘーゲル的な形而上学的権力には無力といわざるをえない。デリダ的なポストモダン哲学はポスト・トゥルース的状況に加担しているという非難に多少の妥当性があるとしても、しかし探偵小説の新傾向はその先に出ようとしている。プラトン的真理を脱構築する論理が、ソクラテス＝ヘーゲル的な問答法＝弁証法によってさらに脱構築されてしまうとき、その罠をソフィストとしての探偵はどのように喰い破ることができるのか。「己の論理と論拠を等しくする論理を、どうやって否定しろと言うのだ――」。

この作品で提示された謎とその解明の場面に即してなら、かろうじて探偵はソクラテス＝ヘーゲルの弁証法的な罠を喰い破りえた。そのように作者が設定したからだ。奇蹟の実在を証明するため、「その可能性はすでに考えた」と断言しうるために推理し続ける探偵の行路は、当然ながらここでは終わらない。

ポスト・トゥルース的状況とは真実に誤謬が、あるいは虚偽やデマゴギーが勝利した世界ではない。もしもそうであるなら、ポスト・トゥルース的状況の外側に、真と善に満たされたプラトン的なイデアの世界を回復すればいい。トランプを批判するリベラルは、ネットのデマに活字メディアの真実で対抗しようとする。こうした批判が無力なのは、ポスト・トゥルース的状況が真と偽の弁証法的相互転化を宿した、「否定の否定」としての世界だからだ。

もしもヘイクラフトの探偵小説論が妥当であるなら、ポスト・トゥルース的な二一世紀を探偵小説が生き延びることなど不可能だろう。良識的な市民から「屑」と非難されるようなキャラクターだからこそ探偵は、そして探偵小説は生き延びる可能性がある。

ヘイクラフトが称揚する民主主義社会では、探偵のアイデンティティが二重化していた。ロマン主義的天才を自任する「社会の屑」が、民主的な法と秩序の守護者を演じていたのだから。しかし、いまや探偵は、この宿命的な二重性から解放されたといえる。

『丸太町ルヴォワール』の女龍師は、「ウチの舌は嘘をホンマに、ホンマを嘘にするんや」とうそぶく。炎上とリンチが頻発し、陰謀論とデマが溢れかえる二一世紀社会では、探偵の推理なるものが論理の衣を着せた詐欺師の口上にすぎないことは、たんなる凡庸な事実にすぎない。問題があるとすれば、良識的な市民のあいだに紛れこんだ「社会の屑＝ロマン主義的天才」、あるいはベンヤミンが注目した一九世紀パリの「ボヘミアン＝フラヌール」の批評性が、いまや探偵と探偵小説から失われかねない点だ。

『丸太町ルヴォワール』の龍師たちは芸術的に巧緻な騙しの技法という優越性で、ネットを跋扈(ばっこ)する無知で軟弱な輩を侮蔑するだろう。しかし、こうした精神の貴族主義によって、ポスト・トゥルース的状況への批評性が担保されるとは思えない。芸術的な「嘘つき」は、凡庸な「嘘つき」が溢れるネットの大海で溺死するしかないからだ。

この点では脱構築を脱構築され、ソクラテス＝ヘーゲル的な「否定の否定」と死に物狂いで闘わざるをえない『その可能性はすでに考えた』の探偵役のほうに一日の長がある。ポスト・トゥルース的なネット世界とは、形而上学批判としての脱構築が日常化した世界、哲学的脱構築がさらに脱構築され凡庸化した世界だ。少なくとも『その可能性はすでに考えた』の探偵役は、こうした時代的必然性に必死で抗おうとしている。

だから「現代ミステリは、そのジャンルの魅力の核心部分を維持するために、好むと好まざるとに関わらず、自身を取り巻くコンテクストの変化に応答しなくてはならなくなった」という藤田直哉の主張は、かならずしも正確ではない。ポスト・トゥルース的な二一世紀社会で探偵小説が直面している危機は、それが民主主義社会の産物だったからではない。

探偵的な知の「屑」性、偽物(フェイク)性こそが市民社会的な良識を異化する、創造的な挑発力の源泉だった。しかし社会それ自体が「屑」の山と化し、フェイクニュースが大手を振ってまかり通るような世界では、探偵小説という偽物(フェイク)の異化する力は枯渇せざるをえない。『インシテミル』から『その可能性はすでに考えた』にいたる新たな試みには、この危機に直面し、それでも生き延びようとするジャンルの意志が刻まれている。

9 人類と進化　ユヴァル・ノア・ハラリ『ホモ・デウス』

ドストエフスキイ『悪霊』に登場するキリーロフの人神論と自殺哲学は、多くの読者に強烈な印象を与えてきた。ニーチェはそれに影響されて、「神の死」や「超人」をめぐる思索を紡いだともいわれる。キリーロフは小説の語り手に問われるまま、人神論について次のように語る。

「あの神は存在していませんが、神は存在しています。神というのは、死の恐怖の痛みのことをいうんです。痛みと恐怖に打ち克った人間が、みずから神になる。そのとき新しい生命は生まれ、そのとき新しい人間は生まれ、なにもかも新しいものが……そこで歴史は二つの部分に分かれます。ゴリラから神が絶滅するまでの部分と、神の絶滅から……」

「ゴリラまで、ですか？」

「……地球と人間の物理的な変化までです。人間は神になり、物理的に変化する。世界も変化し、事業も、思想も、すべての感覚も変化する。どう思います、そうなれば、人間も物理的に変化するでしょう？」[*45]

それを想像することも含め、人間がまぬがれえない苦痛と死への恐怖こそ「神」の正体だ。「死の恐怖の痛み」を超えるために意識的な自殺を敢行した者は、その瞬間に神になる。ナイーヴで奇妙な魅力を放つ青年は、物語のクライマックスで人神論を実験的に証明しようと哲学的自殺をとげる。

キリーロフの言葉には、少しわかりにくいところがある。引用箇所には三つの神が登場し、それらの相互関係が丁寧には説明されていないからだ。

第一に「あの神は存在していません」の神。第二に「死の恐怖の痛み」としての神、第三に「痛みと恐怖に打ち克った人間が」なるだろう神、ようするに人神。第一の神は、近代科学と啓蒙精神によって打ち砕かれた神、ようするにキリスト教の神だろう。地動説に続いて進化論が勝利し、天地と人間の造物主としての神は死を宣告された。

「ゴリラから神が絶滅するまでの部分と、神の絶滅から（略）地球と人間の物理的な変化まで」の二つの部分にキリーロフは人類史を分割するが、その標識である「神の絶滅」の神とは第一、第二、第三のうち、はたしてどの神を指しているのか。「人間は神になり、物理的に変化する」という記述から第三の神は除外できそうだ。古い「神の絶滅」こそ人神が誕生することの前提とすれば。無神論が勝利しても、神という観念を生じさせた根拠が最終的に解消されたわけではない。人間が「死の恐怖の痛み」に支配されている限り、「あの神」が退場しても別の神が君臨することだろう。

文脈からするとキリーロフは、どうやら第二の「神の絶滅」が人類史を前後に二分すると考えているようだ。しかし、その場合には論理の混乱が生じてしまう。第二の「神の絶滅」によって「人間は神になり、物理的に変化する」のであれば、ようするに蒼古からの神の死と、新たな人神の誕生が同時であるなら、「神の絶滅から（略）地球と人間の物理的な変化まで」は過程として存在しえないわけで、人類史を二分するキリーロフの人類史観は成立しない。

熱を込めて語る論理の混乱までを含め、作者がキリーロフというエキセントリックな人物を意図して造形した可能性も否定できないが、以下では人類史を二分する「神の絶滅」を、第一の「神」の死と仮定してみよう。

いうまでもないが、人間はゴリラから進化したわけではない。キリーロフ発言には自然人類学上の知見の時代的限界が無視できないので、ここでは「ゴリラ」を猿人とする。チンパンジーやゴリラなどの類人猿と最初の猿人であるアルディピテクスの分化は、今日では七〇〇万年ほど前と推定されている。新たな化石人骨の発見によって、この年代はさらに遡るかもしれない。

キリーロフの人類史観は次のように言い替えられる。〝歴史は二つに分割される。アウストラロピテクスから「神の死」まで、「神の死」から地球と人間の物理的な変化まで〟と。ニーチェが『ツァラトゥストラはこう語った』で「神の死」を主張したのは一八八五年で、『悪霊』の刊行（一八七三年）より少しあとのことだ。科学的精神や啓蒙的理性の普及によってキリスト教の影響力が低下したという常識論以上の意味を、ニーチェは「神の死」に込めている。神に代わるニーチェ的な「超人」は、死の「痛みと恐怖に打ち克った人間」がなるキリーロフの「人神」に対応する。

一九世紀の末から二〇世紀にかけて文学や思想の領域で語られてきた人神や超人のヴィジョンだが、二一世紀に入った直後から「地球と人間の物理的な変化」をめぐる問題が、科学の領域で熱心に論じられはじめる。

オゾンホールの研究でノーベル賞を受賞したパウル・クルッツェンは、二〇〇〇年の国際会議で、「人新世」という言葉をはじめて口にした。二年後には科学論文を公表し、以降「人新世」をめぐる議論が専門家のあいだで活発に行われるようになる。この点についてユヴァル・ノア・ハラリは『ホモ・デウス』で次のように触れている。

学者は地球の歴史を更新世、鮮新世、中新世のような年代区分に分ける。公式には、私たちは完新世に生きている。とはいえ、過去七万年間は、人類の時代を意味する人新世と呼ぶほうがふさわしいかもしれない。なぜなら、この期間にホモ・サピエンスは地球の生態環境に他に類のない変化をもたらす、最も重要な存在となったからだ。[*46]

地層の形成を研究する層序学によれば、現在は一万一七〇〇年前にはじまる完新世に属する。今日ではクルッツェン説を支持する研究者が増えはじめて、従来の説が変更される可能性も出てきた。新説が常識化すれば、われわれが生きているのは新生代第四紀人新世ということになる。

最終氷期が終わることで、大地にはさまざまな痕跡が刻まれた。地球の温暖化によって氷河が圏谷や堆石を残して後退し、海面が上昇して海岸線が大きく変化した。大陸から切り離されて日本列島が生じ、またベーリング地峡が水没してアメリカ大陸とユーラシア大陸は分断された。湿潤化のため草原は森林化し、そのために絶滅したマンモスなどの大型哺乳類も多い。

最終氷期の終わりと同じ程度か、それ以上かもしれない劇的な変化が、人類の活動の結果として近年の地球には生じている。たとえば核実験や原発事故による放射性物質の拡散、二酸化炭素やメタンガスの大気中濃度の変化、気温の上昇による極冠の氷の融解や熱帯雨林の急減、成層圏のオゾン濃度の変化とオゾンホールの拡大など類似の事例は無数に指摘されている。

未来の地質学者はプラスティックやコンクリートの廃棄物とならんで、大量のニワトリの骨を人新世の地層を特徴づける指標として注目するだろう。「これは前例のない現象だ」と『ホモ・デウス』は強調する。

一九八〇年にはヨーロッパには二〇億羽の野鳥がいた。二〇〇九年には一六億羽しか残っていなかった。同じ年にヨーロッパ人は、肉と卵のために一九億羽のニワトリを育てている。今日、世界の大型動物（体重が数グラムを超えるもの）の九割以上が、人間か家畜だ。

人工的に飼育されるニワトリが野鳥の数を凌駕したのと類似の事実は、他にいくらでもあげられる。これは地球にとって完全に新しい事態だ。「およそ四〇億年前に生命が登場して以来、一つの種が単独で地球全体の生態環境を変えたことはなかった」。

生態環境の大変動や大量絶滅は何度となく起こったが、それらは特定のトカゲやコウモリや真菌の活動が原因ではなく、気候の変動や構造プレートの運動、火山の爆発、小惑星の衝突といった強大な自然の力によって引き起こされたものだった。

人類の活動が新たな地質学的年代をもたらしたという説は、層序学や地質学など自然科学の分野を超えて、オブジェクト指向存在論など哲学の世界や、フェミニズムやコミュニズムなど社会思想の領域でも論じられはじめた。たとえば『猿と女とサイボーグ』のダナ・ハラウェイやラカン派左翼のスラヴォイ・ジジェクなども、人新世をめぐって発言している。

しかし、ここで問題になるのは超人でも人神でもない「人間」だ。「人間至上主義は、過去数世紀の間に世界を征服した新しい革命的な教義だ。人間至上主義という宗教は、人間性を崇拝し、キリスト教とイスラム教で神が、仏教と道教で自然の摂理がそれぞれ演じた役割を、人間性が果たすものと考える」とハラリは語る。

造物主としての神が退場して以降、その空位を埋めたのは他ならぬ人間、「労働する人間」だった。世界から神を追放した科学精神から、近代的なテクノロジーが次々に発明されていく。労働による自然の利用と加工と変型はテクノロジーという強大な武器のために加速され、無視できない物理的変化を地球に生じさせた。

いまや地球上のどこにも、人間の足跡が印されていない地図上の空白地や、産業化とは無縁の昔ながらの大自然は存在しない。人間の活動は成層圏から深海底まで、あらゆる場所に爪痕を残している。人間は新たに地球を成形し、いまも成形しつつある。人間こそ神に代わる新たな造物主というべきだ。

地質学者や層序学者のあいだでは、どの時点を人新世のはじまりとすべきかの議論が続いている。「過去七万年間は、人類の時代を意味する人新世と呼ぶほうがふさわしい」というハラリ説を支持する専門家はさほど多くない。これでは後氷期である完新世が人新世に呑みこまれてしまうからだ。大多数の専門家は、人新世を第四紀完新世に続く新たな地質年代として捉えている。

とはいえハラリ説も無根拠とはいえない。ホモ・サピエンスが登場して以降、大型哺乳類を中心に多数の生物種が消失した。気候など自然条件の変化に加えて、決定的な武器を手にしたサピエンスに狩りつくされた結果だろう。その武器とは言語、しかもサピエンスだけが獲得した固有の言語だとハラリはいう。『ホモ・デウス』の前篇にあたる『サピエンス全史』には、「ホモ・サピエンスが世界を征服できたのは、何よりも、その比類なき言語のおかげでは無かろうか[*47]」とある。では、どこにサピエンス言語の「比類な」さは見出されるのか。

伝説や神話、神々、宗教は、認知革命に伴って初めて現れた。それまでも、「気をつけろ！　ライオンだ！」と言える動物や人類種は多くいた。だがホモ・サピエンスは認知革命のおかげで、「ライオンはわが部族の守護霊だ」と言う能力を獲得した。虚構、すなわち架空の事物について語るこの能力こそが、サピエンスの言語の特徴として異彩を放っている。

蟻もシグナルを交換する。声で仲間に危険を知らせる能力は、あらゆる霊長類に見られる。シグナルとしての言語は人間に固有ではない。虚構を語る能力、語られた虚構を現実と同じように信じられる能力がホモ・サピエンスを核心的に定義する。

約七万年前に東アフリカの故郷を出て全世界に拡散したサピエンスの群れは、シグナル的な言語を超えるシンボル的な高度言語で結ばれ、効率的な狩猟によって多くの大型哺乳類を絶滅に追いこんだ。「もしホモ・サピエンスがオーストラリア大陸に行っていなかったなら、フクロライオンやディプロトドンやジャイアントカンガルーが今なおそこで見られただろう」とハラリはいう。

『サピエンス全史』の第1部は「認知革命」、第2部は「農業革命」と題されている。「歴史の筋道は、三つの重要な革命が決めた。約七万年前に歴史を始動させた認知革命、約一万二〇〇〇年前に歴史の流れを加速させた農業革命、そしてわずか五〇〇年前に始まった科学革命だ」。第3部「人類の統一」では「比類なき言語」、ようするにシンボル的な言語の産物としての「帝国」と「貨幣」が論じられる。人類の統一化は帝国と貨幣によって進められてきた。

人間が「比類なき言語」を獲得し、集団で虚構を共有する能力を獲得した認知革命が、効率的な狩猟による大型哺乳類の絶滅をもたらした。さらに農業革命は栽培植物と、その生育地の急増、農地造成のための森林の大規模伐採、灌漑による河川の形状変化と塩害や土地の荒廃、その他もろもろの無視できない変化を地球上に生じさせた。

農業革命を人新世の起点とする説もあるが、ハラリはルネッサンス期以降の「科学革命」を重視する。「過去五〇〇年間に、人間の力は前例のない驚くべき発展を見せた。一五〇〇年には、全世界にホモ・サピエンスはおよそ五億人いた。今日、その数は七〇億に達する」、「私たちの人口は一四倍、生産量は二四〇倍、エネルギー消費量は一一五倍に増えた」。この「偉業」の過半は科学革命のテクノロジー的な結果でもある産業革命、あるいは資本革命の一九世紀以降に達成された。

こうした点から、産業革命が人新世の起点だという地質学者や層序学者は少なくない。しかし今日、より多くの専門家に支持されているのは、一九五〇年を人新世の起点とする説だ。世界が第二次大戦の被害から立ち直って、二〇世紀後半の高度経済成長期に突入した一九五〇年以降、大量生産／大量消費／大量廃棄文明が地球を覆いはじめる。大気中の二酸化炭素が急増し、地球温暖化が加速されていくのも一九五〇年以降のことだ。

このように「地球の物理的な変化」は、キリーロフの予言とはいささか違う形であるにしても、いまや実現されたといえる。それでは「人間」のほうはどうか。『サピエンス異変』のヴァイバー・クリガン＝リードは、草原での生活に適応するように進化したサピエンスの身体が、農業革命、産業革命、IT革命のそれぞれで無視できない不適応を来してきたと語る。畑での労働は、草原での狩猟採集生活とは違う種類の負担を身体に強いる。産業革命による工場労働や、IT革命によるモニターを前にしたデスクワークも。

不自然な前屈姿勢を強いる農作業が、人類に腰痛という持病を一般化した。しかしクリガン＝リードが重視するのは、農業革命より産業革命による「人間の物理的な変化」のほうだ。フリードリヒ・エンゲルス『イギリスにおける労働者階級の状態』を参照しながら、産業革命による工場労働によって「労働者階級の身体は崩壊した」[*48]とクリガン＝リードはいう。

日光不足、ビタミンDやカルシウムの足りない食事、過重労働は、いずれも一九世紀労働者の身体の破壊に寄与したかもしれないが、新しい労働パターンはこれらの要因すべてをひとまとめにしていた。したがって、問題は骨格以外にも波及した。

産業革命以降の人間は、それまでにない関節痛、X脚、扁平足に悩まされはじめた。近視や花粉症も、イギリスではヴィクトリア時代に増加した身体的異変だ。二〇世紀後半以降では肥満、2型糖尿病、反復運動過多損傷（RSI）などの新しい病気や異常が一般化する。

産業革命の一九世紀や第二次大戦後の二〇世紀半ばに「地球の物理的な変化」が生じたとすれば、クリガン＝リードが列記する身体的異変は、人新世に対応した「人間の物理的な変化」を示すものだ。アウストラロピテクス以来の人類史は、人新世以前と以降とに分割される。

しかし「ゴリラから神が絶滅するまで」と「神の絶滅から（略）地球と人間の物理的な変化まで」に人類史を二分するキリーロフは、「人間の物理的な変化」を示すものが関節痛や糖尿病の類では納得しそうにない。キリーロフが語る「人間の物理的な変化」は、人間にもたらされた新しい病気や身体的な多少の「変化」でなく、いわば超越的存在への「進化」を含意しているからだ。腰痛に悩み、肥満のためダイエットに励まなければならない現代人は、キリーロフ的な人神の対極に位置している。クリガン＝リードが列記するような身体的異変は進化ではなく、むしろ退化だろう。

『悪霊』は革命観念の倒錯を批判的に描いた小説といわれる。ドストエフスキイは事実、特異な革命家セルゲイ・ネチャーエフによるイワーノフ殺害事件の衝撃から、この作品を構想した。イワーノフはネチャーエフが組織した革命結社の会員で、秘密の中央委員会から派遣されたと称する人物の言動に疑問を抱いたことから処刑され、屍体は大学構内の池に沈められた。

裏切りや密告を警戒したことがイワーノフ殺しの動機だった可能性も高いのだが、ドストエフスキイの作家的想像力はグロテスクきわまりない「真相」を紡ぎ出した。『悪霊』にはネチャーエフをモデルにした青年ピョートル・ヴェルホーヴェンスキーが登場し、組織を結束させる目的で仲間の一人を殺害しようとする。一度でも仲間の処刑に手を貸した者は、もう組織から逃げられなくなる。どのような指導者の命令にも絶対服従する忠実な配下、奴隷的な存在になるしかない。このような集団ほど効率的な革命組織は存在しないというのが、ピョートルの陰険きわまりない独創的な組織論なのだ。

作中のイワーノフ役は熱狂的なスラヴ主義者シャートフだ。一方で過剰な観念に摑まれて自殺するキリーロフを犯人に仕立て、他方で仲間たちにシャートフを殺害させるというのがピョートルの陰惨な計画だった。自己純化する革命観念が腐敗した暴力にまみれていく事態は、その後ドストエフスキイの予見通りに世界的規模で蔓延していく。

『悪霊』が批判的に描いた革命観念は倒錯的な組織論にとどまらない。田舎町にピョートルが組織したグループの一員であるシガリョーフは、理想社会の異様なヴィジョンを語る。初期社会主義者のフーリエやプルードンも、あるいはゲルツェンやベリンスキーも、この必然的な結論にいたる手前で姑息に足踏みしているにすぎない。

――人類を平等ならざる二つの部分に分断することです。つまり、人類の十分の一は、個人の自由と、残り十分の九にたいする無限の権利を享受します。残りの十分の九の人間は個性をうしない、家畜の群れのようなものに変わり、絶対的な服従のもとで、何世代かにわたる退化をかさね、原初の無垢を獲得しなければならない。

「楽園です、地上の楽園です、この地上にはそれ以外の楽園はありえません」とシガリョーフは断言する。「かぎりない自由から出発しながら、かぎりない専制主義」に帰結する倒錯的な理想社会のヴィションは、ノーメンクラトゥーラが支配したソ連の収容所国家からカンボジアの虐殺共産主義にいたる「現実に存在した社会主義」の現実を正確に予見している。しかしドストエフスキイによる革命観念の批判は、腐敗した暴力に補完される組織論や、究極の専制支配にいたる社会主義的理想社会のヴィジョンを超えた領域でも展開されていく。

『悪霊』の主人公は特異な遍歴を重ねてきた貴族の息子ニコライ・スタヴローギンで、キリーロフとシャートフとピョートルはスタヴローギンの思想的分身として設定されている。「神の死」から出発するキリーロフの人神論も、ロシアは神を宿した唯一無二の特権的民族だというシャートフの極端なスラヴ主義もスタヴローギンの受け売りにすぎない。超絶した知力を持ちながら自分ではなにひとつ信じることができない、精神的荒廃に呪われた破滅的なニヒリストがスタヴローギンだ。このことは、おそらく同じ日に二人の青年の耳に、方向として正反対の極端な観念を吹きこんだというエピソードにも示されている。

キリーロフとシャートフが主人公の思想的分身であることは疑いないが、ピョートルによるシャートフ謀殺計画にスタヴローギンは嫌悪感で眉を顰める。ピョートル的な革命観念が行き着くだろう、シガリョーフの理想社会のヴィジョンも侮蔑しているようだ。スタヴローギンが同時に紡ぎ出した複数の独創的思想のひとつを、ピョートルが信奉しているとはいえない。この人物はスタヴローギンに「イワン王子」の役割を期待している。

帝位の僭称者にして簒奪者のイワン王子（偽ドミートリー一世）は実在の人物だが、ロシアの千年王国主義的な農民反乱の指導者もまたプガチョフを典型として、「真の皇帝」を称するのが常だった。同じような千年王国主義でも、西方のカトリック圏では神の言葉を告げる「真の預言者」が、東方の正教圏では神に選ばれた「真の皇帝」が農民反乱を率いた。

田舎町での放火と暴動を起点として、ロシア全土に破壊と虐殺の嵐を巻き起こすこと。その頂点でスタヴローギンが「イワン王子」として華々しく登場し、革命指導者として君臨するというのがピョートルの革命計画らしい。ピョートルはスタヴローギンの思想に感化されたわけではない。スタヴローギンという青年の人格的な迫力に魅了され、革命国家の最高権力者の座を提供したいと心から望んでいる。

ピョートルが惹き起こそうとしているのは、西欧的な市民革命や労働者革命というよりも、ステンカ＝ラージンの乱やプガチョフの乱のような千年王国主義的反乱だろう。しかし市民革命と千年王国主義運動が無関係とはいえない。イギリスの清教徒革命が最後の、そして最初に勝利した千年王国主義運動だったという説も近年は説得力を増してきている。

アメリカ東海岸のピューリタン植民地連合による独立革命は、イギリス本国での清教徒革命の反復だった。独立革命を戦った自営農民にとって、ある意味で合衆国（US）は実現された千年王国だった。その希望はたちまち裏切られたとしても。

ドイツ農民戦争に代表される千年王国主義運動には、三つの「革命」が契機として含まれていた。ちなみに星座の一巡を意味するリヴォリューションの語が普及するのは、コペルニクス革命以降のことだが、地動説の提唱とドイツ農民戦争は同時代の出来事だ。

三つの「革命」とは自己革命、社会革命、存在革命である。教会と領主による封建的支配の打破をめざす点で、千年王国主義運動には社会革命の契機が無視できない。しかし社会革命の前提には預言者や説教師が説く「悔い改め」がある。千年王国主義運動は自然災害や飢饉や戦乱による共同体解体の危機から生じるが、そのためには危機の主体化が不可避だ。新約聖書のマタイ伝によれば、バプテスマのヨハネは「悔い改めよ、神の国は近い」と語っている。神の国＝千年王国が到来するには〝自己革命＝悔い改め〟の契機が不可欠である。

しかし千年王国を、封建制の重荷に呻吟する農民たちが夢想した地上のユートピアとしてのみ理解するのは一面的だろう。千年王国のあとにはハルマゲドンという善悪の決戦が生じ、そして最後の審判のときが到来して、信徒たちには「新しいエルサレム」での永生が保証される。最後の審判と楽園の到来とは、人間と世界の存在性格の根本的変容を意味している。

「悔い改め」という自己革命、封建的支配の廃絶という社会革命は、「地球と人間の物理的な変化」としての存在革命のヴィジョンに支えられていた。千年王国主義運動はキリスト教圏に固有のものではない。イスラム教にも儒教にも仏教にも千年王国主義は存在した。前王朝を打倒する中国の農民反乱と易姓革命はいうまでもないが、ドイツ農民戦争と同時代の一向一揆にも、自己革命／社会革命／存在革命の三契機は歴然としている。

同じことが初期社会主義の諸潮流にもいえる。フーリエやサン＝シモンやオーウェンの社会主義思想には反教権的な宗教革命の意識が否定できないし、ブランキ主義がカルボナリ党を経由してフリーメーソンや薔薇十字団などの神秘思想に通じていた事実もある。とすればピョートルの革命主義は、千年王国主義を騒乱や暴動、卓越したカリスマ的指導者の不可避性などの機能的な水準で、言い替えれば最低の鞍部で理解したものにすぎない。千年王国主義や初期社会主義の精髄は、『悪霊』の作中人物ではむしろキリーロフに体現されている。

ただしキリーロフ思想は哲学的自殺に極限化される自己革命と、「地球と人間の物理的な変化」として語られる存在革命が直結していて、社会革命の領域は存在しない。この領域はピョートルによる破壊と独裁の悪魔的な革命構想によって、擬似的に埋められているともいえそうだ。マルクスの場合は自己革命と存在革命の領域を抹殺して、革命を社会革命に一面化した。初期社会主義の諸潮流を圧倒してマルクス主義が覇者の座を得たのは、自己や存在の革命可能性を完全否定する資本主義近代に、もっとも適合的な社会主義思想だったからだ。

近代とは無限に自然を人間化する人間中心主義の時代だから、主体としての人間と客体としての自然（地球）は絶対的に不変で不可疑の存在として祀りあげられる。しかしマルクス主義が勝利する一九世紀後半には、社会主義運動の裏側で自己革命／存在革命をめぐる運動も台頭していた。

その代表例としてブラヴァツキー夫人の神智学運動がある。主として欧米で活動したブラヴァツキーの出身国はロシアで、一九世紀から二〇世紀にかけてのロシアには、他にもグルジェフやウスペンスキーなど高名な神秘思想家がいる。キリーロフの人神論は一九世紀のロシア神秘主義を先取りしている。

神智学は仏教やヒンドゥー教の解脱思想と宇宙史的にウルトラ化された進化論の混淆で、ブラヴァツキーは人類進化の里程標のひとつにアーリア人種の誕生をあげている。アーリア人種の秘教的特権化を徹底し、ヨーロッパでは伝統的だった反ユダヤ主義と結合したのがトゥーレ教会のオカルティズムで、ここからナチズムは生じた。ヘルマン・ラウシュニングは『永遠なるヒトラー』で、次のようなヒトラーの言葉を記録している。

人間が神となる。人間とは生成途上の神である。人間は、自己の限界を乗り越えるべく、永遠に努力しなければならない。立ちどまり閉じこもれば、衰退して、人間の限界下に落ちてしまう。半獣となる。神々と獣たち。世界の前途は今日、そのようなものとしてわれわれの行く手にあるのだ。*49

「半獣」とはユダヤ人、フリーメーソン、カトリック、コミュニストなどを意味する。絶滅収容所に送られた同性愛者やロマも同じだ。ナチス的に歪曲され一面化された人神論は、ピョートルの低劣な社会革命構想のレヴェルに、キリーロフの自己革命／存在革命のヴィジョンを引き下ろし、堕落させたものともいえる。「神々と獣たち」という人類の分割は、「人類を平等ならざる二つの部分に分断する」シガリョーフ主義に対応するものだ。

人新世として「地球の物理的な変化」に注目するハラリは、当然のことながら人類の進化をめぐる主題にも関心がある。『ホモ・デウス』では、ホモ・サピエンスがホモ・デウスに進化する可能性が論じられていく。

世界的なベストセラーになった『サピエンス全史』と『ホモ・デウス』だが、その発想が完全に新しいとはかならずしもいえない。認知革命と虚構を信じる能力にかんしては、一世紀も前にエルンスト・カッシーラーが『シンボル形式の哲学』で、ハラリとは比較にならないほど精密な議論を展開している。農業革命が生んだのは長時間労働、不自然な人口爆発と飢饉の危険性、神と国家を独占した支配層による農民の支配と抑圧、そして略奪と戦争の恐怖だった。「農業革命は罠だった」というハラリの主張だが、それもマーシャル・サーリンズ『石器時代の経済学』などを踏襲しているにすぎない。

ハラリ史観の独創は象徴革命（認知革命）や農業革命をめぐる、かならずしも教科書的な常識とはいえない先人の研究を巧みに繋ぎあわせ、豊富な事例と読者を飽きさせない軽妙な語り口で提示した点にある。『サピエンス全史』のカッシーラーやサーリンズに対応するのが、『ホモ・デウス』では『シンギュラリティは近い』のレイ・カーツワイルだろう。

ハラリによれば、飢餓と疫病と戦争の恐怖から解放された二一世紀の人類は、いまや進化の次の段階に足を踏み入れようとしている。「人間を神へとアップグレードするときに取りうる道は、次の三つのいずれかとなるだろう。生物工学、サイボーグ工学、非有機的な生き物を生み出す工学だ」（『ホモ・デウス』）。

生物工学者は古いサピエンスの体に手を加え、意図的に遺伝子コードを書き換え、脳の回路を配線し直し、生化学的バランスを変え、完全に新しい手足を生えさせることすらするだろう。彼らはそれによって新しい神々を生み出す。そのような神々は、私たちがホモ・エレクトスと違うのと同じぐらい、私たちサピエンスとは違っているかもしれない。

中国の研究者が誕生させた「デザイナーベビー」の存在が示すように、この可能性はすでに現実化している。世界の破滅を招きかねない核兵器を発明し、いまなお廃絶の展望さえ持ちえない人類史を教訓化するなら、ゲノム編集をめぐる倫理的規制は無力と判断せざるをえない。それが経済的利益をもたらす限り、人類は技術的可能性に向けて突進していく。倫理的規制はむしろ、遺伝子操作による超人化／神人化を財力や権力のある支配的少数派の特権としかねない。

問題は生物工学による人工的進化にとどまらない。「サイボーグ工学は、さらに一歩先まで行き、有機的な体を、バイオニック・ハンドや人工の目、無数のナノロボット（血流に乗って動き回り、問題の原因を突き止め、損傷を修復する）と一体化させる。そうしてできたサイボーグは、どんな有機的な体をもはるかに凌ぐ能力を享受できるだろう」。

中村桂子によれば、地球環境の悪化が「このまま進めば、恐らく今後地質年代が対象とする長さだけ人類が続くことは難しいであろうから、『人新世』の議論は無意味となる」[*50]だろう。しかし、そうとは限らない。地球温暖化で南極の氷床が解けて陸地が水没しようが、温帯が熱帯化して砂漠化が進行しようが、それでも生存可能な方向に人類が人工的な進化をとげるなら。生物工学とサイボーグ工学によって超人化する二一世紀の人類は、しかし社会的な変貌を必然化される。

不死と至福と神性を獲得するという二一世紀の新しいプロジェクトも、全人類に尽くすことを願っている。ところが、これらのプロジェクトは通常の水準を維持するのではなく凌ぐことを目指しているため、新しい超人のカーストを生み出し、そのカーストは自由主義に根差す過去を捨て、典型的な人間を、一九世紀のヨーロッパ人がアフリカ人を扱ったのと同じように扱う可能性がある。（『ホモ・デウス』）

それ以前に産業のＡＩ化とロボット化は肉体労働や事務労働はむろん、専門職である医者や弁護士からさえ仕事を奪いかねない。しばらくのあいだ感情労働は残るとしても。「もし科学的な発見とテクノロジーの発展が人類を、大量の無用な人間と少数のアップグレードされた超人エリート層に分割したなら、あるいは、もし権限が人間から知能の高いアルゴリズムの手にそっくり移ったなら、そのときには自由主義は崩壊する」。崩壊するのは自由主義や民主主義だけではない、近代を支えてきた人間中心主義それ自体が崩れ去るだろう。

「地球と人間の物理的な変化」は、キリーロフが望んだのとは違う形で実現されそうだ。人新世の到来という「地球の物理的変化」は、自然環境を回復不能なまでに悪化させる。人類社会の底辺に位置する貧困層など社会的弱者を、環境危機は先行して襲うだろう。たとえば乾燥化が進んで農地の放棄を余儀なくされ、難民として流浪するサハラ以南の民衆など。富と権力を持つ少数の支配者たちは難民化する社会的弱者や人類の多数派を見捨て、「新しい超人のカーストを生み出」すだろう。

人新世としての「地球の物理的な変化」が、悪化した地球環境にも耐えて繁栄を謳歌できる「新しい超人」の発生を、遺伝子操作とサイボーグ化による「人間の物理的な変化」を促進する。ホモ・デウスが誕生する近未来では、人類社会はシガリョーフやヒトラーが夢想した理想社会に接近していく。シガリョーフの〝自由人と家畜の群れ〟、ヒトラーの〝神人と獣人〟は〝ホモ・デウスと無用者階級〟の対立や、前者による後者の無慈悲で一方的な支配として実現される。

しかし生物工学とサイボーグ工学だけがホモ・デウス化の道ではない。ハラリによれば「非有機的な生き物を生み出す工学」が第三の可能性として存在する。カーツワイルが二〇四五年頃と予測するシンギュラリティが到来したなら、「神経ネットワークは知的ソフトウェアに取って代わられ、そのソフトウェアは有機化学の制約を免れ、仮想世界と現実世界の両方を動き回れる」ような時代も遠くはなさそうだ。

有機体の領域を抜け出せば、生命はついに地球という惑星からも脱出できる。（略）どれほど強靭なバクテリアでさえ、火星では生き延びられない。それに対して、非有機的な人工知能（ＡＩ）は、地球外の惑星にずっと容易に入植できるだろう。

ホモ・デウス化の第三の道が実現されるなら、「『スタートレック』のカーク船長ではなくミスター・データの類が支配する、未来の一大銀河帝国の種が蒔かれるかもしれない」。サイボーグ化したデザイナーベビーが無用者階級を支配するような愚劣な未来は肯定しがたい。第三の道こそキリーロフ的な意味での人神への進化、「人間の物理的な変化」にふさわしいのではないか。

小説として「地球と人間の物理的変化」が、もっとも鮮烈に描かれているのはアーサー・Ｃ・クラーク『幼年期の終り』だが、この作者は『都市と星』で、宇宙に進出した冒険的な人々と地球に居残った保守的な人々を対照的に描いた。超ＡＩとしての「ミスター・データの類」が宇宙に去ったあと、ホモ・サピエンスの子孫たちはどうなるのか。『都市と星』によれば、データとして保存された個人が、アトランダムに選択され再生されて人工都市で生活するようになる。

ハラリは『ホモ・デウス』の終わりで、「この世界にはデータに還元できないものがあるのではないだろうか？」と読者に問いかける。人間はデータを効率的に処理するアルゴリズム以上のものではないか。生物工学もサイボーグ工学も「生き物はアルゴリズムであり、生命はデータ処理であるという教義」の産物だ。ホモ・サピエンスを超えて進化する超ＡＩとしてのホモ・デウスもまた、データ至上主義の極限形態にすぎない。

とはいえホモ・デウス化の三つの道のいずれとも異なる可能性は、『ホモ・デウス』を読み終えた読者にかならずしも明瞭ではない。

10 象徴と空虚

赤坂真理『箱の中の天皇』

昭和天皇の戦争責任問題を切り口に「私たちの秘密」、ようするに戦後日本の秘密を正面から主題化して高い評価を得た『東京プリズン』の赤坂真理が、その続篇ともいえる『箱の中の天皇』を明仁天皇の退位が迫る時期に刊行した。本作は「象徴としてのお務めについての天皇陛下のおことば」（二〇一六年八月八日に放映されたビデオメッセージ）への小説的回答でもある。『箱の中の天皇』を読むためには、前作『東京プリズン』について簡単に復習しておかなければならない。

『東京プリズン』の物語は、一九八〇年と二〇〇九年の二人の「私」を主人公として進行する。一六歳の少女マリはニューイングランドの田舎町でホームステイしているのだが、どうしてアメリカの私立高校に留学しなければならなかったのか、その理由が自分でもよくわかっていない。マリが日本の高校にうまく適応できない少女だったとしても、日本人が他に一人もいないメイン州の私立高校に放りこむという母親の選択は、どう考えても常識的ではないからだ。

孤独に耐えかねた少女は、しばしばコレクトコールで東京の実家に電話する。電話線の向こう側にいるのは四〇代半ばのマリ、未来の自分だ。電話を受ける「私」は母親を装って、かつての自分と言葉を交わす。時空を超える電話で少女の「私」と中年の「私」が対話するというSF的な設定は、主題の展開を加速するために導入された小説的装置といえる。母親を演じる現在の「私」は、過去の「私」と対話することで、長年のあいだ抱えこんできた謎にあらためて直面しなければならない。

ニューイングランドの私立高校に通う少女は、進級の条件として「天皇の戦争責任」を論題としたディベートに出席することを命じられる。日本の近現代史について普通の中学生程度の知識しか持たない少女は徒手空拳、「天皇」と「日米戦争」の意味を自分の言葉で語らねばならない場所に置かれてしまう。

挫折感を抱えてアメリカから一年で帰国した主人公は、大人になって「食えたり食えなかったりの物書き」[*51]になる。「食えなければ実家に帰るということを繰り返し、誰かとつきあい、暮らし、壊し、つきあい壊した」。「日本人は漂泊の民ではないだろうか」と自問せざるをえない、主人公につきまとう根深い不全感と精神的空虚の底には、「アメリカに負けた。ディベートに挫け、アメリカから逃げた」過去への「強烈な負い目」がある。「母親との間には一見、何もないかのようだった。お互いに、決して語り合おうとしない領域がある以外は」。

それがアメリカだった。
なぜ私をそこへ送ったか、母は、行く前も、行った後も、一度も私に説明したことがなかった。何を望んでいたのか。私に何を見て、どうなってほしかったのか。
私たちには秘密がある。

作者は『東京プリズン』の冒頭に、「私の家には、何か隠されたことがある。／ごく小さな頃から、そう思っていた。」というエピグラムを掲げている。「家の秘密」とは、娘と母という「私たち」の底に潜んだ「アメリカ」をめぐる秘密でもある。子供のマリに祖母が洩らしたところでは、母には東京裁判（極東国際軍事裁判）で通訳や翻訳者としてGHQに協力した過去があるらしい。しかし娘に問いつめられても、母親は言を左右にして協力の詳細を語ろうとはしない。そうした仕事に就いたのは、戦時中も英語教育が行われていた女子校の出身者で、翻訳や通訳の能力が評価されたからだろうか。

戦時中は禁じられていたアメリカ文化への憧れから、少女時代に英語を学んだ母は敗戦後、親米的な立場からGHQに進んで協力した。さらに三〇年ほどが経過し、日本の高校になじめない娘をアメリカの学校に送ることにした。とすれば発想も立場も一貫して揺らぐところはないはずなのに、どうして東京裁判に関係した過去に口を閉ざそうとするのか。意に反してGHQに協力させられ、日本を裏切ったという負い目があるから沈黙しているとすれば、好きでないアメリカに娘を送った理由がわからなくなる。

「私のことなのにどうしてこんなに秘密なのだろう。（略）気づいたときには、母を殺す、とまで思いつめていた。／私がこんなに空虚なのは、この人のせいだから」。母親の混乱と屈折と沈黙は、そのまま戦後日本のねじれだ。「ディベートに挫け、アメリカから逃げ」るだろう一六歳の自分と時空を超える電話で否応なく向きあいながら、主人公は母親の秘密、戦後日本の秘密に今度こそ真正面から迫ろうとする。

『東京プリズン』の「第四章　ピープルの秘密」は「一九八〇年十二月　私の国の隠されたこと」と題された節からはじまる。「わたしたちの秘密」、「家の秘密」を探ろうとする主人公は、アメリカの田舎町でホームステイしていた一六歳のときも、当時の自分と電話で繋がれている二九年後にも「国の秘密」に突きあたってしまう。二つの秘密は複雑に絡んでいるようだ。アメリカ人の教師からディベートを命じられたマリは、素朴な疑問に捉えられる。

なぜこんな大きな国と無謀にも戦ったかは、まだいい。日本人がなぜ、昨日まで敵であったアメリカをこんなにもころっと愛したかだ。それは論理で説明できない。私自身に説明できないのだから他人に対してはもっと説明できないだろう。なのに、感覚的にわかっている自分もいる。

母もそうだったのだろうか。

日本人はどうして「昨日まで敵であったアメリカをこんなにもころっと愛した」のか、愛しえたのか。この「最大の疑問」とも無関係でないことを、吉本隆明は「思想的不毛の子」で次のように書いている。「敗戦のとき、動員先からかえってくる列車のなかで、毛布や食糧を山のように背負いこんで復員してくる兵士たちと一緒になったときの気持ちを、いまでも忘れない[*52]」。

いったい、この兵士たちは何だろう？　どういう心事でいるのだろう？　この兵士たちは、天皇の命令一下、米軍に対する抵抗もやめて武装を解除し、また、みずから支配者に対して銃をむけることもせず、嬉々として（?）食糧や衣料を山分けして故郷にかえってゆくのは何故だろう？（略）日本人というのはいったい何という人種なんだろう。

吉本にとって「このつきおとされた汚辱感のなかで、戦後が始ま」るのだが、おのれの選択を事後的に合理化し正当化することなく、汚辱を汚辱として自覚しながら生きることは至難だ。だから日本人の大多数は「昨日まで敵であったアメリカを（略）ころっと愛」しはじめたのではないか。マリの母親もその一人だった。

開戦の通告なき真珠湾攻撃とその後の対米戦争は、日本が「平和に対する罪」を問われるべき攻撃戦争＝

侵略戦争だった。それでも「天皇の命令一下」武器を棄てた日本人を、戦勝国アメリカは好意をもって遇してくれている。アメリカの食糧援助がなければ敗戦の冬、日本列島は餓死者で埋まったろう。こうしてアメリカに愛された、あるいはそのように信じようとした日本人は、「鬼畜米英」から一転してアメリカに「愛」を抱きはじめる。その結果として、占領と支配の無条件的な受容と肯定が生じた。

『東京プリズン』の評論版ともいえる『愛と暴力の戦後とその後』によれば、小説で描かれた一六歳のアメリカ留学も、東京裁判への協力を語ろうとしない母親の存在も、作家の実体験に由来しているようだ。『箱の中の天皇』の舞台は横浜のホテルニューグランドだが、このホテルに母親と宿泊したエピソードが、評論では事実として語られている。『愛と暴力の戦後とその後』には次のような箇所もある。

> 母がきっぱりするのは、このふたつの時だ。ひとつは真珠湾攻撃がとにかく問答無用で悪いと言う時、もうひとつは、天皇ないし天皇制は守るべきに決まっていたと言う時。(略)『東京プリズン』を書く途上でわかったのは、しかしこの論点のずらし方こそが、東京裁判で勝者によって意図的に行われたことだということだった。[*53]

「天皇に戦争責任はあると思う?」と問う筆者に、「天皇陛下を裁いたら日本がめちゃくちゃになったわ!」と母親は即答する。「昨日まで敵であったアメリカをこんなにもころっと愛した」戦後日本の「アメリカ」をめぐる謎は、こうして「天皇」をめぐる謎に接続されていく。『東京プリズン』と『箱の中の天皇』の主題が、この一点に定められていることは疑いない。

昭和期の天皇制批判には代表的なパターンが二つあった。戦前昭和に支配的だった第一のパターンは、コミンテルンの日本テーゼに規定された左翼的批判だ。一九二七年と三二年の日本テーゼを教条的に信奉した講座派の経済学者や歴史学者は、天皇制をロシアの君主政と同型的な専制権力、資本主義的発展を制約する「半封建的・前近代的」遺制として捉えた。こうして君主制＝天皇制打倒の民主主義革命綱領を掲げた戦前共産党は、権力の弾圧と大衆からの孤立による大量転向に見舞われて崩壊する。

　天皇制の強固な支配力の前に敗退した戦前共産党の限界を超えるものとして、戦後昭和になると第二のパターンの天皇制批判が語られはじめる。近代化の圧力にさらされて消え去るだろう封建的遺制、民衆に外在する抑圧的な暴力装置という第一パターンへの批判として生じた戦後の天皇制論は、たとえば竹内好による「一木一草に天皇制がある」という言葉に体現された。天皇が「一木一草」に宿っているなら、それを「君主制打倒」のような外科手術で除去することなどできない。日本人の生活習慣や精神体質にまで浸透した天皇制からの解放は、民衆自身の根本的な自己変革なしには不可能だろう。

『抒情の論理』や『芸術的抵抗と挫折』に示されるように、吉本隆明は転向論を切り口とした第二パターンの天皇制批判者として出発した。吉本による議論の前提には、あの「つきおとされた汚辱感」がある。日本の民衆がアメリカ軍に徹底抗戦することも、敗戦革命で旧体制を打倒することも放棄した結果、ほとんど無傷で戦前国家の支配秩序は温存された。こうした二重の「敗北」の根拠はどこにあるのか。

　吉本は戦時中、同世代の多くと変わらない皇国青年だった。その時期を回想して、外敵から家族や生まれ育った郷土を守るという自然な感情が、天皇制国家のために死ぬという決意と自然に連続していたが、その欺瞞に当時は無自覚だったと述べている。

　郷土愛（パトリオティズム）が民族主義（ナショナリズム）に連続していくのは近代国家の必然性だとしても、それが戦前昭和の日本では、他国に類例がないほど強固だった。第一次大戦ではロシアとドイツで敗戦革命が起きた。戦争の終結を要求して民衆が戦争遂行政府を打倒する敗戦革命は、対戦国への敵意で頂点に達していた民族主義（ナショナリズム）から郷土愛（パトリオティズム）が分離されえた結果に違いない。近代国家に必然的な両者の連続性は、このようにして破壊された。

第二次大戦でドイツは首都陥落まで徹底抗戦し、徹底的に敗北して、ナチス体制は完全に解体された。イタリアでは敗戦革命に準じる事態が生じ、蜂起した民衆がムソリーニを処刑した。本土決戦とも敗戦革命とも無縁だった日本でのみ、戦前の旧体制は温存されえた。それは日本で、民衆が日々の生活を営む郷土のレヴェルと、本来は民衆にとって外的な支配装置としての国家のレヴェルが癒着し、両者の境界が巧妙に消去されているからだ。過剰ともいえる郷土と国家の連続性を、竹内好は「一木一草」に宿る天皇制として語ろうとした。

吉本隆明は「わが列島の歴史時代は数千年をさかのぼることができるのに、〈天皇制〉の歴史は千数百年をさかのぼることはできない。この数千年の空白の時代を掘りおこすことのなかに〈天皇制〉の宗教的支配の歴史を相対化すべきカギはかくされている」[*54]と述べている。こうした発想から一九七〇年の「南島論」では、〈グラフト国家〉論が提起された。グラフトとは継ぎ目のことだ。

〈グラフト国家〉論によれば、時間的には天皇制が成立する以前の数千年と天皇制の千数百年の継ぎ目が、空間的には征服者による支配的共同体の神話や儀礼や習俗と被征服者の共同体のそれらとの継ぎ目が、それぞれに不可視化されている。国家レヴェルと郷土レヴェルの謎めいた連続性は、天皇制という〈グラフト国家〉の特性に由来するのではないか。

弥生時代から古墳時代にかけて日本列島に散在していた前国家的水準の諸共同体を、天孫族の共同体が征服し支配して古代国家が形成される。その際、征服共同体は従属共同体の神話や儀礼や習俗を分断し変型しながら吸いあげてわがものとした。出雲地方で信仰されていたスサノオ神が、天孫族の主神アマテラスの

「追放された弟」として神統譜に従属的に組みこまれたように。征服された出雲共同体によるスサノオ神への信仰は、そのまま征服者のアマテラス神への信仰にすり替えられてしまう。スサノオとアマテラスの断絶が神統譜によって人工的に隠蔽され、両者の継ぎ目さえも忘却され終えた時点で〈グラフト国家〉として天皇制国家は完成した。

吉本青年と日本国民の大多数の「家族や郷土を外敵から守りたい」という自然な感情が、そのまま「天皇のために戦って死ぬ」という国家の戦争イデオロギーに呑みこまれたのは、支配と被支配の継ぎ目を消去する天皇制国家の狡猾なシステムに由来しているのではないか。とすれば、日本列島で暮らしていた民衆は、日米戦争敗北の千数百年前に決定的な敗北を蒙(こうむ)っていたといわなければならない。

天孫族の神をおのれの神とした敗者たち、奴隷化されたことを忘却した奴隷たちには解放闘争を闘うことができない。日米戦争に敗北した直後から「昨日まで敵であったアメリカを（略）ころっと愛し」はじめたのも当然のことで、われわれは千数百年前の祖先たちの「敗北」を忠実に再演したことになる。「一木一草」に宿った天皇制という竹内好の直感的な洞察を、このように吉本は〈グラフト国家〉論として新たに展開した。

「南島論」と同時期の講演「敗北の構造」で吉本は、「本来的に自らが所有してきたものではない観念的な諸形態というものを、自らの所有してきたものよりももっと強固な意味で、自らのものであるかの如く錯覚するという構造が、いわば古代における大衆の総敗北の根柢にある問題だ」とした上で、逆説的に「ぼくは大衆の総敗北の仕方に連帯を感じ[*55]」ると語った。「汚辱」にまみれた復員兵たちを侮蔑することは困難な問題の回避にすぎない。そのような自戒が吉本の言葉には込められている。

同じような洞察から吉本とは対極的な結論にいたるのが坂口安吾で、敗戦直後の「続堕落論」には次のような箇所がある。「たえがたきを忍び、忍びがたきを忍んで、朕の命令に服してくれという。すると国民は泣いて、外ならぬ陛下の命令だから、忍びがたいけれども忍んで負けよう、と言う。嘘をつけ！　嘘をつけ！　嘘をつけ！」[*56]。

我等国民は戦争をやめたくて仕方がなかったのではないか。竹槍をしごいて戦車に立ちむかい、土人形の如くにバタバタ死ぬのが厭でたまらなかったのではないか。戦争の終ることを最も切に欲していた。そのくせ、それが言えないのだ。そして大義名分と云い、又、天皇の命令という。忍びがたきを忍ぶという。何というカラクリだろう。惨めとも又なさけない歴史的大欺瞞ではないか。

安吾によれば「常に天皇とはかかる非常の処理に対して日本歴史のあみだした独創的な作品であり、方策であり、奥の手であり、軍部はこの奥の手を本能的に知っており、我々国民又この奥の手を本能的に待ちかまえており、かくて軍部日本人合作の大詰の一幕が八月十五日となった」。

征服者の巧妙な統治術に翻弄され抵抗の可能性さえ剝奪された日本人という、いわば悲劇的な吉本隆明の認識とは違って、坂口安吾が敗戦に際して見たのはモリエール喜劇の登場人物にふさわしい、欲深で「受け身のずるさ」にたけた民衆だった。安吾の立場からは、支配と被支配のあいだに存在した継ぎ目の隠蔽や消去は、天孫族とそれに征服された民衆との合作だったことになる。

敗北し征服された歴史を記憶し続けるなら、圧倒的に不利な条件での解放闘争を闘わなければならない。闘争の過程では屍体の山が築かれる。そうした苦難をまぬがれるためには、征服され奴隷化された事実を自分から忘れてしまえばよい。従順な奴隷であれば殺されることはないからだ。

千数百年前の「大衆の総敗北」の真相は、「受け身のずるさ」による自己延命だった。その反復として8・15があるとすれば、安吾には日本人の「総敗北の仕方に連帯」することなどできない。「天皇制が存続し、かかる歴史的カラクリが日本の観念にからみ残って作用する限り、日本に人間の、人性の正しい開花はのぞむことができない」として、安吾は「日本人及び日本自体の堕落」を主張する。堕落とは奴隷の「良識」を徹底的に自己破壊することだ。

赤坂真理の場合、日本人は安吾のように喜劇的な存在ではない。8・15の国民的体験から不可避に生じた精神的ねじれは、吉本のように幾分か悲劇的なニュアンスで語られる。「昭和天皇というのは、よじれがそのまま一個の肉体となったような存在であった」（『愛と暴力の戦後とその後』）。

　私の母は、軍国主義を信じていた子供の自分を嫌悪している、という意味のことをぽつりと言ったことがある。それと「天皇陛下を裁いたら日本がめちゃくちゃになった」と言う彼女は、同じ人であり、どこかが解離している。巨大な空白のようなものがある。

「彼らの空白を、昭和天皇は引き受けていたのではないかと思うことがある。／あるいは、彼らが、天皇に仮託したのだ」。この点では坂口安吾と認識を共有するようだが、赤坂真理の天皇や民衆の捉え方には「受け身のずるさ」という距離のある批判意識は薄い。赤坂の母親もまた日本人の一人として、「外ならぬ陛下の命令だから、忍びがたいけれども忍んで負けよう」と思った。その「嘘」を「天皇に仮託」することで、かろうじて戦後を生き延びることのできた母親を、娘である赤坂は戦争直後の安吾のようには全否定しえない。しかし同時に娘は、自分を欺瞞の産物として生み育てた「母を殺す、とまで思いつめていた。／私がこんなに空虚なのは、この人のせいだから」。

一九六〇年代に生まれた世代としては珍しく、赤坂真理は全共闘運動や〈68年〉として語られる七〇年前後の学生運動に無関心ではない。アメリカは天皇を縦横無尽に利用し、日本と日本人を徹底的に屈服させた。勝者アメリカの論理を内面化した戦後日本には、対米従属を続ける以外の選択肢はない。しかも、この「総敗北」は千数百年前と同じか、それ以上の物質的利益をもたらした。冷戦が終結するまで、日本は対米従属の見返りとして未曽有の経済的繁栄を享受しえた。

「しかし」と赤坂はいう。「日本人の民衆が大挙してこれに対立したことが、あったにはあったのだ。／『学生運動』を駆動したより大きな力の名は『安保闘争』であるのだから。／それがなぜか社会に記憶されていない。／政治闘争として、部分的に、成功さえしているのに」。

日本の〈68年〉は連合赤軍による浅間山荘銃撃戦（一九七二年）と、東アジア反日武装戦線〈狼〉による三菱重工本社ビル爆破（七四年）で幕を閉じる。八月三〇日の三菱爆破に使われた手製爆弾は、もともと昭和天皇のお召し列車を荒川鉄橋で爆破するために製造された。八月一四日の天皇暗殺計画「虹作戦」が中止された結果、八人の市民を死亡させた無差別テロが惹き起こされる。

赤坂真理の母親は「真珠湾攻撃がとにかく問答無用で悪い」、そして「天皇ないし天皇制は守るべきに決まっていた」という二点だけは絶対に譲ろうとしない。もしも譲れば精神的に自己崩壊してしまうとでもいうように。戦後日本人には無意識化された自己欺瞞の焦点が二つある。ひとつはアメリカ、「そのもうひとつが天皇で、天皇とアメリカはまるで双子だった」と『東京プリズン』の主人公は思う。

『愛と暴力の戦後とその後』で赤坂は、「何十丁かのライフル銃や爆弾で、戦争ができると思っている見通しの甘さ」を指摘し、「七〇年安保闘争の最後に記憶される有名な『連合赤軍』、彼らはなぜ、『軍』と自称したのだろう?」と自問する。岸首相を退陣に追いこんだ六〇年安保闘争を、「国民の〝戦争裁判〟」と評した保阪正康に同意する赤坂であるのに、連合赤軍が「軍」と自己規定したことに疑問を抱いたのはなぜか。

国民が戦争指導層の責任を追及し、その象徴的存在として岸信介を裁こうとしたのが六〇年安保、とりわけ五月一九日の強行採決以降に激化した大規模国会デモだったとしよう。しかしA級戦犯の容疑で巣鴨プリズンに収監されていた人物に、あらためて「有罪」を宣告し首相の座から追放したところで、戦後日本人の「空白」は埋められようがなかった。占領軍による東京裁判を再演してみても意味はないと結論した七〇年安保の青年たちが、8・15以前にまで遡って歴史をやり直そうとしたことに不思議はない。

日本人は「天皇の命令一下、米軍に対する抵抗もやめて武装を解除し」延命する道を選んだ。しかし敗戦から二七年後に、銃弾は「天皇」と「アメリカ」を標的として浅間山荘の窓から放たれたのだ。連合赤軍は「天皇」と「アメリカ」を敵とする〝本土決戦〟をやり直そうと決意していた。新左翼青年たちが「革命」でなく「革命戦争」という言葉に執着したのは、自分たちの武装闘争が日米戦争と本土決戦の継続であることを意識的、無意識的に知っていたからだ。

『箱の中の天皇』で描かれる戦中派の母親は、敗戦の経験を娘に「本当は、耐えられなかった。一夜にして価値観がひっくり返ってしまうなんて[*57]」と告白する。「心が、なくなってしまった。信じたことは嘘だと言われて、そのことさえ、なかったようにみんながふるまって。無いことについて言うのはむずかしくて、言い出すと蒸し返したと嫌な顔をされて、みんなと同じようにふるまってみるしかなかった。だけど、何も楽しさを感じられなくて」。こうした戦中世代の精神的外傷は、戦後生まれの子供たちにも無意識的に継承された。子の世代は、その由来さえ充分に意識化しえないまま「天皇」と「アメリカ」を敵とし、未遂の〝本土決戦〟を今度こそ本気で戦おうとして無惨な自壊に陥った。

六〇年安保の〝戦争裁判〟が象徴的だったように、連合赤軍の〝本土決戦〟もまた象徴的な行為だったにすぎない。しかしGHQ司令官に生卵ひとつ投げることなく、「アメリカを（略）ころっと愛し」はじめた親世代の「惨めとも又なさけない歴史的大欺瞞」を嫌悪した子供たちは、少なくとも敵に銃口を向けようとはした。

しかし連合赤軍の〝戦争〟は、戦後日本人を精神的ねじれから解放する第一歩となるどころか、その不可能性を圧倒的な事実として自己証明してしまう。浅間山荘銃撃戦という象徴的〝戦争〟に向かう道には、不可解で陰惨きわまりない連続「総括」死の犠牲者たちが埋められていた。外見的には死にいたる暴力的リンチでしかない仲間殺しのため、連合赤軍は銃撃戦以前に内的崩壊をとげていた。とすれば浅間山荘で戦ったのは、連合赤軍の亡霊だったといわざるをえない。

精神的崩壊と自滅を前提にしなければ、戦後日本人は象徴的な〝戦争〟さえ戦うことができない。ある意味で連合赤軍事件は、あの「歴史的大欺瞞」の必然性を事実として証明したともいえる。事件直後から吉本隆明は、連合赤軍の〝戦争〟を愚行として冷笑していた。もしも本土決戦を強行すれば、連合赤軍の何千倍、何万倍という精神的崩壊や自滅の運命が不可避だったからこそ、親たちは「惨めとも又なさけない歴史的大欺瞞」を引き受け、その結果を耐え忍んできた。この苦渋を子の世代は〝戦争〟の幼稚な真似事で超えられると思ったのか。こうした苦々しさを吉本は感じていたのかもしれない。

最大の侵略責任者、戦争犯罪人として昭和天皇を「処刑」するために製造した爆弾で、結果的に多数の市民の命を奪った〈狼〉もまた、連合赤軍が陥った倒錯を反復したといわざるをえない。連合赤軍事件を論じた赤坂真理は、結論的に「六〇年安保があの戦争のアンチで、七〇年安保闘争があの戦争との相似」であるとしたら、「それゆえに、特に七〇年安保闘争には忘れられたい何かがあったのだと思う。ただ敗北した、という事実とは別次元にある何か」と語る。

『東京プリスン』のマリは、「母を殺しそう」だったと渡米時の心境を語る。親の「歴史的大欺瞞」を押しつけられた子たちの精神的不全感と自他破壊的な鬱屈は、それほどまでに深刻だった。「私が母のもとを後にしたのは、一緒にいると殺すかもしれないと思ったからだ」。一〇歳ほど年長の青年たちは、日本を脱出したマリとは違って実際の「親殺し」にまで追いつめられたのだともいえる。『東京プリズン』の作者が、七〇年安保や連合赤軍に無関心でいられないのも当然のことだ。

一九七〇年を前後する大衆ラディカリズムの高揚や、連合赤軍と〈狼〉の自滅的な闘争の痕跡はじきに跡形なく消去された。それらは、戦後日本の触れてはいけない「秘密」に触れてしまったからだ。兄姉の世代による闘争の痕跡が消されていく時代に成長した『東京プリズン』の少女は旧敵国のアメリカで、あの「歴史的大欺瞞」と一人きりで格闘することを強いられる。

「できるなら母国へと、あの甘い忘却へと、誰一人そんなこと（天皇の戦争責任――引用者註）を訊かない世界へと、逃げ出したい」と念じても、ディベートの会場から姿を消すことは許されない。髪はブロンドで瞳はアイスブルー、身長は一八〇センチ以上という典型的なWASP少年である対論者クリストファーの言葉に、ディベートで主人公は「それが私たちの、負けた理由なんだ」と思いながら「黙ってうなず」かざるをえない。

「マリ、きみが言っているのは、日本の人民（ピープル）は天皇が神でないことを知っていて、それを信じてるふりをしていただけなんだ、という意味だね。つまり、天皇が本当は神として日本国を支配などしていないことを、みんなわかってた、ということだね？」

ディベートに際して主人公が割り当てられたのは「天皇有責」説を証明することだ。天皇は「神＝主権者」でないことを認めた結果として、マリは「天皇無責」説のクリストファーに論破され敗北する。明治憲法の条文からは、天皇の戦争責任は「ある」とも「ない」ともいえないことを、ディベートのはじめにマリは主張していた。しかし討論の過程で、憲法解釈の次元を超える日本人の「歴史的大欺瞞」に否応なく気づいてしまう。

「外ならぬ陛下の命令だから、忍びがたいけれども忍んで負けよう」というのは保身的な自己欺瞞でしかない。アメリカに全面降伏すれば、もう戦争で死ぬことはない。しかも戦争をやめた責任は、神である天皇に押しつけて忘れてしまえばいい。だから「日本の人民（ピープル）は天皇が神でないことを知っていて、それを信じているふりをし」たのだ。

対論者の主張を読み替えるようにして主人公は、敗戦直後の坂口安吾と同じ洞察に達する。「涙がこぼれそうになった。自分の中で、敗戦という事実が、骨身にしみた一瞬だった」。

二〇一一年の東日本大震災と巨大津波の経験が、かつてのディベートを想起させる。過去の自分と電話で対話しながら、「私しかこの子を救えないし、私を救えるのもまた、この子だけだ」と中年になったマリは思う。しかし「この子を救うには、過去を変えなくてはならない」。それでもかまわないと決意して、現在の私は過去の私が「アメリカに負けた。ディベートに挫け、アメリカから逃げた」という結末にいたらないよう懸命に助言する。

作品の終わりに幻想をまじえながら語り直されるディベートは、過去のマリと現在のマリの努力によって変わってしまった過去を暗示している。幻想に導かれながらなされる少女の必死の主張に、作者は戦後日本人の精神的敗北と歴史の忘却や喪失を超える可能性を込めたといえる。現実のディベート（欺瞞の自覚）から幻想のディベート（欺瞞の克服）に到達しうるには、一六歳と交信する四五歳という主人公の二重化、そして二人のマリの対話が不可欠だった。それを可能とするための仕掛けとして時空を超える電話が導入された。これをSF的な設定とすれば、『東京プリズン』には主人公が動物と交信する幻想小説的な場面もある。自然に溢れるニューイングランドの地で暮らしはじめた日本人の少女は、クリストファーたちに誘われた森での狩猟でヘラジカの親仔を射殺する。殺されたヘラジカの言葉をマリは折に触れて聴くのだが、それが幻想のディベートの重要な伏線となる。

「私は同胞の名誉の回復を望みます。私はTENNOUの再定義を、同胞のために望みます。それが定義できなくなったから、同胞の心は乱れてしまいました。神にあらず、人にあらず、神の御言葉を取り継ぐ者だったもの。同時に幾多もいたであろう人。普通の人。したがって、すべてが神であり人であり神の御言葉を取り継ぐ者なのだと、古い日本人は知っていたのではないでしょうか。肉にして霊、霊にして肉、それが自分であり、のみならず、万物であるという」

明治憲法の創作者は水戸学的な尊皇論を下敷きにしながら、キリスト教の神を代理する超越的存在として天皇を位置づけ直した。日本の近代化のため人工的に創造された神＝天皇を、日本人はもろもろの保身的な理由から「信じているふりをしていた」にすぎない。ここに、あの「歴史的大欺瞞」の最深の根拠がある。しかし、もしも天皇を「肉にして霊、霊にして肉、それが自分であり、のみならず、万物である」ような存在として、ようするに神ならぬカミとして再定義できるなら、われわれは忘却した歴史を回復できるのではないか。
『東京プリズン』が提示した戦後日本人の自己回復の可能性だが、そこには無視できない齟齬がある。「神にあらず、人にあらず、神の御言葉を取り継ぐ者」と「肉にして霊、霊にして肉、それが自分であり、のみならず、万物である」者とは、決して同一ではないからだ。いずれも普遍宗教に先行する宗教意識の産物だとしても前者はシャーマニズム、後者はアニミズムの圏域に属している。

八百万(やおよろず)の神とは自然界に遍在する精霊(アニマ)やその人格化だろうが、それらを天皇と同一視するわけにはいかない。そもそも天皇家の祖先とされるアマテラスは、八百万の神を統率する最高神なのだ。ヘラジカの霊が主人公に語りかける『東京プリズン』の天皇観がアニミズム的だとすれば、「天皇のエクトプラズムを入れた、あの箱」をめぐる物語としての『箱の中の天皇』の天皇観はシャーマニズム的といえる。

『箱の中の天皇』の主人公は『東京プリズン』の主人公とマリという名前や、高校時代のニューイングランド留学などの経歴を共有している。また主人公が母親と宿泊している横浜のホテルニューグランドの客室に、軍装のマッカーサーと衣冠束帯の昭和天皇があらわれるなど、非リアリズム的な物語という点も前作と同じだ。

マリの前で昭和天皇と儀礼的な抱擁をかわしたマッカーサーは、「小さな黒い箱」に息を吹きこんで封印し「君を気の毒に思うよ(アイム・ソーリー)」という。翌日には、母親と横浜の町を散歩中に「白塗り。真っ赤な口紅。白いレースのワンピース」という格好の「お化けのようでもあり、道化のような、不思議な祝祭の神に感じられも」する老婆メアリと出遇う。皇祖の霊統に連なる一族で天皇霊の遷移を助けてきたと称する女は、「あれ(天皇――引用者註)はお人形なのです。ふだんは、たまを抜いておられます」、「たまはいつも外にあります。そちらが本体です。たまは肉体に宿るというよりは、まとうような、付着させるようなものです」と語る。

そして主人公に半分の天皇霊が入った箱とダミーの箱を手渡し、ダミーをマッカーサーの箱とすり替えるように命じる。老婆によれば「鬼畜と聞いていたアメリカ人が、悪い人たちではありませんでした。なんと優しい人たちだったのです。そこに、ゆるみが、狂いが、生じ」て、「陛下も、わたしたちも」油断し、天皇霊の半分を奪われてしまった。マリが深夜の客室で目にしたのは、マッカーサーが天皇霊を箱に封じこめる光景だった。名前が示すようにメアリはマリの世代を超えた分身であり、マリの象徴的な母でもある。またアメリカという勝者にたいし、二人はそれぞれ二重の意味で「コールガール」として振る舞う。

『箱の中の天皇』の天皇観は、「『私』とは誰でも、なんでも入る万能の器のようなものだ」という『東京プリズン』の結末で提示された認識を引き継ぎ、折口信夫「大嘗祭の本義」で補強したものといえる。寝具を被って物忌みをする大嘗祭の秘儀は、新天皇に天皇霊を付着させるために行われると折口は説いた。『箱の中の天皇』は主人公がアメリカに半分奪われた天皇霊を取り戻そうとして、空虚な「箱」としての天皇、象徴としての天皇の意味を考える物語だ。マリは「蝶々夫人」のヒロインやメアリという娼婦に変身し、戦後日本がアメリカという勝利者を「男」として愛する「女」だった事実に目覚める。しかし『箱の中の天皇』では、箱の中味であるたま、天皇霊の正体については語られることがない。折口によれば、高天原の神である天皇霊は天皇家の祖霊だが同時に稲の神でもある。

> 天子様が、すめらみこととしての為事は、此国の田の生り物を、お作りになる事であつた。天つ神のましをお受けして、降臨なされて、田をお作りになり、秋になるとまつりをして、田の成り物を、天つ神のお目にかける。此が食国のまつりごとである。[*58]

稲の神である天皇霊を受肉することで後継者が新たに天皇となるのであれば、人間としての天皇は天皇霊を入れる、あるいはそれをまとう空虚な器でしかない。という点ではシャーマンの神下ろしと、システムとしては変わらない。ヘラジカの霊にも通じる『東京プリズン』のアニミズム的な天皇にたいし、空虚な箱として描かれる『箱の中の天皇』の天皇はシャーマニズム的なのだ。

物語の冒頭でボランティアのマリは、天草出身の道子というパーキンソン病の老女を施設に訪れる。作者に導かれて読者は、「道子さん」に『苦海浄土』の石牟礼道子を、さらには水俣病の患者たちを暗黙のうちに重ねあわせてしまう。しかも老女は、テレビで退位の希望を語る明仁天皇を見て「わたしの好きだった、あん人」と呟く。老女の意識では四歳の時に見たという昭和天皇と、テレビに映った平成の明仁天皇が同一化されている。「道子さん」と一緒にテレビで見た天皇の言葉が、作中で主人公には聞こえてくる。

私はこれまで天皇の務めとして、何よりもまず国民の安寧と幸せを祈ることを大切に考えて来ましたが、同時に事にあたっては、時として人々の傍らに立ち、その声に耳を傾け、思いに寄り添うことも大切なことと考えて来ました。（「象徴としてのお務めについての天皇陛下のおことば」）

昭和天皇は「人間宣言」の直後から全国各地を巡幸しはじめた。民情視察および戦争犠牲者の慰問や激励のためと称し、天皇が国民の前に頻繁に姿を見せはじめたのは、敗戦による天皇制の危機に直面してのことだ。その光景は、たとえば中野重治の「五勺の酒」で印象的に描かれている。

「道子さん」が四歳のときに見たのは行幸中の昭和天皇だろうが、子の明仁天皇は「事にあたっては、時として人々の傍らに立ち、その声に耳を傾け、思いに寄り添うことも大切なことと考え」て被災地への慰問の旅、あるいは太平洋戦争の戦地を巡る慰霊の旅を熱心に続けた。その一例として二〇一三年の水俣訪問と、石牟礼道子の尽力による患者との非公式的な面会もある。

注意しなければならないのは、天皇が「国民の安寧と幸せを祈ること」と、もろもろの災害被災者をはじめとする不幸な「人々の傍らに立ち、その声に耳を傾け、思いに寄り添うこと」を明確に分け、さらに後者を注釈して「日本の各地、とりわけ遠隔の地や島々への旅も、私は天皇の象徴的行為として、大切なものと感じて来」たと語っている点だ。「象徴的行為」とは、戦後憲法に明記された「国民統合の象徴」としての天皇に固有の行為にほかならない。

被災地を見舞うなどの象徴的行為とは区別されるところの、「国民の安寧と幸せを祈ること」とは宮中祭祀を意味する。その多くは明治期に制定されたのだが、古来からの新嘗祭がそうであるように中心は農耕儀礼といえる。稲の神の化身としての天皇には、農耕民である民衆に絶大な宗教的権威があった。この「権威」によって摂関家や歴代の幕府、明治の薩長藩閥や昭和の軍閥にいたる歴代の「権力」は、支配者としての正統性を根拠づけてきた。権力を支える権威の根源には、稲の王である天皇の宗教的威力が埋めこまれていた。

今日でも春になると、長靴を履いた天皇が皇居の小さな田に苗を植える光景がテレビニュースで映し出される。しかし田植えをする天皇を畏敬するような民は、もはや日本人の少数派にすぎない。稲の王としての天皇の宗教的威力を奪ったのは、敗戦でも昭和天皇の「人間宣言」でもない。決定的な転換は、弥生時代以来の日本列島の光景を一変させた高度経済成長にある。一九五五年のピーク時に一九〇〇万人を算(かぞ)えた農業従事者は、一九八五年になると半減し、二〇一五年には三四〇万人を切った。弥生時代以来の農業国日本は高度成長の過程で急激に脱農業化した。稲作を生業としない国民には、稲の王から「安寧と幸せを祈」られても意味がない。

高度成長期の入口に当たる時期にはミッチーブームが巻き起こり、「週刊誌天皇制」が語られた。昭和天皇の死に際して皇居前に記帳に訪れた女子高生たちに着目して、大塚英志は「少女たちの『かわいい』天皇」イメージについて論じた。ミッチーブームから六〇年後の今日にいたる天皇のサブカルチャー的消費には、このように歴史的な根拠がある。

『箱の中の天皇』の「道子さん」は、漢字の表記は異なるが皇太子妃の「美智子さん」と同音だ。「道子さん＝美智子さん」によって、海を奪われた漁民や差別にさらされた水俣病の患者たちが天皇の存在と密かに交差する。海の民や山の民などの非農耕民と天皇との隠された関係を論じたのは網野善彦だが、非農耕民には被差別的な芸能民も含まれていた。

施設を訪れたマリは、「道子さん」に練紅をプレゼントする。練紅からの連想で「道子さん」は、故郷の村で暮らしていた祈禱師の「紅さしさん」のことを思い出す。さらに流しの芸人の瞽女（ごぜ）についても。横浜の街角で、時間を超えた分身のマリに小箱を手渡す「真っ白塗りの顔」をした老女メアリは、かつて米兵相手の娼婦だったらしい。メアリから箱の交換を頼まれたマリは、マッカーサーの部屋を「コールガール」として訪れるよう命じられる。「わたしは娼婦じゃありません！」というマリに、メアリは「天命をコールという。天命があなたに命じたことよ、ガール」と応じる。

一九四六年の世界に迷いこんだマリは、アメリカ兵とオペラ見物に行くことになる。演目は『蝶々夫人』だが、劇場でマリはピンカートンの現地妻マダム・バタフライに変身してしまう。このように『箱の中の天皇』の作者は練紅を起点に、祈禱師や芸人や娼婦や現地妻など聖性とエロスのシンボルを、天皇霊の宿る小箱を中心として周密に配列していく。物語のクライマックスで「道子さん」から額に紅を付けられたマリは、直後に「今上陛下の額に、紅のしるしがあるのを見」る。このようにしてシンボルの連鎖は一巡し、流浪の娼婦を含む芸能民に担われてきた聖性とエロスは、天皇において渾然と一体化する。

稲の王の権威を失った天皇と天皇家が、いわば芸能の総覧者として、消費社会の最高のアイドルと見なされたことには歴史的な背景があった。日本国憲法の第一条には「天皇は、日本国の象徴であり日本国民統合の象徴であつて、この地位は、主権の存する日本国民の総意に基く」とあるが、しかし芸能的、アイドル的な人気を「日本国民の総意」とするのには根本的な無理があるといわざるをえない。

明仁天皇による「遠隔の地や島々への旅」は昭和天皇の巡幸を継承し拡大したものだが、その意味するところは大きく異なる。皇太子時代の結婚に際して美智子妃とともに消費社会のアイドルとして遇された天皇は、稲の王として以外の権威を新たに得ることの必要性を痛感したに違いない。

アマテラスの子孫だから天皇は日本を統治できるとか、歴代の天皇は血統によってその権利を得たなど古来からの天皇像に、明治憲法は近代国家の元首という新たな役割を上書きした。しかし、主権者としての天皇の役割は敗戦で失効する。また「人間宣言」で昭和天皇は、「朕ト爾等国民トノ間ノ紐帯ハ、終始相互ノ信頼ト敬愛トニ依リテ結バレ、単ナル神話ト伝説トニ依リテ生ゼルモノニ非ズ」として、その地位の神話的な正統化を放棄した。

日本国憲法の規定によれば、天皇は「国民統合の象徴」である。しかしイギリスの国王やドイツの大統領のように形式的な国事行為さえ果たしていれば、天皇の地位は安泰だろうか。戦後憲法で規定された「国民統合の象徴」を国事行為の遂行者に限定してしまうなら、憲法の条文が改変された瞬間に天皇位は消滅する。儀礼的な国事行為は大統領など、民主的に選出された元首でも可能なのだ。

宮中祭祀は戦後、天皇家の私的な宗教的行事として位置づけられた。古事記や日本書紀に記された天皇支配の神話的正統化が放棄されても、稲の王の宗教的威力を国民が信じている限り天皇の地位は揺るがない。しかし、ほとんどの日本人が稲の王に宗教的威力を認めない時代が到来した。一九六〇年代以降の高度に産業化された日本社会で、天皇は稲の王に代わる象徴的な存在意味を新たに獲得しなければならない。

明仁天皇は「日本の各地、とりわけ遠隔の地や島々への旅も、私は天皇の象徴的行為として、大切なものと感じて来」たのだから、その「象徴的行為」が加齢による制約のため果たしえなくなれば退位しなければならない。天皇の希望とは異なる「一代限りの特例」とはいえ、二〇一九年四月三〇日に退位は実現した。このように憲法で規定された国事行為とも稲の王としての宮中祭祀とも異なる「象徴的行為」と、天皇の退位問題には必然的な連関が認められる。

天皇霊が付着した稲の王＝天皇は民のため豊饒を祈った。しかし象徴天皇としての「祈り」はそれと異なる。「これまで私が皇后と共に行って来たほぼ全国に及ぶ旅は、国内のどこにおいても、その地域を愛し、その共同体を地道に支える市井の人々のあることを私に認識させ」たと天皇は語った。そして「私がこの認識をもって、天皇として大切な、国民を思い、国民のために祈るという務めを、人々への深い信頼と敬愛をもってなし得たことは、幸せなことでした」とも。「象徴的行為」がもたらした「この認識」によって、古来の「国民を思い、国民のために祈るという務め」は内容的に刷新されたという自負が、ここでは示されている。『箱の中の天皇』のマリは、こうした天皇の言葉を聞いて次のように思う。

《天皇の象徴的行為》という言葉もまた、はじめて聞くようにわたしは聞いた。象徴的行為とは、民と共にあること。できるだけたくさんの地方の、たくさんの市井の人々と。とりわけ、傷ついた人々と。地震で、津波で、原発事故で。そして先の大戦で、原子爆弾で、空襲で、国内で唯一戦われた地上戦で。

彼がしたことは、共に在ることだった。
それだけといえば、それだけだった。

マリはＧＨＱ民政局（GS）の女から、天皇が「あまりに無力と言われると……やはり悔しいような気持ちになる」。たとえ無力であろうと天皇がつねに弱い者、傷ついた者、不遇な者と「共に在ること」には、語りえない大切な意味があるのではないか。

箱のすり替えに成功し、マッカーサーやＧＨＱ民政局（GS）の局員と対話したマリは、天皇霊を入れる空虚な箱こそが象徴天皇の「象徴」の意味だという洞察に達する。そして幻想された明仁天皇に語りかける。

『シンボル』という語は、天皇の存在にぴったりです。半分概念で、半分具体。
その意味では、あなたは『初めて象徴天皇として即位した人』というよりは、『初めて、象徴として可視化された天皇』ではないでしょうか。
また、人々の前に姿を顕し続けたのは、祈りであると同時に、歴史への抵抗だった気もします。

空虚であるから、いかなるものであろうと入れることができる容器。箱としての天皇は、そのため国民を戦争に動員する絶妙の装置として機能した。また「終戦」に際しては、支配層と国民の合作による「歴史的大欺瞞」の装置としても。この反省の上に明仁天皇は、「空虚な箱＝象徴」としての行為を、敵味方を問わない追悼の行為として、「全身全霊」をあげて祈ってきた。半分の天皇霊が入った箱を委ねられた国民が、象徴天皇とともに新たな「国民」を立ちあげること。『箱の中の天皇』で作者が達したのは、このような結論だったといえる。

「初めて象徴天皇として即位した」明仁天皇は、「国民を思い、国民のために祈る」象徴的行為として戦争犠牲者を慰霊する旅、被災者に寄り添う慰問の旅を続けることで、「初めて、象徴として可視化された天皇」となった。かつて天皇が「一木一草」に宿っていたのは、稲の王だったからだ。アマテラスの子孫としての神話的正統性も、稲の王としての宗教的威力も失われた時代の天皇には、「国民の総意」にしか存在根拠がない。

どう変わるか知れたものでない「国民の総意」を確保し続けるため、明仁天皇は「象徴的行為」に日々の努力を傾注した。明仁天皇による天皇制の延命戦略は成功したといえる。毎日新聞の二〇一九年四月の調査によれば、象徴天皇制の支持は七四パーセントに達し、天皇制廃止の回答は七パーセントにすぎない。

『平成の終焉』で原武史は、「『おことば』には、たとえ天皇、皇后自身が『昭和』のような天皇の権威化を拒絶しようとしても、ナショナリズムとの親和性を感じ[*59]」るとし、さらに「二人にとって、国民とは北海道から沖縄県まで、一人ひとりの顔が見える『市井の人々』であり、（略）この点ではパトリオティズムに根差したナショナリズム」ではないかとも指摘する。「一木一草」に宿った天皇制は、明仁天皇の命を削るような「象徴的行為」の成果として、ポスト農業社会の新たな形態を実現しえた。これが目覚ましい達成であることは疑いない。

開襟シャツや防災服姿の天皇が避難所で被災民の前にひざまずき、心をこめて慰めと労りの言葉をかける。天皇と被災民を中心に同情と共感の輪が同心円をなして全国に広がる。そんな光景が、平成の時代には幾度となくテレビ放映された。こうして日本には「パトリオティズムに根差したナショナリズム」が深く根を下ろし、原によれば「ミクロ化した『国体』が、より多くの人々の内面に確立され」て、濃密な心情の共同体が平成の終わりには完成した。戦後憲法の象徴天皇が権力を持たない権威としての天皇を意味するなら、それは天皇制の常態だったともいわれる。明仁天皇の「象徴的行為」と日本人の心情の共同性にも同じことが指摘できそうだ。

易姓革命によって成立した新王朝の正統性を証すものとして、中国では前王朝の史書が編纂された。それを模倣して日本でも、漢文による正史として日本書紀が八世紀に成立する。その後も六国史が書かれたが、九〇一年の「日本三大実録」を最後に史書編纂事業は中絶する。易姓革命が存在しない日本で正史を編纂し続ける理由は存在しないから、それも当然のことだ。

日本に固有の王朝正統化の文化事業が、史書編纂と入れ替わるように開始される。九〇五年の「古今和歌集」にはじまる勅撰和歌集の編纂だ。勅撰和歌集は一四三九年の「新続古今和歌集」まで二一集を算える。古今集の編纂を命じたのは名目的には醍醐天皇だが、実質的には左大臣の藤原時平の指示によるといわれる。天皇自身であれ、天皇のイデオロギー的権威を高めようとした権力者であれ、史書よりも和歌集の編纂を重視したことは疑いない。この点から三島由紀夫は明治憲法に記された「統治の総攬者」にたいし、「美の総攬者」としての天皇に着目した。勅撰和歌集の編纂とは、天皇による抒情性の統御や美意識の制度化にほかならない。このようにして天皇は心情共同体の頂点に君臨することになる。歌唱や舞踏や相撲などの芸能は本来、神に捧げるための業だった。芸能と感情性が不可分であるように、美の総攬者としての天皇は同時に芸能の総攬者でもある。

中国では王朝支配の正統性は、前王朝が悪逆を重ねて天命が革(あらた)まったところにある。これが革命の語の原義だ。しかし日本では、詩歌として美的に表現された心情を総攬するところに支配の正統性は求められた。共感の共同性、心情の共同性を組織する点で明仁天皇の「象徴的行為」は、祖先による勅撰和歌集の編纂を形を変えて継承したものともいえる。だから被災地などを訪れるたびに、天皇夫妻はかならず歌を詠むのだろう。天孫降臨はアマテラスの命だという支配の正統化も、稲の王としての宗教的権威も失った天皇家の延命戦略は、自身を集約点として日本人の心情共同体を再生するところにあった。

「日本の軍隊が傷つけた人々」を含む戦争犠牲者の慰霊の旅は、一九八五年のヴァイツゼッカー演説に示された決意の「象徴化」ではないかとマリは思う。「天皇はそれを言葉で言うことができなかった。憲法で制限された存在だからです。（略）言いたいことを言えない状態で。その孤独な戦いを思います。そのことに、今、感動をおぼえます」。

マリは「陛下、これをお受け取りください」と、それぞれ半分の天皇霊が入った二つの箱を差し出すが、天皇はそのうちひとつをマリの手に戻していう。「国民の理解を得られることを、切に願っています」と。「わたしは天皇のように行動できるか、私が天皇だとしたら、どう行動するのか」と自問する主人公の手を握って、幻想の明仁天皇は「私も一人の国民であり、一人の人間です」と応じる。「わたしの手に、その手のぬくもりと大きさとやわらかさとがずっと残っていた。／父のような、母のような。涙のような、海のような」という言葉で『箱の中の天皇』は終わる。

しかし、マリのように「共に在る」という明仁天皇の旅に共感し、「パトリオティズムに根差したナショナリズム」を原理とする新たな「国民」の創成を期待することには無理がある。「天皇のように行動する国民」と、「私も一人の国民」だと語る天皇とは、かつて暴威を振るった「君民一体」の心情共同体の新形態にほかならないからだ。幻想の天皇の手に「父のような、母のような。涙のような、海のような」「ぬくもりと大きさとやわらかさ」を感じる人々の内面には、かつての「一木一草にある」天皇制の現代版にほかならない「ミクロ化した『天皇制』」が宿っている。

どのような悲惨に打ちのめされていようと、われわれは血統として聖別された差別的な存在からの慰労を受け入れてはならない。逆境に置かれた人間を慰め労ることができるのは、同じ人間以外には存在しえないからだ。天皇制を維持するために天皇本人とその家族の人権を半ば以上も剝奪し、心身に過大な負担となる感情労働を求め続けることも、同様に許されることではない。

かつて日本人は「天皇が神でないことを知っていて、それを信じているふりをしていた」が、いまは「天皇が象徴ではないことを知っていて、それを信じるふりをしている」。そのほうが便利で快適だからだ。しかし天皇の存在に依存し、その「象徴的行為」を利用して自身に課せられた倫理的責務を自己解除してしまう日本人は、いまも敗戦の精神的外傷に呪われ続けている。

マリの父親は「パパたちは敗けた。戦争に敗け、それからあまりに視野が狭くなって、目先の儲けにしがみついた。だから経済戦争にも敗けてしまった」と、はじめて娘に内心を吐露する。筆者が『8・15と3・11』で検証したように、日米戦争と戦後の経済戦争の敗北は、あるいは壊滅的な福島原発事故もまた「考えたくないことは考えない、みんなで一緒に頑張ればなんとかなる」というニッポン・イデオロギーに共通の根がある。ニッポン・イデオロギーの中心に位置しているのは、マリが発見する空虚な箱としての天皇だ。天皇という箱に歴史的責任を詰めこんで無思考状態を続ける限り、幼児的に甘美な自己充足の代償として、われわれは8・15や3・11の破滅的事態を繰り返すしかない。

経済戦争の敗北と日本の衰退のなかで生まれ育った孫の世代もまた、敗戦の精神的外傷と無縁ではない。親の世代、子の世代が失敗した国民的自己欺瞞の批判的な意識化と、ニッポン・イデオロギーの観念的制度にほかならない天皇制の克服を、はたして新たな世代は達成しうるのだろうか。

11 元号と歴史

葉真中顕『Blue（ブルー）』

『ロスト・ケア』で二〇一三年に登場した葉真中顕は、続いて『絶叫』（二〇一四年）、『コクーン』（二〇一六年）と社会派ミステリの力作を刊行した。『凍てつく太陽』（二〇一八年）は第二次大戦中の北海道を舞台とした冒険小説だが、新作『Blue（ブルー）』では原点回帰し、再び犯罪という断面から二一世紀日本社会の病理を描いている。

二〇一七年に明仁天皇の生前退位が決定され、二〇一九年五月一日に徳仁天皇が即して平成の時代が終わるまでに、平成史や平成論の書が夥（おびただ）しく刊行された。『Blue（ブルー）』は小説作品だが、フィクションとして書かれた平成史、平成論としても読めそうだ。たとえば末尾に添えられた但し書きには、「この物語は平成30年間の文化・風俗を俯瞰しながら、児童虐待、子供の貧困、無戸籍児、モンスターペアレント、外国人の低賃金労働など、格差社会の生んだ闇をテーマとした作品です*60」とある。小説として平成を描くことには、どのような意味があるのか。

明治に定められた一世一元の制によって明治、大正、昭和の起点と終点は天皇の死と大枠で一致する。平成の場合には明仁天皇が生前退位したことで、この慣行は崩れているにしても。ただし明仁天皇の在世中は平成の「一元」が維持されたわけで、一世一元の制が失効したわけではない。

『Blue（ブルー）』という「平成30年間の文化・風俗を俯瞰し」たフィクションについて考える前に、平成史や平成論の成立条件を問う必要がある。明治史や昭和論でも同じことだが、天皇という個人の死によって前後に分割された時間に、固有の歴史的意味を重ねることは妥当なのか。

王の死と新王の即位が共同体の死と再生を意味した未開社会は前歴史的だが、歴史時代でも君主の権力が強大であれば、ある程度まではその在世期間で政治史を区切る発想は有効だろう。権力による規制が無視できない範囲では経済や社会や文化にかんしても、たとえば「ルイ一四世時代」とか「ヴィクトリア女王時代」のように。「ヴィルヘルム一世時代」の場合は、「ビスマルク宰相時代」のほうが一般的だが。「ヴィクトリア時代」や「ビスマルク時代」と日本の明治時代の意味するところは、むろん同一ではない。前者と比較して後者は、王の身体や生命の固有性と不可分だからだ。明治が歴史の時代に属することに疑問の余地はないが、元号で時代を分割する意識には、王の生死と共同体の運命が二重化していた未開社会の共同意識が残存している。

元号の括りで歴史を語ることについて、『平成時代』の吉見俊哉が次のように述べている。「一人の人生がその社会の歴史のまとまりと常に一致することなどあり得ない」[*61]、「それにもかかわらず、日本では『平成の終わり』を前にして、『平成』とは何であったのかを語ろうとする数多の言説が流布している」、「しかし、これは幻想である。メディアが盛んにそう語るから、『平成』がひとまとまりの時代に見えてくる」にすぎない。とはいいながら吉見は「平成史」に一方ならぬ興味を抱き、『平成時代』を書いた。

メガネが『現実』を出現させているのだとしても、この両者の関係には意味がある。グローバル化や情報化が進み、天皇の在位期間と時代の変化はますます対応しなくなっているのに、人々は『平成』を一つの時代として語ることで、自分たちの現在を同定しようとする。そこにある人々のこだわりと、この時代を眺めるメガネが持つ一定の説得力の側から、私たちが生きる同時代の力学を中期的な視座で浮かび上がらせることが可能なはずだ。

『平成経済　衰退の本質』の金子勝、『平成史』の保阪正康、『平成精神史』の片山杜秀などに元号で時間を区切ること、元号で歴史を語ることへの方法的な意識は希薄だ。たとえば『平成経済　衰退の本質』には「本書は、この『失われた三〇年』となった『平成』時代を振りかえり、その『衰退の本質』に迫ることを目指す[*62]」とある。主題はバブル崩壊以降の日本経済の衰退を論じることで、タイトルに「平成」の語を冠していても、そのことに積極的な意味はない。「失われた一〇年」が「失われた二〇年、三〇年」に延長されたように、「失われた三〇年」もまた「失われた四〇年」に繰り延べられることは確実であって、「失われた××年」という言葉それ自体が人々に飽きられ使われなくなるのは時間の問題だろう。「平成はまだあまりにも生々しく、距離を置いて見るには近過ぎる。そこで本書では、平成そのものの事象に突っ込んだところもありますが、明治・大正・昭和に遡って、歴史から平成を照射する仕方もずいぶんと使いました[*63]」と、片山杜秀『平成精神史』のあとがきにはある。平成時代を明治以降の日本近代史の、まだ歴史になりきらない最新局面として捉えるのみで、片山の場合も元号で歴史を語ることへの自問は金子と同様に意識化されていない。

保阪正康『平成史』は、昭和／裕仁天皇と平成／明仁天皇の言動や存在性格を対照させながら平成史を語ろうとしている。小泉政治やオウム事件や「ひきこもり現象」なども明仁天皇論の枠組み（たとえば「序章　天皇の生前譲位と『災害史観』」から「終章　平成の終焉から次代へ[*64]」まで）で論じられる。この点で元号による時代区分に歴史性はあるのか、という問いにも限定的な応答はなされているようだ。しかし、いわば「天皇」に成り代わろうとした麻原彰晃によるオウム事件はともかく、小泉政治や「ひきこもり現象」と明仁天皇の存在に有意な関係性を見出すのは困難であって、この点では保阪による平成論にも方法意識の曖昧性は否定できない。

元号で歴史を語ることの恣意性は明らかとしても、西暦の世紀や年代の場合はどうだろう。たとえば「二〇世紀」を、あるいは「一九六〇年代」を、われわれは内在的に意味ある時間性として意識する。キリストの生後何年という時間の分割についていえば、キリスト教徒の信仰には意義があるとしても、それ以上の一般性や普遍性は認められない。世紀や年代で分割された時間に、政治や経済や社会や文化などが複合化した歴史的固有性、階層性が対応するという発想もまた恣意的だ。

二〇〇〇年以上も昔に生きた人物の生年を基準として、時間を一〇〇年単位で区切ることに歴史的な根拠はない。とはいえ時間を有意味な層として前後に分割することは、歴史認識にとって不可欠でもある。実体化はできないという自覚を前提とすれば、分割された時間に世紀や元号を冠することも。

このように筆者が考えはじめたのは一九八九年のことだ。この年の一月に昭和天皇が死没し、一一月にはベルリンの壁が崩壊し、一二月にはマルタの米ソ首脳会談で冷戦終結が宣言される。七月に逮捕された宮崎勤による連続幼女誘拐殺人も、日本社会の二一世紀的変貌を予示する出来事だった。宮崎事件と二〇〇八年の秋葉原無差別殺傷事件を結んでみれば、このことも明らかだろう。後者には非正規雇用と若者の貧困、承認の困難、ネット文化の荒廃など二一世社会の病理が凝縮されていた。

ベルリンの壁の崩壊は、東欧社会主義政権の連続倒壊の頂点的な出来事として体験された。ソ連が最終的に解体するのは二年後のことだが、一九一七年のボリシェヴィキ革命にはじまる二〇世紀社会主義の終焉は、八九年の時点ですでに明白だった。

一九八九年の事態には三つの「終わり」が重畳している。第一は「第二次大戦後」の終わりだ。第二次大戦は一九四五年に終結するが、引き続いて世界は米ソ冷戦の時代に入る。冷戦の終わりとは「第二次大戦後」の終わりを意味した。第二は、すでに触れたように「社会主義」の終わりで、因果関係としては社会主義ソ連の弱体化が冷戦の終結をもたらした。第一は一九四五年以来四四年、第二は一九一七年以来七二年続いた一時代の終わりだったといえる。

　ロシア革命は第一次大戦の帰結であり、この巨大な戦争（グレート・ウォー）によってロシア帝国をはじめオーストリア帝国、ドイツ帝国、オスマン帝国と、中欧から中東にいたる四大帝国が前後して倒れた。またオスヴァルト・シュペングラー『西洋の没落』が象徴的に示したように、第一次大戦はヨーロッパを覇者とする近代世界を終わらせたという時代認識が、西欧中枢でも植民地化された周辺諸国でも共有されはじめる。戦後世界秩序の構築原理として提唱された「民族自決」は、植民地解放運動の世界的な激化をもたらした。ようするに一九八九年は、七一年間続いた「第一次大戦後」という一時代の終わりでもある。

　第一次大戦に突入するまで、ヨーロッパは史上稀な安定と繁栄を謳歌していた。一九世紀末からの時代はベル・エポックとも称される。ヨーロッパが覇者として世界を支配し富を蓄積していた「一九世紀」は、年表の数字上は二〇世紀に入っても続いた。それを打ち砕いたのが第一次大戦だった。この点からは、大戦が開始された一九一四年を「一九世紀」の実質的な終点とするべきではないか。

　ヨーロッパによる世界支配の時代、産業革命と市民革命の「ポスト」としての時代を「一九世紀」とするなら、その起点はワットによる蒸気機関の実用化（一七六九年）、あるいはフランス大革命（一七八九年）になるだろう。第一次大戦という政治史的な出来事に対応させるなら、フランス大革命を「一九世紀」の起点とするのが妥当だ。経済史的な指標を優先するなら、T型フォード生産にテイラーシステムが導入され、工業的な大量生産システムが完成を見た一九一三年が「二〇世紀」の起点ともいえそうだ。

フランス大革命から第一次大戦までの一時代は政治、経済、社会、文化の諸要素が緊密に複合化した世界規模の歴史的構造、アントニオ・グラムシの言葉でいえば「歴史的ブロック」として捉えうる。年表的な一九世紀とは多少の時間的齟齬が生じるにしても、これを記述のエコノミーの観点から「一九世紀」としても不都合ではあるまい。

歴史的ブロックとしての「一九世紀」は、一七八九年から一九一四年まで一二六年のあいだ続いた。「二〇世紀」の場合は一九一四年から一九八九年まで七六年という計算になる。その後しばらくしてエリック・ホブズボーム『20世紀の歴史』を読み、同じ一九八九年に同じようなことを考えた人間がいたものだと驚いた。この本でホブズボームは二〇世紀を「極端な時代」と特徴づけ、一九世紀を「長い一九世紀」、二〇世紀を「短い二〇世紀」と特徴付けている。

ところで昭和は一九二六年から一九八九年までの六四年間で、「短い二〇世紀」の七六年間と一二年しか違わない。皇太子時代の摂政就任（一九二一年）を事実上の昭和の起点とし、「二〇世紀」の本格的な開始は第一次大戦の終結（一九一八年）からとするなら、「昭和」と「二〇世紀」の差はわずか三年にすぎない。巨視的な観点からすれば、「昭和」とは日本の「二〇世紀」にほかならない。

第一次大戦は大正期（一九一二年〜一九二六年）の出来事で、日本も日英同盟によって名目的には参戦した。しかし実戦としては、エピソード的な青島攻略などが戦われたにすぎない。「欧州大戦」を対岸の火事として傍観しえた日本は、軍需品などの輸出拡大によるバブル的な戦争景気から「対華二十一か条要求」など中国侵略の拡大まで、火事場泥棒な利得さえ貪ることができた。

このように国民的体験として第一次大戦を通過していない日本で、大正期の後半を「短い二〇世紀」に含めることはできない。「明治」という歴史的ブロックは、植民地化の危機から生じた体制変革（明治維新）を起点とし、文明開化、鹿鳴館、殖産興業、富国強兵、国会開設、日清・日露戦争を経由し、不平等条約の改正が実現された一九一一年に終わる。

不平等条約の改正によって、かつて植民地化の危機に直面した日本はヨーロッパ列強（ヨーロッパ公法諸国）の側に、換言すれば周辺地域を植民地化する側に移行し終えた。明治天皇の死による年表上の明治の終わりは条約改正の翌年で、この点で歴史的ブロックとしての「明治」と年表的な明治のあいだに大きなズレはない。

西欧諸国が「一九世紀」に徐々に推し進めた近代化を、日本はその半分にも満たない時間で達成した。「明治」期の近代化の拙速が後年、数々の問題を招いたとしても。この点からすれば大正期とは、世界分割と植民地化を進め、域内では平和と繁栄を謳歌した西欧のベル・エポックに対応するのではないか。

ベル・エポックには、年表上は二〇世紀だが歴史的構造としては一九世紀の延長だった時代、ようするに二〇世紀初頭の十数年が含まれる。世界史的には「長い一九世紀」が終結したにもかかわらず、極東という地理的条件と後発近代国という歴史的条件の特殊性に規定されて、例外的に「長い一九世紀」が続いた特異な過渡期として大正期を捉えるべきだろう。日露戦争と日韓併合によって極東に即製のミニチュア植民地帝国を築いた日本は、第一次大戦後のベルサイユ体制、そのアジア版だったワシントン体制では「五大国」としての国際的地位をヨーロッパ公法諸国から承認され、国内的には大正デモクラシーが定着していく。

以上の諸点からも「昭和」を日本の「二〇世紀」として捉えることができる。「二〇世紀」の前半は二次にわたる世界戦争の時代、後半は米ソ冷戦の時代であるように、戦前昭和はアジア太平洋戦争という「戦争」の時代、戦後昭和は日米安保体制による「平和」の時代だった。

第一次大戦の文明史的衝撃から開幕した「二〇世紀」は、前時代との切断性が明白だ。この点「昭和」の場合は事情が異なる。大正天皇の死による昭和天皇の即位という、歴史としては恣意的で偶然的な出来事による前時代との区分は、巨大な戦争（グレート・ウォー）の文明史的衝撃にはじまる「二〇世紀」のような端的な歴史性は認められない。ここから日本の「二〇世紀」としての「昭和」の固有性が明瞭なものとして浮かんでくる。

筆者は「新潮」誌に一九九四年一月から一九九九年二月まで、長篇評論「昭和の死」を断続的に掲載した。本論は加筆の上、『探偵小説論Ⅲ　昭和の死』として刊行されている。タイトルが示しているように「昭和の死」は昭和論だ。とはいえ元号で恣意的に区切られた時間を無前提に歴史化する類の、連載当時に世に溢れていた昭和論とは一線を画している。

二〇世紀には第一次大戦という明瞭な起点が存在するが、それに該当するような歴史的画期が昭和には認められない。「昭和の死」では小林秀雄、中野重治、坂口安吾、大岡昇平、三島由紀夫、大江健三郎などの作品を検討することで、「昭和＝日本の二〇世紀」に固有である偏差を読みとろうとした。戦前本格、戦後本格、新本格を検討した『探偵小説論Ⅰ、Ⅱ』と「昭和の死」での記述を重ねることで、「昭和＝日本の二〇世紀」を文学や小説の窓から的確に捉えうる。これが「昭和の死」を『探偵小説論Ⅲ』として刊行した理由だった。

戦前昭和とは第一次大戦を通過しないまま「二〇世紀」に入った日本、換言すれば「二〇世紀」に後れた昭和が世界史的な同時代に追いつこうとした時代、「二〇世紀」を実質化することに失敗し難破した時代だった。失敗の内実には、そもそも二〇世紀に後れているという事態への無自覚が含まれる。

たとえば二〇世紀の世界戦争が一九世紀の国民戦争と質的に断絶している点について、戦前昭和の政治支配層にも一応の理解はあった。総力戦国家への二〇世紀的な国家再編は試みられたし、近衛新体制の成立はその結果ともいえる。しかし戦争指導層は、二〇世紀の戦争が対戦国の「死」まで永続するという世界戦争の新たな必然性にまったく無自覚だった。第一次大戦では敗戦国が例外なく体制崩壊し、国家としての「死」を迎えた事実が存在したにもかかわらず。

戦前昭和の日本は第二次大戦で、はじめて二〇世紀的な世界戦争のリアリティと正面衝突し、「昭和」と「二〇世紀」の歴史的なズレに足を取られて惨めに転倒した。第二次大戦の敗北によって「昭和」は「二〇世紀」に追いつき、冷戦と日米安保体制のもとで戦後昭和はかつてない平和と繁栄を実現する。そして一九八九年＝昭和六十四年に「二〇世紀」と「昭和」は同時に終わる。

年表上はまだ二〇世紀でも、一九八九年以降の世界は実質的に二一世紀に入った。事実、ソ連が崩壊する一九九一年には、二〇世紀の世界戦争とは質的に異なる新型の戦争として湾岸戦争が戦われた。湾岸戦争／9・11／アフガン・イラク戦争の過程で、二〇世紀の世界戦争とは質的に異なる二一世紀的な世界内戦の全貌が可視化されていく。

歴史ブロックとしての「二一世紀」が開幕するのと同時に、偶然にも日本は平成期に入った。平成は明仁天皇の生前退位によって二〇一九年に終わったが、世界内戦と例外社会、グローバリズムと第四次産業革命（IT革命／AI革命）で特徴づけられる「二一世紀」を、今日もわれわれは生きている。

人間は自分がいまどこにいるのかを、不断に問わざるをえない存在だ。「二〇世紀」と「昭和」という二つの時間を重ねることで現在の意味を考えてきた日本人だから、平成の終わりに際して、平成という時代の意味を問う発想が広範に生じたのも当然だろう。平成は「二一世紀」の最初の三〇年（年表的な二一世紀では最初の一九年）だが、世界史的な「二一世紀」を最初の三〇年目、二〇一九年で区切ることに歴史的な根拠は薄い。

一九八九年以降の時代は、政治的にはアメリカ独覇時代の終わりを告げた9・11攻撃（二〇〇一年）あるいはイラク戦争（二〇〇三年）が最初の区切りとなる。経済的にはサブプライム危機（二〇〇八年）だろう。9・11攻撃の二〇〇一年で二一世紀的な世界内戦が本格的に開始され、サブプライム危機の二〇〇八年で「二一世紀」初頭のグローバリズムとネオリベラリズムの最盛期は終わった。

欧米でのイスラム過激派によるテロ、右派ポピュリズムと排外主義の台頭、中国経済の急成長、グローバリズムへの反動としてのブレグジットやトランプ政権の「アメリカ・ファースト」や米中貿易戦争などなど。このように世界は依然としてポスト9・11、あるいはポスト9・15（リーマン・ブラザーズの経営破綻の日）という「二一世紀」の第二局面に位置している。二〇一九年で「二一世紀」を区切ることはできそうにない。

ところで小説作品『Blue（ブルー）』の主人公は篠原青だが、作者の設定によればブルーと呼ばれるこの人物は平成最初の日に出生し、平成最後の日に死亡している。いうまでもないが母親の篠原夏希は、昭和天皇が死ぬ日を選んで息子を生んだわけではないし、ブルーも明仁「平成」天皇退位の日を選んで死んだわけではない。『Blue（ブルー）』の主人公にしてみれば、自分が誕生した日にたまたま昭和天皇が死亡し、自分が死亡する日にたまたま「平成」天皇が退位したにすぎない。ブルーの三〇年の人生に、平成という時代が偶然に二重化した。とりあえずは、そう考えることができる。

一九八九年から二〇一九年までの三〇年を「平成」でなく、ブルーという人物の人生として眺めるとき、見えはじめるのはどんな光景なのか。ブルーの短い人生を描いた小説は、凡百の平成史や平成論とは異なる「歴史」を読者に提出しえているだろうか。

『Blue（ブルー）』の第Ⅰ部では平成期の中間点に当たる、平成十五（二〇〇三）年に発生した青梅の一家皆殺し事件が、捜査員の藤崎文吾を中心にブルーの過去を知る数名の視点から描かれる。またプロローグを含め、

「Ｆｏｒ　Ｂｌｕｅ」と題された「犯人」をめぐる断章が作中には複数挿入されている。

こうした構成は平成三十一（二〇〇九）年四月に起きた多摩ニュータウンの団地空室で起きた殺人事件と、その捜査をめぐる第Ⅱ部でも踏襲され、エピローグとして最後の「Ｆｏｒ　Ｂｌｕｅ」が置かれる。第Ⅱ部に入ってしだいに明らかになるのは、「Ｆｏｒ　Ｂｌｕｅ」の語り手が第二の事件の関係者らしいことだ。

青梅の平凡な戸建て住宅で第一の事件は発生した。「臙脂色のスレート屋根の木造二階建てで、一五坪程度の庭にカーポートと物置。カーポートには白いカローラが駐まっている」。どこにでもある郊外のマイホームには、「いわゆる教員一家」である篠原家の家族五人が暮らしていた。父親の敬三は定年退職まで地元の小学校に勤務、その妻の梓は中学の非常勤講師、離婚して実家に戻っている長女の晴美は吉祥寺の私立高校に勤めている。晴美の一人息子の優斗と、住民票によれば敬三の次女の夏希もこの家で暮らしていたようだ。

現場の状況から警察は、夏希が他の家族全員を殺害し、覚醒剤を大量服用して入浴中に死亡したと推定する。夏希の死は自殺か事故死なのか、解剖でも最終的な結論は出ていない。「家族を惨殺した三一歳の女は、およそ一六年前の昭和六三年の春頃から、いわゆる『引きこもり』になり」、「小中学校の友人や近所の人の中にも、引きこもって以降の夏希に会ったり、姿を見たという者はいなかった」。

夏希の部屋に入った捜査員の藤崎は、「別班の若い女性刑事」奥貫綾乃による「年号がまだぎりぎり昭和だった一九八〇年代後半の女子中高生の部屋をそのまま冷凍保存したよう」だという言葉を思い出す。浴槽で死亡したとき、その年に大ヒットしたＳＭＡＰの『世界に一つだけの花』をＣＤラジカセで聴いていたようだが、夏希の自室に残されていたのは光ＧＥＮＪＩや中森明菜など「八〇年代の流行曲を録音した」カセットテープだった。

第Ⅰ部の最後に挿入された「For Blue」は、次のように語りはじめられる。「青梅事件。／平成一五年一二月のクリスマス。／平成という時代においても、ブルーの人生においても折り返し地点と言える時期に、その事件は起きた」。被害者の屍体発見者は事件現場で、自動リピートされた『世界に一つだけの花』を聴いたと証言したようだが、「それはきわめて象徴的に思える。／何故なら平成は、ナンバーワンを目指すことが難しく、人はオンリーワンであることを受け入れざるを得なくなった時代なのだから」。さらに「For Blue」の語り手は続ける。

> 国内ではバブルの崩壊とともに誰もが共有できる目標や価値観が消失した。核家族や単身者が増え、更にネットが一般化したことでライフスタイルは多様化した。地域や組織の紐帯も弱まった。同じころ海外でも冷戦が終結し、単純な敵味方構図は消滅した。
>
> 溶けたのだ。
>
> この社会のあらゆる事象が強固な固体（ソリッド）から寄る辺なき液体（リキッド）へと溶け出した。
>
> そして人は自分の価値を自分で決めなければならなくなった。すべてのナンバーワンは、その人の主観上のオンリーワンに過ぎなくなってしまった。

光GENJIの『ガラスの十代』（一九八七年）や『パラダイス銀河』（一九八八年）からSMAPの『世界に一つだけの花』（二〇〇三年）のあいだに日本社会を襲った巨大な地殻変動を、語り手はジークムント・バウマン『リキッド・モダニティ　液状化する社会』を参照したのか、「強固な固体（ソリッド）から寄る辺なき液体（リキッド）へ」と特徴づけている。

捜査が進むにつれて、夏希の部屋が「一九八〇年代後半の女子中高生の部屋をそのまま冷凍保存した」ように見えた理由も明らかになる。一九八八年、昭和が平成に切り替わる前年に夏希は家出し、その部屋は住人を失っていたのだ。バブル経済の頂点の時期に家出した少女は、一五年にわたる遍歴の末に生家に舞い戻った。どのような動機からか両親と姉と姉の子の四人を惨殺し、『世界に一つだけの花』を聴きながら浴槽で息絶えた。

藤崎は殺人現場に未知の人物がいたのではないかと疑うが、被疑者死亡として一年後に捜査は打ち切られた。事件の終結に上層部の圧力を感じ納得できなかった藤崎は三年後、妻と離婚したのを機に警察も辞めることを決意する。第II部では、藤崎とともに第一の事件の捜査に携わった女性刑事、奥貫綾乃が中心的な視点人物となる。平成最後の年に奥貫が捜査する殺人事件から、一五年前の事件の真相もまた明らかになる。

第一の事件で一九八〇年代を「冷凍保存したよう」なのは、夏希の部屋に限らない。「カーポートには白いカローラが駐まっている」、「臙脂色のスレート屋根の木造二階建て」の住居と「いわゆる教員一家」の篠原家それ自体が、戦後昭和期の「冷凍保存」だったのではないか。一九九一年のバブル崩壊、就職氷河期と平成大不況の到来、九五年の阪神大震災とオウム事件、九七年の北海道拓殖銀行や山一證券の破綻へと続いた日本社会の危機、そしてしだいに加速する空洞化と衰退は、社会全体を同時均等に襲ったわけではない。

二〇〇八年のサブプライム危機、いわゆる「リーマンショック」による不況の深刻化、あるいは一一年の東日本大震災の場合も同じことだが、社会的空洞化や経済的衰退による被害は都市より地方、大人より若者、正規雇用者より非正規雇用者、大卒より高卒、男性より女性の側に皺寄せされた。すでに母子家庭の相対的貧困率は六割を超えているし、高卒で非正規雇用のシングルマザーの多くが貧困に陥っている。

「失われた10年」を通過しても「いわゆる教員一家」の篠原家は、高度成長以降の昭和期と基本的に変わらない平和で安定した生活を送っていた。このように戦後昭和期を「冷凍保存したよう」な家に、バブル崩壊以降の「失われた10年」のあいだ日本社会の底辺を漂泊し続けた次女が舞い戻ってくる。一九八八年の日本と二〇〇三年の日本が、あるいは昭和と平成が接触して禍々しい火花を散らし、そして凄惨な事件が惹き起こされた。

事件の原因となる時間的な過去（一九八八年）と現在（二〇〇三年）の接触を、社会的な空間性の次元に置き換えると、経済的に安定したミドゥルクラス家庭とアンダークラスに階級脱落（デクラセ）化した娘との不運な遭遇ということになる。

三一歳で死亡した篠原夏希の半生を辿ってみよう。昭和六十三（一九八八）年の春に高校二年で家出し、「政治家一家の高遠家」を「勘当された、放蕩息子って噂」の高遠に囲われて六本木の高級マンションで暮らすようになる。翌年一月に生んだ高藤の子を青と名付け、マンションで育てはじめた。バブル崩壊で破産した高遠は平成六（一九九四）年に自殺する。行き暮れた夏希は、ブルーを連れてデートクラブ「プチ・ハニィ」の寮で他の娘たちと共同生活を送るようになる。二年後に「プチ・ハニィ」は摘発され、夏希は同僚だった娘と小さなマンションに入居して「エンコー」で喰いつなぐようになる。

平成十二（二〇〇〇）年に携帯電話の販売業を営むタクヤと同居をはじめるが、その会社はＩＴバブル崩壊のために潰れ、夏希とブルーは男と三人で浜松に都落ちする。戸籍もなく学校に通ったこともないブルーは、子供ながらタクヤと一緒に工場で働きはじめた。ドラッグを常用するタクヤは、内縁の妻と連れ子のブルーに日常的に暴力を振るうようになる。

三年が経過した。常日頃にも増して激しいタクヤの暴力に生命の危険を感じた夏希は、無我夢中で息子に男の首を絞めるようにいう。夏希を救おうとしてブルーは、必死でタクヤを絞殺する。

内縁の夫の屍体を処分した夏希は、平成十五（二〇〇三）年のクリスマス・イブに息子を連れて青梅の実家に戻った。金銭の援助を拒まれて半狂乱になった夏希は、預金を奪うため母の殺害をブルーに命じる。続いて父、姉、その子も。こうして青梅の一家皆殺し事件は起きた。家出にはじまり子供を使嗾（しそう）しての連続殺人とドラッグの中毒死で終わる夏希の半生は、平成社会の地獄遍歴そのものだ。

「凶器」は一四歳の少年であろうと、内縁の夫と実家の四人の死に直接の責任がある夏希とはどのような人物なのか。青梅事件の捜査で浮かんできた、家出するまでの「夏希は『自分勝手な子』として有名だったようだ。落ち着きがなく、人に合わせることが苦手で、気に入らないことがあるとすぐに癇癪を起こす」。

小学校時代は突然キレて同級生に暴力を振るうことがたびたびあった。中学に上がると不良グループとつるむようになったが、リーダー格の女子とトラブルになり、すぐに追い出された。その後は周りから腫れ物のように扱われるようになり、親しい友人は一人もいなかったようだ。高校は市内の女子校に進学したが、まったく馴染めず、学校を休みがちだったという。

家出前の夏希にかんして藤崎は、「両親にしてみれば、ずいぶんと育てにくい子供だったのだろう」と思う。しかし、高校一年の夏希とアルバイト先で接触があった美大生の美保の証言には、少し感触の違うところがある。「週刊誌の記事には、夏希は地元では『自分勝手な子』として有名だったと書いてあった。／なるほど確かに夏希は気持ちのアップダウンが大きく、付き合いにくいタイプに思えた。かなりマイペースなので集団には馴染めなさそうだった。でも美大にはわりといるタイプでもある。美保自身、似たところがある」。夏希の事件については「とんでもない出来事ではあると思うけれど、当時から極端なことをやってしまいそうな危うさはあった」というのが美保の感想だ。身を持ち崩した自堕落な女による、身勝手で残虐な犯行といった世評とは印象が異なる。

夏希はアルバイト先の先輩に「こんなに私のことわかってくれる人、初めてです！」と感激して話していた。美保のほうは「特別シンパシーを抱いたわけでもない。何も否定せず話を聞いていただけだった。それで『初めて』と言ってしまうのだから、逆に夏希の周りにはこれまで彼女を理解してくれる人が誰もいなかったことが窺えた」。「夏希は学校には仲のいい友達なんていないし、家でも家族とあまり上手くいっていないと言っていた。出来のいいお姉さんと比べられて、親に怒られてばかりだと」。

今日であれば夏希は発達障害あるいはＡＤＨＤと診断され、家庭や学校で相応の配慮や保護の対象となるかもしれない。しかし性格や言動に少し風変わりなところのある次女に、典型的な昭和の中流家庭で「いわゆる教員一家」の両親は無理解だった。娘の失踪に際しても警察に届けることさえなく、近所には「引きこもり」だと事情を隠していたところからも、娘への冷淡で愛情の薄い態度が窺える。

夏希の「転落」は、本人の性格や個性にかかわる問題といえるだろうか。「Ｆｏｒ Ｂｌｕｅ」の語り手は、「彼女もまた被害者だった、などと言うつもりはない。／けれど誰も彼女を助けなかったのは事実だ。／大人の男たちは、ことごとく彼女を利用した」と語る。

深夜のマクドナルドで彼女に声をかけたスカウトも、彼女を愛人にして子供まで産ませた男も、『プチ・ハニィ』の経営者も、彼女を買った男たちも、誰も彼もが、金と引き替えに彼女の若さと性を貪っただけだった。家出をした一〇代の彼女に、あるいは若くして子供を産んだ彼女に、適切に関わろうとした大人は、おそらく一人もいなかった。

最後の頼みと思った実家の親も受け入れてはくれなかった。

校則の厳しい高校に馴染めないまま不登校になり、それを教員の両親に責められて家庭にも居場所を失ったのが、おそらく夏希の家出の動機だったろう。青梅から新宿に出て、歌舞伎町のマクドナルドでフリーのスカウト業者、藤崎によれば「女衒（ぜげん）」に声を掛けられ、金回りのよい事業家に紹介されたのが地獄遍歴の出発点だった。六本木の高級マンションに囲われることがなければ、手持ちの金を遣いはたして家に戻ったかもしれない。

篠原家の両親が育った戦後昭和の高度成長社会は、全員が「ナンバーワン」をめざして熾烈に戦い続ける競争社会だった。夏希が家出した年に発売された栄養ドリンクのCMが、「24時間戦えますか」と連呼していたように。必死に努力し競いあうことで経済は際限なく急成長し、上層から下層へと富は滴り落ち、やがて「九割中流」社会が実現された。

しかし生きづらい個性の少女は、はじめから「オンリーワン」であることを強いられていた。『Blue（ブルー）』の作者によれば青梅の家族皆殺し事件とは、「オンリーワン」である以外なかった娘による、無自覚に「ナンバーワン」原理を押しつけ続けた両親や姉への復讐にほかならない。「すべてのナンバーワンは、その人の主観上のオンリーワンに過ぎなくなってしまった」時代が平成だとすれば、それはまた平成による昭和への復讐でもある。

意識としては「九割中流」、所得など客観的な指標からしても分厚い層をなしていた昭和のミドゥルクラスは、平成の三〇年を通じて急激に分解された。低賃金（平均年収一八六万円が上限）で生活が不安定な非正規労働者からなるアンダークラスは、今日でもワーキングクラス下層（学歴でいえば高卒層）出身者が多数を占めるが、ミドゥルクラスの子弟の階級下降とデクラセ化、アンダークラス化の傾向も無視できない。このタイプが葉真中顕の小説では、しばしば主人公として中心的に描かれる。『Blue』の篠原夏希と同じく、『絶叫』の鈴木陽子もミドゥルクラスの家庭崩壊からブラック労働、売春、そして犯罪に追いやられていく。『Blue』の夏希が後半生で辿った地獄遍歴は、吉見俊哉のいわゆる「『平成』という失敗」の必然的な産物であり、不運な偶然や当人の個性は偶発的な契機だったにすぎない。第II部では低賃金、非正規労働、ブラック企業、性の搾取、DV、社会的排除、その他もろもろの「『平成』という失敗」に加えて過酷な収奪にさらされる外国人労働者や、児童虐待によるネットでのポルノ販売といった新型の社会問題が重ねられる。

生活に追いつめられて精神的に不安定な、子供を無戸籍児のまま放置した無責任な母親を、それでも慕っていたブルーは命じられるままに祖父母たち四人を殺害し、かろうじて青梅の殺人現場から逃れる。小説の後半では、幼い従弟を絞め殺した罪の意識に悩み、DV被害者の子供たちを救おうとして、またしても殺人を犯してしまう青年の悲劇が描かれる。

子供を虐待する母親と内縁の夫を、団地の空き室に呼び出して殺害したブルーは警察に追われる。逃走の途上で自動車に撥ねとばされ、運ばれた病院で平成最後の日に息を引き取る。一五年前に青梅の事件現場から逃れたブルーを匿い、自活できるように保護した女は語る。

あの子、馬鹿なのよ。学校も行っていないから。だから、償い切れない罪を償うために、また別の人を殺すなんて馬鹿なことをした。それでも償い切れないから、最後は……。あの子が逃げたのは、一種の自殺、自分で自分を殺すためだったんじゃないかって私は思っている。

夏希の家族殺しは「現在／平成／オンリーワン」による「過去／昭和／ナンバーワン」への復讐だった。しかし虐待の罪でブルーに裁かれ処刑された夫婦は、「オンリーワン」の側に位置した夏希や内縁の夫タクヤの後身ともいえる。かつて幼い従弟を殺した罪を償おうとして、ブルーは子供の虐待者を殺害した。しかし犯人の意識的な自己了解とは違って、『Ｂｌｕｅ』第Ⅱ部で描かれる第二の事件は虐待された子供による親殺し、「オンリーワン」による「オンリーワン」殺しといわざるをえない。

不運なナンバーワンを不幸なオンリーワンが攻撃すると同時に、不幸なオンリーワン同士がたがいに殺しあう例外社会が到来している。しかも不幸なオンリーワンを大量生産し続けるシステムは温存され、変化や改善は兆しさえも感じられない。

語り手の正体が判明するのは、第Ⅱ部の最後に置かれた「Ｆｏｒ　Ｂｌｕｅ」でのことだ。虐待する両親からブルーによって救われた二人兄妹の、当時は幼かった妹が成人したのちに、若くして死んだブルーという人物のことを物語っていたのだ。当然ながら「Ｆｏｒ　Ｂｌｕｅ」の現在は、その当時三歳か四歳だったと思われる妹が成人して以降で、平成三十一（二〇一九）年からは六年以上も未来ということになる。

エピローグは「平成、という時代があった」と書き出される。「西暦や干支、ヒジュラ暦ほどメジャーではなく、きっと、この世界に住むほとんどが知らない時代」。

そんな平成という時代が始まった日に生まれ、終わった日に死んだ一人の男がいた。

否、死ななかった。

彼は平成を生き延びた。そして満ち足りた日々を過ごしている。そんな真実を私が紡ごう。

ブルーが憧れていたベトナムの青い湖のほとりで、技能実習生時代に劣悪な職場からブルーに救い出されて帰国したファン・チ・リンに、関係者から「聞いた話をつくり替え、償い切れないほどの罪を背負わなかったブルーの過去を。そこから想像を膨らませてつくった、平成を生き延びたブルーの現在を」語り手は語る。「ブルーは今、家族のような仲間たちとともに楽しく幸せに暮らしている」と。

吉見俊哉によれば、「人々は『平成』を一つの時代として語ることで、自分たちの現在を同定しようとする」。「二一世紀」初頭の三〇年を、その前後から相対的に独立したステージと捉えることに客観的な意味はない。平成史や平成論の危うさの根拠がそこにある。しかし、この三〇年を「平成という時代が始まった日に生まれ、終わった日に死んだ一人の男」の人生として描くとき、ようするに平成期をフィクションとして変換するとき、そのテキストは月並みの平成史や平成論の水準を超えるだろう。

作者の言葉「この物語は平成30年間の文化・風俗を俯瞰しながら、児童虐待、子供の貧困、無戸籍児、モンスターペアレント、外国人の低賃金労働など、格差社会の生んだ闇をテーマとした作品です」を思い出そう。夏希とブルーの人生は「『平成』という失敗」の一覧表にしか見えない。フィクションの『Ｂｌｕｅ（ブルー）』もまた、夥しい平成史や平成論の書と同じ平面にあるのだろうか。いや、そうではない。

少なくとも六年以上の未来に書かれるだろう「Ｆｏｒ　Ｂｌｕｅ」によって、そこで提示される語り手の「真実」によって、われわれの生きた平成はフィクショナルに変貌するからだ。「平成を生き延びたブルー」を想像することによって、われわれは「『平成』という失敗」を克服するために不可欠な視点を獲得しうる。

あとがき

『終焉の終り』にまとめた「海燕」連載を起点として、掲載誌を移しながら二〇年近くも続けた小説時評だったが、「ミステリーズ！」連載の『人間の消失・小説の変貌』で、この種の仕事はそろそろ終わりにしようかと考えた。六〇歳を過ぎたことだし、もう時代につきあい続ける齢でもあるまいと感じはじめたからだ。「ポスト3・11文化論」（電子雑誌「ジャーロ」に連載）と題して時評を再開したのは、二〇〇八年のサブプライム危機と、「アラブの春」やウォール街占拠運動にはじまる一一年以降の国際的な大衆蜂起に触発されてのことだ。その大波は日本にもおよんで、福島原発事故の直後から反原発や反排外主義の新しい社会運動が展開されていく。

本書の第Ⅱ部「6　政治と文学」でも書いたが、時代の潮目の変化に気づいたのは二〇〇〇年代の後半のことだ。二〇〇七年の「『容疑者X』論争」を境として、わたしは評論活動の中心を探偵小説論から社会思想の方向に移しはじめた。出発点が『テロルの現象学』だったことを思えば、移したのではなく戻ったというほうが正確かもしれない。

二〇一〇年代の日本のアニメやミステリ小説でも、到来した新たな時代に応える意欲作は生まれているのに、その意義を論じる批評が少なすぎる。少ないどころか、ほとんど見当たらない。小説はどのように読まれてもいいし、映像作品にしても同じことだ。政治的に読むことも、それとは違う読み方をするのも読者の自由だが、作品に内在する政治性や社会性に重点を置いた批評の言葉が過少にすぎるのは問題だろう。

いったんは打ち上げにした時評の仕事を再開再開しようと思ったのは、こうした事情からだ。「ジャーロ」

の連載では、それぞれの仕方でポスト3・11の時代性が刻まれた小説や映像作品を、あえて政治的に「偏した」方向から論じている。

連載を評論集にまとめようと読み返してみたところ、第一二回の「道化と暴力　トッド・フィリップス『ジョーカー』」には内容的な不充分性を感じた。そこで『ジョーカー』をポン・ジュノ『パラサイト』やラ・ジリ『レ・ミゼラブル』と比較対照しながら論じ直してみたのだが、満足できるまで前後に書き足しているうちに、元の雑誌原稿は五倍にも膨張してしまった。これでは書き下ろしの新原稿と変わらない。「道化と暴力」は「例外状態の道化師（ジョーカー）」にタイトルを改め、本書の第I部とすることに当初の構想は変更された。

中高生の頃には映画少年だったし、二〇代の頃は書評紙に映画時評を書いていたこともある。とはいえ、新書一冊分以上の枚数になる映画論を書いたのは、これが初めてのことだ。社会思想家の映画論としてスラヴォイ・ジジェクの著作も参照はしているが、「例外状態の道化師（ジョーカー）」の執筆中に頭に浮かんでいたのは、一九六〇年代前半の斎藤龍鳳や小川徹の映画評論だった。

「映画芸術」や「映画評論」を根城とした斎藤や小川による確信犯的に政治主義的な評論を、ミドゥルティーンのわたしは愛読していた。「スクリーン」などに掲載される淀川長治や小森和子の文章は戦後民主主義的にリベラルだが、斎藤や小川のそれには高度成長社会で行き場を失ってさまよう、六〇年安保後のラディカリズムの亡霊が取り憑いていたからだろうか。

谷川雁や吉本隆明や埴谷雄高による六〇年安保総括の論集『民主主義の神話』を手にしたのは、その少しあとのことだ。共産党や日教組的な戦後左翼とは違うタイプのラディカル派が棲息していることを、少年時代のわたしは斎藤や小川の文章から知ったことになる。

オーソドックスに主題論的な斎藤龍鳳とは違って、小川徹のほうは政治主義的表現論ともいうべき独自性が際立っていた。政治的な主題性が希薄な日活の無国籍アクションや東映の娯楽時代劇などを素材として、無数のディテールに政治的な意味を過剰に読みとる、あるいは平然と押しつける小川の映画評論は、その当時「裏目読み」と称されていた。小川徹の「裏目読み」が芸風として評価されていた点からしても、六〇年安保敗北後の一九六〇年代でさえ今日と比較して、はるかに政治的な表現の許容度は高かったといえそうだ。

政治主義的批評を標榜してはいても、「例外状態の道化師(ジョーカー)」は小川徹の「裏目読み」ほど作品破壊的ではない。せいぜいのところ江藤淳の『成熟と喪失』程度だろう。この長篇批評を読んだのも『民主主義の神話』と同じ頃、一九六〇年代半ばのことだったが、江藤が個人的に執着してきた「戦後日本と母の喪失」なる主題意識を刃として、「第三の新人」の代表長篇を容赦なく撫で斬りにしていく批評の暴力性には感動した。

いつか同じようなことを試みたいと思っていたのだが、その半世紀後の産物として「例外状態の道化師(ジョーカー)」はある。安岡章太郎『海辺の光景』(一九五九年)を例外として小島信夫『抱擁家族』から庄野潤三『夕べの雲』まで、江藤は検討作品を一九六五年と六六年に刊行された小説からセレクトしている。わたしの場合は二〇一九年に日本で劇場公開された映画作品限定だから、条件は『成熟と喪失』よりもタイトだ。出来映えの評価は読者に委ねるしかないが、作者としては相応の手応えを感じている。

「例外状態の道化師(ジョーカー)」は、「セカイ系と例外状態」(限界小説研究会編『社会は存在しない』所収)の『コードギアス』論、「群衆の救世主」(同『サブカルチャー戦争』所収)の『東のエデン』論を引き継いだ映像作品の批評だが、同時に「3・11後の叛乱」を経由した上での、例外状態やユートピア的叛乱にかんする論考でもある。この点では『例外社会』と同じ領域の仕事といえるだろうが、本論で断片的に書きとめたもろもろは、予定している『ユートピアの現象学』で深められることだろう。

新型コロナウイルス感染症（COVID－19）のパンデミックによって、二〇二一年に続く二一世紀の新しい時代的ステージが到来した。中国の武漢にはじまる世界的な例外状態化には、相互に対立的な二つの面がある。ウイルスとの「戦争」を宣言した主権権力の例外状態が第一とすれば、アメリカから世界各地に拡大したＢＬＭ蜂起によるそれが第二だ。権力による対ウイルス「戦争」体制の構築と、それを打ち破る民衆的「蜂起」の国際的連鎖には今後も注目していきたい。

出版状況の変化のため、本書のような評論集の刊行は、年々ハードルが高くなっている。「ポスト９・11文化論」の連載でお世話になっている光文社の堀内健史氏、『例外社会の道化師（ジョーカー）』の刊行に尽力してくれた南雲堂編集部の星野英樹氏には、ここに名前を記して感謝したい。

引用文献

Ⅰ

*1　橋本健二『新・日本の階級社会』講談社現代新書、二〇一八年
*2　Atsuko Tatsuta「【単独インタビュー】ポン・ジュノ監督がネタバレ解説する『パラサイト 半地下の家族』の真意」
https://fansvoice.jp/2020/01/14/parasite-bong-joon-ho-interview/
*3　「東京新聞」国際欄、社説、二〇二〇年二月一一日
*4　金成隆一『ルポ　トランプ王国――もう一つのアメリカを行く』岩波新書、二〇一七年
*5　リチャード・ブロディ「『ジョーカー』を鑑賞する行為は、感覚が麻痺するような〝空虚さ〟の体験でもある」
https://wired.jp/2019/11/02/joker-is-a-viewing-experience-of-rare-numbing-emptiness/
*6　A.R.ホックシールド『壁の向こうの住人たち　アメリカの右派を覆う怒りと嘆き』（布施由紀子訳）岩波書店、2018年
*7　長崎浩『叛乱論』合同出版、一九六九年
*8　スラヴォイ・ジジェク『2011　危うく夢見た一年』（長原豊訳）航思社、二〇一三年
*9　埴谷雄高『幻視のなかの政治』未來社、一九六三年
*10　ルネ・ジラール『暴力と聖なるもの』（古田幸男訳）法政大学出版局、一九八二年
*11　ノーマン・コーン『千年王国の追求』（江河徹訳）紀伊國屋書店、一九七八年
*12　セルジュ・モスコヴィッシ『群衆の時代』（古田幸男訳）法政大学出版局、一九八四年
*13　ジョルジュ・バタイユ『呪われた部分』（生田耕作訳）二見書房、一九七三年
*14　ミシェル・シュリヤ『G・バタイユ伝　下』（西谷修・中沢信一・川竹英克訳）河出書房新社、一九九一年
*15　山本三春『フランス　ジュネスの反乱　主張し行動する若者たち』大月書店、二〇〇八年

*16 モーリス・ブランショ『明かしえぬ共同体』(西谷修訳) 朝日出版社、一九八四年
*17 ジャン-ポール・サルトル『弁証法的理性批判II』(平井啓之・森本和夫訳) 人文書院、一九六五年
*18 ジュディス・バトラー『アセンブリ 行為遂行性・複数性・政治』(佐藤嘉幸・清水知子訳) 青土社、二〇一八年

II

*1 安藤健二「【3.11】『君の名は。』新海誠監督が語る「2011年以前とは、みんなが求めるものが変わってきた」」(HUFFPOST NEWS 2017年01月01日04時27分JST) http://www.huffingtonpost.jp/2016/12/20/makoto-shinkai_n_13739354.html
*2 藤田直哉「関係性の時代」、「すばる」二〇一七年二月号
*3 飯田一史「新海誠を『ポスト宮崎駿』『ポスト細田守』と呼ぶのは金輪際やめてもらいたい。」、「ユリイカ」二〇一六年九月号
*4 武藤一羊「五〇年代原水爆禁止運動のなかの『原子力平和利用』論」(『戦後レジームと憲法平和主義 〈帝国継承〉の柱に斧を』所収) れんが書房新社、二〇一六年
*5 村上陽子「原爆文学の系譜における『夕凪の街 桜の国』」、「ユリイカ」二〇一六年一一月号
*6 こうの史代×西島大介「片隅より愛をこめて」、「ユリイカ」二〇一六年一一月号
*7 小林秀雄「満州の印象」(『新訂 小林秀雄全集 第七巻』所収) 新潮社、一九七八年
*8 坂口安吾「真珠」(『坂口安吾全集03』所収) ちくま文庫、一九九〇年
*9 大澤真幸『虚構の時代の果て――オウムと世界最終戦争』ちくま新書、一九九六年
*10 立松和平『光の雨』新潮社、一九九八年
*11 廣瀬純「若松孝二『実録・連合赤軍 あさま山荘への道程』道程に終わりはない」(『シネマの大義 廣瀬純映画論集』所収) フィルムアート社、二〇一七年
*12 桐野夏生『夜の谷を行く』文藝春秋、二〇一七年

＊13 大塚英志『「彼女たち」の連合赤軍　サブカルチャーと戦後民主主義』文藝春秋、一九九六年
＊14 松本清張「日本の推理小説」（『随筆　黒い手帖』所収）講談社文庫、一九八三年
＊15 陳浩基『13・67』（天野健太郎訳）文藝春秋、二〇一七年
＊16 遠藤誉・深尾葉子・安冨歩『香港バリケード　若者はなぜ立ち上がったのか』明石書店、二〇一五年
＊17 倉田徹・張彧暋『香港　中国と向き合う自由都市』岩波新書、二〇一五年
＊18 今村昌弘『屍人荘の殺人』東京創元社、二〇一七年
＊19 フィリップ・マクドナルド『生ける死者に眠りを』（鈴木景子訳）論創社、二〇一六年
＊20 ダニエル・ドレズナー『ゾンビ襲来　国際政治理論で、その日に備える』（谷口功一・山田高敬訳）白水社、二〇一二年
＊21 伊東美和・山崎圭司・中原昌也『ゾンビ論』洋泉社、二〇一七年
＊22 藤田直哉『新世紀ゾンビ論　ゾンビとは、あなたであり、わたしである』筑摩書房、二〇一七年
＊23 杉田俊介『戦争と虚構』作品社、二〇一七年
＊24 佳多山大地「長いお別れ」、「ミステリマガジン」二〇一六年一一月号
＊25 有栖川有栖「赤い鳥の囀り」、「ミステリマガジン」二〇一六年八月号
＊26 平野謙『わが戦後文学史』講談社、一九七二年
＊27 小林秀雄「私小説論」（『新訂 小林秀雄全集　第三巻』所収）新潮社、一九八五年
＊28 ミシェル・オクチュリエ『社会主義リアリズム』（矢野卓訳）白水社／文庫クセジュ、二〇一八年
＊29 ジャン＝ポール・サルトル「文学とは何か」（『シチュアシオンII』所収、加藤周一、白井健三郎訳）、人文書院、一九六四年
＊30 武田泰淳『貴族の階段』岩波現代文庫、二〇〇〇年
＊31 奥泉光『雪の階』中央公論新社、二〇一八年
＊32 埴谷雄高『定本　死霊』講談社、一九七六年
＊33 内田樹「私が天皇主義者になったわけ」（『街場の天皇論』所収）東洋経済新報社、二〇一七年
＊34 藤田直哉『娯楽としての炎上　ポスト・トゥルース時代のミステリ』南雲堂、二〇一八年
＊35 法月綸太郎『鳥丸ルヴォワール』解説、講談社文庫、二〇一三年

*36 麻耶雄嵩『丸太町ルヴォワール』解説、講談社文庫、二〇一二年
*37 諸岡卓真「創造する推理――城平京『虚構推理』論」（押野武志・諸岡卓真編著『日本探偵小説を読む　偏光と挑発のミステリ史』所収）北海道大学出版会、二〇一三年
*38 米澤穂信『インシテミル』文藝春秋、二〇〇七年
*39 ハワード・ヘイクラフト『娯楽としての殺人　探偵小説・成長とその時代』（林峻一郎訳）国書刊行会、一九九二年
*40 エドガー・アラン・ポオ「盗まれた手紙」（『ポオ小説全集Ⅳ』所収、丸谷才一訳）創元推理文庫、一九七四年
*41 円居挽『丸太町ルヴォワール』講談社BOX、二〇〇九年
*42 プラトン「ソクラテスの弁明」（『世界の名著6　プラトンⅠ』所収、田中美知太郎訳）中央公論社、一九六六年
*43 納富信留『ソフィストとは誰か？』人文書院、二〇〇六年
*44 井上真偽『その可能性はすでに考えた』講談社ノベルス、二〇一五年
*45 ドストエフスキー『悪霊1』（亀山郁夫訳）光文社古典新訳文庫、二〇一〇年
*46 ユヴァル・ノア・ハラリ『ホモ・デウス　テクノロジーとサピエンスの未来』（柴田裕之訳）河出書房新社、二〇一八年
*47 ユヴァル・ノア・ハラリ『サピエンス全史　文明の構造と人類の幸福』（柴田裕之訳）河出書房新社、二〇一六年
*48 ヴァイバー・クリガン＝リード『サピエンス異変　新たな時代「人新世」の衝撃』（水谷淳・鍛原多惠子訳）飛鳥新社、二〇一八年
*49 ヘルマン・ラウシュニング『永遠なるヒトラー　呪われた文明洞察者の語録』（船戸満之訳）天声出版、一九六八年
*50 中村桂子「『人新世』を見届ける人はいるのか」、「現代思想」二〇一七年一二月号
*51 赤坂真理『東京プリズン』河出書房新社、二〇一二年
*52 吉本隆明「思想的不毛の子」（『吉本隆明全集6』所収）晶文社、二〇一四年
*53 赤坂真理『愛と暴力の戦後とその後』講談社現代新書、二〇一四年
*54 吉本隆明「天皇および天皇制について」（『戦後日本思想体系5　国家の思想』所収）筑摩書房、一九六九年
*55 吉本隆明「敗北の構造」（『敗北の構造　吉本隆明講演集』所収）弓立社、一九七二年
*56 坂口安吾「続堕落論」（『坂口安吾全集14』所収）ちくま文庫、一九九〇年
*57 赤坂真理『箱の中の天皇』河出書房新社、二〇一九年

＊58　折口信夫「大嘗祭の本義」（『折口信夫全集3』所収）中央公論社、一九九五年
＊59　原武史『平成の終焉――退位と天皇・皇后』岩波新書、二〇一九年
＊60　葉真中顕『Ｂｌｕｅ（ブルー）』光文社、二〇一九年
＊61　吉見俊哉『平成時代』岩波新書、二〇一九年
＊62　金子勝『平成経済　衰退の本質』岩波新書、二〇一九年
＊63　片山杜秀『平成精神史　天皇・災害・ナショナリズム』幻冬舎新書、二〇一八年
＊64　保阪正康『平成史』平凡社新書、二〇一九年

・『新訂　小林秀雄全集』からの引用は旧字旧仮名遣いを新字新仮名遣いに改めました。

初出

Ⅰ　例外状態の道化師（ジョーカー）　「ポスト3・11文化論　第12回」（光文社「ジャーロ」70号）を原形として全面的に加筆改稿

Ⅱ　ポスト3・11文化論　1〜11　「ポスト3・11文化論　第1回〜第11回」（光文社「ジャーロ」59号〜69号）

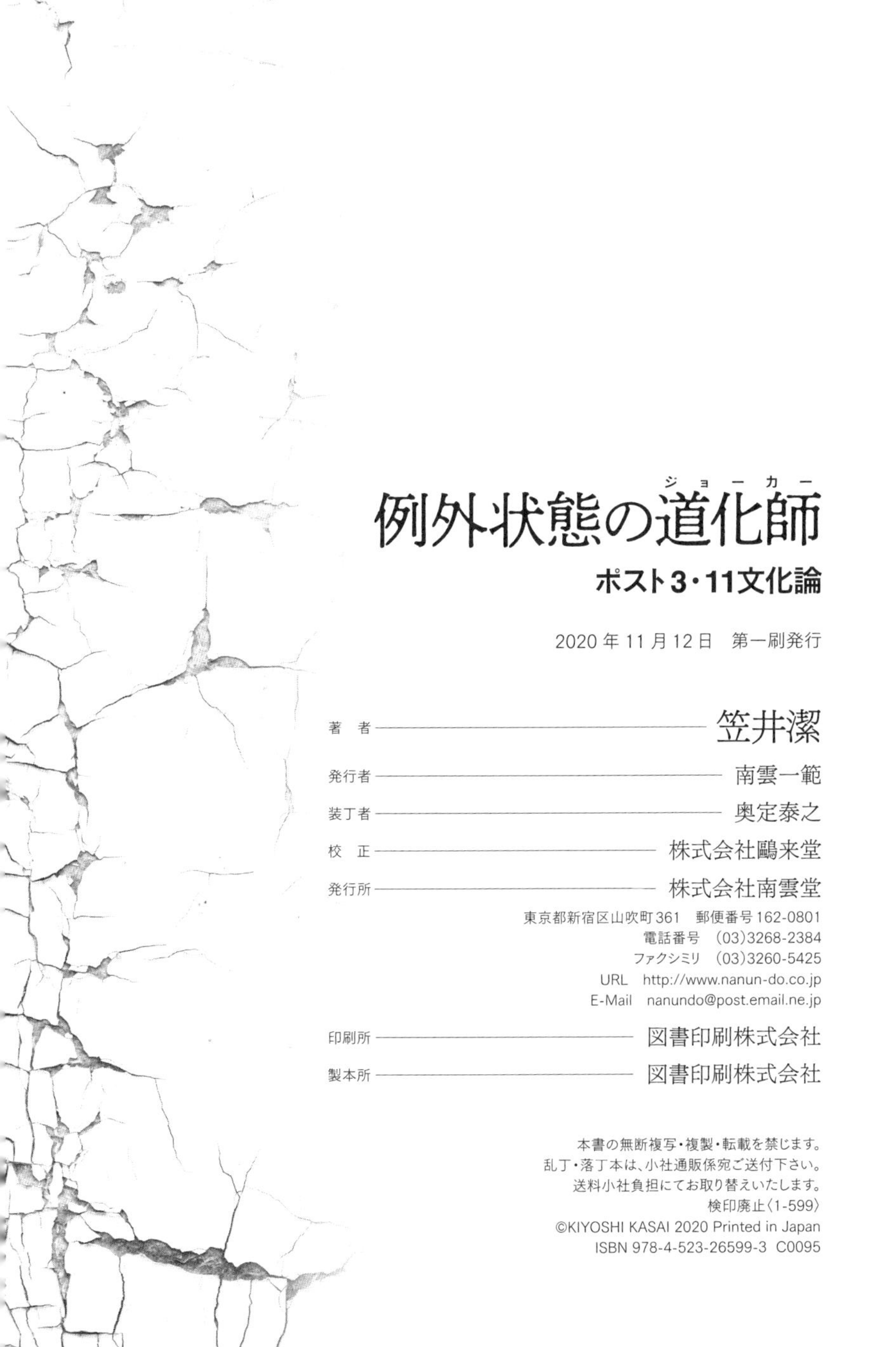

例外状態の道化師（ジョーカー）

ポスト3・11文化論

2020年11月12日　第一刷発行

著　者 ―――― 笠井潔

発行者 ―――― 南雲一範

装丁者 ―――― 奥定泰之

校　正 ―――― 株式会社鷗来堂

発行所 ―――― 株式会社南雲堂

東京都新宿区山吹町361　郵便番号162-0801
電話番号　(03)3268-2384
ファクシミリ　(03)3260-5425
URL　http://www.nanun-do.co.jp
E-Mail　nanundo@post.email.ne.jp

印刷所 ―――― 図書印刷株式会社

製本所 ―――― 図書印刷株式会社

検印廃止〈1-599〉

ISBN 978-4-523-26599-3 C0095

探偵小説の明日へ向かう新たな挑戦へ!!
二十一世紀探偵小説の現在―未来を一本に紡ぐ
笠井潔渾身の評論集。

探偵小説は「セカイ」と遭遇した

笠井潔［著］

四六判上製　296ページ　本体二六〇〇円＋税

本書は、現代本格ムーヴメントの終末局面で試みられた悪戦苦闘の記録である。「生活習慣病を放置し続け、動脈硬化でジャンルが突然死するという最悪の結果」を回避するため、筆者としては懸命に警鐘を鳴らしたつもりだが、第三の波の否定的な結末を阻止するには力不足だったと認めざるをえない。それでも第三の波では最初で最後の大論争だった『容疑者Xの献身』論争によって、ジャンルが完全な無自覚、無風状態のうちに衰亡への決定的な一線を越えてしまうという、第二の波の終末期に見られたような知的荒廃と悲惨だけは最小限まぬがれえたのではないか。残念なことだが、これを後世へのメッセージとするしかない。（「はじめに」より）

殺した者が殺される⁉
容疑者には二重のアリバイが⁉

島田荘司・二階堂黎人監修
本格ミステリー・ワールド・スペシャル

愚者の決断

浜中刑事の杞憂

小島正樹［著］

四六判上製　376ページ　本体**一八〇〇**円＋税

桐生市内の織物工場の社長が一億円の現金を強奪された。しかし、奪われた現金は山中の祠に隠されていたが、火災によって焼失してしまった。疑わしき人物は捜査線上にあがるが決定的な証拠はなく、事件は未解決のまま推移する。およそ二年後、重要参考人と目された人物が殺害され、事件は再び動き出すことになる。